Belinda Olsson

Knallbonbon

Belinda Olsson

Knallbonbon

Roman

Aus dem Schwedischen
von Dagmar Lendt

LIMES

Die Originalausgabe erschien 2006 unter dem Titel
»Gravidchock! Reporter erkänner«
bei Wahlström & Widstrand, Stockholm, Schweden.

FSC
Mix
Produktgruppe aus vorbildlich
bewirtschafteten Wäldern und
anderen kontrollierten Herkünften

Zert.-Nr. SGS-COC-1940
www.fsc.org

Verlagsgruppe Random House FSC-DEU-0100
Das für dieses Buch verwendete FSC-zertifizierte Papier
München Super liefert Mochenwangen.

1. Auflage

Published in the German language by arrangement
with Bonnier Group Agency, Stockholm, Sweden.
Satz: Uhl + Massopust, Aalen
Druck und Einband: GGP Media GmbH, Pößneck
Printed in Germany
ISBN 978-3-8090-2529-0

www.limes-verlag.de

Für Ella Agata Olsson Fegan

Alle Personen und Ereignisse in diesem Buch
sind frei erfunden,
Ähnlichkeiten mit realen Personen
und vergangenen oder aktuellen Ereignissen
wären rein zufällig.

Millionenerbin auf offener Straße entführt

Ich schaffe es gerade noch, eine Hand zwischen die Bustüren zu schieben, und sie zischen langsam und stotternd wieder auf. Der Busfahrer funkelt mich böse an.

»Was machen Sie denn da, Mensch!«

»Ja, ja, Entschuldigung!«

»Wissen Sie nicht, wie gefährlich das ist? Nicht zu fassen!«

»Ist ja gut, nun fahren Sie schon!«

Weil ich weiß, dass der ganze Bus mich anstarrt, sinke ich schnell auf den freien Platz neben einer jungen Frau mit einem Kleinkind auf dem Schoß. Jetzt glotzt das Kind mich an, so unverhohlen und direkt, wie nur Kinder es können. Es scheint, als versuchte es zu sprechen, eine Art Ufo-Sprache, die an Japanisch erinnert. Starre meinerseits durch das Fenster auf der anderen Seite des Mittelganges und hoffe, dass das Kind mich in Ruhe lässt. So vergehen ein paar Minuten, dann fängt das Kleine an, mich am Jackenärmel zu zupfen. Ich versuche, ein Stück abzurücken. Jetzt zupft es wieder. Ich sehe die Mutter an, und sie beeilt sich, entschuldigend zu lächeln:

»Verzeihung. Sie ist so lebhaft, meine Kleine hier, manchmal glaube ich ...«

Die Mutter verstummt, und ihr verliebtes Lächeln erlischt, weil alles, was sie erntet, ein ärgerlicher Blick und ein zusammengekniffener Mund sind. Jetzt wendet die Mutter ihren Kopf ab und starrt durch die schmutzige Scheibe auf die vorbeiziehenden Bäume. Sie hält krampfhaft den Arm des Kindes fest, der mir am nächsten ist. Du, ich bin einfach hundemüde, und Kaffee war auch keiner mehr da. Dein Kind ist sicher süß und alles, aber es geht mir mächtig auf den Keks.

Aber ich sage nichts, stattdessen stehe ich auf und stelle mich in den Mittelgang. Ich muss sowieso bald raus. An der nächsten Haltestelle steigen sieben, acht Kinder mit Down-Syndrom zu. Sie werden von zwei gestressten Frauen begleitet, die versuchen, sie zusammenzuhalten. Natürlich scheuchen die Frauen die ganze Schar zu mir, sodass ich eingeklemmt mit dem Rücken zum Fenster stehe. Da fängt es in meiner Handtasche zu klingeln an, aber ich komme nicht ran, um nach meinem Handy zu kramen.

»Scheiße.« Endlich schaffe ich es, die Tasche an mich zu bringen, die zwischen den beiden Frauen eingeklemmt war. Zu spät.

»Man darf nicht fluuuchen«, kichert jemand hinter mir, und ich drehe den Kopf. Ein Down-Teenie.

»Die fluuucht!«, schreit ein anderer und springt auf und ab, und alle Down-Kinder springen mit, und die beiden Aufpasserinnen starren mich böse an, während sie die Kinder anfauchen, dass sie mit dem Springen aufhören sollen.

»Man darf nicht fluuuchen, man darf nicht fluuuuchen, man darf nicht fluuuuuchen!«

»Doch, darf man wohl«, antworte ich steif über die Schulter.

»Nein, das darf man wirklich nicht«, kommt es streng von der einen Frau, während sie gleichzeitig einem der Kinder den Mund zuhält.

»Verdammte Scheiße.« Ich habe vergessen, den Signalknopf für meine Haltestelle zu drücken.

»Entschuldigen Sie, aber könnten Sie wohl… bitte…«, zischt mich eine der Frauen aus dem Mundwinkel an, und mir läuft der Schweiß in Strömen über den Rücken. Ich muss auf der Stelle aus diesem verdammten Bus raus!

Ich stoße mit dem Hintern die Schwingtür des Zeitungshauses auf, renne keuchend die Treppen zur Vierten hoch und tippe hastig den Zugangscode in die Tür zwischen Empfang und Redaktion. Schleudere meine Jacke auf den Schreibtischstuhl, greife mir Stift und Block und hetze zum Kaffeeautomaten. Höre, wie der Nachrichtenchef, Martin Belander, nach mir ruft, während der Automat losröchelt und seine Kaffeeplörre in meinen weißen Plastikbecher spuckt, der aussieht wie die Zahnputzbecher in der Schule. Plötzlich wird mir schwindlig, ich muss mich für eine Sekunde an die Wand lehnen, und als das vorbei ist, nehme ich meinen Kaffeebecher und gehe hinüber zur »Arche«, wie die längliche Schreibtischgruppe der Nachrichtenchefs bei uns in der Redaktion genannt wird.

»Agneta Trolles Tochter ist entführt worden.«

»Warte mal, kenne ich den Namen nicht?«

»Das will ich doch hoffen. Sie ist Schwedens einflussreichste Unternehmerin. Reich wie ein Troll.«

Er lächelt zufrieden über seinen eigenen Witz.

»Cecilia Trolle, fünfzehn Jahre alt, wurde in ein Auto gezerrt, am Stureplan, mitten am helllichten Tag. Gestern.«

»Woher wissen wir das?«

»Lasse hat einen Tipp von seiner Polizeiquelle gekriegt. Mit ein bisschen Glück hat die Konkurrenz noch keinen blassen Schimmer … also heißt es jetzt mit Volldampf an die Arbeit, dass es nur so qualmt.«

Ich trinke ein paar große Schlucke von meinem Ekelkaffee, bevor ich den Becher auf Martins Schreibtisch abstelle und anfange, mir Notizen zu machen.

»Sie war in Begleitung einer Freundin, aber wir wissen noch nicht, wer das ist. Ziemlich wahrscheinlich, dass es was mit ihrer Mutter zu tun hat. Sie ist schließlich *eine Milliarde* schwer.«

Letzteres betont er, als wäre ich ein Kleinkind, und ich nicke langsam.

»Hat das denn sonst keiner gesehen? Gibt's keine Zeugen?«

»Das war wohl professionell gemacht. Sauschnell … keine Ahnung. Wir machen jedenfalls eine Extraausgabe, Lasse und Patrick übernehmen den ganzen ›So spielte sich das Kidnapping-Drama ab‹-Teil und verfolgen die Spuren, die wir bisher haben, will heißen: null. Sie halten Kontakt zur Polizei und sind verantwortlich für den Bereich. Du knöpfst dir mit Maria die Familie und die Freunde vor. Wir brauchen die ganze Hintergrundstory dieses Mädchens, alles.«

Verstehe. Patrick hat es geschafft, sich ins Kriminalressort einzunisten, bei Lasse und Kompanie, er darf die dicken Brocken machen, während Maria und ich an der Lebensgeschichte der Kleinen kleben. Was damit enden wird, dass wir aufdröseln, wo sie ihre Handtaschen gekauft hat, falls wir nichts Besseres finden.

»Rede mit Gunnarsson, er recherchiert seit sechs Uhr heute Morgen hinter ihr her …«

Martin schielt auf seine Armbanduhr.

»Ich habe etliche Male versucht, dich anzurufen, wo zum Teufel hast du so lange gesteckt?«

»Tut mir leid, Verkehrsstau, der Bus saß fest.«

»Dann steigt man aus und nimmt ein Taxi«, erwidert Martin sarkastisch und ich beiße mir auf die Zunge. In Wahrheit ist es ja auch so, dass ich schon lange nicht mehr so früh aufstehen musste. Normalerweise fängt meine Schicht um halb zwei nachmittags an und geht bis Mitternacht.

»Wie gesagt, wir machen eine Extraausgabe, also an die Arbeit und zwar dalli.«

»Geht klar.«

Wenn ein Film in einer Zeitungsredaktion spielt, herrscht dort meistens permanent Hochbetrieb und Hektik. In Wirklichkeit bleibt genug Zeit für eine Menge Pausen bei Kaffee und Brötchen, die Leute haben Gesundheitslatschen an und unterhalten sich darüber, was sie am Wochenende machen wollen. Aber dann plötzlich – passiert das, worauf alle warten. Entweder sind wir die Einzigen mit einem sogenannten Scoop, einem Superknüller, wenn jemand aus der Redaktion einer ganz heißen Sache auf der Spur ist. Dann finden kleine geheime Besprechungen statt, von denen außer dem Chefredakteur, dem Leitenden Redakteur, den Nachrichtenchefs und dem betreffenden Reporter kaum jemand was mitkriegt. Oder eine große Sensation, die wie ein Erdbeben die Redaktionen erschüttert – Außenministerin niedergestochen, prominenter Sportler verletzt, Krieg in Kuwait, Irak, Afghanistan –, kommt über die Nachrichtenagentur Tidningarnas Telegrambyrå herein, oder jemand aus der Bevölkerung ruft uns auf dem Tipps-Telefon an. Wenn die Nachricht über TT kommt, ertönt ein durchdringendes Signal, und alle rennen zu ihren Computern, auf denen die Meldung hereintickert. Und genau wie auf einer Feuerwache kennen alle ihren Platz in der Alarmkette. Die Nachrichtenchefs beraten sich, eine Strategie wird geplant, mit roten Wangen und hellem Eifer im Blick, endlich Wasser im Schlauch, endlich gegen die Uhr arbeiten, die Konkurrenz ausstechen, jetzt geht's los, Leute. Reporter und Fotografen werden zusammengetrommelt und hierher beordert, und danach, wenn sie eilig wieder ausgeschwärmt sind, herrscht Stille in der Redaktion. Stille und Konzentration. Die Redakteure fangen an, die Seiten zu skizzieren. Der Nachrichtenchef und der Leitende Redakteur und vielleicht sogar der Chefredakteur, wenn es eine richtig sensationelle Nachricht ist, bereiten eine Extraausgabe vor. Man muss schnell mit einer neuen Ausgabe draußen sein, noch am selben Tag, an dem die Zeitung eben erst erschienen ist. Ich persönlich liebe es, wenn auch die Konkurrenz an derselben Sache arbeitet, dieses Gefühl, den Fuchs mit der ganzen Meute zu jagen. Man weiß, dass man nicht allein hinter der Beute her ist, das macht das Ganze noch spannender. Vor allem kann eine Allerweltsreporterin wie ich – die von allem und jedem ein bisschen Ahnung hat und vielleicht morgens eine Kurzmeldung über eine neue Viagrastudie schreibt und nachmittags die jüngste Sauftour eines Filmstars ausschlachtet – sich glücklich schätzen, wenn sie einige wenige Male im Jahr die Gelegenheit bekommt, dabei zu sein und ihre Krallen in einen Fall zu schlagen, über den ganz Schweden in den Kaffepausen oder am Mittagstisch diskutieren wird.

Aber zuerst das ganze langweilige Zeug. Herumtelefonieren, machen und tun.

Rufe Gunnarsson an und lasse mir die Telefonnummern von Cecilia Trolles Eltern und den Namen ihrer Schule geben. Gunnarsson will versuchen, auch noch eine Liste über Cecilias Klassenkameraden zu besorgen, damit Patrick etwas in der Hand hat, um die Begleiterin ausfindig zu machen, die Augenzeugin. Ich lege auf und kaue an meinem Stift. Mir bleiben jetzt zwei Möglichkeiten: Ich kann irgendwas zusammenfaseln, wie geschockt alle sind und das ganze Zeug, das uns kein Stück weiterbringt in dem Drama. Oder ich kann versuchen, Cecilias Begleiterin aufzuspüren, und mir auf diese Art das beste Stück an der Geschichte sichern. Auf jeden Fall kann ich zwanzig Minuten abzweigen und ein bisschen herumschnüffeln, bevor ich mich wieder an Marias und meinen Text mache. Leider habe ich als Reporterin für Vermischtes nicht solche gediegenen Polizeiquellen wie die Kollegen vom Kriminalressort, die sich auf Verbrechen spezialisiert haben. Aber hin und wieder gibt es ja auch noch andere Wege.

Ich wähle die Handynummer von Agneta Trolle. Eine nasale Oberklassestimme bittet mich sowohl in Schwedisch als auch in einem tadellosen British English, eine Nachricht zu hinterlassen. Danach rufe ich die Handynummer von Cecilias Vater an. Keine Antwort. Cecilias großer Bruder, Tom. Da nimmt auch keiner ab. Ich hinterlasse keine Nachricht. Die rufen ja sowieso nicht zurück.

Mal sehen, wer könnte diese Zeugin sein, Cecilias Begleiterin. Stöbere im Pressearchiv nach Infos über Agneta Trolle. Aha, vierundfünfzig Jahre alt, Vorstandsvorsitzende der Omega Investment Group, größter Konzern Skandinaviens, in Familienbesitz. Zu dem Konzern gehört alles Mögliche, von einer großen bekannten Warenhauskette bis hin zu Schwedens führendem Mobilfunkanbieter. Befreundet mit Königin Silvia. In den letzten vier Jahren jedes Mal zur einflussreichsten Unternehmerin Schwedens gekürt, Platz sieben auf der Financial-Times-Rangliste der mächtigsten Frauen der Welt. Ihr Konzern spendet außerdem Millionen für wohltätige Zwecke, und Agneta verteilt zu jedem Weihnachtsfest Geschenke und Lebensmittel an Obdachlose. Mit anderen Worten, eine Mutter Teresa im Designerkostüm.

Schlage im Fotoarchiv nach. Klicke ein Bild von Agneta auf, das sie auf einem großen dunkelbraunen Pferd zeigt. Im Hintergrund ist ein Landhaus zu sehen, zu Füßen des riesigen Pferdes sitzt ein Hund, anscheinend ein Schäferhund. Agneta trägt beige Reithosen, dunkelbraune lederne Reitstiefel und ein kurzärmeliges Poloshirt. Aber sie macht eher den Eindruck einer Frau vom Land, als den einer grazilen Oberschicht-Lady. Kurzgeschnittene blonde Haare, kräftige Arme, insgesamt eine robuste Erscheinung. Sie wirkt energisch, so als hätte sie keine Scheu, kräftig zuzupacken. Ich klicke weiter, bekomme ein paar Gruppenaufnahmen von irgendeiner Veranstaltung auf den Bildschirm. Zwei blonde Frauen in mittleren Jahren, die eine, Agneta, im Kostüm, die andere im Kleid, stehen lächelnd um Starstylist Micael Bindefeld herum, beide mit Champagnergläsern in den Händen. Ich lese den Bildtext. »Agneta

Trolle und Ulla Lebourne.« Scrolle nach unten, es gibt noch mehr Fotos, auf denen die beiden zusammen zu sehen sind, anscheinend sind sie Freundinnen. Mal angenommen, diese Ulla hätte Kinder in Cecilias Alter, dann wäre es doch ziemlich wahrscheinlich, dass die wissen, wer bei Cecilia war, als sie in das Auto gezerrt wurde. Ich schlage im Steuerzahlerregister nach. Ulla Lebourne hat eine fünfzehnjährige Tochter namens Josephine. Bingo!

Finde Josephines Handynummer im Telefonbuch. Schaue auf die Uhr. Schon Viertel vor neun. Wähle die Nummer. Krame nach meinem Stift, der sich mal wieder in dem Durcheinander auf meinem Schreibtisch verkrochen hat, während ich dem Klingelton hinterherlausche.

»Hallo?«, meldet sich eine mürrische, etwas undeutliche Jungmädchenstimme.

»Spreche ich mit Josephine?«

»Ja, wieso?«

Josephine zieht die Nase hoch.

»Hey, wie schön, dass ich dich erreiche. Ich bin Agata Hansson von der Abendzeitung, ich schreibe einen Artikel über deine Freundin Cecilia.«

»Woher haben Sie meine Nummer?«

Ihre Stimme klingt gepresst und ein wenig ängstlich.

»Ich denke, dir liegt auch unheimlich viel daran, dass wir Cecilia finden, oder?«

»Ich darf mit niemandem reden …«

»Verstehe, aber wenn ich dir nur ein paar klitzekleine Fragen stellen dürfte? Die mir weiterhelfen? Es braucht ja keiner zu wissen, dass wir miteinander gesprochen haben.«

Ich höre Josephine atmen, kurze, schnelle Schnaufer in der Leitung. Ich warte, schreibe in der Zwischenzeit eine Mail an Maria, die drei Schreibtische entfernt sitzt, dass sie das Königshaus anrufen und nachfragen soll, ob Agneta Trolle tatsächlich mit der Königin befreundet ist. Maria blickt auf und nickt stumm.

»Josephine, ich verstehe gut, dass du traurig bist, es muss im Moment furchtbar schwer für dich sein.«

»Hat die Polizei gesagt, dass Sie mich anrufen sollen?«

Ich kann mein Glück kaum fassen. Ich kann es wirklich kaum fassen.

»Josephine, ich weiß genau, wie nahe dir das alles geht. Es muss schlimm gewesen sein, mit anzusehen, wie die beste Freundin …«

»Es … es war so furchtbar. Ich konnte irgendwie gar nichts tun. Plötzlich war da einfach dieses Auto …«

Josephine bricht ab und fängt an zu schluchzen.

»Ich verstehe dich, glaub mir. Sag mal, können wir uns treffen?«

»Ich weiß nicht …«

»Wo bist du jetzt?«

»Zu Hause …«

»Und wo ist das?«

»Im … Valhallavägen.«

Sie sagt nicht, welche Hausnummer, aber ich habe die Adresse ohnehin schon.

»Sind deine Eltern zu Hause?«

»Sie kommen in einer Stunde.«

»Okay, weißt du was, wir treffen uns vor deinem Haus, dann können wir ein bisschen reden. In zwanzig Minuten, ja?«

Ich schreibe mir die Adresse auf und will gerade auflegen.

»Also … ich weiß nicht …«

»Wir tun das für Cecilia, du und ich. Wir müssen mithelfen, sie zu finden!«

»Okay«, höre ich noch, bevor Josephine wieder zu weinen beginnt.

Ich gehe rüber zu Martin. Er telefoniert gerade, aber ich spreche ihn trotzdem an.

»Ich hab den Augenzeugen gefunden. Ihre Freundin.«

Martin fragt in den Hörer, ob er gleich zurückrufen kann, und legt auf.

»Wie das denn, sag mal?«

Ich erzähle es kurz.

»Gut, ruf Patrick auf seinem Handy an. Er soll hinfahren und mit ihr reden.«

»Weißt du, sie war sehr aufgewühlt. Sie sagt, sie will nur mit mir reden. Ich könnte mir vorstellen, so von Frau zu Frau, vielleicht ...«

Ich versuche, ein unschuldiges und etwas besorgtes Gesicht zu machen, während Martin nachdenkt.

»Okay. Aber denk dran, sie ist minderjährig. Sind ihre Eltern zu Hause?«

»Nein, sie wissen nicht, dass ich komme. Sie haben ihr verboten, mit jemandem zu reden. Aber sie sagt, sie will sich unbedingt mit mir treffen«, lüge ich, um ganz sicherzugehen, dass er mich hinfahren lässt, bevor er kalte Füße kriegt, weil die Kleine minderjährig ist.

Martin reckt den Hals und späht vorbei am Sportressort, das hinter der Arche platziert ist, hinüber zum Zimmer unseres Leitenden Redakteurs Janne Olsson.

»Warte hier«, ermahnt er mich, als er Janne entdeckt, der in seinem Büro steht und telefoniert. Ich sehe ihn dorthin verschwinden, gleichzeitig kommt Patrick aus dem Kriminalressort, das genau gegenüber von mir liegt. Mein Herz galoppiert. Das könnte in die Hose gehen.

»Wo ist Martin?«

»Auf dem Klo«, lüge ich und hoffe, dass Patrick sich wieder verkrümelt.

»Sei so lieb und sag ihm, dass ich ihn sprechen muss, ja?«

Er geht wieder, und ich fange an, nervös am Hosensaum meiner Jeans zu zupfen. Martin und Janne stehen sich jetzt direkt gegenüber, Martin redet und Janne streicht sich mit der Hand über seinen feuerroten Bart. Wenige Minuten später kommt Martin im Laufschritt zurück zur Arche.

»Okay, aber wir bringen es nur als Hintergrundinformation. Keine Zitate, keine Namensnennung, klar? Und geh den Eltern aus dem Weg! Mit denen reden wir später. Ab!«

Ich warte ein paar Minuten vor Josephines Haus, bevor ich wieder ihre Handynummer wähle. Keine Antwort. Scheiße. Sie kneift. Aber die Götter müssen mich erhört haben, denn im selben Moment erscheint der Briefträger. Er hält mir sogar die Tür auf.

»Danke, mir fiel grad der Türcode nicht ein«, lächle ich entschuldigend und schlüpfe ins Treppenhaus.

Im Fahrstuhl kontrolliere ich mein Spiegelbild, nehme die rote Mütze ab und wuschle mein dunkles Haar auf, der Pony klebt mir schweißnass an der Stirn.

Vor der Wohnungstür warte ich einen Moment. Horche auf Stimmen, aber die massive dunkle Tür lässt kein Geräusch durch. Also klopfe ich. Schon nach wenigen Augenblicken rasselt drinnen eine Türkette, und ein Schlüssel dreht sich im Schloss.

»Ja?«

Ein junges Mädchen mit dünner, fast flüsternder Stimme öffnet die Tür, und ein Anflug von Schmerz huscht über ihr Gesicht, als sie begreift, dass ich es bin. Für den Bruchteil einer Sekunde erfasst mich Mitgefühl, aber ich bin darin geübt, nicht empfindsam zu sein, deshalb schüttle ich dieses Gefühl ab. Die Nachrichtenchefs entscheiden darüber, was in der Zeitung erscheint, als Reporter hat man nur die Aufgabe, so viele Fakten wie möglich zu sammeln. Außerdem ist es eine verdammt heiße Geschichte. Josephine ist die wichtigste Augenzeugin, und ich, ich ganz allein, habe sie gefunden.

Ich folge ihr in ein riesiges Wohnzimmer. An den Wänden hängen dieselben Bilder, die meine Eltern als Poster in der Küche haben. Allerdings beschleicht mich der Verdacht, dass diese Gemälde hier Originale sind, in echtgoldenen Rahmen. Josephine rafft eine Wolldecke um sich zusammen, bevor sie sich auf den Rand eines riesigen cremeweißen Sofas setzt, das überquillt von beigen und braunen Kissen aus orientalischer Seide. Vor uns thront der prächtigste Kachelofen, den ich jemals gesehen habe, er ist mittelmeergrün. Obwohl ich danach suche, entdecke ich keinen Fernseher im Zimmer.

»Darf ich mich dorthin setzen?«

Ich zeige auf einen gigantischen Polstersessel, der in der gegenüberliegenden Ecke steht. Josephine nickt.

Sie ist klein und zierlich und süß auf diese High-Society-Art, sieht älter aus als fünfzehn, mit blonden, nachlässig aufgetürmten Haaren und einer Riviera-gebräunten Haut, obwohl jetzt Oktober ist. Den Blick fest auf den Kachelofen gerichtet, schildert sie mir mit monotoner Stimme den gestrigen Tag. Sie erzählt, wie sie und Cecilia untergehakt gingen, und als sie direkt vor einem Restaurant namens Lydmar kurz hinter dem Stureplan, Stockholms hippstem Platz, waren, hielt ein Auto an, und ein Mann fragte nach dem Weg, Cecilia beugte sich vor, und der Mann öffnete die Wagentür, zog Cecilia urplötzlich auf den Vordersitz, und dann raste das Auto davon. Josephine war zuerst wie versteinert, dann rannte sie nach Hause und saß geschockt auf dem Sofa, bis ihr dämmerte, dass sie wohl besser die Polizei alarmieren sollte.

»Warum bist du nach Hause gelaufen, hattest du kein Handy dabei, oder hättest du nicht jemanden auf der Straße anhalten können?«

Josephine sagt nichts, bestimmt eine halbe Minute lang. Ich

weiß nicht genau, ob sie mit den Tränen kämpft oder was sie dort eigentlich tut, sie hat den Kopf gesenkt und zupft an den Fransen der Wolldecke herum.

»Doch, aber wir sollten ja eigentlich in der Schule sein... wir hatten vorher noch nie geschwänzt... oder, ich weiß nicht... ich hatte einen Schock, denke ich. Es ging so schnell, und irgendwie sah es beinahe so aus, als wäre sie von allein eingestiegen. Wissen Sie, was ich meine?«

»Wie spät war es da, erinnerst du dich?«

»Ungefähr... eins.«

»Kannst du den Mann beschreiben, der sie in das Auto gezogen hat?«

»Ich weiß nicht genau. Er hat sich einfach schnell nach vorn gebeugt, Cecilia stand auch etwas gebückt, vor der Beifahrertür. Ich habe es nicht richtig gesehen. Die Polizei hat mich auch mehrmals danach gefragt, aber ich weiß es doch nicht.«

Josephine beginnt wieder zu schluchzen und schnäuzt sich in ein Taschentuch, das sie während unseres Gesprächs in der einen Hand knetet.

»Hör zu, Josephine, das ist völlig okay. Natürlich hattest du einen Schock. Du kannst nichts dafür.«

Ich warte ein paar Atemzüge lang, bevor ich weiterfrage.

»Hat Cecilia einen Freund?«

Josephine schüttelt den Kopf. Aber sie sieht unschlüssig aus.

»Alle in der Schule glauben, dass wir jede Menge Typen haben, aber das stimmt überhaupt nicht... Wir wollen einfach nur Spaß... Cecilia ist echt verrückt.«

Sie kichert. Dann wird ihr Gesicht wieder traurig. Sie streicht die blonden Strähnen zurück, die sich aus dem Haarknäuel gelöst haben.

»Na klar wollt ihr Spaß! Ist doch logisch, oder?«, sage ich und versuche, ein aufmunterndes Gesicht zu machen. Wie die beste große Schwester, die man sich nur wünschen kann.

»Schon, obwohl es ja leicht eine Menge Gerede gibt«, wirft Josephine ein. »Man kann doch wild sein und sich anziehen wie eine… na ja… Schlampe… ohne eine zu sein… wissen Sie«, sagt sie und senkt die Stimme.

»Ich weiß. Als ich zur Schule ging, haben sie über mich auch geredet.«

Sie mustert mich neugierig.

»Kannst dir ja denken. Diese Gerüchte eben. Die nicht stimmten. Und selbst wenn, wen bitteschön geht das was an? Wo ist das Problem? Ist doch mein Leben, oder?«

Josephine nickt eifrig, und ich versuche insgeheim meine Lüge damit zu rechtfertigen, dass der Zweck die Mittel heiligt.

»Weißt du, ob jemand versucht hat, Cecilias Familie zu erpressen, oder ob sie, na ja, Feinde haben?«

»Nein, jedenfalls hat sie nichts in der Art erwähnt. War bestimmt irgend so ein Irrer«, meint Josephine und zuckt bedauernd die Schultern.

»Und dir ist in der letzten Zeit nichts aufgefallen an Cecilia? Dass sie sich bedroht fühlte oder dass vielleicht etwas vorgefallen war?«

Für den Bruchteil einer Sekunde glaube ich etwas in Josephines Augen zu erkennen, ein Zögern, aber ich muss es mir eingebildet haben, denn ihre Antwort kommt prompt.

»Nein, überhaupt nichts.«

»Erzähl mir ein bisschen von Cecilia. Kennt ihr euch schon lange?«

»Unser ganzes Leben. Unsere Mütter waren zusammen im Lundsberg-Internat, in derselben Klasse. Wir machen alles gemeinsam, Cecilia und ich. Sie ist eine tolle Freundin. Wir können über alles reden.«

»Ist sie gut in der Schule?«

»Sie könnte es sein. Sie sagt immer, ich sei eine Streberin.

Cecilia will Model werden. Das könnte sie auch, wirklich, weil sie so hübsch ist, aber sie findet sich zu dick, dabei ist es doch ganz einfach, abzunehmen. Schlimmer ist es, wenn man nicht hübsch ist. Sessi kommt auf Fotos immer super rüber.«

»Sessi? So wird sie genannt?«

»Sie sollten jetzt besser gehen.«

Wir erheben uns, und sie begleitet mich wieder hinaus in die Halle. Ich bemerke ein Paar Reitstiefel zwischen den aufgereihten Schuhen.

»Reitest du?«

»Wir reiten beide, Mama und ich.«

»Ihr habt sicher eigene Pferde, oder?«

Josephine macht ein verwundertes Gesicht.

»Ja, natürlich.«

»Reitet Cecilia auch?«

»Nein, nicht mehr. Aber früher ist sie oft geritten. Sie ist eine sehr gute Springerin. Hat an Turnieren teilgenommen und alles.«

Ich kritzle meine Handynummer und meine Nummer in der Redaktion auf ein Blatt aus meinem Block, reiße es heraus und halte es ihr hin. Josephine starrt schweigend darauf.

»Bitte ruf mich an, falls dir noch etwas einfällt oder falls sich was tut, ja?«, sage ich, und sie nickt.

»Sagen Sie meinen Eltern nichts. Sie mögen keine … na ja … Boulevardzeitungen.«

Jetzt bin ich die, die nickt.

Während ich auf mein Taxi zurück zur Redaktion warte, rufe ich Martin an und erstatte Bericht. Er sagt, dass er mit Janne besprechen will, wie wir die Sache handhaben sollen.

»Hör mal, Martin, das ist jetzt meine Story, die Kleine verlässt sich auf mich. Ich rufe die Polizei an.«

»Ja, ja«, sagt Martin genervt. »Sieh lieber zu, dass du deinen Hintern hierher bewegst.«

Im Taxi beginne ich damit, den Artikel in meinen Block zu schreiben, außerdem liste ich die wichtigsten Fragen an die Polizei auf.

Ach, was ist das doch für ein wunderbarer Scheißtag.

»Agata! Kommst du bitte mal!«

Janne und »der Alte«, unser Chefredakteur, stehen vor Jannes Büro und rufen mich. Ich fühle mich plötzlich unerhört wichtig, schau an, die wollen mich sprechen, mich ganz allein. Ich bin ja bloß Reporterin, was im Klartext heißt, dass ich zu der Schar von Kollegen fürs Grobe gehöre. Die also dafür sorgen, dass jeden Tag eine Zeitung erscheint. Wir sind ein bisschen wie Flugbegleiter. Stets zu Diensten, angefangen von Unterhaltung und Service bis hin zu Schwimmwesten und wichtigen Informationen. Ich bin zufrieden mit meinem Platz in der Hierarchie der Redaktion. Na ja, bis auf die Tatsache, dass ich mir manchmal größere Herausforderungen wünsche.

Janne öffnet die Tür zu seinem Büro. Der Alte geht als Erster hinein, er setzt sich auf Jannes marineblauen Dreisitzer, der mit dem Rücken zum riesigen Panoramafenster steht, von dem aus man einen Blick über die halbe Stadt hat. Ich halte jedes Mal sozusagen die Luft an, wenn ich das Zimmer betrete, vor allem, wenn es dunkel ist, weil Stockholm durch dieses Fenster so wunderschön aussieht. Janne stellt sich neben seinen Schreibtisch, aber ich weiß nicht recht, wo ich hin soll, deshalb bleibe ich einfach mitten im Büro stehen. Der Alte schlägt ein Bein über das andere, seine Hosenbeine rutschen hoch und geben den Blick auf die Schäfte seiner dunkelbraunen Cowboystiefel frei. Eine Menge Leute bei uns in der Redaktion fragen sich, was wohl mit ihm los ist, neuerdings hat er nämlich seinen langweiligen Altmänneranzug gegen Stiefel und Jeans eingetauscht. Kürzlich hatte er sogar statt der Krawatte eine Schnur um den Hals, mit einem Hufeisen dran, so wie die Cowboys im Film. »Torschlusspanik«, hat Patrick getippt, und das ist es wohl auch. Unser Chefredakteur ist ansonsten ein echter Lichtblick in diesem Haus. Mit siebzehn hatte er als Gehilfe in der Hausmeisterei angefangen. Eines Abends stand er gerade neben der Arche und sortierte Post in die Verteilerfächer, als der Nachrichtenchef sich lauthals darüber aufregte, dass keiner der Reporter mehr nüchtern war. Damals wurde während der Arbeitszeit noch mächtig gesoffen. Der Alte, also damals der Gehilfe, hatte sich daraufhin freiwillig gemeldet, mit dem Ergebnis, dass er die fantastische 60er-Jahre-Sängerin Lill Babs interviewen durfte. Später arbeitete er sich hoch, von der Hausmeisterei über die Nachrichten und den Sport zum Leitenden Redakteur und, jetzige Position, zum Chefredakteur. Er ist echt okay. Aber ich kenne ihn eigentlich nicht näher. Ich habe gehört, dass er an seiner Autobiographie schreibt und die Zeitung bald verlassen will. Vielleicht ist er müde und möchte als jemand in Erinnerung bleiben, der ein Flaggschiff mit einer Rekordauflage gesteuert hat, nicht eine Boulevardzeitung, die vielleicht schon bald von der Konkurrenz überholt wird.

»Was bringst du uns?«, fragt der Alte und macht ein gespanntes Gesicht.

»Cecilias fünfzehnjährige Freundin, Josephine. Sie war bei der ganzen Sache dabei.«

»Klasse. Super«, sagt Janne, seine Wangen sind rot gefleckt und die feuerroten Haare umrahmen seinen Kopf wie eine leuchtende Aura.

Ich grinse stolz.

»Aber sie ist erst fünfzehn. Wir müssen verdammt vorsichtig sein«, sagt der Alte.

Janne fordert mich auf, zu erzählen, was sie gesagt hat, also hole ich meinen Notizblock aus der Tasche und gebe eine kurze Zusammenfassung, während die beiden Männer nicken und hin und wieder zustimmend brummen.

»Ich habe ihr versprochen, dass sie mit keinem Wort erwähnt wird, aber vielleicht kann ich sie umstimmen.«

»Nein, bist du verrückt geworden«, fällt mir der Alte ins Wort, und ich werde rot und schäme mich ein bisschen, weil ich mich auf einmal genauso benehme wie die Leute, die nicht bei einer Boulevardzeitung arbeiten, es uns immer unterstellen. Dass wir Leute austricksen und Sachen erfinden.

»Sie ist minderjährig, das geht auf keinen Fall. Wir stehen ohnehin schon auf ganz dünnem Eis, weil wir bei ihr zu Hause waren, ohne dass ihre Eltern davon wussten. Was haben wir über ihre Eltern?«, fragt er Janne und wendet den Blick von mir.

»Der Vater ist Vorsitzender des Schwedischen Unternehmerverbandes und die Mutter Vizedirektorin der SEB.«

Der Alte seufzt.

»Wir hätten sofort eine Klage von ihren teuren Promi-Anwälten am Hals, ganz zu schweigen davon, was für ein gefundenes Fressen das für die anderen Medien wäre. Sie würden so tun, als hätten wir die Kleine unter Druck gesetzt. Denkt bloß mal an die Idioten vom Fernsehen, die würden sofort auf der Matte stehen, und obwohl ich tausend andere Sachen zu tun habe, müsste ich diesen inkompetenten Nullen Rede und Antwort stehen. Die sollten erstmal ein paar Jahre bei einer Boulevardzeitung arbeiten, bevor sie uns verurteilen. Anschließend säße uns der Presserat im Nacken, und wir wären gezwungen, einen für die Leser völlig unverständlichen Text zu bringen von wegen, dass wir gegen die guten Sitten des Journalismus verstoßen haben. Und 25 000 Kronen Bußgeld zahlen müssten wir auch noch. Sie war nicht aufgeregt oder so, als du gegangen bist?«

»Nein. Sie will ja selbst nicht, dass ihre Eltern von meinem Besuch erfahren.«

Der Chefredakteur atmet aus und lehnt sich im Sofa zurück. Ich verlagere mein Gewicht auf den anderen Fuß.

»Was meinst du?«, fragt er Janne, der sich hinter seinen Schreibtisch gesetzt hat und auf dem Drehstuhl Karussell fährt.

»Ach, ich denke, wir sollten das ruhig bringen. Agata und Lasse werden den Ermittlern auf den Pelz rücken. Wir wissen zuviel, das können sie nicht bestreiten. Dann haben wir es direkt von der Polizei und können als Erste damit rauskommen, sowohl mit der Zeugin als auch, dass sie auf jeden Fall einen jungen Mann in Verdacht haben.«

»Also gut, meinetwegen«, sagt der Alte und steht auf.

Ein Bein seiner Jeans hat sich am Stiefelschaft verhakt. Ich weiß nicht, ob ich was sagen soll oder nicht.

»Ich will den Artikel lesen, bevor er in Druck geht«, sagt der Alte, und Janne nickt.

»Gut gemacht, Amanda«, sagt der Chefredakteur und klopft mir im Vorbeigehen auf die Schulter.

»Agata«, murmle ich, aber er ist schon hinaus auf den Korridor verschwunden, ein Hosenbein halb im Stiefelschaft.

Patrick ist stinksauer, er tigert um meinen Schreibtisch herum und blubbert irgendwas von »sich an die Arbeitsaufteilung halten«. Lasse vom Kriminalressort dagegen klopft mir auf den Rücken. Er ist ein alter Hase in der Redaktion und sieht keinen Anlass, sich bedroht zu fühlen. Aber ich habe keine Zeit für Patricks Gemecker, jedenfalls jetzt nicht, wo ich vor dem Rechner sitze und tippe und gleichzeitig in meinem Notizblock blättere. Ab und zu kommt Janne vorbei und schaut nach, wie ich vorankomme.

Der Leiter der Fahndungsgruppe der Polizei klingt am Telefon erstmal geschockt, als ich ihn nach Josephine frage und ob es stimmt, dass sie gesehen haben will, wie ein Mann Cecilia ins Auto zerrte.

»Ihr Zeitungsfritzen seid doch immer für eine Überraschung gut. Woher zum Teufel habt ihr das denn?«

»Sie wissen doch, wir sind einfach die Besten.«

Ich grinse vor mich hin, während ich den Hörer zwischen Ohr und Schulter festklemme und den Kassettenrekorder anschalte, der unser Telefongespräch mitschneidet.

Maria ist es gelungen, eine andere Freundin von Cecilia ausfindig zu machen, und die hat ihr ein paar Fotos überlassen. Neugierig betrachte ich die Bilder, nachdem ich über das interne Datennetz meinen Artikel in den Textordner des Nachrichtenchefs geschoben habe. Sie hat insofern Ähnlichkeit mit ihrer Mutter, als sie groß gewachsen ist. Aber ansonsten sieht sie Agneta Trolle nicht sehr ähnlich. Cecilia ist genau wie Josephine sehr hübsch. Langes braunes Haar mit goldblonden Strähnen, ausgeprägt dunkle, aber perfekt gezupfte Augenbrauen. Auf dem einen Foto lacht sie, auf einem Gruppenfoto mit Josephine in der Mitte steht sie ganz links am Rand. Anscheinend ist es irgendwo auf einem Landsitz aufgenommen worden, die Mädchen stehen an einem Bootssteg. Josephine sieht übermütig aus, sie hat den Hals gestreckt und den Kopf zurückgeworfen. Sie trägt enge blaue Röhrenjeans, ein weißes Baumwolltop mit Spitzen am Ausschnitt und ist barfuß. Das andere Foto ist eine Nahaufnahme. Cecilia hält den Kopf etwas schräg und schaut an der Kamera vorbei. Da kann man sehen, dass sie blaue Augen hat. Sie wirkt fast erwachsen und ein bisschen traurig.

Ich überfliege auch ein Interview, das die Zeitschrift *Elle* mit Karrierefrauen und ihren Töchtern geführt hat. Agneta sitzt auf einer Art Königsthron, er ist mit rotem Samt bezogen, und die Beine sind goldfarbene Löwenpranken. Cecilia steht daneben, einen Arm lässig auf die hohe Rückenlehne gelegt. Sie wirken beide ziemlich steif, so als fühlten sie sich unbehaglich.

Sie tragen weiße Abendkleider aus Seide. Agneta Trolle sieht beinahe aus wie ein Transvestit, Make-up und Kleid stehen ihr überhaupt nicht. Ich lese, dass Agneta glücklich wäre, wenn Cecilia eines Tages Interesse zeigte, sich im Konzern zu engagieren, aber dass man es ja nicht erzwingen könne. Cecilia bewundert ihre Mutter, sie sei eine starke Frau und ein Vorbild, und ja, sie möchte gern mehr über die Arbeit im Konzern erfahren. Agneta sagt, in ihrer Familie wimmle es von starken Frauen, die ihren eigenen Weg zu gehen wagten. Blablabla, mit anderen Worten. Aber Moment mal... sagte Josephine nicht... ich blättere in meinem Notizblock... doch, Cecilia träumt davon, Model zu werden. Da kann man mal sehen. Ein kleines Geheimnis. Oder alles nur Show.

»Bodenkontrolle an Agata, bitte melden!«

»Was ist?«

»Gehen wir noch ein Bier trinken, oder was?« Maria wippt auf ihrem Bürostuhl.

»Na klar.«

Mein Hals ist trocken, meine Augen brennen, und ich könnte eine Decke auf dem Schreibtisch ausbreiten und sofort einpennen. Andererseits will ich nicht, dass der Tag schon zu Ende ist. Werfe einen schnellen Blick auf die Uhr in der rechten Ecke des Bildschirms, 19:00. Rufe zu Hause an. Teo klingt müde, als er sich meldet. Rasch versuche ich zu berichten, wie mein Tag war. Wie üblich findet Teo ihn nicht ganz so aufregend wie ich.

»Maria und ich gehen nur noch schnell ein Bier trinken. Danach komme ich.«

»Aber ich habe gekocht.«

»Nicht böse sein, ja? Ich bin einfach noch viel zu aufgekratzt. Nur ein Bier. Dann komme ich. Versprochen.«

»Ja, aber ...«

»Bussi!«

»Bussi.«

Während ich darauf warte, dass Maria vom Klo zurückkommt, kontrolliere ich noch schnell den E-Mail-Eingang. Klicke eine Nachricht an, die im Laufe des Tages von der Personalabteilung gekommen ist.

Hast du Interesse, Nachrichtenchef bei der besten Zeitung Skandinaviens zu werden? Beginn 1. Dezember. Schildere in ein paar Zeilen, warum gerade du für den Job geeignet bist. Deine Bewerbung muss bis spätestens 15. Oktober vorliegen.
Birgitta

Ich klicke die Mail zu. Klicke sie wieder auf. Klicke sie zu und beende das Mailprogramm.

Maria und ich ergattern einen Fenstertisch im *Pelikan*.

»Auf den heutigen Tag!« Maria erhebt ihr Bierglas.

»Patrick war stinksauer, hast du das mitgekriegt? ›Es ist unseriös, wenn jetzt neuerdings jeder auf eigene Faust bei der Polizei anruft, sie hätte die Information an mich weitergeben müssen, blablabla‹«, äffe ich ihn nach, während ich mit ihr anstoße.

Maria gähnt.

»Zwei Bier, dann geh ich.«

»Ich auch.«

Marias Handy meldet den Eingang einer SMS, und sie beeilt sich, die neue Nachricht aufzurufen. Nach ein paar Sekunden lacht sie albern.

»Wer war das?«

»Ein Typ.«

»Ein Typ?«

»Mhmm.«

»Erzähl schon. Details, wenn ich bitten darf!«

»Hab ihn letztes Wochenende kennen gelernt.«

»Wo?«

»Im *Snaps*. Kein Journalist, ist auch mal schön.«

»Wie sieht er aus?«

»Blond.«

»Groß?«

»Ziemlich.«

»Wie groß ...?«

»Zirka einsdreiundachtzig. So ungefähr.«

»Muskulös? Schmächtig?«

»So mittel.«

»Und sonst?«

»Er hat ein Zungenpiercing.«

Maria kichert und wird rot.

»Ich dachte, Piercings wären out. Gott, ich fühl mich plötzlich so alt.«

Marias Kicheranfall wird immer schlimmer, und ich warte lächelnd auf die Fortsetzung.

»Piercings *sind* out, Agata! Ich weiß auch nicht, irgendwie finde ich ihn gut. Er hat was. Aber er ist ein bisschen ...«

»Ein bisschen was?«

»... bisschen ...«

»Bisschen schwul? Impotent? Entstellt?«

»Nein! Bisschen jung.«

»Wie jung?«

Maria kichert wieder unkontrolliert. Nach einer Weile gesteht sie verlegen:

»Zweiundzwanzig.«

»Na und? Ist doch egal. Sei nicht albern. Die sechs Jahre Unterschied.«

»Ich glaube, ich mag ihn. Auch wenn er nicht bildschön ist. Nicht perfekt, so wie Teo.«

»Wie bitte, Teo ist doch nicht perfekt.«

Maria sieht mich vielsagend an, und ich muss lachen.

»Na gut, beinahe.«

»Bist du sicher, dass er keinen Bruder hat?«

»Ganz sicher. Aber zurück zu deinem gepiercten Halbstarken.«

»Ich mag ihn wirklich. Er ist witzig. Hat Köpfchen. Und er ist fantastisch im Bett!«

»Mit anderen Worten, es könnte was Ernstes werden?«

»Vielleicht. Mal sehen. Alle lästern schon. ›Immer noch keinen kennen gelernt, Maria?‹ Manchmal kriege ich direkt… Torschlusspanik.«

Maria sieht plötzlich traurig aus, und ich weiß, dass es streng verboten ist, seine letzten übriggebliebenen Single-Freundinnen mit Phrasen wie »du findest bestimmt bald jemanden« oder »das kommt schon noch« aufzumuntern, weil nichts dergleichen passieren wird. Aber plötzlich habe ich eine Idee.

»Schlimmstenfalls musst du warten, bis du fünfunddreißig oder vierzig bist und wir anderen alle mit unseren Beziehungen gescheitert sind.«

»Tolle Zukunftsaussichten. Und übrigens, denkst du da an Teo und dich? Dass es vielleicht nicht ewig hält?«

»Aber das ist ja wohl klar!«

»Wie verdammt unromantisch du bist.«

»Hör mal, Maria! In ein paar Jahren wird das die reinste ›Reise nach Jerusalem‹, wenn nach diversen Lebenskrisen die Beziehungen auseinanderbrechen und die Paare sich neu formieren. Dann musst du dir rechtzeitig einen schnappen, bevor die Musik wieder aufhört.«

Maria lacht und schüttelt den Kopf.

»Reise nach Jerusalem. Denk daran in deinen dunklen Stunden.«

»Danke, Agata. Jetzt geht's mir schon viel besser.«

»Noch ein Bier?«

Ich stehe auf und gehe zum Tresen.

»Drei große Pils, bitte!«, höre ich hinter mir rufen, während ich auf meine Biere warte. Die Stimme kommt mir bekannt vor. Ich drehe mich um.

»Hallo, Agata.«

»Hallo, Patrick.«

»Feierabend einläuten?«

»Japp. Genau wie du, nehme ich an.«

»Ja, ganz schön schwer, nach so einem Tag wieder runterzukommen.«

»Wie wahr.«

»Schöne Sache jedenfalls, was dir da gelungen ist.«

»Danke. Ja, war wirklich ein saugutes Gefühl.«

»Aber wie ich vorhin schon sagte, du hättest es ruhig an mich weitergeben können, nicht? Schließlich sind wir im Kriminalressort zuständig für die Zusammenarbeit mit der Polizei. Ist jetzt kein Beinbruch, aber ich wollt's nur noch mal gesagt haben.«

Patrick versucht, gleichmütig auszusehen, und lässt den Blick lässig durchs Lokal schweifen, als halte er Ausschau nach jemandem.

»Ach, nun heul doch nicht deswegen. Ich hab gewonnen. Neues Spiel, neues Glück, okay?«

Ich grinse breit, während ich ihm das Messer in die Brust stoße, und Patrick lächelt gequält.

»Na klar. Ich sage ja nur, dass wir uns nächstes Mal besser abstimmen müssen.«

Wieder lächelt Patrick mühsam. Er sollte besser aufs Klo gehen, denn am Tisch hat er keine Chance, die Klinge aus der Brust zu ziehen, ohne dass es auffällt. Patrick balanciert seine Biere zu unserem Tisch, an dem sich inzwischen noch zwei

Fotografen niedergelassen haben. Danach geht er auf die Toilette.

Ich hebe das Handy hoch, um zu sehen, wie spät es ist, drehe es zum Licht aus der Würstchenbude, kneife die Augen zusammen, versuche den Blick scharf zu stellen. Schon Mitternacht. Teo ist bestimmt stinksauer, weil ich nicht angerufen habe. Maria steht am Bordstein und winkt einem Taxi, sie will nach Hause. Aber ich nicht. Ich will mich noch amüsieren. Da klingelt Patricks Handy. Ein paar Minuten später sind wir beide unterwegs zu einer Party in Bagarmossen.

Ein junger Typ mit Bart begrüßt uns. Er ist Tischler, sagt er, und kennt Patrick schon seit gemeinsamen Kindertagen in Ludvika. Wir drängeln uns hinter ihm durch die kleine verqualmte Einzimmerwohnung. Aus der Stereoanlage dröhnt schwedischer Pop in voller Lautstärke, die Wände zittern im Takt der Bässe. Ein paar Mädchen hüpfen auf und ab und verschütten ihre Drinks auf dem Teppich vor dem Sofa. Wir landen in der Küche, wo er mir einen Gin Tonic eingießt, der fast nur nach Gin schmeckt. Ich gehe wieder ins Wohnzimmer, setze mich zufrieden aufs Sofa und beobachte die hüpfenden Tussis. Patrick ist mir dicht gefolgt. Ich summe leise mit bei »Mein Liebling hat ein Herz aus Schnee«.

»Wollen wir fummeln?« Patrick sieht mich hoffnungsvoll an, während er sich dicht neben mir aufs Sofa setzt, eine Idee zu dicht.

Es ist eigentlich nichts auszusetzen an Patrick. Er ist ein wohlerzogener netter Kerl mit hellen blaugrauen Augen und flachsblondem Haar, ein sympathischer Junge in kariertem Hemd und Jeans, der immer noch Kontakt zu den Kumpels von früher hält und sogar von den Konkurrenzblättern geschätzt wird. Aber zu Hause im Bücherregal hat er ein Album mit Zeitungsausschnitten von allem, was er jemals geschrieben hat, einschließlich seines allerersten Leserbriefs an die Schülerzeitung. Die Sache ist nur, dass ich glaube, er würde die Klitoris einer Frau nicht mal mit eingeschaltetem Scheinwerfer am Grubenhelm finden.

»Das fragst du andauernd, und die Antwort ist immer noch nein!«

»Ist es, weil du einen Freund hast?«

»Nein, sondern weil ich nicht auf dich abfahre.«

Ich streiche ihm über die Wange, und er zuckt die Schultern und erhebt sich schwankend, geht den einen Meter zu den Tussis an der Stereoanlage und fängt an, im Rhythmus der Musik mitzuhüpfen. Ich schiele hinüber zur Küche. Der Tischler mixt immer noch Getränke. Am Kühlschrank lehnt ein süßer Typ in schwarzem T-Shirt und Jeans. Auf dem einen Oberarm hat er ein Tattoo, das einen sich schlängelnden Drachen darstellt. Ich beschließe, eine Kippe von ihm zu schnorren. Der Typ heißt Andreas, wie sich herausstellt. Er arbeitet ebenfalls als Tischler. Bei genauerem Hinsehen fällt mir eine kurze, dünne Narbe auf seinem Wangenknochen auf.

»Ich war mal mit einem Tischler zusammen, schon lange her«, quetsche ich aus dem Mundwinkel, während er mir Feuer gibt.

»Jetzt nicht mehr?«

»Nein, der war mir zu langweilig.«

Ich blase den Rauch aus und sehe dem Tischler so lange in die Augen, bis er verlegen zu Boden schaut.

Dann plaudern wir ein wenig, und ich lache mehrere Male laut, und der Tischler scheint mehr und mehr überzeugt, dass er an diesem Abend nicht allein nach Hause gehen wird. Igitt, die Zigarette schmeckt wie Kaffeesatz, ich werfe sie in die Spüle und gehe aufs Klo. Kneife vor dem Spiegel die Augen zusammen, um den Blick zu fixieren. Nach einer Weile kann ich mich erkennen. Wuschle die Haare auf und ziehe an den

BH-Trägern, um die Möpse ein wenig anzuheben. Trete einen Schritt zurück und zupfe das ausgeschnittene schwarze Top zurecht. Sehen meine Brüste jetzt nicht größer aus? Ich trage heute keinen Push-up, aber immerhin. Ich betrachte mich im Profil. Normalerweise sind sie kaum zu erkennen, es gibt Zwölfjährige, die mehr zu bieten haben. Na ja. Ich stecke die Hand in den BH und betaste meine linke Brust. Sie fühlt sich ein bisschen geschwollen an. Oh Gott, wenn ich jetzt Brustkrebs habe! Erschrocken weiche ich zurück, bis ich an die Badewanne stoße, und starre mich sekundenlang im Spiegel an. Ach was, scheißegal, jetzt ist Party, ich drehe mich um und überprüfe meinen Jeanshintern im Spiegel, und als ich vom Klo komme, steht mein Tischler immer noch in der Küche. Ich schenke ihm ein aufmunterndes Lächeln, bevor ich mich wieder aufs Sofa fallen lasse. Muss nur mal eine Sekunde ausruhen. Ich schließe die Augen, und alles dreht sich. Ist vielleicht doch langsam Zeit, zu gehen. Patrick knutscht mit irgendeiner Braut auf dem Bett herum. Ich wühle in meiner Tasche nach dem Handy, und während ich versuche, die Taxinummer zu wählen, stolpere ich in die Küche und frage nach der Adresse hier. Mein Tischler sieht enttäuscht aus. Ich merke, dass er mir folgt, als ich Richtung Flur gehe und dabei zum dritten Mal versuche, die Adresse so deutlich auszusprechen, dass der Typ in der Taxizentrale sie auch versteht. Der Tischler beobachtet mich, während ich versuche, Mantel, Halstuch und Stiefel anzuziehen.

»Willst du schon gehen? Ihr seid doch gerade erst gekommen.«

»Japp. Muss morgen arbeiten.«

Ich öffne die Tür und zögere. Er macht einen Schritt auf mich zu.

»Gibst du mir deine Nummer? Vielleicht können wir uns mal treffen.«

»Nee, ich glaube nicht.«

»Warum?«

»Darum!«

Er geht noch einen Schritt auf mich zu, drängt mich ins Treppenhaus und gegen die Wand neben dem Fahrstuhl. Er presst sich an mich, und ich merke, wie es in meinem Unterleib zieht. Er ist jetzt so nah, dass ich seinen Atem im Gesicht spüre. Es wäre ganz einfach. Nur ein schneller Kuss. Teo bräuchte nichts davon zu erfahren. Einfach nur, um die Bestätigung zu haben, dass man noch interessant ist. Aber als ich die Augen schließe, merke ich, dass mir schlecht wird, ich stoße ihn hastig weg und stolpere die Treppen hinunter.

»He, du, komm zurück!«, höre ich ihn rufen, aber ich habe die Haustür schon aufgerissen. Im Taxi schlägt der Rausch vollends über mir zusammen, ich halte krampfhaft meine Tasche umklammert und bete, dass ich nicht in den Wagen kotze.

Ich falle quer über Teo ins Bett, Mantel und Stiefel immer noch an. Er murmelt irgendwas unter der Decke. Es klingt wie »geh weg, du Schnapsnase«. Geliebter wunderbarer Teo. Der Beste. Meiner.

»Ich liiiiiebe dich, Teo!«

Er brummelt immer noch unter der Decke.

»Ich muss früh raus!«

»Hör mal! Wir können doch noch ein bisschen Party machen, nur du und ich. Komm!«

Ich versuche. Teo hochzuziehen, aber er ist stärker.

»Maaaaann, bist du doof. Ich liebe dich doch!«

»Agata, hast du deine Tage immer noch nicht?«

»Ach, hör auf zu quengeln, das nervt …«

Das Letzte, an das ich mich erinnere, ist, dass ich versuche, Teo zu küssen, und er sich ganz weit auf seine Seite zurückzieht.

Königin Silvia bestürzt

Teo sitzt am Küchentisch und isst Brot mit Kaviarcreme, als ich wie ein alter Penner hereingeschlurft komme, die Jeans und mein fleckiges Top immer noch an. Ich stinke wie ein Iltis, und meine Augen brennen von alter verschmierter Mascara.

»Guten Morgen, Schnapsnase!«

»Hm.«

Teo beobachtet mich, während ich an der Spüle stehend meinen Kaffee schlürfe.

»Weißt du nicht, was für ein Tag heute ist?«

»Nee, wieso?«

»Denk nach!«

Ich sinke auf den Küchenstuhl gegenüber von Teo. Er trommelt mit einem Daumen gegen seine Kaffeetasse. Wartet.

Da fällt es mir siedendheiß ein.

»Hab ich ganz vergessen.«

»Herzlichen Glückwunsch zum Achtundzwanzigsten. Ich wollte dir ein Champagnerfrühstück ans Bett bringen, aber du hast das ganze ›Happy birthday to you‹ verschnarcht.«

Teo deutet mit einem Kopfnicken auf das Tablett, das auf den Herdplatten steht.

Frisch gepresster Orangensaft, Eier und Toast.

»Oh, das ist aber lieb von dir.«

»Wann sehe ich dich wieder?«

»In der Redaktion ist im Moment der Teufel los. Ein junges Mädchen wurde gekidnappt.«

»Musst du heute arbeiten?«

»Mhm. Ich bin weiter an dem Entführungsfall dran, deshalb arbeite ich die ganze Woche Tagschicht. Verdammt, ich hatte ganz vergessen, wie schwer es ist, morgens aufzustehen.«

»Lass uns nach der Arbeit essen gehen. Um sieben.«

Teo stellt seinen Kaffeebecher auf die Spüle, gibt mir einen Kuss in den Nacken und verschwindet im Bad. Ich setze einen frischen Kaffee auf und gehe ins Schlafzimmer, um meine Jogginghose und ein T-Shirt anzuziehen. Ich höre, wie Teo wieder aus dem Bad kommt und im Flur herumkramt. Als er gehen will, presse ich mein Gesicht an seine Brust und schließe die Augen. Teo drückt mir einen Kuss aufs Haar.

»Und sonst hast du nichts vergessen?«

Ich blicke zu ihm hoch.

»Ach, schon gut.«

»Nein, was denn?«

»Nichts. Ich muss los.«

Ich spitze die Lippen, um einen Kuss zu erbetteln, aber Teo weicht zurück.

»Und mach was gegen deinen Atem.«

Ah! Schon am Empfang spürt man den Geruch von Erwartung und Nervosität, von Selbstvertrauen, aber auch dem Bewusstsein, jederzeit von der Konkurrenz überholt werden und die Story verlieren zu können, Gott bewahre. Janne sitzt heute neben Martin in der Arche, und noch ehe ich meine Jacke über die Stuhllehne werfen kann, ruft Martin mich schon. Erwartungsvoll trabe ich zu ihm hin.

»Verdammt gute Arbeit, die du gestern abgeliefert hast.«

»Danke!«

Ich grinse idiotisch. Janne blickt von der Zeitung hoch und schenkt mir ein anerkennendes Lächeln, und ich fühle mich, als müsste ich gleich platzen.

»Wollen wir einen Kaffee zusammen trinken?«, schlägt Janne vor, und ich nicke.

Er nimmt zwei Plastikbecher aus dem Schrank, gibt mir einen davon und stellt den anderen in den Kaffeeautomaten.

»Du musst mit dieser Freundin in Kontakt bleiben. Dieser Josephine.«

»Auf jeden Fall. Ich wollte sie gerade anrufen.«

»Gut. Vielleicht kann sie uns auf dem Laufenden halten. Ob Lösegeldforderungen gestellt werden, oder was auch immer.«

Ich nicke eifrig.

»Ich habe den Kollegen vom Kriminalressort gesagt, dass sie dich über alles informiert halten sollen, was sie herausfinden.«

Ich nicke wieder. Halleluja.

Wir gehen gemeinsam zur Arche zurück. Es ist ein Gefühl, als hätten Janne und ich einen heimlichen Bund geschlossen, so als befände ich mich im innersten Kokon der Zeitung. An der Arche angekommen, sagt Martin, er habe einen Auftrag für mich.

»Ich will eine Umfrage: So schützen sich die Reichen. Sprich mit ein paar Wachfirmen, ich habe gehört, es soll immer üblicher werden, sich Personenschutz anzuheuern.«

Janne senkt die Zeitung, in die er sich wieder vertieft hatte, und wirft ein:

»Ja, das ist eine sehr gute Ergänzung.«

»Okay.«

Ich nicke Janne zu, meinem Verbündeten.

Gehe zurück zu meinem Schreibtisch. Schalte den Rechner an und starte das Programm. Weder Patrick noch Maria haben sich bisher blicken lassen. Ich wähle Josephines Handynummer, aber es meldet sich nur die Mailbox. Ich blättere die Zeitung durch. Überfliege stolz noch einmal meinen Text. Anschließend lese ich Marias Artikel, der ist auch gut. Der Beitrag wird von Fotos umrahmt, einem Porträt von Cecilia, das mit dem traurigen Blick, das auch schon den ganzen Morgen in allen Nachrichtensendungen immer wieder gezeigt wird. Auf der gegenüberliegenden Seite ein Bild von dem großen Haus der Familie in Djursholm. »Die Angehörigen sind im Moment zu keinem Kommentar bereit«, sagt ein Freund der Familie. Er könne nur so viel sagen, dass die Familie schockiert sei. Der nächste Beitrag ist von Patrick und Lasse, mit einem Foto der Straße, in der die Entführung stattfand, dazu die üblichen nichtssagenden Kommentare der Polizei: »Die Untersuchungen laufen, mehr können wir im Moment nicht sagen«, aber sie verraten immerhin, dass sie alle verfügbaren Kräfte auf den Fall angesetzt haben. Nächste Seite, ein Artikel von Maria und mir. Ein großes Foto mit einer bekümmert blickenden Königin Silvia, das natürlich bei einem anderen Anlass aufgenommen wurde. Der Palast gibt bekannt, die königliche Familie teile die Sorge ihrer Bekannten. Anschließend ein paar Hintergrundinformationen über Cecilia. Aufgewachsen auf Östermalm. Beliebt. Reiterin von Kindesbeinen an, hat an Springturnieren teilgenommen, ist mittlerweile jedoch nicht mehr aktiv. Wird »Sessi« genannt. Dem Vater, Karl Silvstedt, gehört eine große Weinimportfirma mit Hauptsitz in London.

Ich falte die Zeitung zusammen und überlege, wie ich meinen Artikel über die Reichen, die sich bedroht fühlen, aufziehen soll. Plötzlich fällt mir ein, dass ich ja einen guten Informanten kenne, den ich anrufen kann. Ich klicke mein Adressbuch im Computer auf. Da ist er, Stefan Magnusson. Ein Personenschützer, den ich letztes Jahr interviewt habe. Wegen der zunehmenden Ladendiebstähle. Er hatte früher bei H & M und Åhléns und noch einigen etwas exklusiveren Ladenketten gearbeitet und berichtete, dass gutverdienende Frauen zwischen dreißig und fünfundvierzig bei den Ladendiebstählen überrepräsentiert seien. Magnusson meinte, es wirke so, als gäbe es ihnen einen Kick, etwas Riskantes zu tun, aber er sagte auch, dass man ihnen nur schwer beikommen könne. Ein achtzehnjähriges Mädchen mit einem Pullover in der Tasche, das in Tränen ausbricht, wenn es auf frischer Tat ertappt wird – kein Problem. Aber einer fünfunddreißigjährigen Börsenmaklerin gegenüberzustehen, die mit einer ganzen Schar von Anwälten droht – schon deutlich problematischer. Und oft verzichteten die Läden in so einem Fall auf die Anzeige, um ihren Ruf bei »den kaufkräftigen Konsumentengruppen« nicht zu beschädigen.

Ich rufe ihn an, und er erzählt mir freudig, dass er eine eigene Personenschutzfirma gegründet habe und das Geschäft blendend laufe. Doch, ja, die Reichen würden immer ängstlicher; seit Cecilias Entführung habe seine Firma schon zehn neue Anfragen von Eltern mit Kindern in ihrem Alter erhalten. Aber als ich nach den Namen seiner Klienten frage, lacht er nur. »Nein, nein, das sage ich nicht.« Ich schreibe ein bisschen was zusammen, gehe zur Arche und sage Martin, dass ich den Text in unserer internen Datenbank abgelegt habe. »Die Reichen leben in Angst und Schrecken«, murmelt Martin vor sich hin.

»Gute Schlagzeile«, sage ich anerkennend und gehe zurück zu meinem Platz.

Teo klingt geheimnisvoll, als er gegen sechs anruft. »Ich warte im Solna Centrum bei den Bussen auf dich«, sagt er nur. Ich gehe rasch auf die Toilette, wuschle mir die Haare auf und hüpfe vor dem Spiegel auf und ab, um zu kontrollieren, wie meine geräumige Männerhose sitzt. Die Hose fühlt sich fast ein bisschen eng an, komisch, vielleicht ist sie beim Waschen eingelaufen. Ich zupfe an der Männerweste herum, damit sie ordentlich über dem ausgeschnittenen weißen Baumwollshirt sitzt, und trete einen Schritt zurück. Na ja, wird schon gehen.

Mama ruft an, als ich in der U-Bahn sitze. Sie, Papa, Siwan und wer immer zufällig gerade auch im Supermarkt ist, singen »Happy Birthday« im Chor.

»Agata, hörst du mich?«

»Hallo, Mama. Schön habt ihr gesungen.«

»Warte, Siwan will dir was sagen.«

»Agata?«

»Hallo, Siwan, na?«

»Herzlichen Glückwunsch!«

»Danke, danke!«

»Du, hast du irgendwelche Prominenten getroffen?«

»Keine neuen seit dem letzten Mal, Siwan ... oder warte mal, doch, Kia und ich haben neulich Pernilla Wahlgren, du weißt schon, die Sängerin, in der Kistagalleria gesehen.«

»Echt, ist das wahr? Die fand ich nie so toll. Ich finde, sie ist vulgär. Aber ihre Haare sind geil, sagt man doch so, oder? Na, hier kommt Elisa nochmal. Tschüssie!«

»Papa und ich haben dir ein Päckchen geschickt. Ist es angekommen?«

»Noch nicht, aber vielleicht ...«

»Warte, hier kommt Lindman. Er will auch guten Tag sagen.«

»Hallo Lindman, wie geht's?«

Es dauert ein paar Sekunden.

»Doch, geht prima.«

Wieder ein paar Sekunden Stille, ich höre nur die röchelnden Atemzüge des Alten.

»Und, was macht der Hof?«

»Och, viel Arbeit, wie immer.«

»Wussten Sie, dass ich heute Geburtstag habe?«

Lindman hustet.

»Okay, Lindman, Ihnen auch alles Gute. Geben Sie mir Mama nochmal?«

»Agata?«

Mein Vater brüllt immer ins Telefon, deswegen muss ich es ein Stück vom Ohr weghalten.

»Hei Papa! Wie geht's?«

»Hast du das Päckchen gekriegt?«

»Nein, noch nicht.«

»Ist unheimlich witzig. Wird dir gefallen.«

»Bestimmt.«

»Soll ich verraten, was es ist?«

»Nein, dann ist es ja keine ...«

»Ein weißer Cowboyhut aus echtem Leder. Haben wir beim Squaredance gekauft. Der kommt direkt aus Texas.«

Ich halte das Handy noch ein bisschen weiter vom Ohr weg, während Papa lacht. Zum Glück sitzt mir gegenüber nur ein junger Typ mit großen Kopfhörern auf den Ohren, der teilnahmslos aus dem Fenster starrt und sich nicht um mich kümmert.

»Wann soll ich den denn aufsetzen, sag mal?«

»Bei der Arbeit, wär doch unheimlich witzig. Du könntest ihn aufsetzen, wenn du den Ministerpräsidenten interviewst.«

Manchmal fällt es mir wirklich schwer, zu entscheiden, ob Papa mich auf den Arm nimmt oder nicht. Ich warte, bis er fertig ist mit Lachen, und dann sagen wir das Übliche, dass ich sie öfter besuchen soll und warum ich das nicht kann, und dann will Mama nochmal ans Telefon, aber irgendwie schafft sie es, das Gespräch wegzudrücken, und da bin ich so erschöpft, dass ich mein Handy abschalte.

Giraffe und Reporterin kämpfen um griechischen Gott

Trotz meiner Proteste setzt Teo mir seine schwarze Mütze auf und zieht sie mir bis über die Augen. Er hakt mich unter, und ich stolpere vorwärts wie eine alte Frau, »hier nach links, warte, ein Stein, ein Schild, weiter nach rechts, jetzt ein Stück nach links, warte«. Als es mir langsam vorkommt wie eine halbe Ewigkeit:

»Teo, das macht keinen Spaß, wo sind wir?«

»Gleich da!«

Ich höre, wie Teo eine Tür öffnet, dann gehen wir eine Treppe hinunter und danach eine kleinere Treppe hinauf, »Achtung, kleine Stufe«, durch einen langen Korridor, Treppe runter, wir bleiben stehen, Teo öffnet noch eine Tür, es raschelt ein bisschen, ich gehe ein paar Schritte hinaus in etwas, das sich wie Das Große Nichts anfühlt, und als Teo sagt, »bleib stehen«, hallt es. Auf einmal finde ich das alles ein bisschen unheimlich, ein Schauer läuft mir über den Rücken.

Ich strecke die Arme nach beiden Seiten aus, aber da sind keine Wände.

»Teo, wo sind wir?«

Vorsichtig nimmt er mir die Mütze ab, und ich zwinkere ein paar Baumwollfusseln fort. Dann erkenne ich, wo wir sind. Ich kann es kaum glauben. Teo grinst.

Die Scheinwerfer sind aus, aber auf der Tribüne direkt vor uns sind Unmengen von Teelichtern über die Sitze verteilt, und auf dem Platz ungefähr in der Mitte steht eine Flasche Champagner mit zwei weißen Plastikbechern.

»Da hast du gesessen, glaube ich«, lächelt Teo und schlingt von hinten die Arme um mich. Ich habe einen Kloß im Hals, das hier ist das Wunderbarste, was jemals ein Mann für mich getan hat.

Plötzlich hören wir Schritte hinter uns, ein schmächtiger Typ knapp über zwanzig in Jeans und dicker Daunenjacke kommt mit einer großen McDonald's-Tüte in der Hand herein. Er nickt mir schüchtern zu und reicht Teo die Tüte.

»Das ist Joel, er ist Nachtwächter hier.«

Joel nickt wieder und läuft rot an.

»Danke für deine Hilfe.«

Teo und Joel geben sich die Hand.

»Um neun müsst ihr wieder draußen sein«, sagt Joel mit heller, dünner Stimme und sieht zu Boden.

»Kein Problem.«

Joel verschwindet, und Teo macht eine Handbewegung, dass wir uns setzen sollen.

»Komm!«

»Wie hast du das alles hier hingekriegt?«

»Ich habe Joel vor zwei Wochen bestochen, und den Rest habe ich heute organisiert. Aber das Essen ist leider nicht gerade erstklassig.«

»Red keinen Unsinn … sind das Big Mäcs?«

Ich schaue in die Tüte. Teo geht vor mir durch die Sitzreihen nach oben. Es ist beinahe gruselig, so ganz allein durch diese Riesenhalle zu spazieren. Ich lege meine Jacke und die Tasche auf die Bank und setze mich neben Teo.

»Genau heute vor zwei Jahren haben wir uns kennen gelernt.«

»Entschuldige, Teo. Ich verstehe nicht, wie ich das vergessen konnte.«

Ich schlage mir an die Stirn und ziehe eine Grimasse.

»Teo, du … verzeih mir.«

Teo zuckt mit den Schultern und lacht, aber es klingt gepresst und ein wenig hart.

»Ich bin's ja gewohnt. Letztes Jahr hast du es auch vergessen.«

Teo gießt den Champagner ein, und die Kohlensäure kribbelt ein bisschen in der Nase. Ich blicke mich im Saal um und fühle mich zwei Jahre zurückversetzt, der Schweißgeruch, das Gejohle von den Rängen und Kaugummi kauende Männer in Trainingshosen, alles ist wieder da.

Kia hatte gerade erst Dany kennen gelernt, und der wollte seinem besten Kumpel bei einem Wettkampf zusehen, der in der Solnahalle stattfand. Ich konnte mir nichts Schlimmeres vorstellen, als einen Samstag damit zu vergeuden, irgendwelchen Karate-Idioten zuzuschauen, schon gar nicht an meinem Geburtstag. Aber Kia war unerbittlich: »Wenn du nicht mitkommst, gehen wir heute Abend auch nicht deinen Geburtstag feiern.« Dany holte uns in einem schwarzen Alfa Romeo ab. Er trug ein dunkles Sakko, das aussah, als sei es ihm drei Nummern zu groß, einen Rollkragenpullover und eine Halskette mit Goldkreuz, das über den Rollkragenrand baumelte. Seine schwarzen Locken waren nach hinten gegelt und im Nacken zusammengebunden, er sah eigentlich ziemlich genau wie ein Aufreißer vom Strand aus. Kias frühere Lover hatten alle ausgesehen wie geklonte Börsenmakler in ihren teuren Anzügen mit den rosa Krawatten. Ich selbst hatte gerade einen Maler abserviert, den ich in der Kneipe kennen gelernt hatte. Am Anfang war noch alles Friede, Freude, Eierkuchen gewesen, er war gut im Bett und hatte schöne dicke Haare. Aber nach einer Weile fing er an, Pärchenabende bei sich zu veranstalten. Da saßen wir dann, er und ich und seine Anstreicherkollegen mit ihren Krankenschwester-Freundinnen und eine ziemlich gelangweilte Kia. Beim Essen drehten sich die

Gespräche meistens um Küchenrenovierungen und die endlos langen Schlangen an den Wochenenden bei Ikea. Eines Tages nahm Kia meine Hände und sagte: »Hör mal, das geht so nicht, das musst du doch merken? Das hier bist nicht du, Agata.« Und ich merkte es ja wirklich. Dass es nicht funktionieren würde. Die Beziehung war nicht mein Fall, viel zu ruhig. Ich hatte ja den Vertretungsjob bei der Abendzeitung und lebte herrlich und in Freuden in meiner ersten eigenen, winzigen Einzimmerwohnung am Zinkensdamm.

Die Halle war vollbesetzt, der Schweißgestank stach einem in die Nase, und man bekam kaum Luft. Ich konnte außer Kia und mir keine anderen Frauen entdecken, was ja eigentlich kein Grund zur Klage ist, aber die Männer beachteten uns überhaupt nicht, weshalb wir uns beinahe wie Störenfriede vorkamen. Dany bahnte uns einen Weg durch den knüppelvollen Tribünenaufgang, überall standen Männer in Anoraks oder langen schwarzen Lederjacken. Mir fiel auf, dass fast alle ihre Trainingshosen sehr weit hochgezogen hatten, wollten sie, dass man ihnen auf ihre Teile starrte, oder was? Wir kämpften uns auf der Tribüne bis ziemlich weit nach oben, wo Dany sofort anfing, zu pfeifen und jemandem unten in der Halle zuzuwinken. Neben zwei Kerlen, die versuchten, sich gegenseitig an den Kopf zu treten und eine Reihe Kampfrichter an einem langen Tisch zu beeindrucken, drehte sich der süßeste Typ, den ich je im Leben gesehen hatte, zu uns um und winkte zurück. Er war groß und gut gebaut und hatte lockige braune Haare. Er sah aus wie ein italienischer Fußballspieler, einer von diesen Jungs, denen Kia und ich zujubelten, wenn Fußball-WM war. Er trug einen blendendweißen Karateanzug und hatte sich den Anorak um die Schultern gehängt.

Wir sahen diesen Gott einen Kampf bestreiten, den er gewann. Und wenn das hier der letzte Tag meines Lebens gewesen sein sollte, weil mich vielleicht am Nachmittag ein Bus überfahren würde, kein Problem, wirklich kein Problem. Außerdem fand ich das alles nach einer Weile ganz schön sexy, junge Männer, die um sich traten und grunzende Laute ausstießen. Es lag dermaßen viel Testosteron in der Luft und waberte unter den Dachbalken – wenn man das hätte einfangen und in Flaschen abfüllen können, hätte das für eine Bombe gereicht, die den ganzen Erdball in die Luft sprengt, oder dafür, allen Frauen auf der Welt den ultimativen Orgasmus zu verschaffen. Ich fühlte mich wie ein Fisch im Wasser. Aber nach einer Weile wollten Kia und Dany gehen.

»Nein, wir können jetzt nicht gehen, wir sind doch eben erst gekommen«, sagte ich, worauf Dany und Kia mich etwas seltsam ansahen.

Aha, verstehe. Die beiden wollten mich hier zurücklassen. Unter Hunderten mit Testosteron vollgepumpten Kerlen. Gut, es konnte einem Schlimmeres zustoßen an einem Samstagabend. Aber wie sollte ich an diesen Gott da unten rankommen?

»Kannst du mir einen Gefallen tun?«, fragte Dany im selben Moment.

»Na klar.«

»Der uns vorhin zugewinkt hat, das ist Teo. Ich habe heute bei ihm übernachtet, könntest du ihm seinen Schlüssel bringen? Das wäre echt super.«

»Sicher«, erwiderte ich so gleichmütig, wie ich nur konnte, und Dany wühlte in seiner Hosentasche.

Als Dany und Kia gegangen waren, stellte ich fest, dass ich Gott Teo aus den Augen verloren hatte. Ich schaute mich um, jetzt war ich der einzige Zuschauer in einem Kleid, und ich fühlte mich langsam unbehaglich. Da bemerkte ich einen jungen pickeligen Typen, der unten vor der Tribüne stand und offenbar nach einem Fotografen Ausschau hielt. Ich konnte mir doch ebensogut die Zeit mit etwas vertreiben, in dem ich richtig gut war – mit Recherche. Ich kramte meinen Presseausweis aus der Tasche, hängte ihn mir um den Hals und quetschte mich unter tausend Entschuldigungen durch die Menge.

»Hallo!«

Das Pickelgesicht musterte mich verblüfft von oben bis unten.

»Ich bin von der Abendzeitung und berichte über …«

Ich sah hilfesuchend zur Decke über dem Kampfrichtertisch.

»… die schwedischen Landesmeisterschaften in Taekwondo … weißt du, das ist eigentlich nicht mein Ressort, ich bin nämlich Lokalreporterin, aber der Kollege vom Sport ist krank, deshalb musste ich einspringen, im Moment warte ich auf meinen Fotografen, und da habe ich mich gefragt, ob du vielleicht so wahnsinnig nett sein könntest, mir zu helfen.«

Der Aknetyp kaute so frenetisch auf seinem Kaugummi, dass es aussah, als würde sein Unterkiefer gleich aushaken. Sein nichtssagender Gesichtsausdruck verwirrte mich etwas, ich war mir nicht sicher, ob er verstanden hatte, was ich sagte. Vielleicht war er ja taub.

»Und für welche Zeitung arbeitest du?«, fuhr ich rasch fort.

Da nuschelte er tatsächlich einen ganzen Satz, kaum hörbar, aber ich schnappte »Kampfsport« und »Magazin« auf.

»Cool. Sag mal, kann ich dich ein paar Sachen fragen?«

Er nickte ernst, und ich blickte mich hektisch um, konnte Teo aber immer noch nirgends sehen.

»Ja, also ich wüsste gern, wer die Teilnehmer sind?«

Mein Experte stützte die Ellbogen auf die Brüstung zwischen Tribüne und Arena, machte aber keine Anstalten, etwas zu sagen.

»Du hast offenbar unheimlich viel Ahnung, könntest du mir nicht – so unter uns Journalisten – einen kleinen Insidertipp geben? Quasi von Mann zu Mann?«

Er seufzte tief auf, aber mir schien, als holte er auch ein bisschen Luft, um reden zu können.

»Ich kann dir sagen, wer von denen richtig gut ist. Scheiß auf den Rest, okay? Aber ich begreife nicht, wie eine so große Zeitung eine Amateurin zu so was hier schicken kann.«

Ich nickte und versuchte, ein ebenso bekümmertes Gesicht zu machen wie er. Hoffentlich gehörte Teo zu den Guten. Das Pickelgesicht stellte sich wieder aufrecht hin und hielt nach jemandem Ausschau.

»Da!«

Er zeigte auf einen Schwarzen mit kurzen Rastalocken, der in einer Ecke saß und aus einer Wasserflasche trank.

»Siehst du den? Er heißt Jimmy Svensson und wird heute wahrscheinlich gewinnen. Er ist in Bestform und hat …«

Ich hörte nicht zu, denn jetzt hatte ich Teo wiedergefunden. Er stand unten am Eingang und unterhielt sich mit einem Mädchen. Einer großgewachsenen Braut mit blonden Haaren, sie sah aus wie eine Giraffe, na ja, wohl nur in meinen Augen, Männer würden sie sicher als Schönheit bezeichnen.

»Und der da?«

Ich zeigte diskret auf Teo.

»Ja, der ist auch nicht schlecht. Das ist Teodore Papanikolaou, ein Sonderfall, er hat noch nicht viele Wettkämpfe mitgemacht, aber jedes Mal, wenn er teilnimmt, ist er unter den Besten, er könnte vielleicht sogar gewinnen, wenn er mehr trainieren würde. Seine Tritte sind kraftvoller als Jimmys, aber seine Kondition ist schlechter.«

»Und warum trainiert er dann nicht mehr?«, fragte ich, ohne den Blick von Teo abzuwenden.

»Seh ich aus wie seine Mutter, oder was?«

»’tschuldigung.«

»Und dann könntest du noch mit ihm hier reden …«

Er zeigte auf einen schmächtigen Bengel mit rasiertem Schädel, der auf der Tribüne saß und grellbunte Brause trank.

»... in ein paar Jahren ist der topp.«

»Sag mal, warum haben die eigentlich alle ihre Hosen so weit hochgezogen?«, fragte ich scherzhaft, aber mein Experte sah plötzlich ungemein beleidigt aus. Er hörte sogar auf, Kaugummi zu kauen.

Zum Glück rief der Fotograf am anderen Ende der Arena nach ihm, und ohne ein weiteres Wort verschwand mein pickeliger Freund. Ich blieb, wo ich war, drehte meinen Presseausweis zwischen den Fingern und wartete darauf, dass Teo und die Giraffe ihr Gespräch beendeten. Nach einigen Minuten machte die Giraffe ein eingeschnapptes Gesicht, drehte sich plötzlich um und ging weg. Jetzt hieß es, keine Zeit zu verlieren, Teo war auf dem Weg in die Arena, also drängelte ich mich vorwärts, um zu ihm zu gelangen.

»Entschuldigung? Hallo? Teo?«

Er sah hoch in meine Richtung, während ich die letzten Typen beiseite schubste, die mir den Weg versperrten. Aus der Nähe konnte ich sehen, wie lang seine Wimpern waren und dass er kleine Sommersprossen auf den Wangen hatte, genau wie ich, obwohl bei mir auch welche auf der Nase sitzen. Er war zwei Köpfe größer als ich, und als er sich bückte und seine Sporttasche hochnahm, fiel ihm eine Locke ins Gesicht. Er griff danach und strich sie wieder hinters Ohr, und mir fiel nichts anderes ein als bescheuert zu grinsen. Er hatte sich umgezogen, trug jetzt eine Adidas-Hose und ein T-Shirt, und er hatte die Hose nicht bis unters Kinn gezogen. Ich seufzte beglückt.

»Ich bin die Freundin von Kia«, sagte ich endlich.

»Kia?«

»Ja, sie ist mit deinem Kumpel zusammen, Dany.«

»Syrer-Dany?«

»Äh … ja. Er hat mich gebeten, dir deine Schlüssel zu geben, die er noch hatte.«

Ich hielt die Schlüssel hoch, und Teo berührte meine Hand, als er sie mir abnahm. Seine Hand war weich und groß. Dieser Mann war perfekt. Gott hatte sich bestimmt vorgestellt, dass alle Männer so aussehen sollten, nur ist dann offenbar unterwegs irgendetwas schiefgegangen.

»Wo ist Dany denn?«

»Sie sind gegangen.«

Ich rollte vielsagend mit den Augen.

»Und haben dich einfach hier zurückgelassen?«

»Ach, nicht so schlimm, ich hab was übrig für Kampfsport.«

»Tatsächlich?«

Seine Nase war ziemlich groß, aber schmal. Wie kann man nur so perfekt aussehen?

»Ja. Ich bin sehr beeindruckt von Jimmy … und dem jungen Bengel.«

»Welchem jungen Bengel?«

»Na, dem da …«

Ich zeigte auf die Tribüne, aber der halbstarke Brausetrinker war nicht mehr da.

»Jedenfalls … Du bist auch supergut, musst du noch öfter auftreten?«

»Auftreten?« Teo begann lauthals zu lachen.

Schöne Zähne hatte er auch. Einer der Eckzähne war ein klein wenig gelblich, aber alle anderen waren weiß und … perfekt.

»Ich meinte … kämpfen?«

»Ja, in zehn Minuten, um genau zu sein.«

Teo musterte mich, und ich errötete.

»Ich muss jetzt gehen«, entschuldigte er sich. »Aber danke für die Schlüssel.«

Ich muss ihn wiedersehen. Besser, ich frage ihn jetzt sofort, sonst werde ich dieses Kribbeln den ganzen Tag nicht mehr los.

»Hast du danach schon was vor?«

Teo blickte sich um, als sei er nicht ganz sicher, wer ihn das gefragt hatte, und siehe da, er wurde ein kleines bisschen rot.

»Wie meinst du das … ob ich noch wo hingehen will?«

»Wir können auch zu Hause sitzen und häkeln, wenn dir das lieber ist.«

Ich lächelte mein charmantestes Lächeln, und Teo lächelte zurück, wenn auch nicht ganz so begeistert.

»Wäre sicher nett, aber ich bin ziemlich müde, also …«

Ich kam mir plötzlich unglaublich bescheuert vor. Verdammt. So lief es meistens, aber von ihm hier hatte ich mir was anderes erwartet.

Teo schenkt Champagner nach.

»Mann, das war sooo peinlich, als du so dastandst und … mich hast auflaufen lassen.«

»Ich fand dich wirklich supersüß, aber mein Gott, es war Wettkampf, und außerdem kam Sofia …«

»Schhh! Wir erwähnen keine Namen von Verflossenen!«

»Okay, verrücktes Huhn! Also Du-weißt-schon-wer kam an und wir hatten Streit und … das war alles nicht so einfach.«

»Aber warum hast du so lange gebraucht?«

»Ich bin eben gründlich. Aber wenn ich mich erst einmal entschieden habe …«

Kia und Dany blieben zusammen. Dany besorgte eine Vierzimmerwohnung in Norsborg, weil er in der Nähe seiner Familie sein wollte. Seine alleinstehende Mutter – als Dany zehn war, starb sein Vater bei einem Autounfall – war ziemlich geknickt, dass ihr einziger Sohn sich in ein schwedisches Mädchen verliebt hatte. Eine »schlampige Friseuse« nannte sie Kia meist, das hatte Teos Mutter erzählt. Aber Kia ist nicht schlampig, sie ist ordentlich und sauber wie keine Zweite. Eins muss man Dany lassen, er geht unbeirrt seinen eigenen Weg. Teo wohnte damals auch in Norsborg, und plötzlich saß ich in der U-Bahn, kaum dass ich freihatte, um zu Hause bei Kia und Dany herumzuhängen und zu warten. Darauf zu warten, dass Teo durch die Tür kam, um sich etwas auszuleihen, ein Computerspiel zu spielen oder bei ihnen zu essen. Zuerst war ich ein bisschen enttäuscht, als ich erfuhr, dass er Grundschullehrer war, ich hatte gehofft, er wäre Feuerwehrmann oder Stuntman oder so was, aber man kann ja nicht alles haben. Manchmal war er da, wenn ich kam, und dann versuchte ich, die pfiffige, witzige Agata zu sein, die ein paar lustige Geschichten aus der Redaktion beisteuert, aber es funktionierte nicht recht. Ich merkte zwar, dass er mich ein bisschen zu lange ansah, wenn ich mich mit Kia oder Dany unterhielt, aber das war nichts, worauf ich mir was hätte einbilden können. Dann erzählte Kia mir, dass die Giraffe, das Mädchen vom Taekwondo-Wettkampf, seine Freundin war. Das erklärte einiges, aber daraufhin war ich nur noch verknallter. Plötzlich wurde auch ich eine begeisterte Anhängerin der Glaubensrichtung, die besagt, dass wenn du einen Menschen ganz tief liebst, dieser Mensch auch Gefühle für dich haben muss. Das ist die Mathematik der Liebe, denn du könntest gar nicht so stark empfinden, wenn der andere dir nicht heimlich kleine Brotkrumen zuwerfen und an dich denken würde. Klar, so rechtfertigen sich auch Stalker, die Prominente belästigen, also eigentlich war das schon eine ziemlich schräge Theorie. Aber zumindest für eine Weile hat sie mir richtig Hoffnung gemacht.

An manchen Abenden saßen Teo und ich bis spät in die Nacht in Kias und Danys Küche, er trank Bier und ich trank Wein, und er fragte mich nach meinem Job und erzählte von seinem, und wir waren beide der Meinung, dass eine Kindheit auf dem Land ein bisschen so ist wie eine Kindheit in der Vorstadt. Die Leute finden beides ziemlich exotisch, denn es gibt ja nicht viele, die in den stolzen hohen Betonblocks aufgewachsen sind oder eine Kuh mit wunderschönen braunen Augen gestreichelt haben. Ich erzählte von all unseren Ferien im Zeltlager, und Teo fand das supercool. Wir waren sehr verschieden, aber darüber lachten wir nur. Er liebte Kinder. Ich hasste sie. Er war sportlich. Ich ging nicht mal zu Fuß zum Supermarkt auf der anderen Straßenseite, wenn ich genug Geld für ein Taxi hatte. Er war ruhig. Ich war aufgedreht. Aber es passierte nichts. Es war zum Verrücktwerden. Ich hätte mir glatt die Haare ausreißen und mich nackt auf dem Boden wälzen können.

Eines Abends gaben Kia und Dany eine Einweihungsparty. Kia hatte mir ihr kurzes rosa Seidenkleid geliehen. Aber was spielte das noch für eine Rolle, denn natürlich saß die Giraffe neben Teo auf dem Sofa. Sie trug Jeans und ein stinknormales weißes T-Shirt. Wieso kriegen immer die langweiligsten Weiber die besten Typen? Sie war nicht mal geschminkt. Die Giraffe stellte sich vor, und ich sah aus den Augenwinkeln, dass Teo ein betretenes Gesicht machte, er hatte bestimmt gemerkt, dass ich traurig und enttäuscht war, denn ich konnte es nicht verbergen. Da ich unglücklich verliebt war, verbrachte ich den ganzen restlichen Abend selbstquälerisch neben der Giraffe auf dem Sofa, das Weinglas wie eine Schmusedecke an meine Brust gedrückt. Ich hörte mir alles an, über ihr Studium an der Uni und wie sie Teo bei einem Praktikumstag an seiner Schule kennen gelernt hatte und wieviel sie gemeinsam hatten und dass sie jetzt schon fast zwei Jahre zusammen waren. Wir soffen uns die Hucke voll und tauschten unsere Telefonnummern aus, und plötzlich stand Teo vor uns, auch schon ziemlich abgefüllt, und wollte nach Hause, und während sie mich fest und freundschaftlich umarmte, trafen sich Teos und meine Blicke hinter ihrem Rücken, aber er sah als Erster weg. Da – genau in diesem besoffenen Moment – begriff ich: Wenn ich das Schlachtfeld jetzt nicht räume, wird es damit enden, dass ich in einer Ecke sitze und mir die Pulsadern aufschneide.

Am nächsten Tag sagte ich den Nachrichtenchefs, dass sie mir so viele Extra-Aufträge geben sollten, wie sie nur konnten.

Teo gießt Champagner nach.

»Du hast Mayonnaise um den ganzen Mund«, sage ich und putze Teo mit einer Serviette ab.

»Danke.«

»Weißt du, wenn es jetzt draußen anfangen würde zu regnen, wäre der Abend perfekt.«

Teo lacht und beugt sich vor und küsst mich fest.

Es half ganz gut, sich in die Arbeit zu vergraben. Ich traf mich mit Kia in der Stadt und nicht mehr bei ihr zu Hause, und ich erklärte, dass ich unter absolut gar keinen Umständen über Teo reden wollte. Als Kia und Dany mich eines Abends anriefen, ob ich Lust hätte, mit ihnen essen zu gehen, vergaß ich zu fragen, ob Teo auch mitkäme, und Kia sagte nichts, wir sprachen ja nicht über Teo. Es goss in Strömen, und ich sah total unmöglich aus, als ich das winzige italienische Restaurant betrat. Ich verschwand schnell auf der Toilette und wischte mir die zerflossene Wimperntusche unter den Augen weg. Als ich wieder herauskam, stieß ich mit Teo und der Giraffe zusammen. Ich hatte keinen Bock, nett zu sein, also sagte ich nur knapp hallo und ging zu unserem Tisch. Setzte mich und funkelte Kia wütend an, die nur mit den Schultern zuckte. »Ist was?«, fragte Dany und sah uns misstrauisch an, aber wir vertieften uns demonstrativ in unsere Speisekarten.

Teo wich meinem Blick ebenfalls aus, er setzte sich hin und machte irgendeine hölzerne Bemerkung über das schlechte Wetter. Er trug eine schwarze Mütze auf seinen Locken, zurückgeschoben bis hinter die Ohren, eine schwarze Adidas-Jacke mit goldenen Streifen, Jeans und klobige Stiefel. Ich musste einsehen, dass alle meine Ablenkungsmanöver – die langen Arbeitstage, der Boykott von Kias und Danys Wohnung, die Feiern mit den Arbeitskollegen und ein Kerl an jedem Finger – nichts genützt hatten.

Die Giraffe redete die ganze Zeit, über ihr bescheuertes Studium und über irgendeinen Vorschlag des Schulministers. Nicht einmal Teo schien sich für die Pläne des Ministers zu interessieren, sie dagegen umso mehr. Ich hatte mir ja geschworen, mir so was hier nicht mehr anzutun. Nicht mehr danebenzusitzen wie das fünfte Rad am Wagen. Mich nicht einer Tussi unterlegen zu fühlen, die keine Ahnung hatte, was Wimperntusche war. Also verbrachte ich einige Minuten damit, mich zu sammeln, dann schoss ich vom Sitz hoch und zog meinen Laptopkoffer unter dem Stuhl hervor. Ich hörte wie aus weiter Ferne, dass Kia etwas zu mir sagte, blickte aber nicht einmal auf, sondern legte nur die Serviette auf den Tisch. Kam wieder hoch, schlängelte mich zwischen den Tischen hindurch und blieb nur kurz an der Tür stehen, um meine Jacke vom Garderobenhaken zu nehmen. Zog sie an und knöpfte sie zu. Öffnete die Tür, ging die kleine Steintreppe hinunter, orientierte mich für einen Moment. Wartete an der Ampel zwei Autos ab, lief über die Straße, ging zehn Schritte, fünfzehn, zwanzig. Beim einundzwanzigsten kamen die Geräusche zurück, Autos, Schritte auf dem nassen Asphalt, jemand, der meinen Namen rief. Als ich mich umdrehte, kam Teo auf mich zugelaufen. Ich holte ein paarmal tief Luft, Regen tropfte mir in den Kragen, lief den Rücken hinunter. Ich wartete. Wusste, jetzt endlich passiert es. Alles wird gut. Teo zog mich mit sich in eine Toreinfahrt. Dort starrten wir einander an, genau wie im Film. Er zog mich an sich, ganz fest, und ich bekam keine Luft, meine Nase wurde gegen seine Adidas-Jacke gepresst, aber das machte nichts, ich hätte sowieso nicht atmen können. Langsam löste er sich wieder von mir, legte stattdessen eine Hand in meinen Nacken, beugte sich herab und küsste mich.

Zuerst schüchtern und spielerisch. Dann verlangender. So standen wir eine Viertelstunde oder vielleicht auch eine ganze. Jedenfalls fror ich nicht. Schließlich kam die Giraffe, schimpfte und nannte mich Nutte und Flittchen und werweißwas. Teo bat mich, nach Hause zu gehen, er sagte, er würde anrufen. Mit zitternden Knien und einem Lächeln auf den Lippen segelte ich durch die Wasserpfützen Richtung Heimat.

»Skål!« Ich erhebe meinen Plastikbecher und lächle vergnügt.

»Es war trotzdem richtig romantisch«, sagt Teo. Er hat sich entspannt zurückgelehnt, die Arme ausgebreitet und die Füße auf die Rückenlehnen der vorderen Sitzreihe gelegt.

»Ja, aber warum zum Teufel hast du dir so viel Zeit gelassen? Ich war schon in heller Panik.«

»Ich weiß ... Aber da war ja noch die Sache mit Sofi ...«

»Still! Wir erwähnen die Namen Verflossener nicht!«

»Okay, okay! Du hast so unglücklich ausgesehen an dem Abend im Restaurant, und zum ersten Mal bemerkte ich einen Riss in der Fassade der taffen Agata. Mir wurde klar, dass ich mich total in dich verliebt hatte, dass ich mich nach dir sehnte und ...«

»Aber wieso bist du mir nicht eher verfallen? Ich bin doch wie eine Abendzeitung, sexy, unterhaltsam, weiß alles besser ...«

Teo lacht, kurz und laut. Dann stürzt er den Champagner hinunter und gießt nach.

»Als ich näher kam und sah, dass deine Augen nass waren, habe ich butterweiche Knie gekriegt.«

»Genau das hab ich ja schon immer gesagt. Ihr Männer liebt uns dann am meisten, wenn wir zusammenbrechen.«

»Nein. Aber ich wusste vielleicht bis dahin nicht …«

»Was?«

»Es ist schwer, dich zu fassen zu kriegen.«

»Ich und schwer?«

»Nein, aber du wurdest so ungeduldig, wenn man zu lange über etwas sprach, was dich nicht interessierte …«

»Zum Beispiel?«

»Soziale Themen, Politik oder …«

»Mit anderen Worten, du hast mich für eine Dumpfbacke gehalten?«

»Hör auf damit! Du weißt genau, was ich meine. Du warst immer auf Hochtouren, irgendwie immer auf dem Sprung. Ich wusste nicht, ob ich da mithalten konnte.«

»Empfindest du das immer noch so?«

Teo windet sich.

»Nein, nicht direkt.«

Zwei Jahre. Mir kommt es vor wie gestern. Ich liebe ihn. Alle lieben Teo. Seine Schüler, seine Familie, seine Freunde, Frauen, Männer. Verlässlicher, ruhiger, starker Teo. Er ist wie die Football-Typen in amerikanischen Highschool-Filmen, nur smarter. Er ist süß und sexy, und ich bin immer noch scharf auf ihn, ziemlich oft. Gleichzeitig ist er ein bisschen geheimnisvoll, irgendwas Dunkles verbirgt sich da in seinem Brustkorb. Vielleicht hat es mit seinen komplizierten Familienverhältnissen zu tun, oder den Schülern, um die er sich Sorgen macht, oder den alten Freunden, die er meint, im Stich gelassen zu haben. Ich liebe dieses Dunkle, ohne das wäre er allzu perfekt.

Zwei Jahre. Mir kommt es vor wie eine Ewigkeit. Ich vermisse es, ich selbst zu sein. Mir passt diese Erwartungshaltung nicht, dass ich alle meine Bedürfnisse und Wünsche auf etwas Gemeinsames zurückstutze. Ich habe diese ewigen Nörgeleien satt, wann ich denn nun abends endlich nach Hause komme. Manchmal wird mir angst und bange, wenn ich begreife, dass von mir erwartet wird, nie wieder einen anderen Mann anzufassen, unbekannte Haut auf meiner zu spüren, die Sprache eines fremden Körpers zu erforschen. Aber Untreue würde Teo mir nie verzeihen. Ich würde es wahrscheinlich auch nicht tun. Und doch gibt es Momente, da würde ich uns gerne auf die Probe stellen. Nur dass ich bisher immer feige gekniffen habe, ich will nicht diejenige sein, die unsere Seifenblase zum Platzen bringt. Deshalb habe ich meinen Job zu meinem Lover gemacht, ersatzweise.

Joel ist wieder da. Er steht wie ein kleiner Maulwurf unten neben dem Eingang und sagt, dass er jetzt abschließen müsse, also rufen wir ein Taxi. Im Auto gibt Teo mir einen Umschlag, darin ist eine Zehnerkarte fürs Sonnenstudio. Yes! Ich weiß, was Kia sagen wird, »gib sie mir, du nutzt sie ja doch nicht«, aber jetzt werde ich mir Mühe geben.

Zu Hause kramen wir eine alte Flasche Schnaps aus dem Küchenschrank hervor, mischen ihn ordentlich mit Orangensaft und nehmen unsere Drinks mit ins Wohnzimmer. Ich entdecke auf meinem Handy zwei unbeantwortete Anrufe, einer mit einer 0590-Nummer. Von meinen Eltern.

»Ach ja, da war ein Benachrichtigungsschein in der Post.«

Teo geht in den Flur und kommt mit dem Zettel zurück.

»Das ist ein Päckchen von Mama und Papa. Ein Cowboyhut aus weißem Leder.«

»Das ist ein Witz, oder?«

»Mit so was macht man keine Witze.«

Teo lacht und streckt sich lang auf dem Sofa aus, schiebt

seine Beine unter meine, sodass ich beinahe auf ihm sitze. Ich lege den Kopf zurück auf die Sofakissen.

»Ich hatte vor, dich zu verführen, wenn wir nach Hause kommen, aber jetzt mag ich nicht mehr. Ich werde langsam alt«, murmle ich.

»Das macht nichts. Wir haben noch das ganze Wochenende vor uns. Aber da ist noch eine Sache, über die ich gern mit dir sprechen möchte.«

»Was denn?«

Ich gähne, und Teo sieht mich durchdringend an.

»Ach, hat Zeit bis morgen.«

Ich beuge mich über Teo und gebe ihm einen Kuss. In der Tür drehe ich mich um und strecke die Hand aus.

»Kommst du?«

Teo lächelt und schüttelt den Kopf.

»Ich will noch ein bisschen fernsehen.«

Ich hebe die Hand zu einem müden Winken und schlurfe ins Schlafzimmer. Krieche unter die Bettdecke, drehe mich auf die Seite und bin im selben Moment eingeschlafen.

Mehrere Personen in Sexdrama bei Abendzeitung verstrickt

Ich sehe schon am Eingang, dass Olle heute in der Arche sitzt. Olle ist nicht gerade einer meiner Lieblinge. Ich habe meine Schwierigkeiten mit dreißigjährigen Männern, die am liebsten alte Knacker wären. Die einzigen Anlässe, bei denen Olle seinen obersten Hemdknopf öffnet, sind die Betriebsfeste, wenn er einen über den Durst getrunken hat und versucht, Maria, mir oder irgendeiner anderen Kollegin in den Po zu kneifen – ein weiterer Beweis dafür, dass er älter sein möchte, als er ist, denn wer kneift heutzutage noch einer Frau in den Hintern? Wie ich gehört habe, wollte Olle ursprünglich gar nicht Journalist werden, sondern Offizier. Was mich ehrlich gesagt nicht überrascht. Er ist ein Besserwisser und dazu noch latent aggressiv. Die Armee müsste einen solchen Kerl doch mit Kusshand nehmen, könnte man meinen. Aber offenbar war er zu sehr Spargeltarzan mit seinen fünfzig Kilo bei Einmeterachtzig ohne Schuhe, deshalb schoben sie ihn zu den »Wehrpflicht-Nachrichten« ab, einer Zeitung, die für junge Männer bekanntlich ein Sprungbrett in den Boulevardjournalismus ist.

»Was Neues im Kidnapping-Fall?«

Olle blickt nicht einmal auf, sondern hackt weiter auf seiner Computertastatur herum.

»Irgendwas für mich dabei?«

»Nein.«

Sein Telefon klingelt, und er bedeutet mir, dass er rangehen müsse. Ich seufze und gehe zurück an meinen Schreibtisch.

Plötzlich kommt Patrick aus dem Kriminalressort und eilt zu seinem Tisch. Er wirkt aufgekratzt, seine Wangen sind rosig.

»Morgen, Agata«, sagt er rasch.

Er bückt sich und kramt in seinen Schubladen.

»Habt ihr was Neues von der Polizei gehört?«, frage ich und bemühe mich, uninteressiert zu klingen.

»Noch nicht. Aber ich hab da 'ne brandheiße Spur«, sagt Patrick und klingt plötzlich so, als wäre er derjenige, der alle Fäden in der Hand hat, und nicht etwa die alten Hasen im Ressort.

»Aha, was denn?«, sage ich und pfeife auf das ganze gleichgültige Getue.

»Ne-hee, du reißt bloß wieder alles an dich.«

Sein Lächeln wirkt ein klein wenig angestrengt.

»Ich muss euch nachher ja sowieso aus der Patsche helfen.«

Mein Lächeln ist mit Sicherheit angestrengt.

Aber Patrick sagt nichts dazu, er hat den Kassettenrekorder gefunden, den er gesucht hat, und verschwindet eilig wieder.

Zum Mittag verdrücken Maria und ich jeder ein großes Frikadellenbrötchen am Stehtisch vor der Teeküche.

»Hast du gesehen, da ist eine Stelle als Nachrichtenchef ausgeschrieben.«

»Mhm«, sagt Maria und versucht, mit einer Serviette den Rote-Bete-Salat aufzufangen, der aus dem Baguette zu rutschen droht.

»Freitag ist Bewerbungsschluss«, füge ich hinzu, und Maria mustert mich neugierig.

»Willst du dich etwa bewerben?«

»Nein, aber wäre das so undenkbar?«

Maria setzt ihr bestes Jetzt-bin-ich-aber-platt-Gesicht auf und schüttelt den Kopf.

»Du machst Witze, oder?«

»Wieso denn? Und wenn es so wäre? Wenn ich vorhätte, mich zu bewerben? Ist es denn so unvorstellbar, dass ich den Job bekomme?«

»Nein, nein, aber warum solltest du das wollen? Die sind doch nur Bürosklaven.«

»Quatsch, die haben doch das Sagen bei der Zeitung. Die bestimmen, wer was macht und …«

»Wow, das klingt ja wahnsinnig spannend, wenn du das so erklärst«, sagt Maria ironisch und beginnt in der Konkurrenzzeitung zu blättern, die auf dem Tisch liegt.

Ich seufze und bin nun meinerseits dabei, den Rote-Bete-Salat auf seinem Weg Richtung Fußboden aufzufangen.

»Sag mal, ist das dein Ernst?«, fragt Maria und blickt von der Zeitung auf.

»Ach nein, aber ich … ich weiß nicht … manchmal habe ich ein bisschen das Gefühl, auf der Stelle zu treten.«

»Wie meinst du das?«

»Die Chefs haben eine bestimmte Meinung von einem. Das hier kann er, das hier kann er nicht, das hier kann sie, und man kommt nicht … ich habe manchmal das Gefühl, irgendwie immer dasselbe zu schreiben. Und dass ich nicht viel zu melden habe. Nimm diese Entführung. Wenn ich zu entscheiden hätte, würde ich Tag und Nacht daran arbeiten. Okay, ich habe nicht die Erfahrung wie die vom Kriminalressort, und ich habe auch nicht deren Kontakte, aber ich denke, dass … ich weiß nicht.«

»Du hast doch diese Freundin aufgespürt!«

»Ja, eben! Und ich würde noch mehr aus dieser ganzen Sache herausholen, wenn ich bloß mehr …«

»… Zeit hätte?«

»Genau!«

»Verstehe, was du meinst«, seufzt Maria und puhlt zerstreut an den Resten des Frikadellenbrötchens, die jetzt wie Wrackteile vor ihr auf dem Teller liegen.

»Wenn man hier bloß jemand wäre.«

»Aber du bist doch jemand!«

»Du weißt genau, was ich meine.«

»Das ist diese Dokusoap-Krankheit. Alle wollen wichtig sein«, brummelt Maria und geht mit dem Teller zum Abfalleimer, um die Reste wegzuwerfen.

»Und außerdem, was haben wir immer über Weiber in der Arche gesagt?«

Maria macht eine Pause und schnippst mit den Fingern vor meinem Gesicht.

»Na? Wir haben gesagt: Wieder so eine, die die Drehtür durch die Arche nimmt.«

Sie sieht mich übertrieben theatralisch mit weit aufgerissenen Augen an.

»Ja, ja, meine Güte … vielleicht haben wir übertrieben.«

»All die Frauen, die da gesessen haben. Wir haben immer viel mehr über die gemeckert, als über die Männer. Wir haben den Kerlen tausend Chancen gegeben, aber den Frauen nur zwei.«

»Tatsächlich?«, murmle ich und mache ein schuldbewusstes Gesicht, denn Maria grinst mich schief an.

»Nicht nur du, sondern wir alle. So, muss wieder an die Arbeit«, sagt sie, klopft mir auf die Schulter und geht.

Ich bleibe noch und starre in die Redaktion. Auf meine fleißigen Kollegen, die sich über ihre Notizblöcke beugen, telefonieren oder vor Computerbildschirmen sitzen. Mir wird ganz warm ums Herz, als ich begreife, wie sehr ich sie mag. All diese Menschen, mit denen ich einen so großen Teil meines Lebens verbringe, fast jeden Tag, das ganze Jahr lang. Wir sticheln und kichern und lästern ziemlich oft übereinander. Wir habe eine zynische, manchmal sogar ziemlich bittere Einstellung zu den Dingen. Wir sehen und schreiben über so viel Dreck. Manche von uns haben schlimmere Sachen erlebt als andere. Sind im

Krieg zwischen Leichen herumgestapft und in Afrika zwischen hungernden Kindern. Aber im tiefsten Herzen sind wir wie alle anderen. Auf der Jagd nach ein bisschen Freundschaft und Liebe. Hier und da kreuzt ein Axtmord unseren Weg. Auch wenn viele Zeitungskollegen es verdammt satt haben, dass gerade die Axtmorde so viel Platz einnehmen. Aber trotzdem.

Und dann mache ich es. Nachdem ich mich wieder an meinen Schreibtisch gesetzt habe, suche ich in meinem Postfach die Mail der Personalchefin. Als ich sie gefunden habe, klicke ich auf »Antworten« und schreibe ein paar Zeilen, dass ich interessiert sei, ganz kurz, ich sehe dann ja, wie sie reagiert. Ich weiß nicht einmal, ob ich mich zum Nachrichtenchef eigne. Dazu liebe ich es zu sehr, erst nachmittags zur Arbeit zu gehen und gegen Mitternacht Feierabend zu haben.

Danach nehme ich meine Zigaretten und gehe hinüber ins Raucherzimmer.

Nach einem Vertretungsjob bei Norrköpings Tidningar kam ich als Urlaubsvertretung zur Abendzeitung. Ich war vierundzwanzig, und es kam mir vor, als sei ich von lauter schmierigen alten Knackern umgeben, die einem alle Komplexe der Welt austreiben können. Die Kollegen waren frech, gewieft und schnell, das Tempo war hoch und die Zeit knapp. Man hielt zusammen und ermunterte sich gegenseitig mit derselben Ausdauer, mit der man einander mobbte.

Es ist ein bisschen wie in einer Sekte, die Chefs steuern ihre kommerziellen Flaggschiffe mit eiserner Hand, und beinahe alle Kollegen hatten oder haben eine Beziehung oder ein Techtelmechtel miteinander. Maria, die vier Jahre länger hier ist als ich, zeichnete mir ziemlich bald nach meinem Arbeitsantritt eine Art Stammbaum auf, wer schon alles mit wem gevögelt hat. Zurzeit ist Pontus von der Sonntagsbeilage die interne

Klatschzentrale der Zeitung, er weiß alles, was wissenswert ist. Der Chefredakteur ist seit Urzeiten mit einer Frau verheiratet, die keiner kennt, aber trotzdem hatte er sieben Affären innerhalb der Redaktion, drei mit Urlaubsvertretungen und vier mit anderen verheirateten Frauen, darunter zwei Nachrichtenchefinnen. Nachrichtenchef Martin war mit Ulla zusammen, die ihn mit Janne betrog, und Martin und Ulla verkauften ihr Haus, das Janne und Ulla kauften. Aber inzwischen ist Janne mit einer unglaublich attraktiven russischen Korrespondentin verheiratet und Martin mit einer Nachrichtenchefin von Svenska Dagbladet. Karl, Leiter der Abteilung Unterhaltung, hatte eine Affäre mit einer Aushilfsredakteurin; bei einem Betriebsfest hatten sie gerade Sex auf dem Klo, als seine Freundin, die auch bei unserer Zeitung arbeitet, allerdings in der Anzeigenabteilung, die beiden überraschte. Prompt gab es eine Prügelei zwischen Karl, seiner Freundin und der Aushilfe. Roger, Redakteur bei der Sonntagsbeilage, hat Anna, Redakteurin im Nachrichtenressort, ein Kind gemacht, aber als sie im siebten Monat war, hat er sie wegen eines Kerls sitzengelassen, der in der Onlineredaktion arbeitet. Und so weiter, bis in alle Ewigkeit.

Ich selbst hatte, bevor ich Teo kennen lernte, nur was mit einem Fotografen, der gleichzeitig mit mir als Vertretung angefangen hatte. Leider wusste, nachdem wir miteinander im Bett waren, schon am nächsten Tag die ganze Zeitung Bescheid, denn Martin rief morgens an und fragte, ob ich in die Redaktion kommen könne. Das konnte ich, sagte aber, ich müsse erst noch nach Hause und meinen Laptop holen. »Ach, wo bist du denn?«, fragte Martin sofort, und ich hörte an seinem Tonfall, dass er Lunte gerochen hatte. »Ich bin … bei einer Freundin.« Als ich in die Redaktion kam, lungerte Patrick an der Arche herum, und Martin fragte mit lauter Stimme: »Na, gut geschlafen?«, woraufhin Patrick, Martin und der Bildredakteur sich ausschütten wollten vor Lachen. Manche Reporter gehen nicht ran, wenn auf dem Handydisplay »Rufnummer unterdrückt« steht und sie »auswärts« übernachten. Das Risiko ist zu groß, dass es deine Zeitung ist, die dich sucht, und dass sich alle schon drei Sekunden später das Maul über dein Auswärtsspiel zerreißen.

Es ist ein bisschen zu gewagt, mit anderen Worten. Wenn man sich da raushält, kann es nur gut für den Seelenfrieden sein. Der eine oder andere ist deswegen schon dem Suff verfallen oder hat angefangen, Tabletten einzuwerfen. Dass noch keiner mit einem Maschinengewehr unterm Mantel aufgetaucht ist und in einem Anfall von geistiger Umnachtung die gesamte Redaktion niedergemäht hat, ist eigentlich ziemlich merkwürdig, wenn man es genau bedenkt.

Aber an jedem einzelnen Tag meines elf Monate dauernden Vertretungsjobs habe ich geschuftet wie ein Ackergaul. Ich wohnte praktisch in der Redaktion, und ich stürzte mich mit einem derartigen Eifer auf das Tipps-Telefon, dass ich als Prämie eine Reise nach London bekam. Eine Reise, die ich nie antrat, weil ich dauernd gearbeitet habe. Ich habe sie dann Kia geschenkt. Gegen Ende der Vertretungszeit wurde ich in die Nachtschicht gesteckt, zusammen mit den anderen Vertretungsreportern, alles Männer und meine Konkurrenten in der Schlacht um die Festanstellung. Einer der Typen war Patrick. Er war dreiundzwanzig und kam direkt von seiner ersten Vertretung bei Smålandsposten, wo er einen großen Bestechungsskandal im Kommunalwesen aufgedeckt hatte. Er war charmant, überhaupt nicht schüchtern und flink wie ein Wiesel; wenn wir anderen immer noch herumtelefonierten, hatte er seine Story längst abgeliefert und saß schon an der nächsten.

Nachtschichten sind schrecklich. Als Vertretung zu arbeiten ist überhaupt so, als gehörtest du der Unterschicht an. Du hast gefälligst keine Meinung zu haben, es interessiert niemanden, was du über eine Sache denkst. Man erwartet von dir, dass du eine Maschine bist, die schnell arbeitet und nicht aufmuckt. Und du findest dich damit ab, weil du bleiben willst. Tagsüber ist die Stimmung besser. Für die Nachrichtenchefs gibt es oft noch ein Leben außerhalb der Arbeit, sie wollen abends in dieses Leben zurückkehren und treiben die Vertretungskräfte nicht unnötig bis ans äußerste Limit. Nachts schon. Am schlimmsten war Cathrin, die inzwischen zur Tagschicht gewechselt ist. Sie hat dich nicht mal angesehen, wenn sie dir einen Auftrag zugeteilt hat, und wenn du auf dem Rückweg aus dem Auto des Fotografen angerufen hast, dass du leider nicht genau das mitbringst, was sie haben wollte, hat sie nur tief in den Hörer geseufzt. Aus irgendeinem Grund sind die Chefs der Nachtschicht auch diejenigen, die am allermeisten an Mord, Sex und Klatsch interessiert sind. Vielleicht haben sie tagsüber kein funktionierendes Leben. Aber ich habe die Zähne zusammengebissen. Und Patrick hat die Festanstellung gekriegt. Vier Tage lang habe ich mich zu Hause verkrochen, nachdem meine Vertretungszeit beendet war und die Zeitung mir ein knappes »Alles Gute« zum Abschied mailte. Am fünften Tag rief Janne an und sagte »Willkommen an Bord«. Er hatte es geschafft, Betriebsrat und Geschäftsleitung davon zu überzeugen, dass die Redaktion mich unbedingt brauchte. Das war der schönste Tag in meinem Leben. Seitdem liefere ich mir ein Kopf-an-Kopf-Rennen mit Patrick, den einen Tag gewinne ich, den anderen Tag gewinnt er. Jetzt sind wir einander ebenbürtig. Jedenfalls bilde ich mir das ein.

Ich nehme einen Zug aus meiner Zigarette und blicke hinüber in die Redaktion auf der anderen Seite der Glasscheibe. Es gibt auch Sachen hier, über die nicht geredet wird, die aber alle wissen. Redakteurin Britt ging bei den Gehaltserhöhungen im letzten Frühjahr leer aus, obwohl sie ihr zusätzlich noch die Wissenschaftsseite aufs Auge gedrückt hatten. Bengt, der bisher die Nachrichten redigiert hatte, wurde zur Fernsehbeilage zwangsversetzt, weil das angeblich seinem »Arbeitstempo« besser entsprach. Loffe war Alkoholiker geworden, als seine Frau und seine Tochter vor drei Jahren bei einem Autounfall ums Leben kamen; jetzt sitzt er wie ein Zombie in der Bildredaktion, wohin sie ihn verfrachtet hatten, nachdem seine Trockenlegung in einer Entzugsklinik in Skåne gescheitert war. Und Gullan ist krankgeschrieben, jeder weiß, weswegen, aber niemand spricht darüber. Es muss hart sein, bei einer Boulevardzeitung alt zu werden, wo man sich nur behaupten kann, wenn man jung und hungrig ist, keine Kinder und keine zeitraubenden Hobbys hat, und wo alle, die nicht zu jeder x-beliebigen Tages- oder Nachtzeit zur Verfügung stehen, auf eine unsichtbare Schwarze Liste gesetzt werden, die die Chefs immer im Kopf haben. Manchmal hat man echt das Gefühl, als ginge man wieder zur Schule, wo man am lautesten schreien und geschickt mit dem Stuhl kippeln musste, ohne die Balance zu verlieren, damit man von den Lehrern wahrgenommen wurde.

Im Moment kann ich mit einem halben Ohr das Gemecker am Kaffeeautomaten oder in der Kantine verfolgen, aber wie lange noch?

Die Zigarette schmeckt widerlich, ich drücke sie aus und bin gerade unterwegs zu meinem Platz, als Olle aus der Arche nach mir ruft.

»Ich habe hier ein Superding, das du übernehmen musst.«

Ah, endlich wieder ein Stück vom Entführungsdrama für mich … Was ist das denn? Olle hat sich gebückt und irgendwas Großes, Aufblasbares unter seinem Schreibtisch hervorgezogen. Es sieht aus wie ein Arm. Ein Männerarm in einem hellblauen Pyjama. Olle hievt ihn über den Schreibtisch und legt ihn mir um den Hals. Der Bildchef, der auch in der Arche sitzt, fängt an zu lachen.

»Aus Japan, geht weg wie warme Semmeln da drüben. Irgendein Idiot in Göteborg will den jetzt importieren.«

»Das ist nicht dein Ernst, oder?«

»Doch. Ich will, dass du eine Umfrage unter ein paar Mädels in der Stadt machst, anschließend lassen wir das Ding von einer Prominenten testen.«

»Kann das nicht jemand von der Unterhaltung machen?«

»Nein, das soll bei uns in den Nachrichtenteil.«

»Und was ist mit der Entführung?«

»Die haben wir im Griff. Los, ab!«

»Habt ihr keinen aufblasbaren Dildo, der sofort getestet werden muss?«

»Nun mach schon, Agata.«

Ich schiele hinüber zur Schreibtischgruppe, wo ich, Maria, Patrick und ein Typ namens Jimmy sitzen. Jimmy ist als Einziger an seinem Platz.

»Das kann er doch machen.«

Olle seufzt und rollt mit den Augen.

»Dieses ewige Gemecker macht mich noch wahnsinnig. Kannst du nicht einfach gehorchen?«

»Gehorchen? Interessant, wie du dich ausdrückst.«

»Ich meine es ernst, Agata!«

»Und ich meine, dass ich mit ihm tauschen kann.«

Olle funkelt mich wütend an, die Arme vor der Brust verschränkt, aber ich halte seinem Blick stand. Er ist zu schmächtig, um vor ihm Angst zu haben.

»Du bist echt unmöglich, weißt du das? Dann tausch eben mit ihm!«

»Super. Was hast du ihm gegeben?«

»Neue Potenzpillen, die das sexuelle Verlangen steigern. Eine Versuchsgruppe soll die testen.«

»Ach, weißt du was, du hast Recht. Ich nehme diesen Männerarm.«

Also sitze ich den Rest des Vormittags an einem Artikel, der am Ende mir, Agata Hansson, achtundzwanzig, möglicherweise den Großen Jounalistenpreis einbringt. Ich mache eine Umfrage in der Stadt mit ein paar Frauen, die sich versuchsweise den Männerarm umhängen und ihn benoten sollen. »Ist er besser als ein echter Mann?«, lautet die Frage. Anschließend interviewe ich am Telefon Dragqueen Lars-Åke »Babsi« Wilhelmsson, die das Ding absolut göttlich findet. Wirklich gaaanz toll!

Leben vorbei für Gefangene in thailändischem Knast

Am ersten Morgen seit langem, an dem ich ausschlafen könnte, steht Teo über mich gebeugt. Er rüttelt mich an der Schulter. Wieder und wieder und jedes Mal fester.

»Lass mich! Ich fang heute später an«, murmle ich ins Kissen.

Plötzlich merke ich, wie ich aus meiner kuscheligen Daunenhöhle gehoben und weggetragen werde. Mein Kopf baumelt nach unten, und mir wird schlecht.

»Teo!«, knurre ich.

Teo antwortet nicht, sondern stellt mich einfach neben der Badezimmertür auf die Füße. Der Fußboden ist kalt, mich fröstelt. Ich muss ein paarmal blinzeln, bevor die Augen bereit sind, ihren Dienst anzutreten. Teo geht ins Bad, kommt wieder heraus und wedelt mit einem schmalen weißen Streifen.

»Ich denke, das hätten wir längst gestern und vorgestern und vorvorgestern machen sollen.«

Ich ziehe an meinem Nachthemd und friere.

»Was ist das?«, krächze ich heiser.

»Ein Schwangerschaftstest.«

»Spinnst du?«

Ich verdrehe die Augen und will mich gerade umdrehen, um in mein warmes Nest zurückzukehren.

»Agata, deine letzte Periode war vor fast zwei Monaten. Ich kaufe dir das mit dem Stress, wie du sagst, einfach nicht ab. Ich glaube, du bist schwanger.«

»Hat das nicht Zeit bis heute Abend?«

Teo schüttelt nachdrücklich den Kopf und stemmt die Hände in die Seiten.

»Ich will es jetzt wissen. Bevor ich in die Schule gehe. Ich halte die Ungewissheit nicht eine Sekunde länger aus.«

Ich lehne mich matt gegen die Wand.

»Teo, so einfach ist das nicht. Wir haben schon öfter nicht aufgepasst. Der Job frisst mich auf, und ich habe schlecht geschlafen und kaum was gegessen.«

»Ich gehe nicht weg, bevor du nicht diesen Test gemacht hast!«

Ich reiße Teo den albernen kleinen Streifen aus der Hand und knalle die Badezimmertür hinter mir zu. Er liest mir mit eindringlicher Stimme vor, was ich tun soll, aber ich bin dermaßen müde, dass ich nicht die leiseste Ahnung habe, wie und wohin ich den Streifen halten muss, wenn ich pinkle. Dass er auch immer so verdammt stur sein muss! Ich ziehe den Slip runter und setze mich leicht schwankend aufs Klo. Der Urinstrahl kommt sofort und plätschert über meine Hand mit dem Pappstreifen. Angewidert lege ich den Streifen aufs Waschbecken. Dann beuge ich mich auf der Klobrille nach vorne, wie ein Flugzeugpassagier, der auf den Crash wartet. Es dauert bestimmt einige Minuten, bis ich mich selbst wieder zum Leben erwecken und hinaus zu Teo stolpern kann. Er steht auf die Spüle gestützt da, schaut auf seine Armbanduhr und macht ein besorgtes Gesicht. Ich nehme seine Kaffeetasse von der Spüle. Es ist noch ein Schluck drin, genug, um mich ein wenig wacher zu machen. Teo geht ins Bad. Es ist still. Plötzlich zieht es wie ein eisiger Wind durch meinen Körper, es ist, als hätte jemand sämtliche Fenster in mir auf einen Schlag geöffnet, es bläst quer durch mich hindurch, und ich umklammere den Rand der Spüle mit beiden Händen. Ich begreife, dass ich es schon vorher gewusst habe. Ich bin nur so verdammt gut darin, die Augen zu verschließen. Verdammte Scheiße. Scheißescheißescheiße.

Und plötzlich verwandle ich mich in eine hellwache Botox-Zicke in einer amerikanischen Soap-Opera:

Szene 1
Agata verdreht den Kopf unnatürlich, damit die Kamera die Träne im Augenwinkel einfangen kann.

Agata: My life is over.

Agata geht zum Fenster und starrt hinaus. Teo erscheint hinter ihrem Rücken, legt die Hände auf ihre Schultern und macht ein entschlossenes, wenn auch verzweifeltes Gesicht.

Teo: No, don't say that. We will be strong.

Agata schüttelt seine Hände ab.

Agata: Let's face it. It's over now.

Teo dreht sich zur Kamera, Agata steht ihm gegenüber.

Teo: No, it's not! As God is my witness.

In Wirklichkeit stehen wir einfach nur hier an der Küchenspüle und starren einander an. Wenn ich die Kraft dazu hätte, würde ich gerne noch eine Szene hinzufügen, vielleicht einen alten Kontoauszug hervorkramen und darauf zeigen: »Wie sollen wir denn ein Kind ernähren, unser Geld reicht ja nicht einmal bis zur Monatsmitte!« Stattdessen stehe ich einfach da. Starre auf den Wasserhahn. Er tropft. Dann beginnt Teo zu lachen und umarmt mich.

»Du bist schwanger. Ist ja unglaublich.«

Ich fange an zu heulen. Teo sieht erschrocken aus.

»Was hast du?«

»Wieso?«, schniefe ich.

»Warum weinst du?«

»Weiß nicht.«

Ich hangle mich hinüber zum Küchenstuhl. Teo kommt hinterher, und als ich auf den Stuhl sinke, tätschelt er mir den Kopf. Unheimlich lange. Zuerst zart und vorsichtig, dann immer härter und nervöser.

»Aua, Teo!«

»Entschuldige ...«

Ich hatte immer gedacht, wir würden uns Kinder anschaffen, wenn wir so ungefähr vierzig sind. Wenn unsere Beziehung langsam Routine geworden ist und wir beide keine Lust mehr auf Partys und so was haben, wenn alle anderen schon ihre Familie haben und furchtbar langweilig geworden sind. Wir sind aber erst seit zwei Jahren zusammen, ich will noch jede Menge wunderbaren Sex haben und bis zwei Uhr nachts mit Teo in irgendwelchen Kneipen sitzen und einfach rumblödeln und es genießen, dass dieser schöne Mann mir gehört. Ich will mit ihm zusammen auf dem Sofa liegen und fernsehen, die Beine ineinander verhakt, und mir um nichts auf der Welt Sorgen machen. Ich will nicht dick werden und Rotznasen abputzen und vollgekackte Windeln wechseln. Ich will mich im Solarium bräunen und mit Kia zum Sommeranfang Bikinis anprobieren gehen!

Das habe ich nun davon, dass ich mich nicht daran gewöhnen konnte, die Pille jeden Tag zur selben Zeit zu nehmen.

»Ich muss jetzt los«, sagt Teo lahm.

»Wohin?«

»Arbeiten.«

Ich versuche, einen klaren Gedanken zu fassen. Ich kann heute nicht arbeiten, es spielt keine Rolle, dass wir mitten in einem großen Entführungsfall stecken. Aber allein sein kann ich jetzt auch nicht. Das weiß ich.

»Wir rufen bei dir in der Schule an und sagen, dass du krank bist. Ich rufe an, ich sage, dass du dir den Magen verdorben hast, und danach rufst du in der Redaktion an und entschuldigst mich aus demselben Grund.«

»Mensch, Agata, es ist doch nicht so, als wenn jemand gestorben wäre.«

»Ach nein?«

Gegen Teos Proteste nehme ich sein Handy, klicke die Nummer der Norsborg-Schule auf und lüge der Schulsekretärin am anderen Ende was vor.

»Schönen Gruß von Gun, du sollst dich um Himmels willen schonen.«

Anschließend ruft Teo in der Redaktion an.

»Olle sagt, du sollst dich sofort melden, wenn es dir besser geht, es gibt Arbeit.«

Teo setzt Kaffee auf, während ich kalt dusche.

Ich bin so nervös, dass ich nach zwei Schluck Kaffee anfange, die Zigarettenschachtel aus meiner Tasche hervorzukramen. Öffne das Küchenfenster und nehme den Aschenbecher vom Regal über dem Herd.

»Was machst du da?«

Teo starrt mich entsetzt an.

»Ich will eine rauchen.«

»Hast du sie noch alle? Du bist schwanger!«

Teo nimmt mir die Zigarette ab, öffnet die Schranktür unter der Spüle und wirft Zigarette und Zigarettenschachtel in den Mülleimer.

Moment mal!

Ich hole die Schachtel wieder heraus. Teo sieht mich voller Abscheu an.

»Verdammt, Agata, was soll das jetzt?«

Ich laufe ins Wohnzimmer, mit Teo auf den Fersen, fische eine neue Zigarette aus der zerknickten Schachtel und streiche sie glatt, bevor ich sie anzünde. Sie schmeckt eklig, und jetzt weiß ich auch, wieso. Teo steht mit verschränkten Armen vor mir und schüttelt den Kopf.

»Wenn ich in Ruhe eine rauchen will, geht dich das einen Scheißdreck an!«

»Oh, werden wir jetzt vulgär! Das ist ja noch schlimmer, als ich dachte! Und das Kind?«

»Hör zu. Zwei Möglichkeiten: Entweder du lässt mich in Ruhe rauchen. Oder ich ziehe aus!«

»Du machst Witze, oder?«

»Hört sich das nach einem Witz an?«

»Bist du jetzt total bescheuert, sag mal?«

»Nicht halb so doll wie du.«

Ich höre mich selbst hysterisch lachen, drehe Teo den Rücken zu und sauge gierig an der Zigarette, bis sie glühend heiß ist.

Gegen Mittag an diesem Freitag haben wir uns endlich wieder beruhigt und können frühstücken. Schweigend lesen wir die Zeitung. Dann erzähle ich Teo, dass ich einmal im Radio einen Mann gehört habe, der das Asperger-Syndrom hatte, und wegen der Krankheit konnte er Kinder nicht leiden, weil er sie nicht richtig einschätzen konnte. Er erklärte, es sei ihm unheimlich, wenn Kinder auf ihn zukämen und »hallooo« sagten. Der Asperger-Mann hatte es mit verstellter Stimme nachgemacht, weil es ihm so unecht vorkam, so als könnten die Kinder Sekunden später Schneebälle nach ihm werfen und ihm »Blödmann!« hinterher rufen. Ich hatte vor dem Radio gesessen und verstehend genickt und mich gefragt, ob ich am Asperger-Syndrom litt. Ich muss laut lachen, als ich es Teo jetzt erzähle, aber er macht bloß ein ganz merkwürdiges Gesicht.

»Sollen wir es bekommen?«, fragt Teo wieder und löst meine Finger von der Kaffeetasse. Er nimmt meine Hände in seine großen Pranken.

Sollen wir es bekommen?

Eigentlich eine einfache Frage, aber trotzdem wie ein Wertmaßstab für den Rest unseres Lebens. Beantworte ich sie falsch, besteht das Risiko, dass unser Film reißt. Oder soll ich mit seinem traurigen Hundeblick und seinen Vorwürfen leben, bis ich bereit für ein neues Baby bin? Werde ich jemals bereit dafür sein? Würde Teo warten?

»Ich kann im Moment nicht denken, Teo.«

Teo lässt meine Hände nicht los, aber sein Griff lockert sich ein wenig, er senkt den Blick und starrt auf einen Fleck auf dem Tisch.

»Du wirkst so entsetzt, Agata. Ich begreife nicht, wieso.«

»Tu ich das?«

»Ja.«

»Was soll ich sagen. Das kam völlig überraschend. Ich fühle mich noch nicht bereit dafür.«

»Gut, dann bekommen wir es nicht«, sagt Teo ärgerlich und zieht seine Hände weg. Ich seufze und starre aus dem Fenster.

»Ich brauche nur etwas Zeit, um mich an den Gedanken zu gewöhnen.«

»Aber so kann man da auch nicht rangehen. Wenn du nicht bereit bis, werden wir warten.«

»Jetzt hör endlich auf, mich zu drängen. Ich weiß noch nicht, habe ich doch gesagt.«

»Ich verstehe die Logik an dem Ganzen nicht.«

Teo will nach dem Frühstück einkaufen gehen. Ich möchte einen Spaziergang machen. Ich gehe den Pfad hinter unserem Mietshaus hinunter, er ertrinkt unter goldenem Laub, das von den Bäumen gefallen ist. Nach zehn Minuten bin ich unten am Kanal und gehe auf den Steg hinaus. Ich setze mich im Schneidersitz ans äußerste Ende und atme tief durch. Die Luft ist klar wie eine scharfe Messerklinge, am gegenüberliegenden Ufer leuchtet der Wald orange, gelb und milchschokoladenbraun. Es ist so still und ruhig, und das Wasser ist spiegelglatt. Ungefähr so wie in Gruselfilmen, unmittelbar bevor das Monster aufspringt. Ich setze mich noch ein Stück näher an den Rand. Jetzt eine Zigarette, das wäre schön.

Ich habe mir nie ausgemalt, schwanger zu sein. Ich war nicht einmal sicher, ob ich überhaupt Kinder kriegen kann. Wie oft habe ich in all den Jahren schon die Pille vergessen, und nie ist was passiert. Ich fühle mich noch so jung. Frei. Unbeschwert. Warum soll ich mir freiwillig einen Klotz ans Bein binden? Erst einen Bauch vor mir herschieben und dann einen Kinderwagen? Andererseits, warum eigentlich nicht? Ich fühle mich zu alt, um zum Arzt zu gehen und ihm was vorzuheulen, damit er mir einen Termin für einen Abbruch gibt. Irgendwie habe ich gar keinen richtigen Grund für eine Abtreibung. Ich bin achtundzwanzig. Ich habe einen festen Job, der gar nicht so schlecht bezahlt wird. Mein Freund ist siebenundzwanzig und hat einen festen Job, der etwas weniger gut bezahlt ist. Wir haben eine Wohnung. Mal angenommen, es ist so. Dass ich das Kind bekomme. Was dann? Würde Kia mich im Stich lassen? Wenn ich am Wochenende mit dem Kleinen zu Hause sitze, geht sie aus und hat Spaß. Kenne ich eigentlich jemanden mit Kind? Meine Cousine Pia. Sie hat fünf Kinder zwischen drei und zwölf Jahren. Sie ist sechsunddreißig, sieht aber aus wie fünfundvierzig. Ich habe nie gesehen, dass sie und ihr Mann Tomas miteinander geknutscht hätten. Teos Schwester hat zwei Kinder. Karl und Philip, drei und fünf Jahre alt. Myrto ist attraktiv, sie arbeitet und genießt das Leben, weil sie reich ist. Aber ich habe sie und ihren Mann auch noch nie knutschen sehen. Mein Gott, wie schrecklich, Teo und ich werden nie wieder knutschen oder vögeln.

Mein Handy klingelt, ich setze das Headset ein, es ist Teo, der wissen will, wo ich bin. Ich sage es ihm und warte. Er geht schneller als ich und ist schon nach wenigen Minuten unten am Steg. Ich stehe auf, er legt von hinten die Arme um mich und ich versinke in seiner Umarmung, es fühlt sich direkt…

romantisch an. Wir beide – und unser Geheimnis – gegen den Rest der Welt. Er drückt mich, und ich schaue hinauf in den hellen zartblauen Herbsthimmel. Plötzlich habe ich eine Vision, wie in einer bunten Fernsehreklame, wir sind eine Happy Family und schieben den Kinderwagen und lachen, wir sitzen am Küchentisch und unser Kleines bläst seine Geburtstagskerzen aus und ich filme das Ganze und es ist so harmonisch und vollkommen, aber was ist das denn, alles verwandelt sich plötzlich in das Bild »Der Schrei« … Es ist, als hätte mich ein Todesurteil getroffen. Oder als hätte ich in einem Anfall von Leichtsinn versucht, im Urlaub ein wenig Haschisch aus Thailand zu schmuggeln, und nun sitze ich in einer winzigen dunklen Zelle mit Ratten als einziger Gesellschaft, während ein Wächter mit nur einem Zahn mich beschimpft. Wie schreit man Hure auf Thai?

»Ich friere, lass uns nach Hause gehen«, murmle ich.

Am Abend liegen wir auf dem Sofa und gucken Video, aber ich habe die ganze Zeit Bauchweh, wie ein Kind, das in seinem Kinderzimmer mit anhört, wie die Eltern sich streiten.

Dann auf einmal geht mir ein Licht auf. Ich habe den Baby-Da-Vinci-Code geknackt.

»Teo, wir können uns kein Kind anschaffen. Wir sind ja selbst noch Kinder. Du!«

»Was redest du da? Wir sind siebenundzwanzig und achtundzwanzig.«

»Eben.«

»Liebling. Möchtest du, dass ich dich zum psychiatrischen Notdienst fahre, oder nimmst du den Bus?«

Mitten in der Nacht weckt Teo mich. Er knipst die Nachttischlampe an und sticht mir seinen Finger immer wieder in den Oberarm, bis ich hellwach bin.

»Teo, ich schlafe!«

»Wir müssen das Baby bekommen. Ich kann nicht lügen. Das hier ist das Beste, was mir jemals passiert ist! Es ist absolut fantastisch! Ich liebe dich. Ich werde dich immer lieben. Ich will keine Kinder mit einer anderen Frau.«

»Liebling.«

Ich ziehe ihn zu mir herunter und umarme ihn fest. So fest, dass er schließlich »au!« schreit.

»Okay. Wir machen es!«

»Meinst du das wirklich? Ganz im Ernst?«

Teo beugt sich über mich und mustert mich forschend wie ein Hauptkommissar im Verhör.

»Ja. Ich glaube schon. Denke ich. Jedenfalls weiß ich, dass ich nicht abtreiben will.«

»Wir sind zu zweit, wir können uns gegenseitig helfen, vergiss das nicht. Oder zu dritt«, flüstert Teo zärtlich und legt den Kopf auf meinen Bauch.

Zufrieden streichle ich ihm übers Haar. Und etwas deprimierter eine Sekunde darauf, als mir klar wird, dass ich mich die nächsten sieben Monate nicht mehr betrinken darf. Oder acht? Neun? Wie lange ist man schwanger?

Als ich am nächsten Morgen die Augen aufschlage, dauert es ein paar Minuten, bis mir wieder einfällt, dass ich schwanger bin. Ich recke und strecke mich in dem warmen Bett und schaue hinauf zur Decke. Irgendwas will meine Aufmerksamkeit, will mir zu verstehen geben, dass etwas nicht stimmt, aber ich komme nicht drauf, was. Ich lasse die Arme auf die Bettdecke fallen, ein paar Sekunden blanke Stille, dann – da! – puff! Die Erinnerung kehrt zurück. Wir haben heute Nacht eine Entscheidung getroffen. Genau. Scheiße. Jetzt sitze ich nicht mehr in einem thailändischen Knast, sondern sehe mich selbst in einem Drogenviertel, die Zigarette im Mund, ein schreiendes Gör auf der Hüfte und keinen Job, zu dem ich gehen könnte, denn sie haben mich gefeuert. Erwähnte ich, dass Teo mich auch sitzengelassen hat? Außerdem, ich kann nicht gut mit Kindern, und das sage ich nicht, um damit zu kokettieren. Teo meint, man darf nicht sagen, dass man Kinder nicht leiden kann, Kinder sind Individuen, genau wie Erwachsene. Niemand sagt, dass er Erwachsene nicht leiden kann. Aber okay, ich geb's zu, für mich sind sie eine eigene Spezies. Ich habe ein biologisches Forschungsinstitut im Kopf, in dem ich herauszufinden versuche, wie ihre kleinen Hirne funktionieren und warum sie andauernd so merkwürdige Sachen sagen.

Mit anderen Worten, wir haben nichts Gemeinsames.

Nachdem ich die erste Tasse Kaffee getrunken und ein Stück Toast verputzt und eine Weile Teo beobachtet habe, der die Morgenzeitung liest und O-Saft schlürft, ist mir wieder ein bisschen wohler.

»Wir sind verrückt.«

Ich kichere. Teo schaut hoch und lächelt.

»Wieso?«

»Sollen wir?«

»Eltern werden?«

»Ja?«

»Ich weiß. Vollkommen verrückt. Obwohl ich überzeugt bin, dass alles gut wird. Ich meine, ich habe ja jede Menge Erfahrung.«

Teo senkt die Zeitung, lehnt sich auf seinem Stuhl zurück, streckt den Bauch raus und versucht, Autorität auszustrahlen.

»Ja, mit Achtjährigen. Die können sich selbst ein Brot schmieren und allein aufs Klo gehen.«

»Ich meinte eher das Zusammenwohnen mit dir.«

»Witzbold! Aber ich rede von einem Wesen, das sabbert, sich einpinkelt und die Gabel nicht allein halten kann.«

»Klingt nach dir, wenn du hackevoll bist, Agata.«

»Du glaubst wohl, jetzt hast du's mir aber gegeben, was?«

»Ja, das glaube ich tatsächlich.«

Am Sonntagabend muss Teo zum Training. Ich schleiche wie ein Schatten hinter ihm her, während er seinen Rucksack packt, und dann setze ich mich auf den Fußboden im Flur und sehe zu, wie er seine Stiefel schnürt, die Jacke anzieht und die Mütze aufsetzt.

»Agata, was ist?«

»Nichts, ich will einfach nur hier sitzen.«

Teo geht in die Hocke und streicht mir ein paar Haarsträhnen aus dem Gesicht.«

»He, was ist los?«

Ich schlucke krampfhaft, um nicht loszuheulen.

»Ich weiß nicht.«

»Das wird schon. Am Anfang ist es schlimm, aber wir werden uns daran gewöhnen.

Ich nicke so überzeugend, wie ich kann, und stehe auf. Es ist für uns beide eine ungewohnte Situation, dass ich herumirre und quengelig bin und nur noch heulen könnte. Nachdem Teo die Wohnungstür hinter sich zugezogen hat, stehe ich im Flur und kaue am Daumennagel. Wenige Minuten später reiße ich meine Jacke an mich, schlüpfe in Teos fünf Nummern zu große Turnschuhe und renne die Treppe hinunter. Teo will gerade um die Ecke biegen, als ich rufe. Er dreht sich um und ich werfe mich an seine Brust und schlinge die Arme um seinen Hals, als wäre er meine Rettungsboje auf hoher See.

»Du darfst nicht gehen, bitte, ich kann nicht allein sein«, flüstere ich gegen seine Lederjacke.

Er kommt mit nach Hause, kuschelt sich auf dem Bett ganz dicht an mich, und dann schlafe ich ein.

Cecilias mysteriöser Freund gefunden

Montagvormittag. Ich sehe mich um, nicke den Nachrichtenchefs zu, aber sie rufen nicht nach mir, also haben sie wohl noch nichts für mich. Maria sitzt am Telefon und interviewt jemanden. Patrick habe ich noch nicht gesehen. Ich begreife nicht, warum ich Tagschicht arbeiten muss, wenn sie doch nichts für mich haben. Zupfe ein bisschen an meiner dunkelbraunen, vertrockneten Palme herum, ich kann mich einfach nicht dazu durchringen, sie wegzuwerfen. Sehne mich nach Teo. Sehne mich danach, mich auf seinem Schoß zusammenzurollen und alle Knoten von seinen großen warmen Händen lösen zu lassen. Vielleicht sollte ich eine Zigarettenpause machen und eine Cola trinken. Meistens muntert mich das wieder auf. Bin gerade aufgestanden, als mir einfällt, dass die Zigarettenpausen für eine ganze Weile gestrichen sind. Da weht dieser eisige Wind wieder durch mich hindurch, und ich brauche eine Weile, um das innere Fenster zu schließen.

Also gehe ich stattdessen die Zeitungen holen. Heute bringen wir nur vier Seiten Entführung. Die Polizei schweigt, aber TT hat Cecilias Mutter besucht, Agneta Trolle, und wir haben den Text umgeschrieben. Ich betrachte das Foto, das die halbe Seite einnimmt. Agneta Trolle sitzt hoch aufgerichtet auf einem Sofa, die Hände im Schoß gefaltet. Sie hat eine weiße, sorgfältig gebügelte Bluse in die Hose ihres Hosenanzugs gesteckt, und die blonde Kurzhaarfrisur sitzt zwar perfekt, sieht aber altmodisch aus. Ihr Mann, Cecilias Vater, sitzt daneben und hat seine Hand auf ihre gelegt. Er ist dick und glatzköpfig und sieht viel älter aus als Agneta. Ich überfliege den Text: »Wir haben nur den einen Wunsch, dass Cecilia wieder nach Hause kommt. Dafür würden wir alles tun«, sagt Agneta Trolle zu TT. »Haben Sie Lösegeldforderungen erhalten?« – »Bisher nicht. Und wir als ihre Familie möchten die Gelegenheit nutzen und an den oder die Entführer von Cecilia appellieren, sich zu melden. Bitte, wir müssen wissen, wie es Cecilia geht.« Patricks fröhliches Gesicht prangt in der Verfasserzeile unten in der linken Ecke. Plötzlich beginnt mein Magen zu knurren. Ich habe einen Bärenhunger. Schon wieder. Dabei habe ich erst vor knapp einer Stunde gefrühstückt. Soll das die ganze Schwangerschaft hindurch so weitergehen? Ich fühle mich auch so müde, als ob eine unsichtbare Kraft mir einmal pro Stunde mit einem Baseballschläger auf den Kopf haut. Wie soll ich es schaffen, weiterhin bis Mitternacht zu arbeiten?

Stehe auf, gehe zum Süßigkeiten-Automaten und ziehe mir einen Schokoriegel. Auf dem Weg zurück zu meinem Schreibtisch lasse ich den Blick durch die Redaktion schweifen und zucke zusammen. Drüben am Empfang sehe ich Pia, eine Kollegin im Mutterschaftsurlaub. Sie steht ein bisschen hilflos herum, hält sich am Kinderwagen fest und macht ein ratloses Gesicht, so als überlege sie, wohin sie gehen soll. Mein Magen zieht sich zusammen, und ich sehe schnell woanders hin, aber sie hat mich schon erspäht.

»Hallo, Agata!«

Pia umarmt mich und stellt die Bremse am Kinderwagen fest. Ich hoffe, dass die Miene, die ich schließlich zustande bringe, wie ein Lächeln aussieht und nicht wie die Grimasse, nach der sie sich anfühlt.

»Na, was macht ihr denn so in der Redaktion?«

»Ach weißt du, das Übliche, eigentlich. Im Moment haben wir ja viel mit dieser Entführung zu tun.«

Ich vermute, sie erwartet jetzt von mir, dass ich in den Kinderwagen schaue, aber ich kann nicht. Will nicht.

»Und, wie geht es dir so?«

»Ach, super, du! Na ja, ein bisschen erschöpft ist man ab und zu schon, aber meistens macht es einen Riesenspaß.«

»Aha. Und wann ist es gekommen? Ich meine, das Kind, wann ist es geboren?«

»Vor zwei Monaten, heute auf den Tag genau.«

Ich finde, Pias Lächeln ist genauso verkrampft wie meins, aber vielleicht liegt es ja nicht daran, dass sie lügt, sondern dass ich hier steif wie ein Stock herumstehe und mich weigere, das Baby zu bewundern. Was ist los mit mir? Ich brauche mich doch nur über den Kinderwagen zu beugen, und dann hat sich die Sache. Genau in dem Moment taucht Solveig, die Korrektorin, neben uns auf. Pia sieht erleichtert aus und ich vermutlich auch. Nach und nach scharen sich immer mehr Kolleginnen um uns, wollen guten Tag sagen und das Baby begucken. Irgendwer sagt die magischen Worte: »Ist das der kleine Wonneproppen, dürfen wir mal sehen?« Pia beginnt zu strahlen und hebt ein Bündel in einer Decke heraus. Ich bin ganz hinten in der Traube gelandet und stimme ein in das obligatorische »guck mal, wie winzig« und »Gott, ist das süß«, obwohl ich total geschockt bin. Das Kleine hat das ganze Gesicht voller Aknepusteln!

Plötzlich komme ich mir blöd vor. Es ist, als würde man automatisch von mir erwarten, dass ich diese Frauengemeinschaft verstehe, akzeptiere und mich ihr zugehörig fühle, die darin besteht, sich mit der Liebe zu Kindern und Familie zufrieden zu geben. Während die Männer weiterhin arbeiten und sich um die Welt kümmern. Genau deshalb weiche ich den Müttern aus, die vorbeikommen und guten Tag sagen wollen. Weil die Mütter etwas in mir vermuten, was ich nicht bin. Genau wie die Männer habe ich sie bereits vergessen. Für welches Ressort hat sie noch geschrieben, die Pia? Man zählt nur, wenn man hier ist. Nicht, wenn man weg ist.

Langsam weiche ich zurück in Richtung Schreibtisch und weg von den versammelten Frauen, die sich um das sabbernde Baby drängeln. Mein Handy piept. SMS von Teo. Oh nein, er hat Myrto erzählt, dass ich schwanger bin! Ich will nicht, dass es jemand weiß, keiner außer Teo und mir. Noch nicht.

»Juckt dir da nicht die Gebärmutter, Agata?«

Ich blicke hoch. Patrick setzt sich an seinen Schreibtisch und lacht lauthals über seine eigene Bemerkung, während er mit einem Kopfnicken auf den Haufen um Pia und ihr Baby deutet.

»Nee, juckt dir denn dein Schwanz?«, erwidere ich angesäuert.

Maria, die an ihrem Computer sitzt und schreibt, prustet los.

»Sehr witzig«, grinst Patrick.

»Schwimmen da jetzt Massen von Spermien rum und betteln P-a-p-a-l-a-s-s-u-n-s-r-a-a-a-u-u-u-s?«

»Es war nur ein Scherz, Agata. Krieg dich wieder ein.«

Patrick schüttelt resigniert den Kopf.

»Irren sie da drinnen herum und wimmern H-i-l-f-e-w-i-r-w-o-l-l-e-n-r-a-a-a-u-u-u-s?«

»Immer noch nicht witzig.«

Aber Maria kichert weiter, also lade ich die Flinte ein letztes Mal.

»Spürst du, wie dein Sack im Todeskrampf zuckt, wenn er nicht bald zum Schuss kommen darf?«

Patrick und Maria starren mich an, Maria hat aufgehört zu kichern.

»Ach, ist ja auch egal«, murmle ich und tue so, als hätte ich plötzlich was wahnsinnig Interessantes auf dem Monitor entdeckt.

Eine Weile später gehe ich zur Toilette und rufe Teo an, aber es ist nur die Mailbox dran. Ich lausche seiner gutgelaunten dunklen Stimme, bevor ich auflege. »Teo hier, ihr wisst, was nach dem Pfeifton zu tun ist.«

Was wird aus Teo und mir, jetzt, wo wir ein Kind bekommen? Müssen wir so ein Miete-rechtzeitig-bezahlen-und-einmal-im-Jahr-bumsen-Paar werden? Ich kenne keine Eltern, deshalb weiß ich es nicht. Doch, unsere eigenen, aber die zählen ja nicht.

Es macht »pling« im Posteingang. Eine neue Mail von der Personalchefin. Sie erinnert daran, dass man sich als Nachrichtenchef bewerben soll, wenn man an dem Posten interessiert ist. Da fällt es mir wieder ein. Ich habe mich ja beworben. Aha, Chance verpasst. Oder? Mist, ich kann nicht richtig denken.

Am Nachmittag kommt Janne an meinen Schreibtisch. Da es eher ungewöhnlich ist, dass er so etwas tut, habe ich das Gefühl, dass alle rundherum die Ohren spitzen.

»Zurzeit ist ziemliche Flaute im Entführungsfall. Patrick hatte da eine Spur, aber das war eine Sackgasse. Kannst du nicht versuchen, nochmal mit dieser Freundin zu reden?«

»Klar kann ich das.«

Ich beeile mich, Josephines Nummer in der Adressdatei aufzurufen. Es nimmt niemand ab. Ich rufe eine Stunde lang alle zehn Minuten an und hinterlasse drei Nachrichten. Ich sollte wohl besser zu ihrer Schule fahren oder vor ihrem Haus auf sie warten. Und warum tue ich es dann nicht? Ich muss einfach den Kopf freibekommen von dem, was am Wochenende passiert ist. In dem Moment fällt es mir wie Schuppen von den Augen, wieso habe ich nicht früher daran gedacht? Myrto arbeitet doch als PR-Beraterin. Außerdem ist sie mit einem Grafen verheiratet, er hat irgend so einen schwierigen

Doppelnamen, deshalb nennen wir ihn einfach nur den Grafen. Er hat ein bisschen Ähnlichkeit mit Dany, bis auf den Unterschied, dass er immer eine Menge Geld bei sich hat und keiner richtig weiß, was er arbeitet. Myrto und der Graf wohnen mit den Kindern auf der Stockholmer Insel Lidingö, und Myrto kennt jeden, der es auch nur halbwegs wert ist, gekannt zu werden, also wähle ich ihre Handynummer. Ihre zwitschernde, aber entschiedene Stimme meldet sich schon nach zwei Rufzeichen.

»Myrto af Ander. Lind, Åkerman und Schultz PR.«

»Hallo, hier ist Agata von Hansson, Abendzeitung.«

»Haha! Hey, Süße! Glückwunsch! Ist ja verrückt, dass ihr ein Baby bekommt, mein Brüderchen und du.«

Ich mache mich eilig auf den Weg Richtung Toilette.

»Du, es ist nicht, also, es weiß noch keiner was davon, deswegen können wir jetzt nicht darüber reden.«

»Ich versteh dich kaum! Musst du flüstern?«

»In der Redaktion weiß es noch keiner«, sage ich etwas lauter und kriege sofort Panik, dass womöglich einer der Chefs hinter der Tür steht und lauscht.

»Ja, ja, schon gut. Es ist einfach nur so wunderbar, Agata!«

»Aber wir können noch nicht darüber reden, okay?«

»Du bist ja so merkwürdig. Warum flüsterst du denn?«

»Nein, ich … du weißt schon.« Ich räuspere mich.

»Nein?«

»Können wir jetzt das Thema wechseln?«

»Okay.«

Ich schließe auf und sehe mich im Gang vor den Toiletten vorsichtig um, ehe ich die Tür zur Redaktion öffne und zurück an meinen Platz gehe.

»Hast du von der Entführung gelesen? Agneta Trolles Tochter ist gekidnappt worden.«

Myrto zieht die Luft scharf ein und stößt ein kleines »Oiiih«

aus. Ich höre ihre Absätze auf Steinfußboden klappern, es klingt, als ginge sie ins Treppenhaus.

»Weißt du, ich wollte dich letzte Woche schon mehrmals anrufen, aber ich stecke hier in der Firma mitten in einem Krisenbewältigungsprojekt. Wusstest du, dass Cecilia ein Praktikum bei uns gemacht hat?«

Ich sehe hinauf zur Decke. Gott, ich weiß, dass ich manchmal nur aus purem Egoismus zu dir gebetet habe, nach dem Motto, schick Geld, damit ich ausgehen kann, oder mach, dass gleich ein wahnsinnig gutaussehender Mann durch die Tür kommt, oder mach, dass das mit dem festen Job bei der Zeitung klappt – aber ich danke dir. Wirklich. Ein riesiges Dankeschön. Ich weiß diesen Gefallen hier sehr, sehr zu schätzen.

»Du machst Witze!«

»Neeein! Aber es ist bestimmt schon ein halbes Jahr her.«

»Wie war sie?«

»Sie hat nicht viel Aufhebens von sich gemacht. Wirkte ein bisschen uninteressiert. Aber hör zu! Einmal ist ihr Freund gekommen und hat sie abgeholt. Sagen wir mal so, Agneta Trolle hätte der Schlag getroffen. Die Jeans hing ihm bis zu den Knien, die Unterhose guckte oben raus, und er war … schwarz.«

»Schwarz?«

»Ja, dunkelhäutig.«

Jetzt ist es Myrto, die flüstert.

»Das war kein Internatsschüler, um es mal so auszudrücken.«

»Mensch, Myrto, wenn so was ist, musst du mich doch anrufen! Das weißt du!«

»Ja, ich weiß, entschuldige. Aber es ist im Moment so viel los hier, wir müssen den Arsch eines bekannten Direktors retten, der in einem Pornoclub erwischt wurde. Du, ich muss mich beeilen, die Sitzung geht gleich los.«

»Welches Unternehmen? Was für ein Pornoclub?«

»Bis dann, Agata. Bussi! Pass gut auf das Baby in deinem Bauch auf, hörst du!«

»Schhh!«

Aber Myrto hat schon aufgelegt.

Ich stemme mich mit den Händen gegen die Schreibtischkante und schiebe den Stuhl zurück. Hole tief Luft und laufe dann zu Jannes Zimmer. Ich habe nicht vor, die Sache durch die Hände irgendeines Nachrichtenchefs gehen zu lassen. Aber Martin ist bei ihm, und beide wirken leicht vergrätzt, als ich hereinplatze. Janne nimmt die Brille ab und reibt sich die Augen. Er sieht müde aus.

»Cecilia hat einen Freund. Jedenfalls hatte sie ihn vor einem halben Jahr«, sprudle ich hastig hervor, als rechnete ich damit, rausgejagt zu werden.

Janne und Martin erstarren und sehen plötzlich ganz aufmerksam aus.

»Er war schwarz«, füge ich hinzu und hebe vielsagend die Augenbrauen.

»Ja und?«, fragt Janne.

»Na ja, du weißt schon, das hätte bestimmt nicht gut ausgesehen.«

»Was?«

»In so einer Oberschichtfamilie.«

Janne wird ärgerlich.

»Wir sind eine anständige Zeitung, egal, was die anderen alle sagen. Wir bringen Fakten, keinen Klatsch. Wenn du nicht genau weißt, dass sie Rassisten sind, dann untersteh dich, diesen Eindruck zu erwecken.«

Ich merke, dass ich knallrot werde, und schäme mich zutiefst.

»Soll ich ihn ausfindig machen?«, murmle ich schnell, um hier wegzukommen.

»Gib es weiter an Lasse«, erwidert Janne kurz.

Ich muss ausgesehen haben wie ein Kind, dem man die Weihnachtsgeschenke wegnimmt, denn Janne fügt eilig hinzu, Lasse habe schließlich die besten Kontakte zur Polizei, und gut gemacht, Agata. Das übliche Blabla.

Ich trotte zurück an meinen Schreibtisch. Ich fasse es trotzdem nicht, wieso sie nicht mehr Interesse dafür gezeigt haben. Dass er schwarz ist. Wir sollten doch wenigstens herausfinden, wie die Trolles zu ihm standen. Oder ducken wir uns vor einer der reichsten und mächtigsten Familien Schwedens? Die genug Mittel und Einfluss besitzt, sich wirklich gegen uns zur Wehr zu setzen, wenn sie es für nötig hält, im Unterschied zu irgendeiner durchschnittlichen »Otto-Normalverbraucher-Familie«.

Ich wähle Josephines Handynummer. Keine Antwort. Versuche es auch bei ihr zu Hause. Keine Antwort. Ich klicke mir ihren Stundenplan auf den Bildschirm, den habe ich von Gunnarsson, der die Anfangsrecherchen für uns Reporter gemacht hat. Hier, Mittwoch: Da hat sie um sechzehn Uhr Schluss.

Im selben Moment ruft mich Olle aus der Arche zu sich.

»Du machst ›Volkes Stimme‹.«

»Muss ich?«

»Ja.«

»Aber ich habe saumäßig viel zu tun.«

»Was denn?«

»Äh ... ich bin noch nicht fertig mit dem Artikel darüber, dass schwedische Frauen sich gestresst fühlen, diese Studie, du weißt schon.«

»Das kannst du hinterher immer noch machen.«

»Ich muss auch noch wegen der Entführung herumtelefonieren.«

»Die vom Kriminalressort haben die Lage unter Kontrolle.«

Olle grinst, er kann beim besten Willen nicht verbergen, wie zufrieden er ist, mir den beschissensten Job des Tages aufdrücken zu können. Die meisten von uns Reportern hier – bis auf ein paar eingebildete, gutbezahlte alte Knacker, die nur die Prestigejobs machen, sowie die überbezahlten Kolumnenschreiber – sind wie die Müllabfuhr. Wir machen die Drecksarbeit. Und wir machen sie gut, danke der Nachfrage. Aber sogar für die Leute von der Müllabfuhr gibt es Grenzen. In Teos und meinem Treppenaufgang zum Beispiel haben die Müllmänner wütende Zettel angebracht, dass sie verdammt nochmal unseren Müll stehen lassen werden, wenn die Idioten, die ihre Abfalltüten voller Kaffeesatz und Glasscherben nicht zuknoten, sich nicht endlich am Riemen reißen. Hier in der Redaktion könnte so ein Zettel folgendermaßen aussehen: »Wir streiken, wenn wir weiterhin gezwungen werden, diese blöden ›Passantenumfragen‹ zu machen, angefangen von ›Was denken Sie über Prinz Charles' Hochzeit mit Camilla?‹ bis hin zu ›Glauben Sie, dass Big-Brother-Sternchen Linda Rosing bald wieder fremdgeht?‹. Wir weigern uns, Leuten mit Fastfood-Meinungen im Tiefgeschoss des Hauptbahnhofs hinterherzujagen, wenn wir eigentlich Storys schreiben sollten, die die korrupte Elite der Gesellschaft zu Fall bringen. Basta.«

Aber wir schreiben diesen Zettel nicht, denn wir haben in dieser Frage nichts zu melden. »Volkes Stimme«, wie wir die Umfrage nennen, mag im Großen und Ganzen unbedeutend sein, aber sie muss trotzdem jeden Tag auf der letzten Seite erscheinen, das ganze verdammte Jahr hindurch.

»Könnte nicht jemand anderes … Patrick?«

»Nein! Du hast sie schon seit mehreren Wochen nicht mehr gemacht, also los!«

»Und, worum geht es diesmal?«

»›Trauen Sie sich, im Internet einzukaufen?‹«

»Wieso?«

»Hast du die heutige Ausgabe nicht gelesen?«

»Doch. Aber nicht so genau.«

»Wenn du sie gelesen hättest, wüsstest du, dass ein junger Mann abgezockt wurde, der CDs im Internet kaufen wollte, was damit endete, dass jemand seine Kreditkartennummer abgefangen und für mehrere tausend Kronen auf seine Kosten eingekauft hat.«

»Na gut.«

»Nimm Mia mit. Sie macht Vertretung. Kurze blonde Haare. Sitzt da drüben.«

Er zeigt auf ein Mädchen in der Fotografenecke. Sie hat uns beobachtet, und als Olle auf sie deutet, packt sie rasch ihre Ausrüstung zusammen.

Im Fahrstuhl drücke ich auf »Foyer«, und die Fotografin macht ein überraschtes Gesicht.

»Fahren wir nicht in die Tiefgarage?«

»Nein, wieso?«

»Wir müssen doch zum Bahnhof?«

Ich versuche, gleichmütig und vertrauenerweckend zugleich auszusehen.

»Ach was, wir machen die Umfrage gleich hier vorne auf der Straße. Oder hinten an der Kreuzung.«

»Aber ich dachte, dass … Olle hat gesagt, um einen guten Querschnitt zu erhalten, sollen wir zum Hauptbahnhof fahren.«

»Olle hat nicht viel Ahnung. Vertrau mir.«

Wir treten aus dem riesigen Zeitungsgebäude und gehen Richtung Kreuzung. Die Fotografin ist so hellwach, wie man es nun mal ist, wenn man neu ist und Eindruck machen will. Sie wirkt sehr nervös, nachdem wir zwei mürrische Greise befragt haben, die auf die Boulevardpresse schimpfen, eine junge Mutter, die freundlich antwortet, aber dann nicht fotografiert werden will, weil sie nicht geschminkt ist, und einen Achtzehnjährigen, der zwar auf die Frage antwortet und sich auch fotografieren lässt, aber anschließend sagt, er habe uns einen falschen Namen genannt und wolle sowieso nicht in unser Scheißblatt, woraufhin seine Kumpels, die ein Stück entfernt stehen, vor Lachen wiehern.

»Friss Scheiße!«, schreie ich ihm hinterher.

Verdammt, ich kriege immer schlechte Laune von diesem Umfragejournalismus.

»Kann ich irgendwas machen?«, fragt die Fotografin vorsichtig und sieht ziemlich verzweifelt aus. Sie hat Ähnlichkeit mit einem Vogelküken, wie sie da so steht, behangen mit einer bleischweren Kameraausrüstung. Und da kommt mir die beste Idee des Tages. Man will den Aushilfen ja gern unter die Arme greifen.

»Na ja, viele der regulären Fotografen übernehmen eigentlich immer das Kommando, wenn man zusammen die Passantenumfrage macht. Sie mögen es nicht, behandelt zu werden wie das fünfte Rad am Wagen«, schwindle ich.

»Wie meinst du das?«

»Sieh mal, manchmal ist es einfacher, wenn ein und dieselbe Person die Frage stellt und die Fotos macht. Jedenfalls bei dieser Art von Job.«

»Aha … aber … okay.«

Ich übergebe ihr schnell Notizblock und Stift und erkläre ihr, dass sie Namen, Alter und Adresse notieren muss und ich ein Stück weiter hinten warten werde, am Würstchenstand. Sie ist einverstanden, stellt sich am Fußgängerüberweg auf und blickt sich um. Ich winke ihr freundlich zu, fische einen Zwanziger aus dem Portmonee und bestelle mir eine Wurst. Es ist fast Mitte Oktober und schon schweinekalt. Ich muss meine Fingerhandschuhe gegen Fäustlinge austauschen, außerdem spannt die Jacke über dem Bauch, jetzt wo ich einen dicken Pullover darunter trage, ich muss mir im Winter Teos Steppjacke leihen. Aber die heiße Wurst tut gut, und ich stelle erfreut fest, dass sich die Fotografin gar nicht mal so dumm anstellt. Sie hat schon eine ältere Dame und einen alten Opa befragt, eine Frau in einem großen Jeep, die an der Ampel halten musste, sowie einen jungen Mann, der von ganz allein stehengeblieben ist.

Wieder in der Redaktion, muss ich den Promi des Tages anrufen – es muss immer ein Prominenter dabei sein. Ich klicke mich durch unsere Telefonliste. Wen soll ich anrufen? Ich brauche jemanden, der unkompliziert ist. Jemanden, der garantiert antwortet. Johannes Brost, der in einer Fernsehserie einen Junkie gespielt hat.

Olle brummelt vor sich hin, nachdem ich den fertigen Text per Intranet abgeliefert habe.

»Johannes Brost?! Der ist doch nicht mal mehr C-Promi!«

»Das kommt dabei raus, wenn ich ›Volkes Stimme‹ machen muss!«, rufe ich als Antwort und gehe rasch zu meinem Postfach, um so zu tun, als holte ich Post, damit Olle mich nicht beauftragen kann, jemand anderes anzurufen.

Um halb vier mache ich mich vom Acker, unter dem Vorwand, ich hätte einen Zahnarzttermin. Was ein schlechter Vorwand ist, denn wer geht schon nachmittags zum Zahnarzt?

Ich stelle mich auf dem Schulgelände neben dem Ausgang auf. Es ist vier Uhr. Zehn Minuten später wird mir klar, wie schwer es sein wird, sie ausfindig zu machen, fast alle, die aus dem riesigen Portal des Schulgebäudes quellen, tragen identische Steppjacken und fellbesetzte Kapuzen, andere haben ihre Mützen tief ins Gesicht gezogen. Ich stampfe ungeduldig mit den Füßen, um sie warm zu halten, und ignoriere die Seitenblicke derer, die an mir vorbeigehen.

Nun komm schon, Josephine.

Dann entdecke ich sie. Sie hat sich bei zwei anderen Mädchen eingehakt, die ganz ähnlich aussehen wie sie, und will gerade durch das Tor gehen.

»Josephine!«

Sie bleibt stehen und sieht mich an. Zuerst scheint sie mich nicht zu erkennen, aber dann sieht sie beinahe erschrocken aus. Ich kann sie verstehen. Vermutlich denkt sie, ich will sie terrorisieren.

»Was wollen Sie?«, fragt sie ängstlich. Ihre beiden Freundinnen halten sie immer noch untergehakt, als wollten sie sie beschützen.

»Kann ich dich sprechen, nur zwei Minuten?«

»Ist das eine Journalistin?«, fragt die eine Freundin. Josephine nickt und wirkt gestresst.

»Mein Vater ist Rechtsanwalt. Vielleicht sollte ich ihn anrufen und ihm erzählen, dass Sie auf unserem Schulhof stehen. Ich glaube nicht, dass Sie das dürfen«, sagt dieselbe Freundin, die eben gefragt hat, ob ich Journalistin bin.

Ich ignoriere ihre schnippische Bemerkung, will keinen Streit provozieren, ich vermute, Janne wäre nicht begeistert, dass ich hier stehe. Stattdessen versuche ich, Augenkontakt mit Josephine herzustellen.

»Nur eine Sekunde, Josephine, ich muss etwas Wichtiges mit dir besprechen«, versuche ich es nochmal, und nach einigem Zögern bittet sie ihre Freundinnen, zu warten.

Wir gehen ein paar Meter weiter, bis sie uns nicht mehr hören können, und Josephine stellt sich mit dem Rücken zu ihnen. Sie fingert am Schulterriemen ihrer Tasche, ihr Blick flackert unruhig zwischen mir und den Autos hin und her, die vor dem Tor vorbeifahren.

»Ich kann nicht mehr mit Ihnen reden. Das müssen Sie respektieren«, sagt sie mit dünner Stimme. Sie sieht müde aus. Müde und blass, die Riviera-Bräune ist verschwunden.

»Das verstehe ich. Ich habe nur noch eine kurze Frage, es bleibt auch unter uns, ich werde nichts darüber schreiben. Aber sag mal, hat Cecilia einen Freund? Einen Farbigen?«

Josephines Blick verändert sich schlagartig, wechselt im Bruchteil einer Sekunde von ängstlich zu entsetzt.

»John?«

»Heißt er so?«

»Das ist seit fünf Monaten aus. Ihre Eltern sind fast ausgerastet, als sie erfuhren, dass sie sich mit ihm trifft.«

»Wieso das?«

Sie senkt den Blick. Ich muss jetzt vorsichtig sein, Fingerspitzengefühl beweisen.

»Ich möchte es einfach nur wissen. Ich werde nichts darüber schreiben, wie gesagt. Ich versuche nur, mir ein Bild zu machen, weißt du. Wie sie so ist. Ich werde keine Silbe über das veröffentlichen, was du jetzt sagst, ich verspreche es. Du kannst dich auf mich verlassen. Wo haben sie sich kennen gelernt?«

»In einem Hip-Hop-Club. Wir waren mit mehreren dort. Irgendwo in Södermalm, ich weiß nicht mehr genau. Der Club gehört ein paar Kumpels von Cecilias Bruder, er hat uns reingelassen. Cecilias Bruder Tom ist echt in Ordnung, er hat niemandem verraten, dass wir dort waren. Aber ihr Vater ist im Dreieck gesprungen, als er es rausgekriegt hat, also dass sie mit John zusammen war, meine ich. John war mal einen Tag bei Cecilia, sie hatten geschwänzt, und ihr Vater kam plötzlich nach Hause. Er hat John rausgeschmissen.«

»Warum?«

»Sie fanden, dass Cecilia noch zu jung war … und sie sagten, sie wüssten ja gar nichts über John, und Cecilia müsse daran denken, dass ein Typ, der keine Kohle hat und so, vielleicht bloß hinter ihrem Geld her ist. Seitdem waren sie jedenfalls völlig neben der Spur, Cecilia durfte kaum einen Abend ausgehen, und sie haben ihr Handy kontrolliert und alles. Cecilia war völlig am Boden zerstört, als ihre Eltern dann auch noch beschlossen haben, sie ins Lundsberg-Internat zu stecken.«

Josephine ziehte eine Grimasse, und ich nicke.

»Und jetzt? Hast du was gehört? Ich meine, ob sich in Sachen Entführung was tut. Hat sich vielleicht jemand bei der Familie gemeldet und Lösegeld gefordert?«

Ich versuche, es beiläufig klingen zu lassen, gleichmütig, nicht neugierig lauernd.

Josephine zuckt plötzlich zusammen, als sei sie aus einer Hypnose erwacht.

»Ich habe keine Lust, noch länger darüber zu reden«, sagt sie mit schriller Stimme, und ihre Schulfreundinnen kommen sofort angerannt.

»Haben Sie nicht gehört, was sie gesagt hat? Hauen Sie ab!«

»Verschwinden Sie bloß mit Ihrer hässlichen nachgemachten Tasche«, schnaubt die andere verächtlich, und ich starre verwundert meine Tasche an. Dann begreife ich, dass sie genau so eine über der Schulter trägt. Der Unterschied besteht wahrscheinlich darin, dass ihre echt ist und mehrere tausend Kronen gekostet hat, während ich meine in Paris bei einem Straßenhändler erstanden habe. Ich fühle mich plötzlich wie etwas, das die Katze angeschleppt hat. Ein schäbiger, ungeladener Gast in einer hässlichen roten Steppjacke ohne Pelzkragen. Ich mache, dass ich wegkomme, biege rechts in die Straße hinter dem Schulhof ein und laufe den ganzen Weg bis zur U-Bahn. Unten auf dem Bahnsteig rufe ich Lasse von meinem Handy aus an. Sekunden später sehe ich eines der Mädchen die Treppe herunterkommen, und ich verstecke mich hastig hinter einer Gruppe Anzug tragender Männer.

Reporterin der Abendzeitung prostituiert sich

Ich komme zu spät ins Café. Kia sitzt an einem Fenstertisch, vertieft in eine Modezeitschrift. Sie ist solariumgebräunt und hat sich in Kopenhagen eine dunkelbraune kurze Lederjacke gekauft, die sie mir stolz mit ein paar Rundumdrehungen präsentiert, während wir bestellen. Dankbar vergesse ich den hinter mir liegenden Tag.

»Was machen wir am Wochenende? Ich würde gerne mal diese Bar testen, wie heißt sie noch gleich?«

»Ich bin schwanger.«

»Quatsch!«

»Doch.«

»Du spinnst!«

»Nein.«

»Ehrlich?«

»Ja.«

»Schwöre es!«

»Äh … okay, ich schwöre.«

Kia schlägt sich die Hand vor den Mund und blickt mich unter ihrem kreideweißen Pony scharf an. Die Situation ist absurd, und ich kichere nervös. Kia streckt sich über den Tisch und umarmt mich lange und fest. Als ich sie wieder ansehe, hat sie Tränen in den Augen.

»Weißt du noch, wie wir gesagt haben, dass wir gleichzeitig ein Kind bekommen wollen?«

Kia und ich haben uns auf einem Spielplatz am Stadtrand von Paris kennen gelernt. Ich hatte das Gymnasium geschmissen, um als Au-pair-Mädchen ins Ausland zu gehen. Meine Mutter hat damals nicht viel dazu gesagt. Sie half mir packen und machte die meiste Zeit ein besorgtes Gesicht. »Es ist okay, Mama. Das wird richtig toll.« – »Ja, ich weiß. In deinem Alter muss man was sehen von der Welt«, sagte sie und lächelte tapfer.

Meine Au-pair-Familie bestand aus einem erschöpften Ärzte-Ehepaar und zwei Söhnen von sieben und neun Jahren. Abgesehen davon, dass ich die Jungs durch die Gegend kutschierte, erledigte ich meine Pflichten nicht besonders gut. Kia war schon ein halbes Jahr länger in Paris und machte mich mit den anderen Schweden in der Gegend bekannt. Und mit französischen Männern. Sie warf alle meine Hardrock-Klamotten in den Müll, wusch mir das Koalabären-Make-up aus dem Gesicht und schminkte mich in den strahlendsten Farben. Sie verwandelte mich, die eingefleischte Hardrockbraut vom Lande, in ein großstädtisches Glitzer-Glamour-Partygirl. Am Ende beschwerten sich unsere jeweiligen Au-pair-Gasteltern bei der Vermittlungsagentur darüber, dass wir morgens nicht aus den Federn kamen, kein Essen zubereiteten und die Kinder nicht rechtzeitig von der Schule abholten. Aber das machte nichts. Wir fuhren zurück nach Schweden. Kias Großmutter war ins Heim gekommen, und wir quartierten uns in ihrer Zweizimmerwohnung in Gröndal ein. Ihre Wohnung war voller altmodischer Sachen und roch muffig, aber wir waren sowieso nicht oft zu Hause, also war es uns egal. Kia fand als Erste Arbeit, und nach nur drei Wochen holte sie mich nach, so jobbten wir beide als Kellnerinnen in einer Kneipe auf Kungsholmen. Die Gäste waren vorwiegend nette Frührentner, die sich mit billigem Wein betranken. Ab und zu rief Papa an und machte mir Vorhaltungen. Er konnte nicht verstehen, wieso ich Stockholm, wo andauernd Leute auf offener Straße überfallen wurden, dem schönen, sicheren Värmland vorzog.

Mama schickte Ansichtskarten mit der königlichen Familie vorne drauf und überwies heimlich Geld auf mein leeres Bankkonto. Aber das Leben war herrlich, unter der Woche schufteten wir tagsüber, aber am Wochenende gingen wir ins Solarium, gaben unser ganzes Geld beim Shoppen aus, lebten von Nudeln und waren dauernd betrunken. Ein paar Jahre, etliche Umzüge und ungezählte Scheißjobs später kam Kia auf die Idee, Friseurin werden zu wollen, während ich das Abitur nachholte und mich an der Journalistenschule bewarb. Die meisten meiner Mitstudenten hatten Eltern, die Journalisten waren oder Psychologen oder Lehrer oder Ärzte. Niemand aus meiner Klasse wollte bei einer Boulevardzeitung arbeiten, außer mir. Ein Mädchen formulierte es einmal so: »Eher werde ich Prostituierte. Obwohl, eigentlich ist das ja dasselbe.« Und alle haben gelacht. In den anderen Klassen saßen noch mehr »Landeier« wie ich, mit denen kam ich besser klar.

Seit damals haben über die Hälfte meiner Klassenkameraden Vertretungsjobs bei Boulevardzeitungen machen müssen. Das Mädchen, das die schnippische Bemerkung gemacht hatte, kam als Vertretung zur Abendzeitung, als ich dort gerade ein paar Monate fest angestellt war. Ich machte den Fehler, dem Sportchef – einem leicht manischen Typ, den wir Garnele nennen, weil er beinahe durchsichtig aussieht – zu erzählen, was sie gesagt hatte, als wir noch zusammen auf der Journalistenschule waren. Ich stellte es mehr wie eine lustige Anekdote dar, die deutlich machen sollte, dass wir alle eine Menge Müll reden, so lange wir es uns leisten können. Aber es war einfach blöd von mir, zu petzen. Am nächsten Tag sah ich sie vor ihrem Bildschirm sitzen und heulen. Der Sportchef hatte ihr eine Mail geschickt und sie eine Dumpfbacke genannt, die es nicht verdient habe, bei der besten Zeitung Skandinaviens zu arbeiten.

Ich greife über den Tisch nach Kias Händen.

»Dann macht doch ein Kind! Bitte, bitte. Wir können immer noch zur gleichen Zeit Mutter werden! Lass mich nicht allein.«

Kia macht sich los, holt ein rechteckiges Päckchen aus ihrer Tasche und wirft es auf den Tisch. Es stößt an mein Glas.

»Gerade vorhin habe ich mir so einen Eisprung-Computer gekauft, an dem ich ablesen kann, wann ich empfängnisbereit bin. Aber meine Periode ist total unregelmäßig. Ich begreife nicht, wieso.«

»Dann lass dich untersuchen.«

»Ach nein, besser man glaubt, man ist unfruchtbar, als es sicher zu wissen.«

»Meine Güte, du bist ja verdreht!«

»Ich bin einunddreißig, werde im Sommer zweiunddreißig.«

»Unfruchtbarkeit gehört bei Frauen um die dreißig mit Sicherheit zu den häufigsten Einbildungen. Mit anderen Worten, du bist ganz normal.«

Kia hört offenbar nicht zu, sie beugt sich über den Tisch und senkt die Stimme.

»Ich muss versuchen, heimlich schwanger zu werden. Dany braucht es nicht zu wissen, denn wenn ich keine Kinder kriegen kann, will ich es als Erste wissen, und wir müssen heiraten, bevor ich es ihm sage.«

»Warum das denn?«

»Weil es dann schwieriger für ihn ist, mich zu verlassen.«

»Jetzt spinnst du, oder?«

»Nein. Außerdem wäre seine Familie überglücklich, wenn sich herausstellen sollte, dass ich unfruchtbar bin … du weißt ja, sie können mich nicht leiden.«

»Pfeif doch auf die Familie. Dany ist verrückt nach dir, ob mit oder ohne Kinder.«

»Außerdem ist Dany Christ und würde sowieso keine Kinder in Sünde zeugen wollen. Also werden wir heiraten.«

Wir trinken aus, und Kia bestellt noch einen Kaffee, und ich entdecke den Käsekuchen und muss unbedingt ein Stück davon haben. Kia, die nur von Salat und Solarium lebt, sieht neidisch zu, wie ich es verputze.

»Mensch, dass du Mama wirst. Mama Agata.«

»Du sollst das nicht sagen.«

»Was?«

»›Mama Agata‹. Das hört sich bescheuert an.«

»Das hört sich gut an.«

»Ist schon ein komisches Gefühl. Dass da drinnen jemand ist.«

»In welchem Monat bist du? Wann hattest du zuletzt deine Tage?«

»Im August.«

»Okay, August, September, Oktober. Mein Gott, du bist schon im dritten Monat. Jetzt gibt es kein Zurück mehr.«

»Vielen Dank für die Aufklärung!«

»Wieso hast du nicht gemerkt, dass deine Menstruation ausbleibt?«

»Keine Ahnung.«

»Du hast es verdrängt.«

»Meinst du? Ich dachte, es läge am Stress.«

»Was sagen deine Eltern dazu?«

»Die sollen es noch nicht wissen, hörst du? Bin gerade genug damit beschäftigt, zu verarbeiten, dass das Leben vorbei ist.«

»Wieso vorbei? Das wird doch einfach wunderbar. Ihr werdet eine richtige kleine Familie sein, Teo und du.«

»Woher willst du das wissen?«

»Was?«

»Dass es wunderbar wird.«

»Weil es so ist.«

»Wer sagt das?«

»Keine Ahnung, das ist einfach so.«

»Und die Geburt? Wie zum Teufel soll das gehen?«

»Sieh es doch mal so, zu allen Zeiten haben Frauen Kinder geboren, und die haben es auch überstanden. Es gibt Frauen in Afrika, die bringen ihre Kinder auf dem Lehmfußboden zur Welt.«

»Weißt du, wie du dich jetzt anhörst? ›Iss deinen Teller leer, denk an all die hungernden Kinder auf der Welt.‹«

»Stimmt das etwa nicht? Außerdem, das ist es doch, worauf das Leben hinausläuft. Jedenfalls für uns Frauen. Kinder zu gebären. Das ist das größte Wunder, das es gibt, Agata.«

Oberschicht droht Zeitung

»Agata!«

Ich drehe mich um und sehe Lasse, der Richtung Teeküche und Kaffeeautomat gelaufen kommt.

»Ich dachte mir, du würdest vielleicht gerne wissen wollen, was aus der Sache mit Cecilias Freund geworden ist. Es gab einen John in der Ermittlungsakte, aber er hat ein Alibi. Er wohnt jetzt in London.«

»Das ist ja schade.«

»Wir bringen morgen trotzdem einen kurzen Artikel. Ist ganz gut, weißt du. Damit zeigen wir, dass wir der Konkurrenz die ganze Zeit einen Schritt voraus sind. Aber dann hat mein Informant noch was Interessantes erzählt. Cecilias Vater hat ihre Handygespräche überwacht. Krank, was? Die Polizei brauchte sich gar nicht anzustrengen. Der Vater hatte jede Menge Listen mit allen Nummern, die sie im letzten halben Jahr angerufen hat. Warum macht man so etwas?«

»Weil seine Tochter sich mit einem dunkelhäutigen Typen getroffen hat, dem die Jeans bis in die Kniekehlen hängt und der nicht aus Östermalm kommt«, antworte ich, ohne nachzudenken.

Lasse schüttelt den Kopf.

»Typisch High Society. Paranoid alle zusammen.«

»Bringt ihr das?«

»Was, dass sie paranoid sind?«

»Haha. Das mit dem Handy.«

»Nein. Damit gäbe ich meinen Informanten preis. Hast du

übrigens schon gehört, dass Agneta Trolles Anwalt den Alten angerufen hat?«

»Nee, echt?«

»Ich weiß nicht, aber Janne wirkte gestern ziemlich angestochen. Die wollen offenbar nicht, dass wir noch irgendwas über die ganze Sache bringen. Was glauben die eigentlich, wer sie sind? Immerhin klären wir den ganzen Scheiß für sie auf.«

Ich bleibe an die Spüle gelehnt stehen, nachdem Lasse seinen Kaffeebecher und sein altes Lederportmonee genommen hat und wieder gegangen ist. Ich kaue am Daumennagel und überlege, wie zum Teufel ich in der Kidnapping-Sache weiter vorgehen soll. Keiner in der Redaktion scheint besonderen Wert darauf zu legen, dass ich daran arbeite, obwohl ich an einer der wichtigsten Quellen dran bin, Josephine. Oder vielleicht dran war? Gleichzeitig habe ich im Moment über so vieles nachzudenken, dass ich nichts ordentlich auf die Reihe kriege. Ich räume die Schubladen in meinem Kopf jeden Tag mehrmals auf, so kommt es mir vor. Und trotzdem hat abends wieder irgendeiner alle Socken rausgeworfen. Zum ersten Mal, seit ich bei dieser Zeitung bin, habe ich es beinahe satt, mich immer um alles zu bemühen. Die sollen gefälligst zu mir kommen, wenn sie was wollen.

Maria und ich essen zusammen Mittag.

»Wieso servieren die hier immer so kleine Portionen?«, schimpfe ich und kratze meinen Teller sauber.

»Tun sie ja gar nicht«, erwidert Maria mit vollem Mund.

»Doch.«

»Ach komm. Du isst hier ja normalerweise nicht mal.«

»Tu ich wohl.«

»Du benimmst dich ja sehr eigenartig, was ist los mit dir?«

Schlagartig wird mir klar, dass ich besser den Mund halten sollte. Sonst merkt sie am Ende noch was.

Den ganzen Nachmittag über ist mir stinklangweilig. Klicke mich im Bildarchiv durch die Promi-Fotos. Das macht mir immer am meisten Spaß. Einfach »Madonna« oder »Paris Hilton« oder »Angelina Jolie« eintippen und die ganzen neuesten Paparazzi-Fotos serviert zu bekommen, die wir einkaufen, und im Moment kaufen wir jede Menge davon ein. Es ist, als hätte man eine eigene Klatschzeitung in seinem Computer, mit neuen, einzigartigen Fotos, die fast jeden Tag aktualisiert werden. Sicherheitshalber habe ich auch ein Fenster mit einigen Notizen geöffnet, die ich mir gemacht habe. Also falls Olle oder Martin vorbeikommen, kann ich so tun, als würde ich arbeiten.

Freund im Alkoholschock

Ärgerlich lasse ich meine Haare los. Wieso wollen die nicht so wie ich?

»Was machst du da?«

Teo quetscht sich ins Badezimmer, um Zähne zu putzen. Er stößt mich genau in dem Moment an, als ich alle Haarsträhnen wieder zusammengefasst habe. Ich gerate in Panik.

»Sollen wir so wohnen, wenn das Kind da ist?«

»Wieso?«

»Man kann ja noch nicht mal zu zweit hier drinnen stehen.«

»Ja und, das macht doch nichts.«

»Sollen wir unser Kind etwa so aufwachsen lassen? Eingepfercht in ein winziges Badezimmer?«

»Machst du Witze?«

»Nee. Und jetzt will ich endlich versuchen, diese Frisur hinzukriegen, okay?«

Teo sieht mich auf eine aufreizend lehrerhafte und nachsichtige Art an.

»Du gehst zur Hebamme, nicht zu einem Bewerbungsgespräch.«

»Mir ist eher, als ginge ich zum Zahnarzt.«

Die Haut juckt unter der engen schwarzen Seidenbluse, die ich ganz hinten im Schrank gefunden habe, ich hatte sie mir gekauft, als ich zum Bewerbungsgespräch bei der Abendzeitung musste. Teo hat Recht, für wen donnere ich mich eigentlich so auf?

Wir kommen natürlich zu spät, völlig außer Atem bitten wir um Entschuldigung, während wir gleichzeitig versuchen, uns diese grässlichen blauen Plastikschützer über die Schuhe zu ziehen. Das Büro der Hebamme ist klein, freundlich und hell, mit gelben, weißgeblümten Tapeten an den Wänden, und man fühlt sich gleich geborgen und bemuttert. Die Hebamme dreht an einem Zeiger, der auf einer Pappscheibe mit allen Monaten des Jahres sitzt. »Hier«, sagt sie und hält mir die Scheibe hin. »Hier wurden Sie schwanger«, sie dreht den Pfeil weiter, »und das ist der Geburtstermin, fünfzehnter Mai.« Teo drückt meine Hand und strahlt übers ganze Gesicht. Die Hebamme nimmt einen schwarzen Aktenordner aus dem Bücherregal, blättert ein wenig darin und beginnt dann etwas zu notieren. Name, Geburtsdatum, Telefonnummer, Adresse und Beruf. Von uns beiden.

»Ich nehme an, es ist ratsam, diese Angaben parat zu haben, für den Fall, dass das Jugendamt uns das Kind wegnehmen will. Wenn sie uns finden«, scherze ich, und die Hebamme sieht hoch. Ihr Blick ist ein wenig fragend, und ich komme mir dumm vor. Offensichtlich haben wir nicht dieselbe Art von Humor.

»War das Kind geplant?«

»Nein, direkt geplant war es nicht.«

»Aber Sie möchten es bekommen?«

»Natürlich«, antworte ich.

»Unbedingt«, antwortet Teo.

Mal angenommen, man könnte eine kleine Pause einlegen, den Embryo einfrieren und ihn für eine Weile in der Schreibtischschublade aufbewahren. Das wäre auch eine Lösung, mit der ich mich anfreunden könnte.

»Haben Sie die Pille vergessen, sind Sie deswegen schwanger geworden?«

»Japp. So war es.«

Ich lache und höre selbst, wie unnatürlich das klingt, aber die Hebamme nickt nur und lächelt. Zum Glück fragt sie nicht, ob ich geistig zurückgeblieben bin oder wie es sonst angehen kann, dass fast zwei Monate vergangen sind, bis ich darauf reagiert habe, dass meine Menstruation ausblieb, oder besser gesagt, bis mein Mann reagiert hat. Ich hätte sicherlich noch ein paar Monate länger den Kopf in den Sand gesteckt. Ich könnte glatt einer von diesen fetten englischen Teenagern sein, von denen man in der Boulevardpresse ab und zu liest, die erst begreifen, dass sie schwanger sind, wenn die Geburtswehen schon eingesetzt haben.

Teo möchte wissen, wie groß das Baby jetzt ist. Die Hebamme nimmt eine Broschüre aus einem Fach an der Wand und faltet sie zu einem Plakat auseinander. Da steht Woche für Woche, was während der Schwangerschaft im Körper passiert. Dann zeigt sie mit Daumen und Zeigefinger ungefähr die Größe einer dicken Erbse. Ich finde es ziemlich gut, dass es nicht größer und sozusagen wirklicher ist. Während die Hebamme sich wieder ihrem Fragebogen widmet, überlege ich, ob man uns nicht besser bald in ein Verhörzimmer lotsen sollte, wo ein glatzköpfiger, schwitzender Kerl mit einem Lügendetektortest auf uns wartet, der darüber entscheidet, ob wir als Eltern taugen oder nicht. Was verdienen Sie? Wir kommen zurecht. Wie wohnen Sie? In einer Zweizimmerwohnung, die wir schwarz gekauft haben, mit Hilfe von Geld, das Dany uns geliehen hat. Den Kredit stottern wir immer noch ab. Wer ist Dany? Ein Freund von Teo, er ist mit meiner besten Freundin zusammen. Was macht er beruflich? Das ist unklar, wenn Sie ihn fragen, würde er sagen »Unternehmer«, er ist der liebste Mensch, den man sich vorstellen kann, also was spielt es für eine Rolle, ob seine Geschäfte ein bisschen ... zwielichtig sind, ich glaube nicht, dass er jemals jemanden bedroht oder umgebracht hat, er schuftet eben einfach ein bisschen weniger als wir anderen und kommt trotzdem besser zurecht. War das die falsche Antwort? Hatten Sie Geschlechtskrankheiten, arbeiten Sie zu viel, rauchen Sie zu viel, trinken Sie zu viel, vergessen Sie manchmal Ihren eigenen Geburtstag und dass Sie mit Ihrem Mann seit zwei Jahren zusammen sind? Woher wissen Sie, dass Sie nicht vergessen werden, das Baby zu füttern? Am Ende würde ich die Kabel abreißen, die der Kerl auf meiner Brust befestigt hat, und losbrüllen: »YOU WANT THE TRUTH? WELL, YOU CAN'T HANDLE THE TRUTH!«

»Hallo?«

Die Hebamme lächelt und wedelt ein bisschen vor meinem Gesicht herum. Sie sagt, sie werde jetzt meinen Blutdruck messen, und ich rolle den Blusenärmel hoch und starre auf ihre Haarwurzeln, während sie sich mit gesenktem Kopf über meinen Arm beugt.

»Sieht gut aus«, sagt sie und notiert die Werte, und ich fühle mich, als hätte ich ein Sternchen in mein Schönschreibheft bekommen.

»Stark wie ein Ochse«, höre ich mich selbst prahlen, als wäre das hier ein Wettkampf.

»Ich möchte Sie ja nicht beunruhigen, aber man sagt, dass bis zur zwölften Woche das Risiko einer Fehlgeburt leicht erhöht ist. Allerdings meine ich, dass in Ihrem Fall, Agata, die Gefahr sehr gering ist, denn Sie sind ja bereits in der …«

Wie aus der Ferne höre ich Teo eine Reihe Fragen auf sie abfeuern: »Was sagen die Statistiken?«; »Woher weiß man das?«; »Wie kann man das verhindern?« Fehlgeburt. Daran hatte ich überhaupt nicht gedacht. Dass die Natur die Angelegenheit auf ihre Art lösen könnte. Nein, so darf ich nicht denken. Keine bösen Gedanken. Denk nur an all die Frauen, die keine Kinder bekommen können. Obwohl, ist das meine Schuld, wenn sie unfruchtbar sind?

Die Hebamme wendet sich wieder an mich.

»In dem Fragebogen, den Sie im Wartezimmer ausgefüllt haben, geben Sie an, dass Sie Raucherin sind und ungefähr zwanzig bis vierzig Zigaretten am Tag geraucht haben.«

Teo zuckt zusammen, aber ich tue so, als hätte ich es nicht bemerkt.

»Ja, das stimmt. Eigentlich eine Schachtel, normalerweise, aber zwei, wenn ich ausgegangen bin. Ich habe mir allerdings vorgenommen, das Rauchen ganz aufzugeben«, füge ich eifrig hinzu, als ich das bekümmerte Gesicht der Hebamme bemerke.

»Sehr gut, dass Sie das wollen. Rauchen ist natürlich auch ungemein schädlich für das Ungeborene«, sagt sie erleichtert.

Ich nicke, und die Hebamme beugt sich leicht zu mir herüber, als wollte sie mir ein Geheimnis zuflüstern.

»Agata, im Anfangsstadium der Schwangerschaft ist es nicht ungewöhnlich, wenn Ihre Gefühle Achterbahn mit Ihnen fahren. Es ist ja eine große Umstellung, die Sie da bewältigen müssen. Lassen Sie Ihre Gefühle einfach zu. Versprechen Sie mir das?«

Ich nicke wieder und werde plötzlich von einer Welle der Zuneigung für diese Hebamme überrollt. Sie versteht mich zutiefst. Ich möchte am liebsten ein Weilchen auf ihrem Schoß sitzen, bevor ich gehe. Vielleicht kann sie mich ein bisschen schaukeln und mir ein Wiegenlied vorsingen?

»Dasselbe gilt für Sie«, sagt sie und heftet ihren Blick auf Teo. »Als Vater hat man vielleicht manchmal das Gefühl, am Rande zu stehen. Aber es gibt Männer, die fühlen sich, nun ja, beinahe selbst schwanger, wenn ihre Frauen es sind.«

Teo setzt sich ein bisschen aufrechter hin und verschränkt die Arme.

»Ich glaube ehrlich gesagt, dass es einfach nur toll wird.«

Teo lacht, und mir fällt auf, dass es ein bisschen nervös klingt, und das gefällt mir. Aber die Hebamme wirkt die ganze

Zeit so ruhig und gelassen, sie sieht lieb aus mit ihren kurzgeschnittenen Haaren und ihren eichhörnchenbraunen Augen. Sie versteckt ihren kleinen runden Körper unter einem weiten, formlosen Pullover und nestelt die ganze Zeit an ihrer Halskette. Möchte mal wissen, ob sie findet, dass ich hier nicht reinpasse.

»Ich habe ein paarmal Alkohol getrunken, als ich schon schwanger war. Weil ich es da noch nicht wusste. Könnte das dem Kind geschadet haben?«

Die Hebamme sagt, es sei normal, dass man ab und zu etwas getrunken hat, bevor man von der Schwangerschaft erfährt. »Ab und zu.« Ich stelle in Gedanken eine schnelle Überschlagsrechnung auf, versuche mich an die Wochen vor dem Schwangerschaftstest zu erinnern. Kias Party in ihrem Friseursalon, an dem Samstag damals hatte ich drei, vier, fünf Gläser Rotwein, oder war es eine ganze Flasche? Dann das Fest von Teos Schwester, da haben wir uns mit Unmengen Champagner und Whisky vollllaufen lassen, zusammen mit ihren neureichen Golffreunden. Danach bin ich mehrere Male direkt nach der Arbeit mit Maria und Patrick ausgegangen und habe Wein und Bier und Cocktails getrunken, einmal sogar Unmengen, und zwei Tage vor dem Test haben wir eine Flasche Champagner vernichtet, mein Gott … Ich sage nichts, aber vermutlich entspricht das nicht dem, was die Hebamme unter »ab und zu« versteht.

»Und jetzt? Darf ich gar nichts mehr trinken?«

Die Hebamme zögert. Teo rutscht unruhig auf seinem Stuhl herum.

»Tja, was soll ich Ihnen da raten? Das Beste ist natürlich, ganz auf Alkohol zu verzichten, aber hin und wieder mal ein kleines Glas … nun, ich glaube, Sie sollten da auf Ihr Gefühl hören … aber am besten, Sie verzichten.«

Ich bin ziemlich verwirrt, so als hätte ich sie gefragt, wie das

Wetter ist, und sie hätte geantwortet, die Sonne scheint und es regnet. Aber ich stelle keine weiteren Fragen zu dem Thema, denn anscheinend passt es der Hebamme nicht. Sie sagt, sie werde uns jetzt einen Termin für das nächste Treffen und für eine Ultraschalluntersuchung geben, und wir blättern in unseren Kalendern vor und zurück.

»Ultraschall am 20. November. Passt Ihnen das? Eine Kollegin wird die Untersuchung durchführen«, sagt sie und ich nicke.

Die Hebamme blättert weiter in ihrem Kalender, dann sieht sie mich an.

»Und was halten Sie davon, wenn wir uns am Tag darauf sehen, am 21. November?«

»Nein, ich glaube, das geht nicht.«

»Kein guter Termin? Wollen Sie verreisen?«

Nein, wir wollen nicht verreisen, aber ich hatte gedacht, wir würden uns jetzt mehrmals die Woche treffen. Meine Vorstellung ging wohl eher dahin, dass ich meine Mittagspausen in diesem hellen Zimmer mit den duftigen Gardinen verbringe und umsorgt werde.

»Nein, ich dachte nur, dass … Soll ich nicht schon früher kommen, damit Sie kontrollieren können, ob alles in Ordnung ist mit mir und …«

Die Hebamme lächelt und legt ihre Hand auf meinen Arm.

»Keine Angst. In der ersten Zeit ist das nicht nötig. Erst in den letzten Schwangerschaftsmonaten wird häufiger kontrolliert, wie es der werdenden Mutter geht, und dann können wir uns jede Woche sehen, wenn Sie möchten.«

Ich gebe mich geschlagen und notiere die neuen Termine. Wir stehen auf, geben uns die Hand, und kaum haben wir die Tür hinter uns geschlossen, fährt Teo mich ärgerlich an:

»Musst du immer so verdammt ehrlich sein, was meinst du

wohl, was die jetzt von uns denkt? Dass du qualmst wie ein Schlot und nur den einen Gedanken im Kopf hast, wann du wieder anfangen kannst zu saufen!«

»Aber das stimmt ja auch …«

»Agata, bitte!«

Auf dem Weg nach draußen kommen wir wieder am Wartezimmer vorbei. Auf einem Sofa sitzt eine junge Frau, ganz versunken in eine Zeitschrift. Sie hat Sommersprossen und dickes, weizenblondes Haar, das ihr als Zopf auf dem einen Oberarm liegt. An den Schläfen kräuseln sich ihre Haare ein wenig. Eine enge zartrosa Baumwollbluse betont den dicken Bauch, und sie sieht genau so aus, wie eine Mutter aussehen soll. Im Gegensatz zu mir.

Hausfrau jagt Tochter

Mein Vater, Bertil Hansson, hatte wohl immer gedacht, ich würde Abitur machen und danach an der Rezeption von Polar-Wohnwagen in Hagfors anfangen, wo er selbst arbeitet. »Aber das ist ein ganz toller Job, der wird dir jede Menge Spaß machen«, telefonierte er nach Paris und versuchte mich zu überreden, wieder nach Hause zu kommen. Das kam natürlich nicht in Frage, aber ich verlangte nicht, dass er das begreifen sollte. Er liebt Hagfors. Mama auch. Aber ich wäre da im Wald beinahe vor Langeweile eingegangen. An den Wochenenden bestand das einzige Vergnügen in dem Kaff darin, mit dem Pick-up immer rund um die Würstchenbude zu kurven. Wenn man die Eltern überreden konnte, einen zu kutschieren, war auch mal ein Besuch bei H&M in Karlstad drin. Am schlimmsten war es im Winter. Dann legte sich Eis auf die Seen, die Pferdekoppeln und das Gemüt.

Aber es war ihre Heimat. Sie wollten alt werden in dem Dorf, umgeben von Freunden und dem Rest der Familie. Als meine Mutter, Elisa Hansson, neunzehn war, trat Papa Bertil, damals fünfundzwanzig, in ihr Leben. Er war Bauernsohn, wollte aber den Hof nicht übernehmen, sondern lieber herumreisen und Staubsauger verkaufen. Eines Tages kam er in das Restaurant in Värnamo, wo Mama nebenbei als Bedienung arbeitete. Einige Wochen später zog Mama in das mintgrüne Haus, in dem sie heute noch wohnen. Drei Jahre darauf kam ich zur Welt. Meine Mutter war Hausfrau, bis ich dreizehn wurde.

Dann schickte die Arbeitsvermittlung sie auf einen Marketing-Lehrgang. Mama war überglücklich und redete die ganze Zeit nur noch über diesen Lehrgang. Anschließend bewarb sie sich bei einer Werbeagentur in Karlstad, die einen Marketingleiter suchte. Ich erinnere mich noch gut an den Tag. Sie sah so hübsch aus in ihrer geblümten Bluse und der Jeans. Die Haare hatte sie sich zu Locken gedreht. Sie hatte eine Mappe dabei, wollte die Marketingpläne vorzeigen, die sie für eine erfundene Firma aufgestellt hatte. Als ich von der Schule nach Hause kam, saß Mama mit dem Rücken zu mir auf dem Sofa und weinte. Papa saß daneben und streichelte ihr über den Rücken. Ich ging rückwärts hinaus in den Flur und rutschte an die Wand gepresst in die Knie. In der Küche lief das Radio, sie hatten mich nicht gehört.

»Sie haben gesagt, ich soll lieber weiter im Garten arbeiten. Dann haben sie nur noch gelacht.«

»Das wird schon noch, Elisa. Es ist doch nur ein Job.«

»Aber vielleicht haben sie Recht. Ich bin zu alt. Ach, ich war zu lange Hausfrau.«

Als ich die Tür laut ins Schloss fallen ließ, ging Mama schnell ins Bad, und Papa setzte sein übliches gutgelauntes Gesicht auf, aber es sah angestrengt aus. Als Mama wieder aus dem Bad kam, fragte ich, wie das Vorstellungsgespräch war.

»Ach, es hatten sich so viele beworben, und manche haben sehr viel Erfahrung, deshalb wird wohl nichts daraus. Aber so ist das manchmal.«

Dann ging sie in die Küche und schälte Kartoffeln.

Sie bewarb sich noch um eine andere Stelle, die sie nicht bekam, und danach begann sie im Ica-Supermarkt im Nachbarort zu jobben. Mama ist erst fünfzig, aber sie wirkt ziemlich hausbacken mit ihren großgeblümten Blusen und den blonden Haaren mit der kleingelockten Dauerwelle. Anders gesagt, ich hatte nie den Eindruck, eine junge Mutter zu haben.

Mein Vater trägt Schlipse mit Elchen drauf, ist beliebt im Ort und organisiert das alljährliche Krebsessen. Die einzige Zeit, in der er seine etwas dunkleren Seiten durchblicken lässt, ist die Campingsaison. Weil er beruflich mit Wohnwagen zu tun hat, besitzt er immer das neueste Modell. Was ihn aber nicht daran hindert, jedes Jahr wieder die Krise zu kriegen, wenn die Deutschen mit noch größeren Wohnwagen anrücken, mit Modellen, die es in ganz Schweden nicht zu kaufen gibt. Und er hat sich an den Campingabenden zusammen mit Mama und mir den Kopf zermartert über diese protzigen Deutschen, woher nehmen die nur das Geld und wer will eigentlich mit so einem Monstrum durch die Gegend fahren. Manchmal habe ich versucht, Mama auf meine Seite zu ziehen: »Können wir dieses Jahr nicht lieber in den Süden fliegen, bitte-bitte?«, aber sie war immer auf Papas Seite. Die beiden gegen den Rest der Welt, nicht die beiden und ich gegen den Rest der Welt.

Ein Gedanke ist mir nie aus dem Kopf gegangen: Wenn ich nicht schon so früh gekommen wäre, hätte Mama vielleicht begonnen, sich nach anderen Dingen zu sehnen. Vielleicht wäre sie mehr gereist, hätte etwas gelernt und das werden können, wovon sie träumte. Und warum ist sie eigentlich so lange zu Hause bei mir geblieben? Hat Papa das so gewollt? Beim Essen haben wir nie über wirklich wichtige Dinge geredet, sondern immer nur, dass die Farbe vom Zaun abblättert, dass bald Sommer ist und ob wir dieses Jahr nach Gränna zum Camping fahren sollen, oder dass Papa, der ein Stück Land verkaufen will, sich Sorgen macht, ob auch alles klappt, oder über den neuesten Klatsch: Der Gunnar war gestern bei uns und hat das Luxusmodell bestellt. Ich glaube, der hat im Lotto gewonnen, hast du im Laden was darüber gehört? Wir reden auch heute noch über dieselben Sachen.

Aber sie sind offenbar immer noch gern zusammen, Mama und Papa. Sie fahren an den Wochenenden nach Karlstad zum

Squaredance und verbringen seit kurzem jeden Herbst in Spanien, zusammen mit meiner Tante und ihrem Mann, die in Torremolinos eine Eigentumswohnung gekauft haben. Papa spart seinen Urlaub auf, und dann fliegen sie in den Süden und spielen Golf. Allerdings sagt Papa, es seien »Studienreisen«, um die Feriengewohnheiten der Schweden zu untersuchen, denn die kaufen immer weniger Wohnwagen.

Ich bin ihr einziges Kind. Darauf sollte die Todesstrafe stehen. Man hat einfach keinen Mitwisser, was die Familiengeschichte angeht. »Du weißt ja nicht, wovon du redest«, seufzen Dany und Kia immer. Kia hat drei Schwestern, eine lebt in Australien und zwei wohnen noch in Örebro, und Dany hat sogar vier Schwestern. Aber lieber Geschwister, die man manchmal umbringen könnte, als gar keine. Lieber mit einem Komplizen im Wohnwagen hocken, als immer, immer wieder auf alle möglichen Spielplätze oder Badestrände geschubst zu werden: »Such dir ein paar Spielkameraden«, oder mit Massen von langweiligen Erwachsenen um den Grill herumzusitzen, die sich übers Wetter unterhalten oder darüber, wie sie ihr Haus umbauen sollen. Vielleicht ist das der Grund, warum ich heute so wenige Freunde habe – es gibt mir niemand mehr einen Schubs.

Ich will nicht so werden wie meine Eltern. Darf man das sagen? Teo findet, nein. Er würde lieber sterben als zuzugeben, dass er nicht so werden will wie seine Alten. Aber ich glaube auch nicht, dass meine Eltern mit mir tauschen würden. Wir haben uns für unterschiedliche Lebensweisen entschieden. Man muss doch wohl keine Angst davor haben, seine eigene Lebensgeschichte zu schreiben, sage ich immer zu Teo. Trotzdem, meine Schwangerschaft hat viel mit meiner Mutter zu tun. Ich versuche, mich dagegen zu wehren, aber es ist ihr Gesicht, das ich vor mir sehe, wenn ich das Gefühl habe, dass das Leben nun vorbei ist.

Tod hatte Mutterschaftsurlaub

Ich stehe vor den Titelplakaten am Zeitungshaus und spüre, wie meine Armhaare sich aufstellen. Der Aufmacher heute ist einfach genial. Cecilias hübsches Gesicht vor dem Hintergrund einer Winterlandschaft, aufgenommen aus einem Hubschrauber irgendwo über Schweden. Man kann Straßenabsperrungen und drei Polizeiautos erkennen.

WO BIST DU CECILIA?, steht da in fetten schwarzen Lettern.

Es ist eine Titelseite, wie sie nur eine Boulevardzeitung zustande bringt. Was das angeht, haben unsere Redakteure ein magisches Händchen.

Aber man kann nicht beliebig lange immer die gleiche Suppe aufkochen. Cecilia ist jetzt seit drei Wochen verschwunden. In allen Medien wird spekuliert, ob die Familie eine Lösegeldforderung erhalten hat oder nicht. Keiner weiß es. Die Polizei schweigt. Die Familie schweigt. Josephine schweigt. Wenn nicht bald etwas passiert, werden wir Reporter nicht weiter an dem Fall dranbleiben, sondern uns um andere Ereignisse kümmern. Denn die Menschen vergessen schnell. Wir vergessen sogar ein entführtes Mädchen.

Ich habe heute Nacht schlecht geschlafen und kann kaum abwarten, dass es Abend wird. Dann ist offiziell Wochenende. Ich werde abwechselnd schlafen und mich mit Süßigkeiten vollstopfen. Auf dem Sofa liegen und zuhören, wie Teo mit den Kochtöpfen klappert.

Es ist ruhig in der Redaktion, Martin und Cathrin machen keine Anstalten, mir einen Auftrag zu geben, also beschließe ich, mich so gut es geht hinter dem Computer zu verkriechen.

In der Mittagspause studiere ich die Speisekarte vom Café neben dem Zeitungshaus. Es ist ein ungewohntes Erlebnis für mich, dass ich plötzlich gegen zwölf Uhr einen Bärenhunger kriege und aus eigenem Antrieb etwas essen gehe. Ich blicke mich unauffällig in dem Café um, ob noch andere Mitarbeiter der Zeitung hier sind, dann klappe ich die Broschüre auf, die mir die Hebamme gegeben hat. Ich hatte ja keine Ahnung, dass es so viel gibt, was man nicht essen darf. Ich betrachte die lange Liste. Darauf stehen Tausende verschiedener Fische und aus welchem Meer die kommen, ab und zu tauchen auch Käsesorten auf und ob sie pasteurisiert sind oder nicht. Mozzarella – darf ich den essen?

Das Kaugummi kauende Mädchen hinterm Tresen sieht mich auffordernd an.

»Was darf's sein?«

»Ein Mozzarella-Sandwich. Ist der Mozzarella pasteurisiert?«

Das Mädchen sieht mich an, als hätte ich japanisch geredet.

»Keine Ahnung, ehrlich gesagt.«

Ich blicke mich wieder ängstlich um.

»Dann frag doch bitte nach. Ist sonst niemand da?«

»Nee, ich bin allein, und ich weiß es nicht. Und die Verpackung von dem Käse hab ich auch nicht mehr.«

»Okay, dann nehme ich eben was anderes.«

Stand Parmaschinken auch auf der Liste? Ich sehe heimlich in der Broschüre nach.

»Äh … eins mit Parmaschinken. Ist der geräuchert?«

»Sagen Sie, sind Sie allergisch gegen was? Haben Sie irgendeine komische Krankheit oder so?«

Ich habe wirklich keine Lust, der halbwüchsigen Göre hinter dem Tresen auf die Nase zu binden, dass ich schwanger bin.

»Ich nehme einen Salat. Mit Schafskäse … nein, warte. Mit Hähnchenfleisch. Und Nudeln. Kein Schafskäse. Oder nein … vergiss es.«

So geht das nicht. Ich habe einen mordsmäßigen Kohldampf und keine Zeit, gerade jetzt diese blöde Tabelle auswendig zu lernen. Ich laufe hinüber zur Pizzeria auf der anderen Straßenseite.

Frau stillte Zwerg

Wir liegen faul auf dem Sofa. Ich lese eine Klatschzeitschrift, die ich Kia im Café aus der Tasche gemopst habe, und Teo korrigiert Diktate. Plötzlich fragt er mich:

»Wenn das Baby da ist, wie machen wir es dann mit der Elternzeit?«

Was Teo anspricht, kommt mir noch so weit weg vor, im Grunde noch eine ganze Ewigkeit. Schwanger zu sein hat nicht so viel verändert, wie ich eigentlich dachte. Klar, ich habe schon zugenommen und bin müde und weine ab und zu, aber ich kann auch noch gehen, sitzen, pinkeln, essen, arbeiten, denken, vögeln und zum Bus laufen. Also warum nicht einfach die letzten Monate in Freiheit genießen? Neulich wollte Teo auch, dass wir uns um Aufnahme in eine Privatklinik bewerben, in der Myrto entbunden hat. Geburtshaus Stockholm hieß die. »Die haben sich darauf spezialisiert, jede Frau so zu behandeln, als wäre sie einzigartig«, sagte Teo, und ich begriff überhaupt nichts mehr. Außerdem hörte sich das verdammt nazimäßig an, man darf dort nur entbinden, wenn die Schwangerschaft perfekt verlaufen ist, ohne Abweichungen vom Normalen.

»Müssen wir das jetzt entscheiden?«

Teo legt die Hefte und seinen Rotstift auf den Tisch.

»Ich denke, das wäre gut, ja.«

»Weil du ein Kontrollfreak bist?«

»Weil ich tatsächlich Schüler habe, an die ich denken muss.«

Mit einem Seufzer lasse ich das Klatschblatt auf den Boden fallen.

»Okay. Wie lange bleibt man zu Hause, ich habe keine Ahnung. Weißt du's?«

»Ja, ich habe kurz mit Myrto darüber gesprochen. Sie sagt, als Frau bleibt man mindestens ein halbes Jahr zu Hause, so lange, wie man stillt. Aber dass die meisten Mütter länger zu Hause bleiben wollen.«

Stillen. Gott, wie unheimlich! Plötzlich sehe ich vor mir, wie ein Riesenbaby, das eher an einen Zwerg erinnert, vor mir kniet und gierig aus meinen Brüsten trinkt und anschließend laut und hörbar rülpst.

»Das hängt natürlich auch vom Elterngeld ab.«

»Wie lange gibt es denn Geld? Und wie viel? Ist das so wie ein Gehalt, oder was? Vielleicht sollten wir uns da mal schlau machen.«

»Habe ich schon getan.«

War mir klar, denke ich, sage es aber nicht laut. Teo steht auf und geht an den Schreibtisch im Flur.

»Ich finde, wir sollten es gerecht aufteilen, jeder von uns zehn Monate«, sagt er, als er sich wieder aufs Sofa setzt und eine Broschüre sowie einen Zettel mit einer Menge Zahlen auf den Couchtisch legt. Ich richte mich hastig auf und setze mich hin.

»Zehn Monate?«

»Ja?«

»Das ist fast ein Jahr.«

»Was hattest du denn gedacht?«

Nun, das Problem ist, dass ich überhaupt nichts gedacht hatte, deshalb habe ich auch keine Strategie. Aber Teo könnte ebensogut gleich eine Todesanzeige für mich aufgeben, denn bei der Zeitung werden sie mich für tot halten. Und außerdem hören sich zehn Monate an wie … Was soll ich bloß zehn Monate lang machen?

Teo legt seinen Zettel wieder auf den Tisch, lässt sich zurückfallen und verschränkt die Arme vor der Brust.

»Ich dachte … weiß nicht … ein paar Monate?«

»Und das Kind kommt mit drei oder sechs Monaten in den Kindergarten, was? Darf es denn wenigstens schon krabbeln können, wenn es den Institutionen in den Rachen geworfen wird?«

Ich rolle mit den Augen, sage aber nichts. Teo ist manchmal echt anstrengend mit seiner kleinbürgerlichen Einstellung.

»Myrto sagt, je länger man damit wartet, desto besser. Mindestens bis das Kind laufen kann oder schon ein paar Worte spricht. Karl und Philipp waren zwei und vier Jahre alt, als sie in den Kindergarten kamen.«

»Ja, aber Myrto hat ja auch die ganze Zeit gearbeitet, dank all der Kindermädchen, die sie importiert hat. Sie hat Geld. Wir nicht.«

»Natürlich, du hast Recht. Wir schaffen das finanziell nicht. Es sei denn, wir ziehen zu meinen …«

»Schluss jetzt, Teo! Ich will nichts mehr davon hören!«

Ich seufze und reibe mir die Schläfen. Ich werde noch Kopfschmerzen kriegen. Teo hat schon wieder diese Sorgenfalte zwischen den Augenbrauen, die hat er von seinem Vater geerbt.

»Erinnerst du dich, was die Hebamme gesagt hat, Teo? Das Kind wird in unser Leben kommen, nicht umgekehrt. Ich mag unser Leben.«

»So einfach ist das nicht.«

»Nein, sicher nicht. Und warum belügen uns die anderen dann alle?«

»Wollen wir uns die Kalkulation nicht lieber noch mal ansehen?«

Teo beginnt vorzurechnen, meine Arbeitstage und seine, Erstattungen und Krankengeld und ähnliches Zeug, von dem ich Migräne kriege. Außerdem hört es sich an, als ob wir am Ende völlig pleite wären.

»Und was, wenn wir es so machen: Du übernimmst die ersten zehn Monate, denn ich möchte nur ungern mitten im Schulhalbjahr ausfallen. Anschließend bleibe ich zehn Monate zu Hause. Wenn wir uns einschränken und ein bisschen tricksen, könnte es gehen.«

»Für wie lange, Mai bis März?«

»Ich wette, wenn es erst so weit ist, wirst du es herrlich finden, mal eine Pause vom Job zu machen.«

»Warum sollte ich das? Ich liebe meinen Job.«

Teo wirft den Zettel wieder auf den Tisch, und jetzt ist er es, der sich die Schläfen reibt.

»Agata, reiß dich zusammen, ich bitte dich. Wir erwarten ein Kind. Unser Leben wird sich verändern. Kannst du nicht einfach mal damit umgehen wie ein erwachsener Mensch?«

»Jetzt bist du ungerecht. Ich versuche lediglich, mich an den Gedanken zu gewöhnen, dass …«

»… dein Leben vorbei ist? Ja, ja, das habe ich jetzt zur Genüge gehört.«

Teo starrt mich wütend an.

»Das wollte ich jetzt gar nicht sagen.«

»… ich bin ja sooo arm dran, hiiiilfe, ich kriege ein Kind, mein Leben ist vorbeiii, buhuu, ich Ärmste, ich darf nicht mehr sauuufen und rauuuchen, ich muss zurüüückstecken, schluchz-schluchz. Wo ist mein Leeeben? Meiiinsmeiiins!«

Äfft er mich nach? Hat er sein Gesicht zu einer albernen Grimasse verzogen, um mich nachzuäffen? Also, wenn Teo so richtig fies sein will, gibt es niemanden, der ihm darin das Wasser reichen kann. Es dauert, bis er diese Grenze überschreitet, aber wenn er es erst getan hat, bekommt sein Blick mitten in aller Vertrautheit etwas Eiskaltes. Ich funkle Teo beleidigt an und rutsche ganz ans andere Ende des Sofas, so weit weg von ihm, wie ich nur kann, ohne aufstehen zu müssen, denn dazu habe ich jetzt keinen Bock.

»Äffst du mich nach? Soll ich das sein?«

»Ja, bist du blind, oder was?«

»Igitt, was bist du nur für ein Ekel.«

»Dann hör du auf, dich wie ein kleines Kind zu benehmen. Hör auf, dich selbst zu bemitleiden.«

»Was ist falsch daran, wenn man Mitleid mit sich selbst hat? Ich BIN arm dran, ich MUSS an so vieles denken, ich BIN schwanger, und ich darf NICHT trinken und rauchen und NICHT alle Fische essen, die ich will, neun lange Monate – oder zehn, wenn man es genau nimmt – und bald bin ich FETT und muss Umstandshosen tragen. Du würdest dich genauso aufführen, wenn du schwanger wärst, du Blödmann! Außerdem finde ich, dass ich mich bisher ganz gut gehalten habe.«

Teo lehnt sich auf dem Sofa zurück, starrt an die Decke und bläst eine Menge Luft aus. Oh nein, genau das macht er auch immer, wenn seine Mutter Dimitra ihm eine Standpauke hält.

Okay, meinetwegen, zehn Monate hören sich nach einer Ewigkeit an, aber egal. Hauptsache, es hilft, dass Teo nicht mehr seine Mutter in mir sieht. Außerdem habe ich Hunger und keine Lust, mich noch länger zu streiten.

»Wir machen es so, wie du gesagt hast. Jeder zehn Monate!«

Teo sieht mich misstrauisch an.

»Du musst es auch wollen, nicht nur ich.«

»Ich will es auch.«

Teo beugt sich nach vorn und beginnt seine Berechnungen einzusammeln, er legt sie zu einem akkuraten Stapel zusammen und sieht mich an.

»Tut mir leid, dass ich dich nachgeäfft habe. Aber du musst endlich einsehen, dass wir jetzt erwachsen sind.«

Ich merke, wie es in mir wieder zu brodeln und zu zischen beginnt.

»Hör auf damit. Spiel hier nicht den Oberlehrer. Ich weiß selbst, dass ich erwachsen bin. Ich bin keine dumme Tussi, die sich die Augen ausheult, weil sie keine fünfzehn mehr ist. Ich bin gern erwachsen.«

»Okay, okay! Ich glaube, im Moment liegen unsere Nerven ziemlich blank«, sagt Teo und geht mit den Zetteln in den Flur.

»Wie meinst du das?«

»Na ja, wir bekommen ein Kind, und das ist eine große Umstellung, was glaubst du wohl. Hormone, wie du gesagt hast!«, ruft Teo.

Ich antworte nicht. Ich bin es so leid, missverstanden zu werden, aber ich muss jetzt etwas essen. Ich bin dermaßen hungrig, dass ich sogar ein süßes Robbenbaby schlachten könnte, wenn es sonst nichts Essbares gäbe.

Aber es ist einfacher, nach unten in die Pizzeria zu gehen.

Frau misshandelt Hebamme

Ich habe völlig vergessen, dass ich mich um diesen Job als Nachrichtenchef beworben hatte, als unsere Personalleiterin Birgitta mich in der Redaktion anruft. Sie fragt, ob ich morgen gegen ein Uhr in ihr Büro kommen könne. Ich beiße mir auf die Zunge, um nicht die ganze Sache abzusagen. Ich habe nicht vor, jetzt schon zu verraten, dass ich schwanger bin. Habe mich ja selbst kaum daran gewöhnt, und bisher ist mein Bauch noch nicht dicker, als wenn ich gerade meine Tage hätte. Ein Bäuchlein, das sich verbergen lässt. Da ist es schon schlimmer, das meine Brüste so gewachsen sind. Ich kann mir immer noch nicht vorstellen, wie das Leben hinterher sein wird, aber ich habe das Poster von der Hebamme, auf dem dargestellt ist, was Woche für Woche im Körper passiert, an den Kühlschrank geklebt. Es war beinahe unheimlich, wie gerührt Teo darüber war, wahrscheinlich hat er gedacht, dass seine Psychobraut ihr Schicksal endlich akzeptiert. Maja, mit der Kia sich den Friseursalon teilt, hat es gesehen, als sie und Kia bei uns zu Hause waren, und auf ihre ganz eigene Art reagiert. Sie stand eine Weile davor und studierte es.

»Weißt du, was du da am Kühlschrank hast, Agata?«

»Ja, das ist eine Übersicht über die Entwicklung des ...«

»Das ist schlimmste Anti-Abtreibungspropaganda.«

»Quatsch, wieso das denn?«

Maja las laut vor: »Zweiter Monat, jetzt passieren große Dinge. Das Herz beginnt zu schlagen, und der Körper wächst rasant. Nase und Wangen bilden sich heraus. Das Kind hebt den Kopf aus der zusammengekauerten Stellung.« Maja sah mich vielsagend an.

»So ernst muss man das ja wohl nicht nehmen«, murmelte ich etwas verlegen.

»In der Gesellschaft sind dunkle Kräfte am Werk, und du unterstützt sie. Du und der Papst, Agata!«

Maja zeigte mit dem Mittelfinger auf mich, während Kia hinter ihrem Rücken mit den Augen rollte und sich an die Stirn tippte.

Ich will gerade den morgigen Termin auf den rechten Rand meiner bereits sehr zerfledderten Schreibtischunterlage schreiben, als ich entdecke, was dort schon steht, in wütenden roten Buchstaben:

U-S, Di 20.11, 13:00

Ich hole tief Luft, greife mir mein Handy und schlendere in den »Käfig«, einen der wenigen, durch Glaswände abgetrennten Räume in der Redaktion, wo man seine Ruhe hat und wichtige Telefonate führen oder Geheimbesprechungen über die morgige Zeitung abhalten kann.

Teo antwortet sofort, ich höre Lärm im Hintergrund.

»Hallo. Hast du Pause?«

»Ja. Was gibt's?«

»Du, hier ist was dazwischengekommen, also, ich muss morgen um eins zum Mitarbeitergespräch.« Ich ziehe eine Grimasse und warte.

Pause. Teo denkt nach.

»Aha, aber das geht nicht. Wir müssen zum Ultraschall.«

»Ich weiß, aber … Ich möchte den Termin nicht absagen, sonst dauert es vielleicht wieder ewig, bis …«

Ich verstumme und lasse Teo den tiefsten Seufzer der Welt seufzen.

»Ich dachte, wir können den Ultraschall-Termin vielleicht umbuchen, wenn du einverstanden bist.«

»Hätte dir das nicht eher einfallen können?«

Durchatmen. Nicht bissig werden.

»Doch, das hätte es natürlich.«

»Okay, aber dann rufst du die Hebamme an.«

»Versteht sich. Und nicht böse sein, ja?«

»Ja, ja. Dein Job ist dir wichtiger als das Kind, schon kapiert. Wegen der Sache wird unser Kind sein Leben lang in Therapie gehen müssen, das ist dir schon klar, ja?«

»Quatsch, du hattest sogar Asthma, als du klein warst, weil deine Mutter ständig in deiner Gegenwart gequalmt hat. Und du bist deswegen auch nicht in Therapie gewesen!«

»Tschüss, Agata!«

Ich rufe die Hebamme an. Erkläre ihr, dass mir leider eine wichtige Arbeitsbesprechung dazwischengekommen ist, entschuldige mich zweimal deswegen und frage dann nach einem neuen Termin.

Schweigen am anderen Ende.

»Entschuldigung, aber ich verstehe nicht ganz.«

Die Hebamme klingt etwas verwirrt.

»Ja, ich muss den Termin leider verschieben.«

»Aha, aber … so einfach geht das ja nun nicht, einen Untersuchungstermin zu verschieben, und schon gar nicht einen Tag vorher. Wegen einer ›Arbeitsangelegenheit‹, oder wie Sie das nannten?«

Die Hebamme klingt jetzt eher ärgerlich als verwirrt.

»Wie gesagt, es tut mir leid, wenn ich Ihnen Umstände mache mit der Terminverschiebung.«

»Aha. Und Ihre Besprechung können Sie nicht verschieben?«

Um keinen verdammten Preis der Welt.

»Nein, das geht leider nicht.«

Ich höre, wie die Hebamme in ihren Unterlagen blättert, sie lässt sich Zeit mit der Antwort.

»Nun, also der Terminplan ist voll, mal sehen, diese Woche ist ganz ausgeschlossen, und die nächste geht es auch nicht.«

»Und in der übernächsten Woche?«

»Auch schon alles belegt.«

Ich warte, während die Hebamme wieder seufzt und blättert.

»Es haben sich sehr viele Frauen angemeldet, wissen Sie.«

Ich höre ein Klopfen an der Scheibe und drehe mich um. Es ist Maria. Sie winkt mit ihrer Zigarettenschachtel. Die Hebamme soll gefälligst mal einen Zahn zulegen!

»Das habe ich auch noch nicht erlebt, dass jemand seinen Termin wegen einer Arbeitsbesprechung absagt«, murmelt die Hebamme vor sich hin.

Maria klopft wieder an die Scheibe. Sie breitet die Arme aus und macht ein fragendes Gesicht. Hoffentlich kommt sie nicht rein, dann fliegt mein kleines Geheimnis auf.

»Wenn man seinen Friseurtermin verschieben kann, wird das doch verdammt nochmal auch mit einem Ultraschalltermin möglich sein!«

Es wird totenstill in der Leitung. Na super. Jetzt bucht sie wahrscheinlich stattdessen einen Termin für meine standrechtliche Erschießung wegen Mutterschaftsverrats. Maria klopft wieder, und ich schüttle den Kopf noch energischer. Sie gibt auf und geht.

»Ich muss sagen, Ihr Ton gefällt mir nicht.«

»Nein, das verstehe ich, aber was ich meine, ist …«

Ich verstumme. Was meine ich denn eigentlich?

»Bitte, geben Sie mir einfach einen neuen Termin. Irgendwann, bevor das Kind geboren wird, das reicht. Ist das möglich?«

Ich lege die Hand auf die Stirn und lehne mich an die Wand. Ich höre, wie die Hebamme wieder blättert.

»Ich sehe gerade, da ist doch noch etwas frei, nächsten Mittwoch. Um elf. Passt das?«, fragt die Hebamme kurz angebunden.

»Ja! Perfekt!«

»Wie schön. Dass es Ihnen passt, meine ich.«

Am Abend ist Teo mit seinen Lehrerkollegen auf einem Betriebsfest. Ich würde es nie mit all seinen überkorrekten Kollegen aushalten. Manche der Jüngeren sind ganz okay, aber alle zusammen sind so buchhaltermäßig. Von sämtlichen Lehrern an der Schule ist Teo der einzige Lustige, und das sage ich ganz objektiv. Ich war bei Unterrichtsstunden dabei, und die Kinder lieben ihn. So wie einmal, als er aus dem Abfragen des Lernstoffs ein Robinsonspiel gemacht hatte. Jeder spielte gegen jeden, und alle schrieben ihre Antworten auf kleine Schiefertafeln, die Teo und ich bei Ikea gekauft hatten. Im Finale wusste fast die ganze Klasse die richtigen Antworten. Alle wollten ja die Siegesprämie gewinnen, eine Halskette aus großen Holzelefanten. Am Schluss gewann der kleine Raoul, und er lief eine ganze Woche lang mit dieser Halskette herum, die beinahe länger war als er selbst, wie Teo mir vergnügt erzählte.

Ich versuche mich stattdessen auf meinen morgigen Termin vorzubereiten, aber nach einer Weile überrasche ich mich selbst dabei, wie ich dasitze und Löcher in die Luft starre. Was, wenn ich den Job tatsächlich kriege? Nachrichtenchefin. Mitten im Zentrum des Spinnennetzes. Mit Verantwortung für die Zeitung. Aber was heißt Journalismus für mich? Wenn ich ehrlich sein soll, sind es das Tempo und die wenigen Male, wo es spannend wird, die mich antreiben. Ich finde zum Beispiel Politik todlangweilig, ich bin noch nie wählen gegangen. Dafür habe ich keine Probleme damit, über Linda Rosings Untreue oder ihre Magersucht zu schreiben, im Gegenteil. Aber ich finde auch, dass wir vielleicht ein bisschen nachlassen, was die wichtigeren Themen angeht. Als ich bei der Zeitung anfing, haben wir für unsere Berichte noch richtig tief gegraben, heute dagegen kratzen wir die Oberfläche ein bisschen an und nennen das »Dokumentation«. Eine oder maximal zwei Seiten über ein Thema, in das sich der Reporter vertiefen durfte – vom Essen, das Senioren im Altersheim vorgesetzt wird, bis hin zu neuen Trends in der plastischen Chirurgie. Aber auf die Art bringen wir keine korrupten Wirtschaftsbosse zu Fall. Wir sind dabei, den Schwung zu verlieren, und ich glaube, dass man die Leser nicht unterschätzen darf. Sie sind durchaus in der Lage, Artikel von mehr als dreitausend Zeichen zu lesen, wenn das Thema sie interessiert. Es geht nur darum, die richtigen Themen zu finden. Das Ohr auf die Erde zu legen und das Gras wachsen zu hören. Soll ich das morgen vielleicht sagen? Ach Gott, es klingt irgendwie albern. Oder? Ich weiß auch nicht. Auf jeden Fall werde ich mit meinen flüchtigen, aber doch so wichtigen Einsätzen im Kidnappingfall prahlen. Ich lege mich aufs Sofa und starre an die Decke.

Anschließend onaniere ich. Es dauert länger als sonst, bis ich feucht werde. Ich muss mich neuerdings richtig anstrengen, es nicht unnormal zu finden. Da ist dieses Gefühl, von innen heraus beobachtet zu werden. Das Schlimmste am Onanieren ist außerdem, dass ich hinterher immer noch geil bin und wünschte, Teo wäre hier.

Ich wache davon auf, dass der Fernseher noch immer läuft, ich muss bei den Spätnachrichten eingeschlafen sein. Ich habe einen Bärenhunger. Esse fünf Scheiben Toast mit Butter, Käse, Schinken und Tomaten. Anschließend bin ich so satt, dass ich wieder auf dem Sofa einschlafe.

Fotograf betatscht Kollegin

Birgitta beugt sich vor, schenkt Kaffee ein und deutet auf den Teller mit Zimtschnecken, erfreut schnappe ich mir die größte. Janne und ich sitzen auf dem Sofa, Birgitta uns gegenüber auf dem grauen Ledersessel. Ich zupfe nervös an meiner Strickjacke, die ich bis oben zugeknöpft habe, aus Angst, man könnte den kleinen Bauch bemerken. Wenn es jemanden gibt, der die Wahrheit über meine Gebärmutter herausfinden kann, dann ja wohl Leute, die bei einer Boulevardzeitung arbeiten. Außerdem schwitze ich tierisch. Ich frage mich, ob sich auch die Schweißdrüsen vermehren, wenn man schwanger wird. Die meisten in der Redaktion frösteln jetzt Ende November. Sie finden, man könnte ruhig die Heizung ein bisschen aufdrehen. Ich dagegen kontrolliere alle paar Minuten, ob die Schweißflecken unter meinen Achseln auch ja nicht zu sehr auffallen.

Janne nimmt die Brille ab, reibt sich die Augen, setzt die Brille wieder auf und lächelt mich herzlich an. Er scheint bester Laune zu sein und deutet auf seine Zimtschnecke.

»Die wird mir noch meine Strandfigur ruinieren.«

Birgitta und ich lachen höflich, dann folgt peinliche Stille, es macht »pling« in Birgittas E-Mail-Postfach auf dem Rechner, und ihr Blick flackert unruhig, als würde sie am liebsten nachsehen, von wem die Mail ist, aber sie bleibt sitzen.

»Du hast gute Arbeit geleistet in dem Kidnappingfall«, sagt Janne plötzlich etwas ernster.

»Danke. Ich hätte mich gerne tiefer reingekniet. Aber im

Moment geht es drunter und drüber, sie haben mir so viele andere Aufträge zugeteilt.«

Birgitta räuspert sich.

»Ich habe in einer halben Stunde einen Termin, deswegen sollten wir vielleicht…«

»Aber natürlich, dann lasst uns anfangen! Du möchtest also Nachrichtenchefin werden«, lächelt Janne und beißt noch ein riesiges Stück von seiner Zimtschnecke ab.

»Ich dachte mir, es kann ja nicht schaden, wenn ich mich bewerbe.«

Das klang jetzt ziemlich unnatürlich, ich trinke schnell einen Schluck Kaffee und warte auf die nächste Frage. Janne schmatzt beim Kauen, ein wenig Zucker rieselt auf seinen schwarzen Rollkragenpullover. Ich muss plötzlich an Teo denken, frage mich, wie er wohl reagieren wird, falls ich den Job bekomme, er findet ja, dass mir mein Beruf über alles geht, ihn eingeschlossen. Auch wenn er nicht oft darüber spricht.

»Ich finde, das klingt super.«

»Was?«, sage ich, als ich merke, dass Janne mit mir redet.

»Dass du Nachrichtenchefin werden willst.«

»Wirklich?«

»Ja, ist das so ungewöhnlich?«

Ich muss mich zusammenreißen. Vergessen, dass ich schwanger bin. Muss denken, dass alles wie immer ist. Alles ist genau wie immer. Ich presse die Fingernägel in meine Handflächen, die ich in den Jackenärmeln versteckt habe.

»Nein, nein, gar nicht. Im Gegenteil. Ich glaube auch, dass ich eine sehr gute Nachrichtenchefin wäre.«

»Wieso glaubst du das?«, hakt Birgitta etwas steif nach, es scheint ihr nicht zu gefallen, dass ich prahle, und jetzt macht sie mich nervös.

»Ich glaube, dass… ich meine, ich weiß, ich weiß, dass ich eine gute Reporterin bin, ich bin schnell und arbeite hart, ich kenne alle und habe bestimmt kein Problem damit, mich in die Gemeinschaft der Arche einzufügen (minus Olle natürlich, aber das muss ich ja nicht sagen). Ich bin schnell, ich arbeite hart … das habe ich schon gesagt …«

Ich werde rot und merke, wie eine Schweißperle gefährlich nahe davor ist, von der Stirn in meinen Schoß zu fallen.

»Und du bist eine Frau«, grinst Janne triumphierend und zeigt mit derselben Hand auf mich, in der er die Schnecke hält.

»Frau? Wie meinst du das?«

Birgitta und ich drehen uns beide zu ihm um. Ich bin nicht blind, in unserer Welt hat man es als Frau schwerer, das gilt erst recht für die Arche. Der Journalismus ist eine Männerdomäne, und die Zeitung als solches ist ein Kerl. Das ändert sich langsam, und alles dauert seine Zeit. Nur dass es bei einer Boulevardzeitung noch etwas länger dauert. Sie sitzt tief in den Wänden, die romantische Vorstellung, dass ein echter Reporter Magengeschwüre hat und den Hörer aufknallt, wenn Frau und Kinder anrufen und betteln, dass er nach Hause kommen soll. Der Job ist eine Berufung, kein Job. Es versteht sich von selbst, durch wen dieser Mythos all die Jahre aufrechterhalten werden konnte. Durch Männer und kinderlose Frauen, Frauen wie ich. Aber dass ich das weiß, bedeutet nicht, dass ich eine Sonderbehandlung wünsche. Um nichts in der Welt will ich Quotenfrau sein.

»Ich möchte den Job, weil ich bin, wer ich bin.«

»Nun, dagegen sage ich ja auch nichts. Aber alle Menschen haben ihre besonderen Talente, über ihre Brillanz hinaus. Deines besteht zufällig darin, dass du eine Frau bist.«

Brillanz? Ich werde schon wieder rot. Mein Gott, ich bin so anfällig für Schmeicheleien.

»Wir haben es schwer, Frauen in die Arche zu bekommen, das weißt du selbst, Birgitta. Es bewerben sich nur wenige, und die es tun, schmeißen den Job nach drei Monaten als Stellvertreterin hin, bevor sie aufrücken können.«

»Während die unfähigen Männer weiterhin dableiben«, werfe ich ein, weil ich finde, dass er das vergessen hat zu erwähnen, und Birgitta und Janne starren mich an.

Janne kratzt sich den feuerroten Bart und widmet sich wieder seiner Zimtschnecke.

»Erzähl ruhig weiter«, ermuntert er mich zwischen den Bissen.

»Na ja, du weißt doch, dass es eine Redensart gibt, jedenfalls unter den Frauen hier«, sage ich und lehne mich auf dem Sofa zurück, aber dann fällt mir ein, dass mein Bauch dadurch vielleicht sichtbar wird, und hastig beuge ich mich wieder nach vorn.

»Nein, welche?«

Ich schnippe mit den Fingern und versuche es ebenso gut hinzukriegen wie Maria.

»Hört ihr? Was war das? Ach, nur eine weitere Frau, die durch die Arche geschleust wurde.«

Janne grinst, während Birgitta die Lippen zusammenkneift und sich ein wenig windet.

»Ich meine ja nur, dass die unfähigen Männer länger dableiben. Das ist alles.«

Wenn es jemanden bei der Zeitung gibt, dem man nichts vormachen kann, dann ist es Janne. In Wirklichkeit ist er es auch und nicht der Alte, der die Zeitung leitet, es ist Janne, der mittendrin ist und der selbst im größten Stress immer eine Minute Zeit für dich hat. Er ist der Beweis, dass man als Chef einer Boulevardzeitung kein Ekel sein muss, dass man seinen Reportern viel abverlangen und trotzdem ihre Namen auswendig wissen und immer ein freundliches Wort übrig haben kann. Aber andererseits hat er auch kein Problem damit, die Nachrichtenchefs zusammenzustauchen, und er würde nie auch nur eine Sekunde zögern, es uns ins Gesicht zu sagen, wenn er mit einem von uns nicht zufrieden ist. Außerdem denkt er knallhart kommerziell, er war die treibende Kraft dahinter, dass unsere Zeitung mehr in Richtung Klatschblatt tendiert, mit vielen Promis und anzüglichen Artikeln. Vielen der Mitarbeiter passt das gar nicht, auch wenn niemand es wagt, das laut auszusprechen. Die Zeitung ist erfolgreicher denn je, und wer gerade das kritisieren wollte, könnte sich leicht auf dem Abstellgleis wiederfinden. Deshalb macht niemand den Mund auf. Es sei denn, im Vollrausch auf dem Betriebsfest.

»Was würde dich als Nachrichtenchefin auszeichnen?«, wirft Birgitta ein, die offenbar findet, dass die Unterhaltung über Frauen in der Arche zu weit vom Thema wegführt. Aber ich bin vorbereitet.

»Ich würde mehr auf Freizeitthemen setzen, um jüngere Leser anzusprechen, auch Frauen. Leichtere Sachen, ›So kaufen die Reichen ein‹ oder ›Ein Tag in der Schönheitsklinik‹, ergänzt durch interessante Reportagen, beispielsweise über die unterschiedliche Behandlung von Reichen und Armen, wenn sie Opfer von Verbrechen werden, über die Macht der Türsteher in Diskotheken und so weiter. Jeden Tag mit einem schönen Mix aus vermischten Nachrichten, weiche und harte, alles von Mord bis hin zu Untersuchungen, die zeigen, dass soundso viele Frauen den Orgasmus vortäuschen oder ein schlechtes Gewissen haben, weil sie nicht genug Zeit für ihre Kinder haben … also, über Kinder sollten wir mehr bringen … nicht, dass mich das nun gerade wahnsinnig interessiert … ähm, also ich will damit sagen, dass …«

»Aber das ist es, was Frauen interessiert«, wirft Janne beifällig nickend ein, und ich kann aufatmen, denn offenbar hat er keinen Verdacht geschöpft.

»… genau. Ich würde mich weder vor Promi-Klatsch scheuen

noch vor Nachrichten, die eher normale Menschen betreffen. Wir müssen noch besser darin werden, hinzuhören. Was tut sich bei unseren Lesern, was beunruhigt sie, was bringt sie auf die Palme? Am besten, wir sind einen Schritt voraus. Manchmal.«

Ich lächle und hole Luft und hoffe, es hat sich überzeugend angehört. Man muss ihnen geben, was sie haben wollen. Janne sieht zufrieden aus, Birgitta macht sich Notizen.

»Das ist gut, Agata. Wir müssen an die richtige Mischung denken. Der Mix ist wichtig. Eine Mischung aus schwererem Material und … ein bisschen mehr Unterhaltung.«

Janne sieht nachdenklich aus, und ich trinke einen Schluck Kaffee und warte.

»Es ist ein harter Job, Agata. Stress, schnelle Entscheidungen.«

»Das schaffe ich.«

»Man wird dich kritisieren.«

»Damit werde ich auch fertig.«

»Wir werden dich testen.«

»Wie oft?«

»Nur einmal.«

»Okay.«

»Du musst über alles zweihundertprozentig Bescheid wissen. Was haben wir gestern gebracht, was machen wir im Moment, was ist für morgen geplant. Du musst die absolute Kontrolle haben.«

»Kein Problem. Hab ich jetzt schon.«

»Du musst früher aufstehen.«

»Das … könnte ein Problem werden.«

Janne lacht aus vollem Hals, und meine Nervosität lässt langsam nach. Ich habe jetzt einfach ein gutes Gefühl. Er streckt die Hand nach der letzten Zimtschnecke aus, die ich mir eigentlich auf dem Weg nach draußen schnappen wollte.

»Wer hat sich denn sonst noch beworben?«

»Das können wir natürlich nicht verraten«, lacht Birgitta und steht auf.

Janne steht ebenfalls auf und wischt mit einer Hand die Zuckerkrümel vom Pullover.

»Ich muss mich noch mit einigen Bewerbern unterhalten, und anschließend werden wir die Liste zusammen mit der Redaktionsleitung durchgehen«, sagt Birgitta, gibt mir einen Klaps auf den Arm und geht.

Janne und ich verlassen ihr Büro zusammen. Er geht Richtung Arche und ich zur Toilette. Aber während ich gehe, schaue ich zurück und bemerke, dass er etwas zu Martin sagt und dass die beiden zu mir sehen. Auf der Toilette versuche ich, meine Gedanken etwas zu ordnen. Janne fand es anscheinend gut, dass ich mich beworben habe. Ich habe irgendwie das Gefühl, dass ich den Job kriegen werde. Und wie soll ich dann das mit der Schwangerschaft erklären? Was, wenn Janne glaubt, ich hätte ihn hintergangen? Ganz zu schweigen von Teo, er weiß ja nicht mal, dass ich mich beworben habe, und wir haben ja auch schon besprochen, wie lange ich mit der Arbeit aussetzen soll. Was, wenn die Zeitung nicht damit einverstanden ist? Wenn sie verlangen, dass ich früher zurückkomme? Andererseits würde die Beförderung ja auch eine Gehaltserhöhung mit sich bringen, und wir brauchen das Geld, jetzt wo Teo und ich auch noch an das Kind denken müssen. Ach, ist das alles anstrengend. Ich lege den Kopf in die Hände und starre hinunter auf meine braunen Omastiefel. Ich muss einfach aufhören, darüber nachzugrübeln, mein Leben ist immer noch meins, und alles lässt sich irgendwie regeln.

Zurück am Schreibtisch sehe ich aus den Augenwinkeln, dass Pontus die Treppe von der Etage über uns herunterkommt. Er hat vor einem Jahr die Sonntagsbeilage übernommen, und die Beilagen der Konkurrenz können mit unserer nicht mithalten. Viele der Kollegen glauben, dass er in ein paar

Jahren Janne als Leitenden Redakteur ablösen wird. Was ein bisschen beunruhigend ist, weil Pontus überhaupt nichts mit seriösen Nachrichten am Hut hat. Aber er ist ganz gierig auf Sexgeschichten und Promis, und damit kann man ziemlich weit kommen. Das Problem mit Pontus ist, dass er ganz schön arrogant und fies sein kann, aber das muss man in Kauf nehmen, wenn man nicht ausgeschlossen werden will aus dem Klatsch und Tratsch über alles, was intern an Sex, Drogen und anderem Missbrauch vor sich geht.

»Hallo, Herzchen.«

»Hallo, Pontus.«

»Hast du schon gehört?«

»Nee, was denn?«

»Sie haben Nisse gefeuert.«

»Den Fotografen?«

»Genau.«

Pontus blickt sich rasch um, bevor er sich Patricks Stuhl schnappt und an meine Seite rollt.

»Er hat einer an den Busen gegrapscht. Ich weiß noch nicht, wem, aber ich arbeite dran.«

»Du machst Witze, oder?«

»Nix.«

»Wann denn?«

»Keine Ahnung. Ich denke, es könnte die kleine, magere Aushilfe in der Unterhaltung sein. Sie ist schon seit ein paar Tagen nicht mehr gekommen, angeblich ›krank‹.«

Pontus malt Anführungszeichen in die Luft.

»Nicht, dass ihre Titten der Rede wert wären, aber …«

Pontus wirft mir einen langen Blick zu, voller Erwartung, er liebt es zu provozieren, aber ich beiße nicht an.

»Okay, das war alles für heute. Muss wieder!«

Pontus läuft pfeifend die Treppe hinauf, zurück in seine Redaktion.

Cecilia gefunden! Nächtliches Drama in Uppsala

Ich erwache mitten aus einem schrecklichen Traum, in dem ich mich an einer Rolltreppe im Kaufhaus mit zwei Kinderwagen schiebenden Weibern geprügelt habe. Ich wollte vorbeigehen und habe dabei versehentlich eine von ihnen angestoßen, und die ist sofort total ausgerastet und mir nachgerannt und hat mich an den Haaren die Rolltreppe hinuntergezerrt. Die ganze Zeit schrie ihr Kind in der Karre wie am Spieß. Ich versuche, wieder einzuschlafen, aber es geht nicht. Ich schlurfe in die Küche, schalte das Deckenlicht an, sehe auf die Uhr, Viertel vor drei. Mache mir zwei Scheiben Brot mit Käse und Schinken und setze mich an den Küchentisch. Ich lausche auf die Geräusche im Haus, jemand zieht die Toilettenspülung, es rauscht über unserem Herd, irgendwo weit weg jault die Alarmanlage eines Autos. Vielleicht ist es die Geisterstunde, aber plötzlich wird mir angst und bange, weil ich schwanger bin. Wie soll das gehen? Ich als Mutter. Ist doch der reinste Witz. Wie konnten wir nur glauben, dass … Ich spüre, wie mein Herz jagt, der Pony klebt mir an der Stirn. Ich beeile mich, Butter und Schinken wieder in den Kühlschrank zu packen, lege mich aufs Sofa und schalte den Fernseher an, ohne Ton. Gucke mir ein bescheuertes MTV-Video an, bis ich langsam schläfrig werde.

Um Viertel nach fünf knufft Teo mich hart in die Seite.

»Agata, für dich! Wach auf!«

Mit einem Ruck fahre ich auf dem Sofa hoch. Teo drückt

mir das Telefon in die Hand und schlurft wieder zurück ins Schlafzimmer.

»Ja?«

Es ist Tompa. Der Nachrichtenchef der Nachtschicht. Er verhaspelt sich vor lauter Aufregung.

»... gerade dabei, sie zu schnappen, kurz vor Uppsala ... die Entführung ... du fährst mit Alvarsson hin ... fünf Minuten.«

Ich mache »mhm«, und Tompa legt auf.

Shit! Ich bugsiere mich mühsam in die Senkrechte.

Sitze einen Moment auf der Sofakante und versuche, die Augen zu öffnen. Ich bin dermaßen müde, als hätte ich die ganze Nacht durchgemacht. Ich taste mich im Dunkeln Richtung Bad, bis ich endlich den Lichtschalter im Flur finde. Danach ins Schlafzimmer, auf dem Sessel nach der Jeans und dem Pullover wühlen.

»Muss raus, es gibt Arbeit«, murmle ich. Teo grunzt bloß und zieht sich die Decke über den Kopf.

Greife nach meiner Tasche, stecke das Handy ein, kontrolliere, ob Diktiergerät und Notizblock eingepackt sind. Stiefel anziehen, Schal, Fingerhandschuhe, Mütze, Schlüssel, wo zum Henker sind die verdammten Schlüssel? Da! Zähne, ich muss Zähne putzen, ach was, keine Zeit, der ganze Flur beginnt sich zu drehen, und ich muss mich ein paar Sekunden lang gegen die Wohnungstür lehnen, bevor ich wieder geradeaus sehen kann.

Auf der Straße wartet der schwarze Uralt-Jeep des Fotografen mit laufendem Motor. Ich laufe um den Wagen herum, springe hinein, und Alvarsson fährt mit quietschenden Reifen los. Er informiert mich kurz über das Wichtigste. Wir müssen zu einem Sommerhaus kurz vor Uppsala. Die Kripo glaubt, dass die Kidnapper dort sind, und hoffentlich auch Cecilia.

»Woher haben wir das?«, murmle ich und versuche, den Schlaf aus den Augen zu zwinkern.

»Einer aus dem Kriminalressort hat den Tipp gekriegt.«

»Wie viele von uns fahren hin?«

»Außer uns noch Lasse aus dem Kriminalressort mit einem zweiten Fotografen.«

»Patrick nicht?«

»Nicht dass ich wüsste, wieso?«

»Ach, ich dachte nur.«

Alvarsson starrt mich an, während er gleichzeitig mit mindestens 130 Sachen die E18 entlangjagt.

»Was zum Teufel ist denn mit dir passiert, sag mal?«

»Wieso?«

Er deutet mit einem Kopfnicken auf den Rückspiegel.

Auf der linken Seite sind meine Haare total platt, auf der rechten stehen sie ab, als versuchte ich, etwas darin zu schmuggeln. Oh. Ich muss vergessen haben, mich abzuschminken, rund um die Augen haben sich dicke schwarze Mascara-Ränder abgesetzt, und der lila Lidschatten von gestern klebt fleckig auf den Wangen, es sieht ein bisschen so aus, als hätte mir jemand ein Veilchen verpasst. Ich hätte vorhin lieber noch in den Spiegel schauen sollen, aber ich war so aufgeregt, dass die Zeitung mich wieder in den Kampf schickt.

Alvarsson beugt sich herüber, öffnet das Handschuhfach und gibt mir zwei Papiertaschentücher.

Mit Hilfe einer Portion Spucke schaffe ich es, Lila und Schwarz so weit wegzuputzen, dass es nur noch ein bisschen punkig aussieht. Die Haare kriegen einen Gang mit dem Fingerkamm, anschließend fasse ich sie im Nacken mit einer Spange zusammen, die ich in meiner Handtasche finde. Als ich wieder in den Spiegel blicke, läuft mir ein kleiner Schauer über den Rücken; ich sehe haargenau so aus wie damals auf dem Gymnasium.

Egal. Ich habe diesem Tag entgegengefiebert. Endlich werde ich erfahren, was mit Cecilia passiert ist.

Wir fahren im Schleichgang eine schmale Schotterstraße entlang. Alvarsson seufzt ärgerlich.

»Verdammt, woher soll man wissen, wo das ist?«

»Was hat Tompa denn gesagt?«

»Dass es in der Umgebung von Skogsberg ist, und dem GPS zufolge ist das hier.«

In dem Moment klingelt mein Handy. Es ist nochmal Tompa.

»Wo seid ihr genau?«, schreit er aufgeregt.

»Keine Ahnung. Wir versuchen es zu finden. Was wisst ihr noch, außer dass es Skogsberg ist?«

»Es soll nicht viele Häuser dort geben, fahrt einfach durch die Gegend. Haltet Ausschau nach Polizeiautos.«

»Ja, auf die Idee sind wir auch schon gekommen.«

»Wart mal! Da!« Alvarsson zeigt nach vorn.

Am Rand einer Wiese, knapp hinter einem Waldstück, stehen fünf Polizeiautos und ein Krankenwagen. Am Wegrand hat noch ein Polizeiwagen geparkt, deshalb müssen wir jetzt schleunigst abbiegen, bevor sie uns entdecken.

»Bis nachher!«, sage ich und beende das Gespräch.

Alvarsson parkt seinen Jeep gekonnt schräg an der Böschung eines Waldstücks. Als er seine Kameraausrüstung endlich beisammen hat und wir aus dem Jeep krabbeln, verabreden wir, schnell zum Waldrand zu laufen. Aber meine Beine sind wie Gummi, ich muss immer wieder anhalten und nach Luft schnappen. Alvarsson ist ungeduldig.

»Nun komm schon, Mädel!«

Ich versuche, weiterzulaufen, aber die Beine gehorchen mir nicht. Ich kriege kaum Luft und stolpere vorwärts.

»Lauf du vor, ich komme nach«, keuche ich und versuche, Alvarsson mit langen, gemäßigten Schritten zu folgen.

Wir müssen die Wiese umrunden, fast immer gehen wir durch Wald, das dauert eine Viertelstunde. Abgesehen von dem leisen Plätschern eines Baches irgendwo ist es totenstill. Zu still. Ich bin völlig fertig, der Schweiß läuft mir in Strömen über den Rücken. Mir ist immer noch so, als würde ich jeden Augenblick in Ohnmacht fallen. Könnte jetzt gut eine Banane vertragen oder ein Butterbrot. Normalerweise reicht mir eine Tasse schwarzer Kaffee bis zur Mittagspause, aber jetzt ist das offenbar anders.

Alvarsson hebt die Hand, und wir bleiben stehen, lauschen, er zeigt nach rechts. Wir befinden uns auf einer Lichtung, und zwischen den Bäumen können wir ein rotes Holzhaus mit weißen Eckpfosten ausmachen. Ich bekomme eine Gänsehaut, warum ist es nur so verflucht still? Da, aus dem Nichts rennen zwei Männer in Tarnkleidung und mit Maschinengewehren auf uns zu. Sie ziehen uns zurück, hinter ein paar Bäume, wo Männer in normalen Polizeiuniformen hinter einigen Felsen kauern. Ich ziehe hastig meinen Presseausweis hervor, der an einer Schnur unter der Steppjacke baumelt. Der Polizist seufzt.

»Was zum Teufel …«

Er sagt den Jungs im Tarnanzug, sie sollen zurück auf ihre Positionen, und sie verschwinden wieder irgendwo im Wald.

»Ihr könnt nicht hierbleiben, das ist lebensgefährlich, das hier ist ein Geiseldrama«, flüstert der Polizist.

»Ich weiß. Wir bleiben hier bei Ihnen.«

»Verdammt, das werdet ihr nicht!«

Mein Handy klingelt, und der Polizist macht Anstalten, mich daran zu hindern, den Anruf anzunehmen, deswegen werfe ich mich zurück wie in einem Actionfilm, mache eine Rolle rückwärts und krieche in den Wald. Es ist schon wieder Tompa.

»Patrick! Der Kidnapper hat Patrick angerufen, er hat ihn grade am Ohr!«

Ich schaue zum Polizisten, er ist schon auf den Beinen und kommt auf mich zugekrochen.

»Kein Wort zu den Bullen, Agata«, ermahnt mich Tompa. »Warte!«

Im selben Moment packt mich der Polizist so grob am Arm, dass ich aufheule. Ich kann mich losreißen, und für ein paar Minuten stehen wir uns gegenüber wie zwei starrköpfige alte Weiber, die bereit sind, aufeinander einzustechen.

»Auflegen!«, zischt er.

Ich gehe ein paar Schritte zurück und höre, wie Tompa jemandem etwas zuruft und dieser Jemand antwortet, offenbar ist es Janne.

»Okay, erklär ihnen, dass wir Kontakt zu den Kidnappern haben. Ihr müsst dort bleiben, hörst du! Bleibt um Himmels willen da!«

Der Polizist zieht mich herunter in die Hocke und hält meinen Arm mit eisernem Griff umklammert, das Gespräch ist weg. Rasch erkläre ich ihm die Lage, und er seufzt tief, bevor er mich nach einer quälenden Ewigkeit loslässt. Verdammt, hat das wehgetan.

Der Polizist murmelt etwas in sein Walkie-Talkie, und kurz darauf kommt ein Mann in einer schwarzen Daunenjacke über der Uniform von irgendwoher aus dem Wald.

Wo sitzen nur all diese Polizisten versteckt, die wie Trolle aus dem Nichts auftauchen? Er stellt sich kurz als Einsatzleiter vor.

»Sagen Sie Ihrem Kollegen, er soll sofort auflegen. Ihr bringt die ganze Aktion in Gefahr, begreift ihr das nicht? Idioten.«

Der Mann ahnt ja gar nicht, wie sehr auch ich will, dass Patrick auflegt, anstatt die Lorbeeren einzuheimsen, während ich hier im Dschungel misshandelt werde. Stattdessen erkläre ich, dass Patrick dem Kidnapper eine Nachricht übermitteln könnte, wenn sie wollen. Der Einsatzleiter schweigt und starrt mit leerem Blick in die Luft.

»Sagen Sie ihm, dass wir nicht ...«

Er sieht zum blassgrauen Himmel hinauf und schüttelt den Kopf.

»... wir werden nicht schießen, er soll sich einfach ergeben und mit erhobenen Händen herauskommen. Mit dem Mädchen vorneweg. Rufen Sie Ihre Zeitung an und übermitteln Sie das, schnell, verdammt! Und sagen Sie Ihren Kollegen, dass sie das Telefonat mit dem Kidnapper danach beenden sollen, ansonsten setzt Ihre Zeitung das Leben des Mädchens aufs Spiel, haben Sie mich verstanden!?«

Der Einsatzleiter sagt zu dem anderen Polizisten, dass er auf uns aufpassen soll, aber Alvarsson ist schon verschwunden. Der Einsatzleiter taucht wieder ab, und ich rufe Tompa an. Ich höre, wie er jemanden beauftragt, zu Patrick hinüberzulaufen. Ich frage mich, ob die maskierten Scharfschützen in ihren Tarnanzügen, die ich vorhin gesehen habe, mir wohl den Gefallen tun und Patrick hinterher erschießen.

»Erledigt!«, brüllt Tompa.

Ich nicke dem Polizisten zu, der wieder in sein Funkgerät murmelt. Es vergehen fünf Minuten, zehn, zwanzig, der Polizist und ich sitzen hinter dem großen Stein und warten. Ich betrachte ihn heimlich, ungefähr fünfunddreißig, Bürstenhaarschnitt, bullige Erscheinung. Ich fasse mir wieder an den rechten Arm, versuche ihn ein wenig zu reiben, aber da tut es nur noch mehr weh.

»Parasiten!«, zischt er plötzlich aus dem einen Mundwinkel, starrt aber weiter stur geradeaus.

»Das sind die Anabolika, was? Die Nebenwirkungen müssen Ihnen mächtig zu schaffen machen.«

Er spannt die Kiefermuskeln an und dreht den Kopf weg.

Jemand ruft. Ich höre nicht, was, aber jetzt passiert etwas, denn im Funkgerät des Polizisten beginnt es zu knacken. Aufgeregte Stimmen dringen durch die Bäume und hallen vom Waldrand herauf, es gelingt mir, um den Polizisten herumzukriechen und eine Stelle zu finden, von wo aus man direkt hinunter auf das Haus sehen kann. Ich halte den Atem an.

Eine junge Frau steht auf der Veranda, die Arme hängen locker am Körper herab. Die braunen Haare sind oben auf dem Kopf zusammengefasst. Sie hat eine dicke Fleecejacke und Jeans an, aber nur Socken, keine Schuhe. Sie sieht blass und ängstlich aus, aber es besteht kein Zweifel, wer das ist: Schwedens momentan berühmteste Erbin, die fünfzehnjährige Cecilia Trolle. Sechs schwarz maskierte Polizisten stehen in fünf Metern Abstand vor der Veranda. Sie rufen Cecilia zu, dass sie die Treppe hinuntergehen soll. Cecilia beginnt zu weinen, setzt sich aber zögernd in Bewegung, wie ein kleines Kind geht sie Stufe für Stufe die Treppe hinab. Ein uniformierter Polizist bricht durch den Ring der sechs Maskierten, streckt ihr eine Hand entgegen, Cecilia nimmt sie und wird nun schnell hinunter zum Krankenwagen gebracht, der in der Auffahrt steht. Da erscheint ein junger Mann auf der Veranda.

»Hände über den Kopf!«, schreit ein Polizist im Tarnanzug mit angelegtem Gewehr, aber der Kidnapper hat die Hände schon oben.

Er wird aufgefordert, die Treppe herunterzukommen und sich auf die Erde zu knien. Er wirkt nicht älter als achtzehn, vielleicht zwanzig, er ist groß und schlaksig mit millimeterkurzen blonden Haaren und trägt nur ein weißes T-Shirt und schwarzweiße Jogginghosen. Man befiehlt ihm, sich mit dem Gesicht nach unten lang ausgestreckt auf die Erde zu legen, die sechs Polizisten in Tarnanzügen nähern sich ihm langsam, während sie gleichzeitig darauf zu warten scheinen, dass noch jemand aus dem Haus tritt.

»Nicht schießen!«, ruft der Junge plötzlich ängstlich. Er hebt den Kopf, blickt dem Krankenwagen hinterher, der mit Cecilia wegfährt, gefolgt von zwei Polizeiwagen. Einer der Polizisten versetzt ihm einen Tritt in den Rücken.

»Runter, verdammt!«

Ich zucke angesichts der Brutalität zusammen. Ist das notwendig? Er leistet doch überhaupt keinen Widerstand, und sie sind sechs gegen einen. Die Polizisten durchsuchen rasch seine Kleidung, tasten ihn nach Waffen ab. Ich habe mich hingehockt, überzeugt davon, dass sich noch einer oder mehrere drinnen im Haus aufhalten, aber die Minuten verstreichen. Die Polizisten gehen hinein. Und kommen wieder heraus. Was denn, bloß er allein?

Zwei Polizeiautos und ein Mannschaftswagen fahren auf den Hof, und nun sehe ich Alvarsson, er ist mittendrin im Geschehen, der alte Fuchs.

Ich muss dahin, ich renne den Hang hinunter und rauf auf den Hof. Der Festgenommene wird wieder auf die Füße gehoben, er hat die Hände auf dem Rücken, und während er schnell zum Mannschaftswagen abgeführt wird, rufe ich ihm zu:

»Warum haben Sie das getan? Waren Sie allein?«

Er starrt stur auf die Erde.

»Wie heißen Sie?«

Da hebt er den Kopf und sieht mir direkt ins Gesicht, seine Augen sind so kristallklar eisblau, dass ich beinahe zurückweiche.

Der Einsatzleiter eilt auf mich zu und zerrt mich grob beiseite.

»Okay, was wollen Sie?«

»Woher wussten Sie, dass die beiden hier sind?«

»Ein … Tipp.«

»Was für ein Tipp?«

Er seufzt.

»Mehr kann ich dazu nicht sagen. Im Laufe des Tages gibt es in Stockholm natürlich eine Pressekonferenz. Sie werden ja sicher dort sein.«

»Aber ein bisschen was muss ich doch dafür bekommen, dass ich hergefunden habe?«

Er starrt mich finster an. Er sieht müde aus. Aber auch erleichtert. Die Polizei war schon kritisiert worden, dass sie Cecilia immer noch nicht gefunden hatten. Sie war Anfang Oktober verschwunden. Jetzt haben wir Ende November, und die Medien hatten bereits damit begonnen, einzelne Polizeibeamte als unfähige Pappnasen zu bezeichnen. Justizminister Thomas Bodström hatte diese Woche in der Abendzeitung gegen die Vorwürfe Stellung genommen und betont, dass die polizeilichen Ermittler sehr wohl fähig seien und alle Kräfte aufgeboten würden, um diesen Fall zu lösen. »Schwedische Polizei in der Vertrauenskrise«, schrieb Svenska Dagbladet gestern in ihrem Leitartikel. Aber jetzt ist Cecilia auf dem Weg nach Hause. Unverletzt. Mit anderen Worten sitzen er und seine Chefs noch eine Weile sicher auf ihren Posten.

»Ein Nachbar, der wusste, dass der Eigentümer des Hauses verreist war, wurde misstrauisch. Er dachte an einen Einbruch, als er Licht in den Fenstern sah, und alarmierte die Polizei.«

»Heute früh?«

»Genau. Zwei Streifenbeamte fuhren hierher, schauten durchs Fenster, als niemand öffnete, und entdeckten Cecilia. Daraufhin forderten sie Verstärkung an.«

»War er allein?«

»Kein weiterer Kommentar.«

Er macht auf dem Absatz kehrt und setzt sich in einen Streifenwagen. Ich versuche, ins Haus zu kommen, aber eine Polizistin versperrt mir den Zutritt.

»Tut mir leid.«

Ich gehe die Treppe wieder hinunter. Lasse steht mit einem Fotografen am Gatter und diskutiert mit zwei Polizisten, die sie nicht vorbeilassen wollen. Alvarsson kommt quer über den Garten angestiefelt, hochrot im Gesicht.

»Mann, was für Fotos. Das werden die Bilder des Jahres, das schwör ich dir!«

Zurück in der Redaktion schreibe ich, bis ich kein Gefühl mehr in den Fingern habe. Janne und Martin, der Tagschicht hat, sehen mir über die Schulter, und mir wird langsam schwummerig. Maria besorgt mir ein Frikadellenbrötchen und eine Cola, bevor sie sich auf den Weg zur Polizeipressekonferenz macht. Viertel nach elf ist der Text fertig, jetzt sollen die Redakteure entscheiden, wie die Artikel von Patrick und mir platziert werden. In wenigen Stunden ist unsere Extraauflage überall im Land zu haben, und dann werden wahrscheinlich alle über den Reporter reden, der im direkten Kontakt mit dem Kidnapper stand. Wir spekulieren natürlich auch alle wild darüber, wo die anderen Kidnapper sind. Er kann ja nicht allein gewesen sein.

Ich schaffe es kaum, die Pressekonferenz zu verfolgen, die ziemlich chaotisch ist. Um die fünfzig Journalisten drängen sich im Saal, und die Polizei will keine weiteren Kommentare abgeben, außer dass sie einen Mann festgenommen haben und Cecilia unverletzt ist. Ich bin völlig groggy, als ich die Redaktion Punkt halb fünf verlasse und mir ein Taxi nach Hause nehme. Teo ist beim Training. Ich schalte den Fernseher an, lege mich aufs Sofa und schlafe sofort ein.

Teo weckt mich gegen sieben Uhr abends, er hat Spaghetti mit Hackfleischsoße gekocht. Ich würde am liebsten weiterschlafen, aber ich bin zu hungrig. Lakonisch berichte ich ihm von dem Entführungsdrama, aber zu meiner großen Verwunderung findet Teo das offenbar überhaupt nicht spannend. Er sieht einfach nur sauer aus.

»Das Kind. Hast du daran gedacht, dass der Polizist unserem Kind hätte schaden können?«

Er trinkt sein Milchglas auf einen Zug leer und stellt es mit einem Knall zurück auf den Tisch.

»Aber es war nicht gefährlich. Er hat mich nur in die Hocke gezwungen und …«

»Es hätte gefährlich werden können, oder etwa nicht?«

»Hätte, hätte.«

Teo steht auf und geht mit seinem Teller zur Spüle.

»Was ist?«

»Du bist schwanger. Du kannst nicht einfach darauf pfeifen und unser Kind Gefahren aussetzen.«

»Nein, das verstehe ich ja, Teo. Aber es war doch keine Sekunde lang gefährlich.«

»Mir geht es darum, dass du nicht wissen kannst, was alles passiert. Als hätten Polizisten noch nie Unbeteiligte geschlagen.«

Ich habe keinen Bock auf sinnlose Diskussionen mit Teo, deshalb räume ich meinen Teller ab und lege mich wieder aufs Sofa, während Teo duscht. Ich habe definitiv nicht vor, ihm den lila Bluterguss zu zeigen, der groß wie eine Qualle auf meinem Oberarm prangt.

Nach fünf Minuten bin ich eingeschlafen. Mitten in der Nacht wache ich davon auf, dass ich im Schlafzimmer liege. Teo muss mich hierher getragen haben. Ich drehe mich im Bett um, schmiege mich mit Brust und Bauch eng an Teos Rücken und schlafe wieder ein.

Reporter sticht Kollegin nieder

Teo hat mir einen Zettel geschrieben und ihn auf die Kaffeemaschine gelegt.

»Liebe dich! Kino heute Abend?«

Ich lächle und schicke ihm eine SMS, dass ich ihn auch liebe.

Ich schalte den Fernseher an und will gerade den Fuß über die Schwelle zum Badezimmer setzen, um zu duschen, als ich eine wohlbekannte Stimme höre. Ich gehe rückwärts wieder ins Wohnzimmer und stelle mich vor den Fernsehapparat. Patrick.

Patrick wird zum Kidnappingdrama interviewt. Ohne den Blick vom Bildschirm zu wenden, gehe ich zum Sofa und setze mich langsam hin.

»Es wurde heute vielfach kritisiert, dass Sie sich in die Arbeit der Polizei eingemischt haben«, sagt die Moderatorin.

Patrick lächelt und beugt sich ein wenig Richtung Kamera.

»Es ist nicht die Aufgabe von Journalisten, nach der Pfeife der Obrigkeit zu tanzen, oder, Marianne? Ich habe nur meinen Job gemacht.«

Patrick verstummt und lächelt wieder.

»Aber ist es nicht riskant, der Arbeit der Polizei auf diese Weise vorzugreifen? Ist Ihnen nicht in den Sinn gekommen, dass Cecilia Trolles Leben einer noch größeren Gefahr ausgesetzt sein könnte, wenn Sie auf eigene Faust mit dem Kidnapper verhandeln?«

»Im Gegenteil, erst dank dieses Gesprächs war eine friedliche Lösung möglich, da ich zwischen der Polizei und den Entführern vermittelt habe …«

Ich verdrehe die Augen und greife mir an den Oberarm, es tut saumäßig weh.

»Erzählen Sie doch mal, was passierte, als der Kidnapper Sie angerufen hat.«

Ich schalte den Fernseher aus.

Der Alte hat eine Rundmail an alle Mitarbeiter geschickt, in der er uns für die heutige Ausgabe lobt, er dankt den Reportern für ihre gute Arbeit und den Redakteuren dafür, dass sie Überstunden gemacht haben, um alles passend zusammenzufügen. Die Seiten 6, 7, 8, 9, 10 und 11 sind komplett der Auflösung des Entführungsfalles gewidmet. Die Seiten 6, 7 und 8 sind die von Patrick und mir. Ich erschrecke ein kleines bisschen über mein Foto in der Verfasserzeile. Ich mache darauf ein ziemlich mürrisches Gesicht, die Haare sind hochgesteckt, was mir nach Kias Meinung überhaupt nicht steht, weil das Gesicht so lang wirkt und ich viel älter aussehe. Alvarssons Aufmacherfoto von dem Kidnapper, der abgeführt wird, ist dramatisch, und mein Bericht über den Ablauf der Festnahme ist mit Patricks aufgezeichnetem Telefongespräch mit dem Entführer verwoben.

Ich will gerade aufstehen, um mit der Zeitung ins Raucherzimmer zu gehen, als mir einfällt, dass ich ja schwanger bin. Seufzend stelle ich die Ellenbogen auf den Schreibtisch, stütze den Kopf in die Hände und fange an zu lesen.

Kidnapper: Ich hab Angst, dass sie uns umbringen.

Reporter: Wo sind Sie?

Kidnapper: Im Haus. Wir sitzen hier.

Reporter: Wo ist Cecilia?

Kidnapper: Sie sitzt hier. Sagen Sie den Bullen, dass sie nicht auf uns schießen sollen.

Reporter: Wie viele sind Sie?

Kidnapper: Scheiße, jetzt hör ich sie.

Reporter: Was meinen Sie damit?

Kidnapper: Verdammt, sagen Sie den Bullen Bescheid. Ich kann sie hören, da, sie sind draußen.

Ich bringe es nicht fertig, weiterzulesen. Blättere um auf die nächste Seite, Lasse hat einen Artikel darüber geschrieben, dass die Polizei Blutspuren im Haus gefunden hat, es wird spekuliert, ob der Kidnapper Cecilia geschlagen haben könnte. Mir läuft es kalt über den Rücken, die Ärmste, es muss die Hölle für sie gewesen sein.

Ich sehe aus den Augenwinkeln, wie Patrick in die Redaktion kommt. Ich hab jetzt keinen Bock auf ihn und gehe eilig zum Kaffeeautomaten. Patrick bleibt stehen und unterhält sich mit den Kollegen in der Arche, dann entdeckt er mich.

»Hallo, Agata.«

»Hallo, Patrick.«

»Hast du mich heute Morgen im Fernsehen gesehen?«

Patrick strahlt übers ganze Gesicht und nimmt einen Becher aus der Wandhalterung.

»Nein. Du warst im Fernsehen?«

Ich strahle zurück.

»Ja, im Morgenmagazin wollten sie ein bisschen was über die Entführung hören.«

»Cool.«

»Na ja, war okay. Ich weiß ja selbst, dass ich jetzt nicht so im Mittelpunkt stehen sollte, aber andererseits, was soll man denn machen, wenn sie andauernd anrufen?«

»Just say no!«, sage ich lachend, merke aber, dass es sehr gekünstelt klingt. Aber Patrick lässt sich nichts anmerken, er zeigt auf meinen Kaffeebecher, der auf der Spüle steht, und zusammen gehen wir zu unseren Schreibtischen.

»Schau mal, die bringen mich in der Wiederholung!«, ruft er plötzlich freudig aus. Ich sehe zu dem Fernseher hoch, der auf einem Pfeiler gegenüber der Arche steht. Ich lächle verkrampft und versuche heimlich, den Dolch aus meiner Brust zu ziehen.

»Agata!«

Martin ruft mich, und ich bleibe stehen.

»Versuch doch nochmal, Cecilias Freundin zu erreichen.«

»Josephine?«

»Ja. Wir kommen nicht an Cecilia und ihre Familie ran, aber vielleicht weiß diese Josephine, wie es Cecilia jetzt geht. Wir dachten uns, das wäre doch was für morgen. Cecilia über die Schreckenstage und ob sie geschlagen wurde.«

»Geht klar.«

Ich habe mich gerade eben an den Schreibtisch gesetzt und angefangen, Josephines Nummer zu wählen, als Lasse aus dem Kriminalzimmer gelaufen kommt.

»Wir haben ihn!«

Ich lege langsam den Hörer auf, den Blick fest auf das Geschehen drüben an der Arche gerichtet. Martin läuft hinüber zu Jannes Büro, Janne geht mit Martin rasch zur Arche, Lasse sagt etwas, ich sehe nur seinen Rücken, aber Martin und Janne sehen beide ganz aufgeregt aus. Yes! Sie rufen mich. Und Patrick, leider.

Das Kriminalressort weiß, wer der festgenommene Kidnapper ist, obwohl über die Untersuchungshaft erst morgen entschieden wird. Er heißt Mikael Andersson und ist zwanzig Jahre alt, wohnhaft im Stockholmer Vorort Tensta. Patrick soll sich seine Familie vornehmen, ich seine Freunde und Arbeitskollegen, falls er welche hat. Ziel: herausfinden, ob jemand aus seinem Umfeld einen Verdacht hatte und ob es möglicherweise Anhaltspunkte dafür gibt, dass es mehrere Entführer gewesen sein könnten. Ich drücke mich noch bei Lasse im Zimmer rum, nachdem er uns Telefonnummer und Adresse des Typen gegeben hat und Patrick schon weg ist.

»Wie seid ihr auf ihn gekommen?«

»Wir sind zum Eigentümer des Sommerhauses gefahren, um einen Kommentar von ihm zu kriegen, und weißt du, was er gesagt hat?«

»Nee?«

»›Wieso Einbruch? Mein Neffe Mikael hatte den Schlüssel, während ich in Thailand im Urlaub war.‹«

»Aha?«

»Ja, Mikael, der Sohn seiner Schwester, wollte das Haus während seiner Abwesenheit nutzen, und als ich nach der Adresse und Telefonnummer seines Neffen fragte, gab er sie mir einfach, weil die Polizei ihn offenbar noch nicht informiert hatte. Er war gerade vom Flughafen gekommen, als wir ihn erreichten.«

Ich denke eine Weile fieberhaft nach, bis es endlich »klick« macht und ich nach Luft schnappe.

»Der Neffe ist der Kidnapper?«

»Bingo! Wir haben heute früh ein Foto von ihm bekommen, von der Schule, auf der er seinen Abschluss gemacht hat. Es ist derselbe Junge. Als ich meine Polizeiquelle danach aushorchte, gab er uns grünes Licht. Dieser Mikael hat außerdem schon gesessen. Wegen Mittäterschaft an einem Raubüberfall auf ein Juweliergeschäft in der Drottninggatan vor drei Jahren.«

Lasse unterdrückt ein Gähnen und streckt sich nach dem Kaffeebecher auf dem Schreibtisch.

»Du bist wirklich ein ausgekochter alter Fuchs«, sage ich beeindruckt, aber Lasse zuckt nur die Schultern auf diese Mir-macht-keiner-was-vor-Art.

»Es hilft, wenn man gute Quellen bei der Polizei hat. Im Präsidium scheinen sie sich dermaßen zu langweilen, dass sie lecken wie ein Sieb, sobald man sie nur ein bisschen besser kennt.«

Mikael Anton Andersson. Aufgewachsen im Vorort Tensta. Mein Auftrag ist, die Konturen des Zwanzigjährigen schärfer herauszuarbeiten. Ich blicke auf den Zettel, den Martin mir gegeben hat. Mikaels Klassenlehrer hieß Alper Korkmaz. Als ich im Steuerzahlerregister suche, finde ich nur einen Einzigen, der vom Alter her passt, zwischen dreißig und vierzig. Er wohnt in Rinkeby. Es ist einen Versuch wert. Ich werfe einen Blick auf die Uhr, Viertel nach elf. Wenn ich Glück habe, erwische ich ihn vielleicht. Typisch. Mailbox. Ich hinterlasse eine Nachricht. Versuche es auch noch bei ihm zu Hause, aber da nimmt niemand ab.

Ich kaue eine Weile auf meinem Stift. Dann wähle ich Josephines Handynummer.

»Hallo?«

Ich höre Stimmen im Hintergrund.

»Hallo, Josephine. Hier ist Agata. Du erinnerst dich, von der Abendzeitung.«

»Ich sage überhaupt nichts mehr«, unterbricht sie mich barsch.

»Das verstehe ich gut. Entschuldige. Ich habe nur eine ganz kurze Frage.«

»Moment.«

Ich höre, wie sie etwas sagt und dann weggeht, es klingt, als ob sie sich auf der Toilette einschließt.

»Mein Unterricht fängt in zwei Minuten an.«

»Hast du mit Cecilia gesprochen?«

Josephine schweigt. Nach einer Weile sage ich »Hallo?«, um zu hören, ob sie noch dran ist.

»Nein, noch nicht. Ich treffe mich heute mit ihr.«

»Sagt der Name Mikael Andersson dir etwas?«

Stille.

Klick.

Verdammte … Göre.

Ich mache mit der Überprüfung von Mikael Anderssons Hintergrund weiter. Blättere die Kopien des Gerichtsurteils durch, in dem Mikaels Werdegang beschrieben wird. Mit sechs Jahren zum ersten Mal Kontakt mit dem Jugendamt, als die Mutter sich vom Vater scheiden ließ, der später wegen Misshandlung der Mutter verurteilt wurde. Erneuter Kontakt mit dem Jugendamt als Elfjähriger, wegen auffälligen Verhaltens an der Schule und Diebstahls von Süßigkeiten im Einkaufszentrum nebenan. Später wegen gemeinschaftlichen Diebstahls Jugendstrafe auf Bewährung. Als Reporter stößt man andauernd auf so etwas, wenn man über Verbrecher schreibt – fast immer Männer. Meistens schon früh auf die schiefe Bahn geraten. Immer gibt es Vorwarnzeichen, manchmal subtil, manchmal auffällig wie blinkende Alarmlichter. Wenn es nicht nur das übliche Chaos im Elternhaus war oder dauerndes Schuleschwänzen, dann war es vielleicht eine Buchstabenkombination, um deren Bedeutung sich niemand scherte. Immer wird darauf verwiesen, es stünden nicht genügend finanzielle Mittel zur Verfügung. Und dann hängen die Kids »unerklärlicherweise« zwischen allen Stühlen. Wenn die Steuerzahler wüssten, was das Loch im sozialen Netz sie letztendlich kostet. Was ein Jugendlicher, der »durch die Maschen fällt« oder zum Opfer wird, weil es nicht genügend »Mittel« gibt, während seiner kriminellen Laufbahn und später im Gefängnis kostet.

Mein Handy klingelt. Vielleicht hat Josephine es sich anders überlegt? Schnell gehe ich ran.

»Spreche ich mit Agata Hansson?«

»Ja.«

»Hier ist Alper … Korkmaz.«

»Ja?«

»Sie hatten bei mir angerufen. Ich habe jetzt Pause, und da dachte ich ...«

»Ja! Natürlich, Entschuldigung! Schön, dass Sie sich melden. Sie sind doch Lehrer an der Kämpinge-Schule?«

Ich suche in dem Durcheinander auf meinem Schreibtisch hektisch nach meinem Notizblock.

»Ja. Oder besser gesagt nein, ich war es. Ich habe vor drei Jahren dort aufgehört. Worum geht es denn?«

Block gefunden. Mist, wo ist der Stift?

»Es geht um einen Ihrer damaligen Schüler. Mikael Andersson. Er ist vor fünf Jahren in der Neunten abgegangen und ...«

»Micke?«

Die dunkle Stimme am anderen Ende klingt erstaunt.

Da ist der Stift!

»Ja, Micke.«

Ich lese sicherheitshalber sein Geburtsdatum und die Namen einiger seiner alten Klassenkameraden vor.

»Ja, ja, ich weiß, wer das ist. Micke. Wieso fragen Sie mich nach ihm? Ist was passiert? Sie sind doch Reporterin, oder?«

»Uns liegen Angaben vor, nach denen er wegen einer Entführung in Untersuchungshaft sitzt. Deshalb habe ich Sie angerufen.«

»Entführung. Ach du lieber Himmel.«

»Vielleicht haben Sie davon gelesen. Die Entführung der Schülerin Cecilia Trolle.«

»Ja, habe ich. Es wurde ja auch dauernd in den Nachrichten darüber berichtet. Ein reiches Mädchen, ihre Mutter ist die Chefin von irgendeinem Konzern.«

»Ja.«

»Mein Gott.«

»Ich wüsste einfach gerne, wie er so ist. Oder war. Als er in Ihre Klasse ging.«

»Micke war ... Micke ist ein hochintelligenter Junge. Aber er ist wie alle Hochbegabten mit Konzentrationsschwierigkeiten... es ist unmöglich, sie im Griff zu behalten. Jedenfalls nicht mit den knappen Mitteln, die uns in der Schule zur Verfügung stehen... aber soll ich wirklich... was werden Sie schreiben?«

»Ich versuche nur, mir ein objektives Bild von ihm zu machen. Wer er ist.«

»Ja, dann ...«

»Wissen Sie etwas über seinen familiären Hintergrund?«

Am anderen Ende bleibt es stumm. Ich höre ein Seufzen. Vielleicht setzt er sich auf einen Stuhl oder reibt sich die Stirn. Er klang nett. Ausgeglichen, genau wie Teo.

»Hatte er Geschwister?«

»Er war Einzelkind, glaube ich. Den Vater habe ich nie kennen gelernt, ich glaube nicht, dass er bei der Familie lebte, aber seine Mutter, ich komme grad nicht auf ihren Namen... sie kam zu jedem Elterngespräch, Micke lag ihr sehr am Herzen, aber sie musste hart arbeiten, um über die Runden zu kommen.«

»Wussten Sie, dass er eine Bewährungsstrafe hat?«

»Was?«

Die Stimme klingt immer erstaunter.

»Weshalb?«

»Er hat ein paar Typen geholfen, wartete in einem Fluchtwagen, während sie versuchten, in ein Juweliergeschäft in der Stadt einzubrechen. Das wussten Sie auch nicht?«

»Nein. Die ehemaligen Schüler wirbeln davon wie Blätter im Wind. Wenn man Glück hat, trifft man mal einen in der Stadt und erfährt ein kleines bisschen darüber, wie sich ihr Leben entwickelt. Aber Micke war ja ... ein bisschen unbändig.«

»Mit wem war Mikael in der Schule befreundet, wissen Sie das?«

»Ich kann mich an keine Namen erinnern, aber es waren

immer ältere Jungs. Mikael war schwer zu bändigen, wie gesagt. Aber gleichzeitig war er ein feiner Kerl, wenn Sie verstehen. Er war eines von diesen Kindern, die man am liebsten pausenlos umarmen möchte, aber er glitt einem aus den Händen, wieder und wieder. Als Lehrer kann es einen schon frustrieren, was man eigentlich alles tun müsste, aber nicht schafft, weil die Zeit nicht reicht. Und die Kraft.«

»Jetzt hören Sie sich an wie Teo.«

»Wie bitte?«

»Sorry. Mein Freund ist auch Lehrer. Er empfindet das ebenso. Dass es nie genug ist, was man tut.«

»Ja. Dann verstehen Sie ja, was ich meine. Wissen Sie, ich habe Mikael wirklich gern gehabt. Das Problem war nur, dass er leicht zu beeinflussen war. Ein bisschen Ich-schwach, wie viele in dem Alter. Wenig Selbstbewusstsein hinter der frechen Fassade. Ich empfand ihn nicht als Anführertyp, jedenfalls nicht in der Schule, sondern eher als jemanden, den man überreden konnte, auf die eigene Seite ziehen konnte. Und dann war er immer so ruhelos. Er zeichnete ständig irgendwas, fällt mir ein. In Büchern. Auf dem Tisch. An den Wänden.«

Ich sehe ein, dass wir wahrscheinlich nicht viel weiterkommen werden.

»Gut, dann vielen Dank für Ihre Hilfe.«

»Werden Sie das schreiben, was ich Ihnen erzählt habe?«

»Ja, ich denke schon. Nicht alles. Aber wenn Sie nichts dagegen haben, würde ich gerne … es ist sicher nicht verkehrt, ein nuanciertes Bild von ihm zu zeichnen. Apropos, können wir vorbeikommen und ein Foto von Ihnen machen?«

Er zögert.

»Ich habe das Gefühl, dass ich ein bisschen zu viel gesagt habe.«

Ich versuche, lautlos zu seufzen. Das Nervigste, was es gibt, sind die Zauderer. Die sich nicht entscheiden können. Die

Knüppel zwischen die Speichen werfen. Die wollen, dass man ihnen vorliest, was sie gesagt haben, damit sie es sich anders überlegen können. Andererseits muss man nachsichtig mit ihnen sein. Sie sind keine Medienprofis. Sie reden drauflos, ohne daran zu denken, wie das Gesagte später aussieht, verkürzt oder in großen fetten Schlagzeilen.

»Ich kann Ihnen den Text mailen.«

»Das wäre sehr nett.«

»Können Sie Ihr Mailpostfach Punkt zwölf Uhr kontrollieren und mich dann anrufen? Ich habe nicht viel Zeit.«

»Auf jeden Fall. Vielen Dank.«

Ehrenkultur auf Östermalm entdeckt

Am nächsten Tag ist die Stimmung in der Redaktion super. Wir sind die Ersten mit der ganzen Geschichte von Mikael, auch wenn wir seine Identität nicht preisgeben, und gleichzeitig hat die Staatsanwaltschaft bekannt gegeben, dass eine Person wegen des begründeten Verdachts der Entführung von Cecilia Trolle in Untersuchungshaft sitzt. Wir haben den Lehrer zitiert, den ich interviewt habe, und Patrick hat mit der weinenden allein erziehenden Mutter gesprochen, die die Welt nicht mehr versteht. »Er ist der anständigste Junge, den man sich vorstellen kann, er würde niemals etwas Unrechtes tun. Ich begreife das alles nicht«, wird die Mutter zitiert. Wir haben mit ehemaligen Freunden und mit Leuten gesprochen, die mit ihm zusammen in Haft waren. Die Spekulationen laufen auf Hochtouren, ob an der Planung der Entführung noch mehr Leute beteiligt waren. Ein Typ, der in derselben Jugendstrafanstalt einsaß: »Ich glaube nicht, dass er es allein gemacht hat. Er ist zu still und irgendwie zu unerfahren.« Familie Trolle hat eine kurze Pressemitteilung herausgegeben, wie dankbar sie sind, Cecilia wieder bei sich zu haben, unverletzt. TT hat die Meldung verschickt, und wir haben sie abgedruckt.

Ich klopfe an Jannes Tür, die halb geöffnet ist. Er sitzt mit dem Alten auf dem Sofa.

»Hallo, Agata, komm rein!«

Janne hat Hochsommerlaune.

Ich bleibe vor dem Sofa stehen und zupfe den Pullover über dem Bauch zurecht.

»Ich wollte bloß kurz was besprechen, ich hatte ja den Eindruck, dass Cecilia zu Hause eine Menge Ärger hatte. Ich könnte jetzt ein bisschen Zeit erübrigen, um der Sache nachzugehen. Wir könnten was darüber bringen, während wir auf den Prozess warten.«

Janne lächelt immer noch, während er den Kopf schüttelt.

»Wir haben doch schon darüber gesprochen, Agata.«

»Ich weiß ...«

»Wir werden nicht darüber spekulieren.«

Der Alte mischt sich ein.

»Wenn du wüsstest, wie diese Trollefamilie mich mit Anrufen gequält hat. Außerdem ist das irrelevant für die ganze Geschichte. Alle Jugendlichen haben irgendwann mal Krach mit ihren Eltern.«

Ich verlagere das Gewicht auf den anderen Fuß, während ich fieberhaft versuche zu überlegen, welche Argumente ich noch anführen könnte. Was, wenn es stimmt, was Kia sagt: »Pass auf, dass die Schwangerschaft dir nicht den Verstand verkleistert.« Denn was habe ich eigentlich in der Hand, außer dem, was Josephine verraten hat? Nichts.

»Aber könnt ihr euch noch erinnern, als wir über das kurdische Mädchen berichtet haben, das Selbstmord beging. Wie wir darüber spekulierten, dass es gar kein Selbstmord war, weil es Gerüchte gab, dass die Familie unheimlich streng ...«

»Das war doch was völlig anderes. Das Mädchen war tot. Außerdem war schon die ganze Diskussion über diese Ehrenkultur im Gange, nach dem Mord an Fadime und diesem anderen Mädchen.«

Janne sieht jetzt überhaupt nicht mehr gutgelaunt aus, und der Chefredakteur rutscht unbehaglich auf dem Sofa herum. Beide durchlöchern mich mit ihren Blicken. Shit, jetzt kriege ich den Job als Nachrichtenchefin mit Sicherheit nicht, das steht schon mal fest.

»Nee, ist klar. Ich dachte ja nur …«

Ich bewege mich rückwärts Richtung Tür.

»… aber du hast natürlich Recht, Janne. Ist wohl besser, wir lassen die Finger davon.«

Ich beeile mich, die Tür hinter mir zuzumachen, und gehe gesenkten Hauptes schnell zu meinem Schreibtisch.

Beweis stellte sich als Ungeheuer von Loch Ness heraus

Wir werden von der Hebamme in einen kleinen quadratischen, dunklen Raum gebracht. Rechts ein gynäkologischer Stuhl hinter einem weißen Paravent. Sie zeigt auf eine Pritsche an der einen Längswand. Neben der Pritsche steht ein Apparat, der mit einem Monitor verbunden ist. Die Hebamme sagt, ich solle mich hinlegen, und zieht für sich selbst einen Stuhl neben die Pritsche. Teo dirigiert sie so, dass er neben meinem Kopf steht. Ich hole tief Luft, ziehe den Pullover hoch und mache die obersten Knöpfe der Jeans auf. Ich ertappe mich bei dem Gedanken: Jetzt wird sich herausstellen, dass alles nur ein großer Irrtum war. Oder auf dem Monitor erscheint etwas, das aussieht wie eine Art Ungeheuer von Loch Ness, mit Kiemen und Schuppen statt einem Rückgrat. Die Hebamme wird »mein Gott, es lebt« keuchen, und ich werde um Vergebung beten für all die Saufabende, bevor ich wusste, dass ich schwanger bin. Dabei hatte ich mich schon langsam an den Gedanken gewöhnt, schwanger zu sein. Ich bin unseren Berechnungen nach im vierten Monat, mein Bauch ist gewachsen und lässt sich immer schwerer verbergen, und die Brüste sind größer als je zuvor. Aber trotzdem ist es nach wie vor ein ganz unwirkliches Gefühl. Ich ertappe mich immer noch dabei, wie ich mich bäuchlings auf die Fensterbank werfe und die Fensterflügel einhole, die aufzuwehen drohen, bevor es mir siedendheiß wieder einfällt. Und dieses siedendheiße Wiedereinfallen passiert manchmal auch noch bei anderen Gelegenheiten, mitten in einem Videofilm oder in der Schlange vor der Kasse bei H&M, oder wenn ich mich in der Redaktion mit jemandem unterhalte. Aber es ist nicht mehr nur Verzweiflung, was ich dann empfinde, sondern manchmal muss ich auch kichern. Weil es so verrückt ist. Ich. Mutter. Nee. Es ist, als würden Teo und ich bloß Mama-Papa-Kind spielen.

»Jetzt wird es kalt!«

Die Hebamme drückt Gelee auf meinen Bauch, dann schaltet sie den Monitor an und fährt mit einem Ding, das aussieht wie ein kleines Staubsauger-Mundstück, über meinen Unterbauch. Auf dem Monitor erscheint ein grisseliges schwarzweiß-graues Testbild. Das ist das Fruchtwasser, murmelt sie vor sich hin. Ich drücke Teos Hand so fest, dass er »au!« schreit. Mir ist, als ob eine Ewigkeit verstreicht, und ich bin mir langsam beunruhigend sicher, dass sie dort gar nichts findet, da, irgendwas hebt sich von dem Schneegrau ab. Etwas Schwarzes, mit Konturen.

»Sehen Sie?«, sagt die Hebamme und zeigt auf den Bildschirm. »Das hier ist Ihr Kind.«

Ihr Kind. Ich starre auf den Monitor und beiße mir fest auf die Unterlippe, weil ich merke, dass ich sonst anfangen würde zu weinen. Teo hat sich inzwischen langsam daran gewöhnt, dass ich andauernd heule, aber ich selbst finde das immer noch komisch. Gestern habe ich bei einem Werbespot geheult, in dem sich ein unglaublich süßes Lämmchen auf einen Haufen Klopapier legt. Teo war aufgesprungen, zu Tode erschrocken, dass etwas mit dem Baby sein könnte, und hatte geschrien: »Agata, was ist, wo tut es weh?«

»Hier ist ein Arm, sehen Sie?«

Die Hebamme berührt eine Stelle auf dem Bildschirm.

»Ja, oh Gott, das ist ein Arm!«, ruft Teo und drückt meine Hand so fest, dass ich nun eigentlich »au!« schreien müsste, aber ich habe meine Stimme verloren.

»Hier ist ein Bein. Sehen Sie, Agata?«

Ich kneife die Augen ein bisschen zusammen und versuche den Kopf schräg seitwärts nach unten zu drehen. Ein Bein? Ich möchte es so gerne sehen, aber ich kann nichts erkennen. Wo ist das Bein?

»Siehst du es?«, fragt Teo und zeigt nun auch auf den Bildschirm.

»Da«, sage ich hoffnungsvoll und zeige ebenfalls.

»Nein, das ist nur das Fruchtwasser«, sagt die Hebamme geduldig.

Zwischendurch gefriert das Bild auf dem Monitor, ein Pfeil huscht über den Bildschirm und die kleine Gestalt hin und her, die Hebamme misst und notiert.

»Sieht es gut aus?«, fragt Teo besorgt, während ich weiterhin versuche, die Konturen dieses Beines zu finden, das die beiden gesehen haben, aber ich nicht. Immerhin ist es ja mein Bauch, in dem das Kleine liegt. Ich beginne zu schwitzen und fühle mich unglücklich.

»Sieht gut aus«, murmelt die Hebamme wieder mehr zu sich selbst. Teo gibt mir einen Kuss auf den Kopf und da, da!

»Ich sehe das Bein! Zeigen Sie auf das Bein!«, schreie ich ein bisschen zu laut, und die Hebamme zuckt zusammen und zeigt rasch auf die Stelle.

»Da ist das Bein!«, rufe ich und sehe zu Teo hoch, der lächelnd nickt. »Das Bein«, murmle ich mit rauer Stimme und fange an zu weinen.

»Es nuckelt am Daumen«, ruft die Hebamme, und ich versuche, die Tränen wegzuzwinkern. Die kleine schwarze Gestalt auf dem Monitor nuckelt am Daumen.

»Agata, alles okay?«

Teo drückt wieder meine Hand.

»Unser Kind«, schluchze ich.

»Ich weiß. Unser Kind.«

Es ist ganz still, nur der Apparat summt und klickt in dem

kleinen dunklen Untersuchungszimmer. Wir starren auf die verschwommene Gestalt auf dem Monitor. Jetzt ist es etwas Konkretes. Es ist nicht mehr nur ein Samenkorn oder etwas, von dem ich nicht mal eine Vorstellung habe. Dort drinnen zwischen meinen verrottenden, zynischen Adern wächst es, sein Herz schlägt, und es nuckelt am Daumen, versucht zu überleben, so klein und unschuldig. Der Gedanke macht schwindlig und ist schwer vorstellbar, noch viel schwerer als »Wie lange dauert die Ewigkeit?« Mir wird urplötzlich klar, dass ich keine Ahnung habe, wie wir es je schaffen sollen, dieses Kind später zu beschützen. Hier draußen, auf der anderen Seite, wenn der Schutzwall weg ist. Mein Gott, wie soll das gehen? Du armer kleiner unschuldiger Alien, der seine Höhle verlassen muss, um in dieser kranken, bösen Welt zu leben. Ich beschließe, nicht mehr daran zu denken, mir ist, als müsste es damit enden, dass ich durch die Stadt schlurfe, die Füße in Zeitungspapier gewickelt, die Haare verfilzt, den Rock voller Urinflecken, einen Einkaufswagen vor mir her schiebend und immer wieder dasselbe Mantra vor mich hin murmelnd – »wie soll man es beschützen?« –, während Passanten mich anstarren und einen Bogen um mich machen.

Stattdessen bettle ich die Hebamme an, als sie sagt, unsere Zeit sei um. Ungefähr so wie damals, als man ein kleines Kind war und noch einmal, nur noch einmal, eine Runde Karussell auf dem Jahrmarkt fahren wollte, so bettle ich, bitte noch ein kleines bisschen, bitte, ich möchte nur noch einmal sehen. Sie lässt sich dreimal erweichen, dann schaltet sie den Monitor aus.

Ich schaffe es, mit Teos Hilfe aufzustehen, und während die Hebamme über Fruchtwasser und Kopfumfang und weiß der Himmel was redet, starre ich auf die schlechte Kopie des Ultraschallbildes, die sie für uns ausgedruckt hat.

Als wir auf die Straße hinaustreten, muss Teo schnell zur U-Bahn laufen, um noch rechtzeitig zur nächsten Stunde zu kommen, ich dagegen will einfach vor der Tür stehen bleiben, will küssen und geküsst werden. Jetzt fühle ich mich bereit, es meinen Eltern zu sagen, deshalb gehe ich durch die Toreinfahrt zurück in den Innenhof.

Ja, hallo?«

»Hey, Mama!«

»Agata! Liebes, nein, dass du anrufst, mitten am Tag?«

»Ja. Ich wollte euch was erzählen. Was Schönes.«

KLICK.

Meine Mutter ist ein bisschen ungeschickt darin, ein Handy zu halten, ohne das Gespräch wegzudrücken.

»Hoppla, was war das denn?«

»Keine Ahnung, Mama!«

»Komisches Telefon. Warte, Siwan soll die Kasse übernehmen, dann gehe ich nach draußen.«

Ich höre, wie sie nach Siwan ruft, und dann die Türglocke des Dorfladens, als sie hinaus auf die Treppe geht. Ich höre auch, wie sie sich eine Zigarette anzündet und inhaliert. Klick. Mama hat das Gespräch weggedrückt. Ich rufe erneut an.

»Agata, wo warst du eben?«

»Mama, ich habe tolle Neuigkeiten.«

»Na, dann lass mal hören!«

»Ich bekomme ein Baby.«

Es bleibt still.

»Mama? Mama?«

Sie hat mich schon wieder weggedrückt. Mist.

Beim nächsten Mal dauert es ein paar Sekunden, bevor sie sich meldet.

»Agata, hörst du mich?!«

»Ja. Hast du gehört, was ich gesagt habe?«

»Ja, lieber Himmel, das ist ja nicht zu fassen. Das ist ja fantastisch. Ich werde Oma. Oh mein Gott, Siwan? Siwan?«

Ich höre die Türglocke wieder und versuche, sie aufzuhalten, aber sie hört nicht.

»Agata?«

»Hallo, Siwan, hey!«

»Du kriegst ein Baby?«

»Richtig.«

»Oh mein Gott, deine Mutter ist ganz aus dem Häuschen.«

»Ja, das merke ich.«

»Meine Güte, das ist ja toll. Aber du, wie sieht's aus mit den Promis in Stockholm?«

»Nichts Neues seit neulich, Siwan… oder doch, Kia hat Helena Bergström auf der Friseurmesse getroffen.«

»Isses wahr, aber du, die find ich blöd. Die ist so vulgär. Aber ihre Haare sind immer tipptopp, nicht?«

Ich trete von einem Fuß auf den anderen, wie ich da so stehe, mitten im Hof.

»Hier kommt Elisa wieder. Mach's gut, du!«

»Gott, ist das schön. Das ist wunderbar, Agata.«

Ich höre, dass ihre Stimme zittert, so als würde sie gleich anfangen zu weinen. Wie lustig, sie klingt, als hätte sie einen Sechser im Lotto, während ich am Anfang geheult habe, weil ich dachte, mein Leben sei zerstört. Mir war nicht klar, wie sehr sie sich danach gesehnt haben muss.

»Ich hätte nicht gedacht, dass es so wichtig für dich ist.«

»Was denn?«

»Enkelkinder.«

»Na ja, ich dachte, du wolltest keine… du wirst immer so grantig, wenn man was sagt.«

»Tatsächlich?«

»Ja, aber das ist natürlich deine Entscheidung. Ich glaube jedenfalls, es wird wunderbar … Warte, hier kommt Lindman. Du musst es ihm auch erzählen.«

Ich höre jemanden in den Hörer atmen.

»Hallo, Lindman, wie geht's?«

Es dauert ein paar Sekunden.

»Och, gut, du.«

Wieder Stille für eine Weile, ich höre nur seine Atemzüge.

»Was macht der Hof?«

»Jo, Arbeit, wie immer, nä.«

»Haben Sie gehört, ich bekomme ein Baby.«

»So, ist das so?«

»Okay, Lindman, Ihnen auch alles Gute. Geben Sie mir Mama nochmal. – Mama, jetzt gibst du das Telefon nicht mehr weiter, ich muss zurück zur Arbeit.«

»Agata, jetzt kommt Papa.«

Herrgottnochmal, als würde ich gegen einen Orkan anschreien, es hört einfach keiner zu.

»Agata?«

Instinktiv halte ich das Handy gut zehn Zentimeter vom Ohr weg.

»Hey, Papa! Wie geht's dir?«

»Ach, gut soweit, aber in der Firma wollen sie Leute entlassen.«

»Das ist ja blöd, bist du auch davon betroffen?«

»Nein, das wohl weniger, aber Unni von der Rezeption und Kurt, unser Platzwart, sollen gehen. Und dann sagen sie, wir müssen mehr verkaufen, aber wie soll das gehen? Die Leute fliegen ja viel lieber in den Süden, als sich unser schönes Land anzusehen.«

»Wegen der Sonne, Papa.«

»Ja, mein Gott, die Welt besteht doch nicht bloß aus Sonne.«

Agata bekommt ein Baby, höre ich Mama im Hintergrund flüstern.

»Na, das ist ja … da wird doch der Hund in der Pfanne verrückt. Wie schön!«

Ich lache und scharre mit der Fußspitze im ersten Schnee des Jahres. Ich tue mein Bestes, um nicht loszuheulen. Schlucke und sehe hinauf zur Dachrinne an der Hausfassade.

»Dann müsst ihr jetzt hierher ziehen.«

»Papa, hör auf!«

»Man kann doch in Stockholm keine Kinder aufwachsen lassen. Bei der ganzen Kriminalität und dem Stress da. Das ist ein Ding der Unmöglichkeit.«

»Papa …«

»Da ist es doch hier in Värmland viel besser, mit der Natur und …«

»Papa? Ich muss jetzt los.«

»Du, hast du das Päckchen gekriegt?«

»Das Geschenk? Ja, klar. Das war supertoll.«

»Haben wir beim Squaredance gekauft.«

»Ich weiß.«

»Warte mal, mein Handy klingelt gerade, bleibst du einen Moment dran?«

»Sag Mama, ich rufe sie nachher …«

Klick.

Lena Endre von Immigrantin verfolgt

Sonntags sind wir gewöhnlich zum Abendessen bei Dimitra und Vasilis eingeladen, Teos Eltern. Mindestens zwei Sonntage im Monat drücke ich mich davor, mit der Ausrede, ich müsse arbeiten. Nach dem Essen spielen wir immer Poker. Teo und ich haben vereinbart, dass er es ihnen heute Abend sagt, wenn wir fertig mit Kartenspielen sind. Richtig rührend, wie aufgeregt er während der Fahrt zu seinen Eltern war, er hat die ganze Zeit geübt, wie er es ihnen sagen würde – meinst du, ich soll es einfach sagen, oder soll ich sie raten lassen? Gleichzeitig nagte etwas in mir. Wenn er so glücklich ist, werde ich daran erinnert, dass ich es nicht bin. Nicht, dass ich unglücklich wäre, das auch nicht. Aber ich kann mich einfach nicht auf etwas freuen, das so fremd erscheint, so weit weg, so als würde es überhaupt nicht eintreffen. Sondern als müsste ich den Rest meines Lebens mit diesem Bauch herumlaufen. Gott bewahre.

Dimitra empfängt uns an der Tür. Sie ist wie üblich derart dick geschminkt, dass ich überzeugt bin, ihr Gesicht wird abfallen und auf den Fußboden krachen, wenn sie lacht. Aber das tut es nicht. Ihre Haare sind zu einer perfekten Bananenrolle aufgesteckt, nicht eine Strähne ist der Haarspray-Attacke entkommen, und sie trägt eine weiße Seidenbluse und einen knielangen, hellgrauen Sekretärinnenrock. Wenn man sich Fotos aus Teos Kindheit ansieht, fällt einem auf, wie wunderschön sie war – und immer noch ist unter all der Schminke, die den Zahn der Zeit aufhalten soll –, üppiger Busen, schmale

Taille, langes, kräftiges dunkles Haar und eine markante Nase, groß, aber gerade. Teo hat viel von ihr.

Dimitra arbeitet bei Åhléns in der Kosmetikabteilung, aber wenn jemand fragt, sagt sie, sie sei »Schauspielerin«. Sie ist auf Kreta geboren und aufgewachsen, aber als Zwanzigjährige hatte sie ein Engagement an einem Theater in Athen. Bei einer Veranstaltung der politischen Linken lernte sie Vasilis kennen, der in Athen wohnte. Sie verließen das von einer Militärjunta regierte Griechenland und kamen Ende der sechziger Jahre als Gastarbeiter nach Schweden. Er fand einen gutbezahlten Job bei einem Unternehmen in Göteborg, das Dichtungen herstellt, sie fühlte sich vom Land Ingmar Bergmans angezogen und hoffte, hier vielleicht den Schritt zum Film machen zu können. Als sie eine kleinere Rolle bei einer Inszenierung am Riksteater in Stockholm bekam, zogen sie nach Norsborg, und Vasilis arbeitete fortan bei Ericsson am Fließband. Aber nach ihrem Bühnenauftritt folgten keine neuen Rollen, und obwohl sie Schwedisch schnell und nahezu perfekt gelernt hatte – »Königin Silvia klingt nicht halb so schwedisch wie ich, stimmt's, Agata?« –, empfing Schweden den vielversprechenden griechischen Bühnenstar keineswegs mit offenen Armen. Nach ein paar kleineren Rollen als »Einwanderin« auf der Bühne des Riksteater kam nichts mehr. Es liegt immer noch näher, eine richtige Schauspielerin wie Helena Bergström den Hamlet spielen zu lassen, als einer Dimitra irgendeine Rolle zu geben, die nicht gerade die einer zugewanderten Ausländerin ist.

In ihrer Freizeit leitet sie eine kleine freie Theatergruppe, die seit mehreren Jahren besteht und voller Ambitionen die ganzen klassischen Dramen auf einer Kellerbühne in Bredäng spielt. Dort taucht natürlich nie irgendein hochgestochener Film- oder Theatermensch auf. Aber wir aus der Familie gehen regelmäßig hin, und es überrascht mich jedes Mal wieder, wie gut sie darin ist, vorzugeben, sie sei jemand anderes.

Vom Rest der Familie hat Dimitras leicht angeschlagener, aber auch verlogener Lebenstraum so einiges an Opferbereitschaft gefordert. Zum Beispiel sehen wir uns nie schwedische Fernsehserien an, wenn wir zu Hause bei Dimitra und Vasili sind, wir tun so, als gäbe es so etwas gar nicht, denn sonst wird den ganzen Abend lang nur darüber geredet, wie schlecht die schwedischen Schauspieler alle sind und dass die Drehbuchautoren offenbar aus einer Bananenrepublik stammen. Dimitra belügt auch ihre Geschwister in Griechenland. Die glauben, dass sie in Schweden eine gefeierte und berühmte Schauspielerin ist, weil Dimitra ihnen Fotos von den gar nicht so gut besuchten Theatervorstellungen in Bredäng schickt. Auf die Rückseite schreibt sie Sachen wie: »Aufführung der Staatsbühne« oder »Ein Film, den ich gerade abgedreht habe«. Sie rechtfertigt sich damit, dass ihre Geschwister entsetzt wären, wenn sie die Wahrheit wüssten – darüber, was sie alles hatte aufgeben müssen. Im Hause Papanikolaou werden auch alle Zeitungen versteckt, die Interviews mit Dimitras Hassobjekt Nummer eins enthalten: Lena Endre. In Dimitras Welt ist es Lena Endre, die ihr alle Rollen gestohlen hat. Lena Endre, die auf Kosten von Dimitra Papanikolaou Karriere gemacht hat. Das Ganze geht auf ein Casting für einen Film zurück, bei dem Dimitra vorgesprochen hat. Was damit endete, dass die Hauptrolle an – tataa! – Lena Endre ging.

»Die ganze Zeit du schummelst«, seufzt Vasilis und wirft Dimitra einen bösen Blick zu, während Teo die Karten einsammelt, um für die letzte Runde zu mischen. Dimitra schüttelt amüsiert den Kopf und zündet sich eine Zigarette an.

»Die ganze Zeit schummelst du, heißt das. Lern endlich richtig Schwedisch!«

Sie sieht mich nach Zustimmung heischend an.

»Sein Schwedisch ist doch gut«, sage ich lahm und winde mich ein wenig, woraufhin das Ledersofa unter mir knarrt.

Es ist Tradition, dass Teos Vater Teos Mutter beschuldigt, sie würde schummeln, was zur Folge hat, dass es ungefähr zehn Minuten später vorbei ist mit dem Kartenspiel. Ich habe mal zu Teo gesagt, dass ich glaube, die Kabbelei seiner Eltern sei eine Art Vorspiel zum Sex, aber da hat sich Teo wütend die Ohren zugehalten.

»Teo, dein Vater lebt seit dreißig Jahren in Schweden, wieso lernt er kein Schwedisch?«, stichelt Dimitra und sieht ihren Sohn mit hochgezogenen Augenbrauen an, während Vasilis resigniert die Handflächen nach oben dreht.

»Spielen oder nicht?«

Dimitra lacht, die Zigarette wippt ein wenig zwischen den schneeweißen Fingern mit den blutroten Nägeln.

»Können wir jetzt weiterspielen? Es ist spät, und Agata und ich müssen morgen arbeiten«, drängt Teo.

»Kommen Myrto und der Graf später?«, frage ich Dimitra, die den Kopf schüttelt.

»Die sind in der Karibik, hatte ich das nicht erzählt?«

Teo wirft mir einen fragenden Blick zu, und ich schüttle den Kopf.

Schade. Myrto bringt Stimmung in die Bude. Es gibt immer Zoff, weil sie gerne über den Vorort Norsborg lästert, seit sie hier weggezogen ist. »Gott, wie deprimierend das hier ist, die Leute haben kein bisschen Energie, die meinen, dass der Staat alles für sie machen soll«, seufzt sie zum Beispiel, was Teo, Vasilis und Dimitra sofort auf die Palme bringt, und dann gibt es mindestens eine Stunde lang Streit über Politik und Klassenkampf.

Ich habe ein so schlechtes Blatt, dass es wohl besser ist, ich passe. Also stehe ich auf, vergesse aber, mich zu ducken, und schlage mit dem Kopf gegen die gigantische Porzellanlampe, die über dem Sofa hängt und sich in acht Tentakel verzweigt, die leuchtende Blütenknospen darstellen sollen. Was in den Achtzigern stillschweigend in den Sperrmüll wanderte, taucht nicht selten bei Teos Eltern wieder auf. Dimitra gewinnt die Runde mit einem Royal Flush, und Teo muss auf die Toilette, bevor wir weiterspielen können. Vasilis holt diskret einen Lappen und wischt Asche vom Teppich. Dimitra entdeckt die Modezeitschrift, die aus meiner Handtasche ragt. Ich hatte sie von Marias Schreibtisch mitgenommen, um unterwegs was zum Lesen zu haben.

»Kann ich da mal hineinsehen, Agata?«

»Natürlich. Hier.«

Zu spät bemerke ich meinen Fehler, und wie in Zeitlupe sehe ich, wie Dimitra sich zurücklehnt, die Beine unter dem knielangen Rock übereinanderschlägt und zu blättern beginnt. Nach etwa zehn Seiten ist es soweit.

»Schau an, ein Interview mit Lena.«

»Ach, aber das ist nicht so besonders«, murmle ich und beginne, nervös am Bierdeckel zu pulen.

»Nicht?«

Teo kommt pfeifend vom Klo zurück. Ich versuche, ihm ein Zeichen zu geben, aber er begreift natürlich nichts, deswegen winke ich ab und schüttle nur den Kopf. Vasilis kommt wieder herein und schiebt die Karten zu Teo rüber, der immer noch pfeifend mit dem Mischen beginnt.

»Lena macht einen neuen Film mit ihrem Mann, diesem ›Regisseur‹ Hobert. Was für eine Überraschung. Habt ihr ›Drei Sooonnen‹ gesehen?«

Dimitra lacht und hört sich ein bisschen an wie Aschenputtels Stiefmutter im Vollrausch. Teo hält inne und sieht mich an. Ich zucke resigniert die Schultern. Vasilis murmelt etwas von Kaffee und verschwindet in Richtung Küche.

»Hast du den gesehen, Agata?«

»Nein, anscheinend war er ziemlich schlecht, deshalb …«

»Genau. Der war sooo schlecht. Der wäre nie gedreht worden, wenn der schwedische Film nicht durch diesen Hobert korrumpiert wäre. Lena ist darin überhaupt nicht gut, sie spielt völlig überzogen, wie üblich. Ihr Problem ist, dass sie immer nur schön sein will. Eine Hässliche spielen kann sie nicht. Aber eine richtige Schauspielerin muss alle Rollen beherrschen. Ach, die sollen doch machen, was sie wollen. Die sind eh verrückt.«

Ich trinke einen Schluck von meinem Wasser. Teo lehnt sich im Lesesessel zurück und bläst Luft aus, der Ärmste.

»Nur hier, Agata, nur in Schweden, in diesem klitzekleinen Land, kann Lena Endre die Größte sein, die wir haben. Bin ich die Einzige, die sieht, dass die nichts draufhat? Hör dir mal das an: ›Lena Endre ist wie ein kleines Mädchen und eine reife Frau in ein und derselben Person, es ist kaum zu glauben, dass sie fünfzig wird.‹«

Dimitra schnaubt verächtlich, und das Papier knallt, als sie umblättert.

»Klar, die hat sich operieren lassen, sieh mal, um die Augen, da ist kaum eine Falte, wenn sie lacht.«

Sie hält die Zeitschrift hoch, Lena Endre sitzt in einem Designersessel, die Beine hängen über die Armlehne, sie strahlt in die Kamera, nichts von ihrem Stalker in Norsborg ahnend.

»So sieht man nicht aus, wenn man über fünfzig ist. Ich schon, ich bin ja auch aus Griechenland, da sind alle Frauen schön, aber hier … Dich habe ich nicht gemeint, Agata«, fügt Dimitra hinzu und zündet sich die zweite Zigarette des Abends an.

Teo macht ein gequältes Gesicht. Ich dagegen finde sie ziemlich cool. Warum soll man nicht bitter sein dürfen? Ist doch super, dass sie jemanden hat, auf den sie schimpfen kann. Jeder sollte seine eigene Lena Endre haben.

»Hör dir das an, Agata: ›Wenn ich Lena so zuhöre, denke ich, dass sie eine gute Politikerin abgeben würde, eine, die sich engagiert, die für die Schwachen kämpft. Sie hat sich das Erbe ihrer Kindheit in Ådalen bewahrt.‹ Was soll das? Lena Endre wohnt in einer großen Wohnung auf Östermalm, das steht doch hier, und Hobert und sie haben ein Sommerhaus in… irgendwo da in Schonen, mit den Äpfeln, hilf mir mal, Agata…«

»Österlen?«

»Genau. Die haben ein schönes großes Haus und eine große Wohnung und alles, was sie sich nur wünschen können. Wo hat die sich ihr Erbe bewahrt? Engagiert sie sich etwa politisch? Hast du sie etwa jemals bei einer Demonstration gesehen? Was weiß sie von Sozialismus und Klassenkampf? Ådalen…«

Dimitra schnaubt verächtlich und rollt mit den Augen.

»Griechische Junta, sage ich nur. Fragt mich, ich kann euch alles darüber erzählen, wie man schön und zugleich politisch sein kann.«

Das ist der Moment, in dem Teo dazwischengeht.

»Agata ist schwanger.«

Sowohl seine Eltern als auch mich erwischt er kalt. Vasilis kommt aus der Küche geschossen, und Dimitra lässt die Zeitung sinken und versucht, ihre Zigarette in den Aschenbecher auf dem Tisch zu legen, verfehlt ihn aber, und die Zigarette fällt zu Boden, Vasilis stürzt sich auf sie und versucht die Glut mit seinen Spielkarten zu zerhacken, bevor sie sich in den Teppichboden brennen kann, während Dimitra aufsteht, die Hände vor den Mund geschlagen. Ich selbst muss plötzlich wahnsinnig dringend pinkeln.

»Ist das wahr, Agata?«

Ich stehe auf und strecke den Bauch raus.

»Ja. Vierter Monat.«

»Aber wie…? Wie ist das passiert?«

»Nun, dein Sohn hat seinen Schniep …«

»Agata …«

Teo wirft mir einen flehenden Blick zu. Dimitra umarmt mich fest, ihr Moschusparfüm sticht mir in die Nase. Dann schiebt sie mich von sich und macht ein strenges Gesicht.

»Wie ich schon zu Myrto sagte, als sie die Jungs gekriegt hat, ich werde alle meine Enkelkinder abgöttisch lieben, aber ich bin keine Großmutter. Und keine Oma. Ich bin Dimitra. Verstanden?«

Ich nicke gehorsam, und Dimitra geht zu Teo und bedeckt sein Gesicht mit Küssen. Dann schiebt sie ihn vor sich her in den Flur, es ist Zeit für die obligatorische Telefonkette nach Griechenland.

Währenddessen erhebt sich Vasilis mühsam wieder vom Fußboden. Es ist ihm schließlich gelungen, den Teppich zu retten, und jetzt versucht er, die gemordete Zigarette mit Hilfe der Herzdame in den Aschenbecher zu stopfen. Mit Tränen in den Augen streckt er dann die Arme aus, um mich an seine Brust zu drücken. Ich darf wohl behaupten, dass ich Lena Endre ausgestochen habe.

Auf dem Heimweg treffen wir Teos Kumpel Sascha und seine Pitbullhündin Naomi. Obwohl sie Sascha einmal so schlimm ins Bein gebissen hat, dass er seitdem hinkt und Schuhe mit verstärkten Sohlen trägt, hat Sascha sich geweigert, sie wegzugeben. »Sascha hat kein Selbstvertrauen«, hat Teo mir die Sache erklärt. »Er hat immer Pech mit Frauen gehabt. Sie sind schuld, dass er so ist.« Heute wirkt Sascha zutiefst deprimiert. Er war gerade mit Naomi in der Tierklinik, wegen ihrer zweiten Abtreibung, wie er erzählt.

»Agata ist schwanger«, grinst Teo ohne das geringste Feingefühl.

»Ey, super. Glückwunsch. Ihr seid bestimmt sauglücklich.«

»Und wie geht es dir? Nach der Abtreibung«, frage ich.

»Jo, schon scheiße. Meint ihr, sie weiß, was los ist?«

»Nein«, sage ich. »Ich glaube nicht, dass Hunde das begreifen.«

»Ich schon«, sagt Sascha und versucht, Naomi den Kopf zu streicheln, aber da fängt sie an zu knurren, und Teo und ich weichen instinktiv zurück.

»Seht ihr, sie ist stinksauer auf mich. Scheiße. Ein Glück, dass Teo dich nicht zu so was gezwungen hat, Agata. Du würdest dich nie wieder davon erholen.«

»Ja, ich weiß.«

Ich umarme Sascha, und dann verabreden Teo und Sascha sich zum Training am Wochenende. Ich weiß nicht. Auf irgendeine merkwürdige Art fühle ich mich besser. Keine Ahnung, vielleicht liegt es daran, dass ich froh darüber bin, keine Schuhe mit dicken Sohlen tragen zu müssen, oder darüber, dass Naomi vielleicht wirklich sauer ist, weil sie nicht Mutter werden darf. Auf jeden Fall werde ich ab sofort versuchen, positiver zu denken. Dass es schlimmer hätte kommen können.

Unfruchtbare (?) Friseurin verliert Beherrschung

»So, fertig!«

Kia tritt einen Schritt zurück und mustert mich im Spiegel.

»Ich sehe genauso aus wie vorher«, murmle ich und zupfe ein bisschen an meinen Haaren, während Kia in der winzigen Teeküche hinter der Kasse verschwindet. Ich gähne und betrachte prüfend mein Spiegelbild.

»Kaffee?«, ruft Kia.

»Gerne!«

Die Glocke über der Salontür bimmelt. Es ist Dany. Er beugt sich über den Friseursessel, in dem ich immer noch sitze, und beginnt, sich selbst im Spiegel zu bewundern. Er hat seinen Blazer gegen einen langen braunen Ledertrenchcoat mit Gürtel getauscht.

»Schick siehst du aus.«

»Ist das nicht der Hammer? Mein neuer Stil, Brad Pitt in ›Oceans Twelve‹.«

Dany deutet mit einem Kopfnicken auf meinen Bauch.

»Wie geht's dem Kleinen?«

»Gut, denke ich.«

Ich sehe hinunter auf den Spalt in meinem Ausschnitt. Meine Körbchengröße hat um zwei Nummern zugelegt. Komisches Gefühl, aber irgendwie witzig, plötzlich den Ausschnitt meines rosa T-Shirts auch ohne Push-up auszufüllen. Neulich Abend, als Teo und ich auf dem Sofa saßen, merkte ich, wie er mich ansah, oder besser gesagt, meine Möpse. Ich hatte bloß ein uraltes verwaschenes T-Shirt und Jogginghosen an, aber trotzdem hatte er diesen brünstigen Blick.

»Deine Brüste …«

»Ich weiß, sie sind gewachsen.«

»Absolut fantastisch.«

»Findest du?«

»Absolut fantastisch!«

Dann hat er sich auf mich geworfen. Wenn Männer sagen, dass sie kleine Brüste völlig okay finden, dann lügen sie, das weiß ich jetzt. Oder anders gesagt, wenn sie die Möglichkeit hätten, die Brüste ihrer Freundin heimlich zu vergrößern, würden sie es tun. Vorausgesetzt, sie müssten sich nicht dafür rechtfertigen.

»Ich will mindestens fünf Kinder«, sagt Dany, während er sein Baseballcap versuchsweise in einem anderen Winkel aufsetzt.

»Ganz schön viele.«

»Ich weiß, deswegen habe ich auch zu Kia gesagt, dass wir uns schön Zeit lassen, wir müssen uns nicht beeilen mit dem Kinderkriegen. Du weißt schon, erstmal das Leben zusammen genießen, heiraten und Spaß haben. Also, nichts gegen dich und Teo, ihr seid ja genauso lange zusammen wie wir, ich meine nur …«

»Schon okay, Dany. Ich weiß genau, was du meinst.«

Kia ruft aus der Küche.

»Komm lieber her und küss mich!«

Dany grinst mich im Spiegel an und verschwindet. Ich bleibe sitzen und knabbere an meinem Daumennagel. Dany hat also Kia gesagt, dass er noch nicht bereit ist für Kinder. Während sie heimlich versucht, von ihm schwanger zu werden. Was für ein Kuddelmuddel. Obwohl, es ist ihr Kuddelmuddel, nicht meins.

Ich stehe auf, betrachte noch einmal meine Frisur und drücke mich an Kia und Dany vorbei, die in der Teeküche an der Wand lehnen und knutschen und turteln. Ich gieße Milch in einen der Kaffeebecher, die auf der Spüle stehen, und quetsche mich und meinen beginnenden Bauch an den ausklappbaren Holztisch. Auf dem Hocker neben meinem Stuhl liegt ein ganzer Stapel Schwangerenzeitschriften. Kia behauptet, sie habe sie meinetwegen abonniert, damit ich etwas zu lesen habe, wenn ich bei ihr im Salon bin, aber ich weiß nicht, ob ich das glauben soll. Ich nehme eine Zeitschrift, auf dem Titel ist eine Frau in meinem Alter, ihr Bauch ist dermaßen riesig, dass er gleich zu platzen scheint, und ich kann mir eine Grimasse nicht verkneifen. Es sieht grotesk aus. Wieso ist sie so glücklich? Ich blättere ein bisschen, bleibe bei einem Artikel hängen, wie man in der Schwangerschaft am besten Sport treibt, aber dann blättere ich schnell weiter, weil ich nie Sport treibe und nicht die Absicht habe, mir deswegen ein schlechtes Gewissen einreden zu lassen. Eine andere Reportage handelt von vier verschiedenen Frauen und wie sie sich auf die Geburt vorbereiten. Da geht's um Yoga, Meditation, Delfingeplantsche auf CD und weiß der Geier was noch alles. Die Fotos zeigen begeisterte junge Frauen mit lässig aufgesteckten Haaren und T-Shirts, auf denen »Baby« quer über dem Bauch steht. Blättere weiter, ein großes Sex-Special, mehrere anonyme Frauen beklagen sich darüber, dass sie nie mehr Lust auf Sex haben und ihr ganzes Denken jetzt dem Kind gilt. Da höre ich auf zu lesen, weil mir die Lust auf Sex überhaupt nicht vergangen ist und ich auch hier nicht vorhabe, mir deswegen Gewissensbisse einzureden. Mit einem Seufzer werfe ich die Zeitschrift wieder zurück auf den Stapel.

Teo findet es merkwürdig, dass ich nichts über die Schwangerschaft lesen will, also macht er es für mich. Ich versuche, ihm zu erklären, dass die ganze Angelegenheit, wenn ich mich näher damit befasse, nur noch größer und lästiger wird, als sie jetzt schon ist. Wenn ich mit Delfinen tauchen gehe, mich jetzt schon festlege, wie die Geburt ablaufen soll, mich auf die Jagd nach dem ultimativen Kinderwagen begebe, den wir uns sowieso nicht leisten können, oder nach dem perfekten Delfinplantschen auf CD suche oder eine Menge Geld für den ultimativen Yoga-Kurs ausgebe, kommt am Ende doch nur heraus, dass ich erkenne, wie unfähig ich bin. Außerdem ist die Botschaft so doppelbödig. Auf der einen Seite gibt es die perfekte Anleitung zum Kinderkriegen, und gleich auf der nächsten Seite heißt es, man solle überhaupt nichts planen, weil eine Geburt die natürlichste Sache der Welt sei, die Frauen schon seit Anbeginn aller Zeiten bewältigt haben. Ja, wie denn jetzt? Und außerdem, ich gehöre nicht zu diesen Frauen da, die mich anstrahlen und ihre Gefühle auspacken, ich kenne sie nicht, habe sie nie getroffen und weiß nicht, wo sie wohnen. Sie sind nicht meine Freundinnen, bloß weil wir die gleichen runden Bäuche vor uns hertragen.

»So, ich muss wieder, Baby!«

Dany lässt Kia los, zwinkert mir zu und verschwindet. Ich beobachte Kia heimlich, wie sie ihr Make-up in dem kleinen Wandspiegel mit dem nachgemachten Goldrahmen kontrolliert. Kias Haut ist goldbraun, und die weißblonden Haare hängen ihr als dicker Zopf über den Rücken, sie hat dunkle Röhrenjeans und eine weiße Knitterbluse an. Sie sieht einfach zum Anbeißen aus. Vielleicht sollte ich Kia bitten, mir die Haare feuerrot zu färben. Damit mal was passiert. Seit nunmehr achtundzwanzig Jahren gucke ich unter einem dunkelbraunen Pony in die Welt, und meine schulterlangen Haare hängen einfach glatt herunter. Ich will auch mal Männer dazu bringen, um meinetwegen in den Graben zu fahren, Kia kann das nämlich. Einmal ist ein armer Kerl mit dem Kopf gegen das große Sonderangebotsschild von Ica geknallt, als Kia und ich die Straße entlanggingen und Kia ihre neuen Nuttenstiefel anhatte, die bis über die Knie reichen.

»Rote Haare, würden mir die stehen?«

»Rot?«

Kia nimmt ihren Kaffeebecher und schiebt die Schwangerenzeitungen vom Hocker, damit sie sich hinsetzen kann. Mit dumpfem Klatschen verteilen sie sich auf dem Fußboden unter dem Tisch. Fünf lachende Frauen mit grotesken Bäuchen starren mich an.

»Du redest wie eine Schwangere.«

»Echt?«

»Ja. Man wird so. Bisschen deprimiert und hoffnungslos, wenn man aus dem Leim geht, und dann all die Hormone, die durch den Körper geistern.«

»Aber mal im Ernst, findet du, dass ich hübsch bin?«

»Klar, du bist sehr hübsch, was redest du denn? Du hast grüne Augen und dunkles Haar, und du musst nie aufpassen, was du isst.«

»Ehrlich?«

»Ja! Dein einziges Problem ist, dass du immer so blass bist, weil du zu viel arbeitest, und dass du einen Stresspickel am Kinn hast.«

»Ich weiß«, murmle ich und betaste den Pickel.

»Außerdem könntest du dir ein bisschen mehr Gedanken machen, was du anziehst«, sagt sie und zupft an meinem T-Shirt.

Dany kommt wieder zur Tür hereingesprungen.

»Autoschlüssel«, murmelt er, und Kia zeigt auf ihre Jacke, die an der Wand hängt. Er winkt und ist schon wieder draußen.

»Was macht Dany eigentlich tagsüber?«

»Ich sehe das so: Er ist eine Granate im Bett, er betet den Boden an, über den ich gehe, und er lässt mich mein eigenes

Leben leben. Warum sollte ich mir darüber den Kopf zerbrechen?«

Darauf weiß ich keine gute Antwort, deshalb trinke ich einen Schluck Kaffee und versuche dann, den Becher auf dem Tisch abzustellen, aber da ist kein Platz, denn ein weißer Mac beansprucht fast jeden Millimeter der Tischplatte.

»Eine Sekunde, ich will nur mal eben nachsehen, ob ich Antwort auf meine Mails bekommen habe«, sagt Kia, beugt sich vor und schaltet den Rechner an.

Seitdem ich schwanger bin, surft sie auf seltsamen Internetseiten herum, auf denen kinderlose Frauen Tipps zu Zykluscomputern und befruchtungsförderlichen Stellungen und allen möglichen Naturhilfsmitteln austauschen. Wenn sie keine Kundschaft hat, sitzt Kia in ihrer Teeküche und chattet mit ihren neuen kinderlosen Cyber-Freundinnen. Ich beuge mich zu ihr hinüber, um auf den Monitor sehen zu können. Ich hatte keine Ahnung, dass es Frauen gibt, die freiwillig und ungehemmt ihre intimen Tagebücher vor aller Öffentlichkeit ausbreiten und Sachen schreiben wie: »Gestern habe ich mit Robert geschlafen, und ich merkte sofort, dass es geklappt hat. Robert hat mir nicht geglaubt, dass ich heute Morgen eine Fehlgeburt hatte. Er sagte, ich sollte heute doch sowieso meine Menstruation kriegen. Aber das war keine Menstruation!!! Jetzt habe ich schon wieder ein ungeborenes Kind zu betrauern!!!« Gott, wie furchtbar, seufzt Kia, und ich überlege, ob ich ihr nicht ein paar ordentliche Backpfeifen geben soll.

»Wäre es nicht einfacher, eine Befruchtung im Reagenzglas zu machen oder so was?«

Kia ringt geschockt nach Luft und schüttelt den Kopf. Sie kann den Gedanken nicht ertragen, dass die Natur sie vielleicht übergangen hat, sie ist eine richtige Frau, eine, wie Aretha Franklin sie in Kias Lieblingssong besingt.

»Okay, entschuldige!«

Dann beginnt sie wie gewöhnlich, mich mit Fragen zu bombardieren. Gab es frühe Anzeichen? Wann begannen die Brüste hart zu werden, zu wachsen? Hatte ich gemerkt, als das Spermium mit dem Ei verschmolz? War die Scheide auf irgendeine Art weicher?

Es bimmelt schon wieder an der Tür, und Maja kommt herein, Kias Salon-Mitbesitzerin. Sie stellt eine Lebensmitteltüte auf die Spüle und gießt sich einen Kaffee ein.

»Was macht ihr da?«

»Kia trifft sich im Web mit anderen kinderlosen alten Schachteln.«

Kia verpasst mir einen harten Knuff in die Seite. Maja stellt sich hinter uns.

»Ich werde dieses Jahr siebenunddreißig und habe noch nicht mal jemanden, mit dem ich ein Kind machen könnte ...«

»Du findest bald den Richtigen«, sagt Kia rasch, während sie auf einen weiteren Beitrag antwortet.

Maja zündet sich eine Zigarette an und seufzt.

»Gott weiß, dass ich inzwischen schon viele getestet habe, aber es war kein Einziger dabei, zu dem ich ›Papa‹ sagen möchte.«

Kia und ich sehen uns an und kichern.

»Ein Glück«, ruft Kia aus.

»Ach komm, ihr wisst schon, was ich meine. Die Zeit läuft. In ein paar Jahren ist es vielleicht zu spät für mich.«

»Du könntest doch eins adoptieren? So wie die Filmstars«, werfe ich ein, um ein wenig Hoffnung beizutragen.

»Wie bitte? Als ich kürzlich Chlamydien hatte, konnte ich nicht mal die Namen meiner letzten fünf Lover angeben, und mir würden sie freudig ein kleines Chinesenbaby überlassen, meinst du?«

Wir wenden uns alle drei wieder dem Bildschirm zu.

Schock! Schwanger! Reporterin gesteht

»WAS ZUM TEUFEL IST DAS HIER, OLLE?!«

Die Worte fegen wie zischende Feuerkugeln über die Schreibtische der immer noch halbleeren Redaktion. Janne steht vor der Arche, die Hände in die Seiten gestemmt, nachdem er Olle die Zeitung auf den Tisch gepfeffert hat. Janne hat ein Temperament, das seinem flammenden Haar entspricht, und manchmal, nicht sehr oft, aber doch ab und zu, explodiert er vor einem Nachrichtenchef oder einem Reporter.

Patrick, der auch schon am Platz ist, sieht mich an. Wir sitzen stocksteif, wagen kaum zu atmen. Wir hören auch nicht, was Olle erwidert, weil er leise spricht; als ich zu ihm hinschiele, sehe ich, dass er blasser als sonst ist und ein betretenes Gesicht macht. Neben ihm sitzt die stellvertretende Nachrichtenchefin, Cathrin. Sie sieht genauso gepeinigt aus.

»So geht das nicht, Herrschaften. Wir können uns nicht erlauben, ein verdammtes Käseblatt zu drucken, während die hier Auszüge aus dem Verhör bringen. Das ist eine Katastrophe. Unsere gestrige Ausgabe war auch unter aller Sau.«

Jetzt murmelt Cathrin etwas.

»Das ist mir scheißegal!«, schreit Janne.

Da klingelt sein Handy, und er eilt hinüber in sein Büro und knallt die Tür hinter sich zu.

Ich sehe heimlich zu Olle. Er sagt nichts. Blickt nur starr auf den Bildschirm. Cathrin steht auf und geht zu den Postfächern. Mir läuft es immer kalt über den Rücken, wenn so etwas passiert. Es ist irgendwie beklemmend, miterleben zu müssen, wie ein Erwachsener einen anderen Erwachsenen zusammenstaucht. Wenn Kinder sich anschreien, ist das nicht so schlimm, eben weil sie Kinder sind. Einem alten Menschen, der einen jungen ausschimpft, kann man das zur Not auch noch nachsehen, alte Leute sind ja manchmal senil. Aber wenn ein Erwachsener einen anderen Erwachsenen vor Zeugen heruntergeputzt, am Arbeitsplatz, dann hat das etwas mit Herrschaft zu tun. Mit Macht. Damit, die vorgebliche Gleichheit auszuhebeln. Das ist der Grund, warum der Anschiss vor Publikum stattfindet und nicht hinter geschlossenen Türen. Damit wir alle wissen, dass wir uns ja hüten sollen, die Zeitung zu sabotieren. Die Zeitung ist wie ein eigenständiges Wesen. Jemand, den wir genauso zu lieben haben wie unsere eigene Familie.

Ich beuge den Kopf über den Gegenstand der Strafpredigt, die druckfrische Ausgabe der Konkurrenzzeitung. Irgendwie haben sie es geschafft, an Auszüge aus dem Verhör von Cecilias Entführer zu kommen, Mikael Andersson.

Verhörleiter: Warum haben Sie Cecilia Trolle entführt?
Entführer: Warum wohl?
Verhörleiter: Das frage ich Sie.
Entführer: Wegen dem Geld.
Verhörleiter: Weil Sie Geld wollten?
Entführer: Mhm.
Verhörleiter: Brauchten Sie das Geld für etwas Bestimmtes?
Entführer: Jeder braucht doch Geld, oder?
Verhörleiter: Jemanden zu entführen ist ein Verbrechen.
Entführer: Ja, aber … ich wollte … ich weiß nicht … war vielleicht 'ne dumme Idee, aber ich hatte über sie gelesen.
Verhörleiter: Über Cecilia?
Entführer: Mhm.
Verhörleiter: Wo hatten Sie etwas über sie gelesen?

Entführer: In … ich weiß nicht mehr.
Verhörleiter: Denken Sie nach.
Entführer: Meine Mutter hatte eine Zeitung zu Hause. So ein Klatschblatt, wissen Sie. Mit einer Reportage über … wie heißt das … so Leute eben, die reiche Schweden beerben werden. Über reiche Familien … und da war ein Foto von ihr und Angaben, wer sie war und wie alt und so was alles. Dass ihre Familie Geld hat. Wieviel und so.
Verhörleiter: Was wollten Sie anschließend tun? Was hatten Sie vor, falls Lösegeld an Sie gezahlt worden wäre?
Entführer: Abhauen.
Verhörleiter: Wohin?
Entführer: Weiß nicht. Ins Ausland. Thailand.
Verhörleiter: Woher wussten Sie, wo Cecilia sich aufhielt an dem Tag, an dem sie entführt wurde?
Entführer: Das war … reines Glück. Ich war ja eigentlich unterwegs zu ihrer Schule. Da wollte ich sie mir schnappen. Wenn sie Schulschluss hatte. Aber dann sah ich sie am Fußgängerüberweg und dachte, egal, ich kann's ja auch hier tun. Und dann ging alles irgendwie ganz schnell.

Ich kaue auf meinem Stift. Es klingt so ungeplant und überstürzt, was Mikael erzählt. Ich meine, wenn man die Tochter der reichsten Frau Schwedens kidnappen will, sollte man wohl erstens es nicht allein tun und zweitens sich einen besseren Plan zurechtlegen, als sie vor aller Augen in ein Auto zu zerren, egal ob vor ihrer Schule oder an einem Fußgängerüberweg. Aber ich bin nicht die Einzige, die sich das überlegt. Alle Medien tun es, die ganze Zeit. Versuchen, als Erste mit einer Story über die Komplizen herauszukommen. Heute zum Beispiel bringen wir einen Beitrag von Leif GW Persson, der darüber spekulieren darf, dass Mikael Andersson vielleicht Angst hat und sich bedroht fühlt, dass er nur der Unterste in der

Hierarchie einer Bande ist, die Cecilia entführt haben könnte. Eine ältere Chronistin der Konkurrenzzeitung hat einen langen Artikel darüber geschrieben, dass heutzutage jeder von uns schnell zu Geld kommen will und dieser Fall hier ein typisches Beispiel ist für die Kluft zwischen Arm und Reich und dass niemand mehr bereit ist, seine Pflicht zu tun. Mit einem Seufzer schiebe ich die Zeitung beiseite. Ich zögere, ob ich mich nach vorne wagen soll, aber es ist wohl am besten, so weiterzumachen wie immer.

»Du, Olle? Wegen der Entführung.«

»Ja?«

Olle blickt nicht hoch, sondern tippt weiterhin frenetisch auf der Tastatur. Es hört sich an wie ein Maschinengewehr.

»Ich dachte, es könnte sich vielleicht lohnen, Mikaels Mutter nochmal auszuquetschen«, sage ich etwas lauter.

»Agata!«

Olle hebt eine Hand und sieht gestresst aus, als er zu mir hochstarrt. Seine Wangen sind rotfleckig und die Haare zerzaust.

»Nicht jetzt! Ich habe verdammt noch mal keine Zeit. Lasse und seine Leute sind an der Sache dran. Sie fahren die Schiene, dass er nicht allein gewesen sein kann, okay? Die machen das schon, habe ich doch gesagt!«

Olles Stimme ist ins Falsett gekippt.

Jetzt klingelt sein Telefon. Ich komme mir saublöd vor und schaue verlegen nach hinten, um zu sehen, wer alles mitgekriegt hat, dass auch Agata zusammengefaltet wurde. Gleichzeitig werde ich sauer. Er behandelt mich, als wäre ich eine Art weiblicher Forrest Gump, der hier durch die Redaktion latscht. Aber ich kann nichts machen. Wenn er mich nicht sieht, dann sieht er mich nicht. Zur Hölle mit diesem verdammten Entführungsfall.

Gegen vier Uhr nachmittags ruft Janne mich an, er will, dass ich zu ihm reinkomme. Ich vermute, dass er mir jetzt die Entscheidung mitteilt. Aber ich glaube nicht, dass es eine gute Nachricht ist. Ich glaube nicht, dass ich Nachrichtenchefin werde. Das habe ich im Urin.

Jannes schlechte Laune scheint wie weggeblasen. Er ist wieder ganz freundlich. Weil er niemand ist, der lange um den heißen Brei herumschleicht, kommt er gleich zur Sache, kaum dass wir auf dem Sofa am Fenster Platz genommen haben.

»Wir haben beschlossen, dass … du Nachrichtenchefin wirst.«

»Was? Ist das wahr?«

»Ja. Aber wir möchten, dass du möglichst bald anfängst. Was hältst du vom fünfzehnten Dezember? Du wirst als Assistentin von Olle und Martin anfangen. Die können dich einarbeiten. Nach drei Monaten sehen wir uns das Ergebnis an, und wenn wir zufrieden sind, kannst du loslegen. Wir setzen große Hoffnungen in dich, Agata!«

»Äh … sicher, auf jeden Fall! Das ist ja toll!«

»Zum Frühjahr könntest du dann reguläre Nachrichtenchefin sein.«

Zum Frühjahr. Klar. Aber im Mai werde ich ein Kind zur Welt bringen. Ich hole tief Luft. Jetzt muss ich es sagen. Was, wenn Janne stinksauer wird? Ich könnte ihn irgendwie verstehen. Das kleine Detail, dass eine frischgebackene Nachrichtenchefin wieder ausfällt, kaum dass sie angefangen hat, ist nicht gerade als positiv zu bezeichnen. Außerdem ist Janne bereits wütend über die heutige Ausgabe der Zeitung, also wird er vielleicht Gift und Galle spucken. Aber andererseits habe ich ja nicht vor, mich hinzuwerfen und toter Hund zu spielen, nur weil ich schwanger bin.

»Du, Janne, da ist noch eine Sache, über die wir reden müssen.«

Mir ist, als stünde ich auf einem hohen Trampolin und müsste noch höher springen, habe aber Muffensausen, weil ich an die vorangegangenen Sprünge denke und es mit der Angst bekomme.

»Aha?«

Mir wird schlecht.

»Sag nicht, du hast es dir anders überlegt, Agata.«

»Lieber Himmel, nein!«

Es gibt keinen Weg, sich um die Sache herumzudrücken. Ich muss die Wahrheit sagen oder jedenfalls die halbe Wahrheit. Ich rutsche ein bisschen auf dem Sofa herum, sodass wir einander fast gegenübersitzen.

»Gestern. Oder genauer gesagt, am Wochenende. Habe ich etwas erfahren. Es war ein Schock, ich hatte nicht die geringste Ahnung. Es kam wie ein Blitz aus heiterem Himmel«, lüge ich und ziehe an meinem Pullover.

»Ja?«

»Es ist mir ein bisschen unangenehm«, druckse ich Grimassen schneidend herum und zupfe am Ärmel meines Strickpullovers.

Jemand klopft an die Tür. Es ist der Sportchef.

»Kannst du mal einen Blick auf unsere Ausgabe werfen? Tag, Agata!«

Ich hebe eine Hand zum Gruß.

»Gib mir noch ein paar Minuten, dann komme ich zu euch.«

Der Sportchef nickt und macht die Tür wieder hinter sich zu.

»Okay, also nun raus damit!«

Janne verliert langsam die Geduld, und ich sehe die Schlagzeile vor mir: SCHOCK! SCHWANGER! REPORTERIN GESTEHT. Kollegen fassungslos: Wir hatten keine Ahnung.

»Bist du krank? Ist jemand gestorben?«

»Nein! Nein! So was nicht. Ich bin schwanger.«

So. Jetzt ist es raus. Liebe Kinder, gebt fein acht, ich hab euch etwas mitgebracht. Ein Pimmelchen und eine Möse, Agatas Traum platzt mit Getöse!

Ich halte die Luft an und möchte am liebsten die Augen fest zusammenkneifen, während ich auf das Donnerwetter warte. Aber es kommt nicht. Janne ist offenbar nicht schockiert. Redaktionschefs sind das selten. Er ist auch nicht wütend. Aber sieht er nicht ein ganz kleines bisschen traurig aus? Blitzte da nicht etwas in seinen Augenwinkeln auf, was ich nicht richtig deuten konnte, weil er es schnell wieder verbarg?

»Oh, na. Herzlichen Glückwunsch!«

Janne kratzt sich den Kopf und anschließend den Bart.

»Wie gesagt, ich hatte keine Ahnung. Wirklich null Ahnung. Es kam ganz überraschend. Total. Völlig unerwartet.«

Ich wünschte, es gäbe eine Falltür im Boden, durch die ich jetzt verschwinden könnte.

»Wann ist es so weit?«

»Im Mai.«

»Hm …«

Er schweigt, fingert an seiner Brille.

»Na ja, dann werden wir mal loslegen, bis es so weit ist, und dann sehen wir weiter. Ich meine, du hast den Job. Das lässt sich nicht mehr ändern. Es sei denn, du möchtest es?«

War das eine Frage oder eine Aufforderung? Bin ich paranoid, oder sieht er tatsächlich ein klein wenig so aus, als hätte er gern, dass ich verzichte?

»Ich will den Job. Definitiv. Ohne Wenn und Aber.«

»Wann kommst du zurück?«

»Ich werde nicht mal ein Jahr weg sein.«

»Wie lange?«

»Knapp zehn Monate.«

Sieht er enttäuscht aus?

»Na ja, auch dafür werden wir eine Lösung finden. Oder?«

Oder? Und wieder: War das jetzt eine Frage oder eine Aufforderung? Oder die Drohung, eine »Lösung« nach Mafia-Art zu finden? Froh sieht er nicht gerade aus. Aber sauer auch nicht.

»Ja, das werden wir«, sage ich.

»Ich will ehrlich sein. Das wirft unsere gesamte Planung über den Haufen. Aber nun ja, so etwas kann passieren.«

»Ja, so etwas kann passieren«, erwidere ich und fühle mich plötzlich ein kleines bisschen unglücklich.

Ich gebe gern zu, dass es nicht unbedingt immer ein supertolles Gefühl ist, schwanger zu sein, aber das darf keiner sagen außer mir. Dieses Kind »passiert« nicht einfach. Über diese Phase bin ich hinweg. Okay, ich bin nicht die mustergültige Schwangere Nummer eins, aber ich habe immerhin ein Ultraschallfoto zu Hause am Kühlschrank. Ich betrachte meinen Bauch beim Duschen, streiche mit der Hand über den Schaum des Duschgels und frage mich, was darunter ist, da drinnen. Wer ist dieses Kind? Wem wird es ähnlich sehen? Wie auch immer, es lebt in mir. Keiner außer mir darf abfällig über das reden, was da drinnen ist.

Aber danach unterhalten wir uns ganz normal, wir gehen ein paar Termine durch, er bittet mich, am Tag vor meinem Arbeitsantritt an einer Konferenz teilzunehmen, er bittet mich, bei Birgitta vorbeizuschauen, um das Gehalt auszuhandeln, und wir einigen uns darauf, wann die interne Mail verschickt wird.

Als ich sein Büro verlasse, fühle ich mich wesentlich leichter. So, als hätte ich mich endlich durchgerungen zu beichten und Vergebung für meine Sünden erlangt. Jetzt endlich kann ich dem aufschäumenden Stolz freie Bahn geben.

Ich werde Nachrichtenchefin. Es fühlt sich so erwachsen an. So kompetent.

Dass ich schwanger bin, verbreitet sich wie ein Lauffeuer in den Etagen des Verlags, ungefähr zwei Minuten, nachdem ich Maria eingeweiht habe. Kurz darauf erhalten alle Mitarbeiter eine Mail, dass ich neues Besatzungsmitglied der Arche werde. Ich schaue über meinen Bildschirm hinüber zu Patrick, entdecke aber keine Anzeichen, dass er die Mail schon gelesen hat, stattdessen nimmt er sein Handy und geht ins Raucherzimmer. Aber andere Kollegen kommen zu mir. Klopfen mir auf den Rücken und wünschen alles Gute, und ihre Augen leuchten, denn ein bisschen spannend ist es ja schon, dass sich freiwillig jemand unter die Wölfe begibt und sich in die Arche traut, aber auch, dass die künftige Nachrichtenchefin ein Kind erwartet.

»Ist kaum zu sehen«, sagt Kicki von der Gesundheitsredaktion.

»Doch, du bist schon ein bisschen runder, du musst dir die Kuchen jetzt wohl verkneifen«, lacht Åke aus dem Kriminalressort und stupst mich in die Seite.

»Musst du morgens spucken? Aha. Hast du viel zugenommen? Na, dann wird es ein Mädchen, ganz klar«, sagt Gunvor, die Sekretärin vom Alten.

Überrascht stelle ich fest, dass ich innerhalb weniger Sekunden von der Privatperson zum öffentlichen Allgemeingut mutiert bin. Ich kann mich nicht erinnern, wann ich zuletzt auf einen Schlag so viele Beurteilungen meiner körperlichen Verfassung gehört habe. Doch, das muss in der Oberstufe gewesen sein, die Jungs bewerteten uns Mädchen andauernd, indem sie alles von den Brüsten bis zum Hintern auf einer Skala von 1 bis 10 einstuften. Andererseits finde ich es eigentlich ganz schön, dass es kein Geheimnis mehr ist.

»Wie lange gehst du in Elternzeit?«, fragt Monica, eine Fotografin.

»Zehn Monate.«

»Länger nicht?«, mischt sich Stina ein, die einzige Frau beim Sport.

»Wieso, findest du das zu kurz?«, frage ich und fühle mich plötzlich ein bisschen verwirrt.

»Na ja, das Beste am Kinderkriegen ist doch, dass man für eine Weile landen kann«, sagt eine andere Stimme hinter mir, ich verliere langsam den Überblick über die Weibermafia, die mich umringt. »Landen«, was soll das denn heißen? Ich sitze doch nicht in einem Flugzeug.

Zum Glück drängelt sich Martin durch, umarmt mich und sagt, dass er sich um mich kümmern wird. Ich freue mich schon richtig auf die Zusammenarbeit mit ihm. Als er geht, nutze ich die Gunst des Augenblicks und setze mich rasch wieder an meinen Schreibtisch. Aus dem Augenwinkel sehe ich, dass Olle immer noch in der Arche sitzt, ohne die geringsten Anstalten zu machen, mir gratulieren zu wollen.

Tinna, die Chefin der Onlinezeitung, kommt vorbei und umarmt mich herzlich.

»Endlich. Eine gute Frau in der Arche. Ah, wie wunderbar. Nimm dich vor den Kerlen in Acht, sage ich bloß!«

Ich lache verlegen. Gleichzeitig wird mir ganz flau im Magen, es ist, als lasteten plötzlich turmhohe Erwartungen auf mir. Dass gerade ich die Zeitung verändere. Aber wie will Tinna sie denn haben? Wie üblich ist sie schon wieder auf dem Sprung, deshalb komme ich nicht dazu, sie zu fragen.

Patrick kommt aus dem Raucherzimmer zurück.

»Herzlichen Glückwunsch zur Beförderung! Das kam ja unerwartet.«

Ich suche nach Anzeichen von Missgunst in seinem Gesicht oder seiner Stimme, aber der Kerl ist ein verdammt guter Schauspieler.

»Wieso kam das unerwartet?«

»Ach, und Glückwunsch auch zum Kind. Lieber Himmel,

ist richtig schwer, den Überblick zu behalten, im Moment tut sich ja so viel bei dir.«

»Ja. Na ja …«

Ich merke, wie meine Wangen heiß werden, habe mich noch nicht daran gewöhnt, dass ich jetzt die Schwangere bei der Zeitung bin, deshalb fummle ich verlegen am Headset meines Handys.

»Aber es wird bestimmt nicht einfach, in der Position eine Auszeit zu nehmen, meinst du nicht?«

»Wieso?«

»Na, es passiert doch so viel, und da ist man dann schnell raus aus allem.«

»Ach was, das wird schon gehen.«

»Wie lange bleibst du zu Hause?«

»Zehn Monate.«

Patrick pfeift durch die Zähne. Der Mistkerl. Aber er hat Recht. Bei einer Boulevardzeitung sind zehn Monate eine Ewigkeit, das weiß ich selbst. Man traut sich ja kaum, krank zu werden, weil die Leute gleich denken, man habe gekündigt. Und ist man wirklich mal krank, sitzen einem die Nachrichtenchefs trotzdem im Nacken. So wie voriges Jahr, als ich flach lag und nur noch gekotzt habe. Olle rief jeden Tag an und fragte, wann ich denn wieder zur Arbeit käme, sie bräuchten unbedingt noch einen Reporter. Also hing ich über dem Spuckeimer und hatte ein sauschlechtes Gewissen und ging wieder zur Arbeit, obwohl ich noch Schweißausbrüche und Flimmern vor den Augen hatte. Das ist es, was Teo nicht versteht. Wie schnell man bei dieser Zeitung in Vergessenheit gerät.

Ich stehe auf, muss Janne noch erwischen. Ich laufe los, er ist in seinem Zimmer und zieht sich gerade die Jacke an. Ich hole tief Luft, und dann dauert es nur eine halbe Sekunde, um Teo zu hintergehen. Wenn ich ehrlich sein soll, merke ich es kaum. Alles, was nach der Geburt sein wird, kommt mir noch so unwirklich vor.

»Du, ich könnte nach sechs Monaten schon wieder hier sein.«

»So, bist du sicher?« Janne nimmt die Brille ab und reibt sie an seinem T-Shirt.

Ich könnte mich jetzt noch herausreden. Könnte Teo gegenüber fair sein.

»Na klar, das Kind hat ja auch einen Vater. Er kann einspringen.«

»Sehr gut. Da sieht man mal, wieviel moderner die jungen Männer heutzutage sind. Man kommt sich dagegen wie ein Dinosaurier vor.«

Janne sagt, er werde es im Vertrag ändern, und dann gehe ich wieder zurück zu meinem Schreibtisch. Teo wird wahrscheinlich stinksauer sein. Ich weiß, wie leid er es insgeheim ist, dass meine Arbeit andauernd Vorrang vor allem hat.

Genau aus dem Grund werde ich auch noch ein wenig warten, bevor ich es ihm erzähle.

Jannes Büro liegt direkt neben dem des Chefredakteurs. Die Tür ist offen, und als ich vorbeigehe, ruft der Alte nach mir. Er sitzt auf dem Sofa, blättert in der Zeitung und trinkt Kaffee. Ich bleibe in der Tür stehen. An der Wand neben mir hat der Alte massenweise Fotos von sich selbst und verschiedenen Promis aufgehängt. Der Chefredakteur kriegt von Model Victoria Silvstedt ein Küsschen auf die Wange, der Chefredakteur kriegt von der Sängerin Carola ein Küsschen auf den Kopf, der Chefredakteur wird von Lill Babs umarmt, der Chefredakteur hat einen Arm um den Komponisten Lasse Berghagen gelegt.

»Setz dich.«

Ich trete ein und setze mich in einen Sessel gegenüber dem Sofa, hinter dem gigantischen gläsernen Couchtisch.

»Herzlichen Glückwunsch zur Beförderung.«

»Danke.«

»Und Gratulation zum Kind.«

Ich zucke zusammen. Dann beginnen meine Wangen zu brennen, als hätte ich sie aus Versehen auf eine Herdplatte gelegt. Mist, natürlich hat er mich deswegen hereingerufen. Weil er mir jetzt eine Predigt halten wird, dass wir hier bei der Abendzeitung uns nicht gegenseitig hintergehen. Hier bei der Zeitung kriegen wir keine Kinder, wenn wir Nachrichtenchef sind.

»Das kam ja ein bisschen überraschend.«

»Ich weiß.«

»Aber ich habe sehr viel für Familiengründungen übrig.«

Ich sehe den Alten erstaunt an.

»Kinder zu haben ist fantastisch. Ich habe vier.«

»Ach? Wie alt …?«

»Mein Ältester ist fünfzehn. Teenager sind nicht einfach, das kann ich dir sagen.«

»Nein, das glaube ich gern.«

»Dauernd hört man so was wie ›Mensch, Papa, kannst du nicht anklopfen‹.«

Der Alte versucht, eine mürrische Teenagerstimme zu imitieren, und auf einmal ist die Atmosphäre genauso unbehaglich, als säße ich meinem Vater gegenüber und hörte die Geschichte von den Blumen und den Bienen, allerdings mehrere Jahre zu spät.

»Aber manchmal ist er auch richtig nett. Wenn er mich an sich heranlässt und mit mir redet und wir zusammen zum Fußball gehen.«

Ich nicke stumm und versuche wirklich, ein interessiertes Gesicht zu machen, probiere zum Beispiel, die Augenbrauen zu runzeln.

»Was ich sagen will, Agata: Ich finde, es ist wichtig, dass wir

Männer modern sind. Dass wir feministisch denken. Ich konnte meine Kinder nicht zum Kindergarten bringen und sie abholen, das geht bei diesem Job nicht, aber ich habe ihnen fast immer eine Gutenachtgeschichte vorgelesen. Das habe ich.«

»Ja, aber das ist doch … ganz toll!«

Der Alte lacht und schlägt sich plötzlich auf die Schenkel.

»Na, ich habe jetzt eine Verabredung mit unserem Verwaltungsdirektor. Würde lieber eine schöne lange Tour mit dem Motorrad machen. Aber was soll's. Die Pflicht ruft.«

»Ja, jedenfalls vielen Dank. Für den Rat. Was die Kinder betrifft.«

Wir stehen gleichzeitig auf.

»Anytime, Agata!«

Der Alte klopft mir auf die Schulter und folgt mir hinaus, und als ich den langen Korridor nach rechts hinuntergehe, höre ich, wie das Klacken der Absätze seiner Cowboystiefel in die andere Richtung verschwindet.

Schwangere bekam *beinahe* Ziegelstein auf den Kopf

Am Wochenende fahren Teo und ich in die Stadt und gehen ins Kino. Hinterher erzähle ich, dass ich Nachrichtenchefin werde, aber nicht, dass ich meine Elternzeit um vier Monate verkürzt habe. Wie bestellt erscheint die lehrerhafte Kummerfalte auf Teos Stirn.

»Aber warum hast du denn nichts gesagt?«

»Weil ich dachte, ich kriege die Stelle nicht. Und weil ich das da vermeiden wollte.«

Ich zeige auf seine Kummerfalte.

»Ach ja, aber trotzdem.«

»Ja, ja. Ich hab's kapiert. Aber es ging so schnell, ich hätte nie gedacht, dass es klappt. Und es ist keine große Sache. Die Arbeitszeiten sind besser, du hasst es doch, wenn ich bis Mitternacht arbeite. In Zukunft arbeite ich wie normale Menschen. Um fünf ist Feierabend. Ich habe nur ein bisschen mehr Verantwortung.«

Teo seufzt.

»Es wird noch schlimmer kommen, oder?«

»Was denn?«

»An meinem Geburtstag. Was war da los?«

»Da war doch nichts.«

»Du musstest arbeiten, weil ein Bus verunglückt war.«

»Zehn Tote!«

»Und das Sommerfest von Myrto und dem Grafen?«

»Ein Schiffsunglück! Die hatten doch keinen außer mir. Hätte ich sagen sollen: ›Nein, ich muss zum Heringessen, tschüss‹?«

»Ja, so ungefähr. Oder der Ultraschalltermin. Den wir umbuchen mussten. Das war ziemlich daneben, findest du nicht auch?«

»Aber für mich ist es was anderes als für dich.«

»Was?«

»Der Job.«

»Inwiefern?«

»Ach komm. Du weißt genau, was ich meine. Ich arbeite bei einer Boulevardzeitung.«

»Ja, und?«

»Da muss es schnell gehen. Es gibt jeden Tag Nachrichten. Deadlines.«

»Und was mache ich? Schrott sammeln? Grünanlagen begießen?«

»Du hast einen wahnsinnig wichtigen Beruf. Du formst ja ... sozusagen ... die Zukunft ... Ich glaube, dass Kinder unsere Zukunft sind.«

»Ist dir klar, dass du einen schlechten Whitney-Houston-Song zitierst?«

»Ah, was bist du fies. Aber im Ernst. Du arbeitest bis drei und hast Sommerferien.«

»Das stimmt doch gar nicht. Ich arbeite vielleicht bis drei, aber danach bereite ich den Unterricht vor und korrigiere Klassenarbeiten, und meinst du nicht, dass ich außerdem ständig an die Kids denke? Ich könnte jeden Abend bei Raoul sein, wenn er bei den Halbstarken im Freizeitheim herumhängt. Ich könnte Leyla jeden Tag nach der Schule ein paar Stunden bei den Hausaufgaben helfen, weil ihre Eltern kein Schwedisch können. Aber ich will mein Leben leben. Mit dir. Mit unseren Freunden. Warum willst du nicht dasselbe?«

Ich seufze und setze mich auf eine der Bänke vor dem Eingang des Kinos. Ich habe diese Diskussionen so satt. Wir haben doch ein Leben zusammen. Wir sind zum Beispiel heute

Abend im Kino gewesen. Wir waren gestern in der Stadt und haben mit Kia und Dany in einem Restaurant gegessen. Warum wird in einer Beziehung immer von einem erwartet, dass man sich für eine Seite entscheidet? Außerdem hat der beliebte Teo so viele Freunde und sein Taekwondo und tausend andere Sachen, für die er Zeit braucht. Ich dagegen habe Teo, Kia und Dany… so in etwa. Ich habe Zeit zum Arbeiten. Ich will arbeiten.

Teo setzt sich neben mich. Er trinkt ein paar Schlucke aus seiner Coladose.

»Versprich mir eins, Agata. Diese eine Sache musst du mir versprechen.«

»Was?«

»Dass der Job nicht zu Lasten von mir und dem Kind geht.«

»Versprochen.«

Es würde mich nicht wundern, wenn es einen Gott gäbe und er mir in diesem Augenblick einen Ziegelstein auf den Kopf werfen würde.

»Versprich es wirklich.«

»Freust du dich denn gar nicht für mich? Ich kriege fünftausend Kronen mehr. Wir werden reich. Obwohl, na ja, nicht richtig, aber trotzdem.«

»Das ist super. Dann können wir jede Menge neue Computerspiele kaufen. Es gibt da ein neues Kampfsportspiel«, sagt Teo, und eine Haarlocke fällt ihm über die Augen.

Er streicht sie weg, bevor er den fünf Meter entfernten Papierkorb anvisiert, und nach einem perfekten Bogen durch die Luft landet die Dose scheppernd mitten im Ziel.

Urplötzlich bin ich scharf auf ihn.

»Ich bin stolz auf dich, das weißt du hoffentlich?«, sagt Teo und steht auf.

»Bist du das?«

»Ja, zum Teufel. Klar bin ich das. Du bist schrecklich.«

»Du auch.«

Ich stehe ebenfalls auf und schiebe meine Hände in seine Jackentaschen. Teo beugt sich herab und küsst mich auf den Mund, und ich habe ein kleines bisschen ein schlechtes Gewissen, weil ich ihn hintergangen habe. Später, wenn das Kind da ist, können wir darüber reden. Jetzt im Moment ist es nicht wichtig.

Wir gehen langsam Richtung Bushaltestelle.

»Du, empfindest du das so, mit der Schule?«

»Was meinst du?«

»Dass du nicht genug tust. Für die Kinder.«

»Das weißt du doch. Wir haben schon oft darüber geredet, dass ich den Unterricht total umkrempeln würde, wenn ich in der Schule was zu sagen hätte.«

»Haben wir das? Oder, natürlich, klar haben wir. Ich weiß.«

Friseurin lügt über Eisprung

Ich gähne wieder und stütze die Ellbogen auf den Schreibtisch, um mir die Schläfen zu massieren. Patrick blickt von der Zeitung auf.

»Müde?«

»Ja, hab heute Nacht schlecht geschlafen.«

In Wirklichkeit hatte ich einen total merkwürdigen Traum, aber ich habe keine Lust, ihn Patrick zu erzählen. Ich träumte, ich wäre bei der Hebamme, und sie hätte mich mit dem Ultraschall untersucht und gesagt: »Agata, wir haben uns geirrt.« »Geirrt, worin denn?«, erwiderte ich. »Es ist nicht ein Baby hier drin, es sind drei.« Und ich starrte entsetzt auf den Monitor und sah drei Fische, die herumschwammen. »Aber das sind ja nur Fische da drinnen.« – »Nein, das sind keine Fische, das sind Babys«, sagte sie da fröhlich, und einer der Fische hatte eine Babymütze auf und einen Schnuller im Maul und winkte mir zu.

»Ich hole mir einen Kaffee«, murmle ich und will gerade aufstehen, als Patrick mir zuvorkommt.

»Bleib sitzen, ich bringe dir einen.«

Ich erstarre. Patrick hat mir noch nie einen Kaffee geholt.

»Lieb von dir. Danke.«

Ich kann mir nicht helfen, aber ich werde langsam ein bisschen paranoid. Er denkt vielleicht, ich bin irgendwie geschwächt, jetzt wo er weiß, dass ich ein Kind bekomme. Aber mehrere Kollegen haben schon begonnen, ein perverses Interesse an meinem Zustand zu zeigen. Anna, eine Redakteurin, mit der ich sonst kaum mehr als ein »Hallo« wechsle, tauchte neulich am Kaffeeautomaten auf und fing plötzlich eine Unterhaltung an.

»Hast du gar keine Angst vor der Entbindung?«

»Ich versuche, nicht daran zu denken.«

»Also bei mir war es damals der reinste Horror.«

»Oh, hört sich nicht gut an.«

Ich dachte, verdrück dich mal ganz schnell, bevor sie noch mehr erzählt. Wie kommt sie bloß auf die Idee, dass ich so was hören will? Aber sie setzte sich auf einen der Barhocker in der Teeküche, und ich musste an der Spüle stehenbleiben.

»Ellen kam drei Wochen zu früh. Ich lag fünfzehn Stunden in den Wehen. Ich schrie nach einer Rückenmarksspritze, aber der Arzt sagte, dafür wäre es zu spät.«

»Ach Gott. Na, da kann ich ja nur hoffen. So, ich sollte …«

»Schließlich mussten sie die Saugglocke nehmen. Das hat mir da unten alles total aufgerissen.«

»Au, au. Okay, also …«

»Der Arzt sagte, ich war nahe dran … na ja … darm-inkontinent zu werden.«

»Äh … du, ich muss jetzt langsam …«

»Aber das vergisst man ja wieder. Hinterher, meine ich … inzwischen ist alles völlig verheilt. Wir denken sogar daran, möglichst bald noch eins zu bekommen. Obwohl es lange gedauert hat, bis ich mich Ellen zuwenden konnte, das muss ich sagen.«

Herrgott nochmal, ich musste schnellstens da weg, aber ich konnte sie doch nicht mitten in ihrem Dammriss-Kacke-Trauma sitzenlassen.

»Ich war total depri, mehrere Monate lang. Aber dann hat sich das wieder gebessert.«

»Wie schön. Das kann man dann ja nur hoffen.«

»Was denn?«

»Dass sich das wieder bessert. Du, ich muss jetzt wirklich wieder an die Arbeit, aber danke für das Gespräch.«

»Also, wenn du reden willst, komm einfach zu mir, ja?«

»Mach ich. Bis dann!«

Ich will gerade aufstehen und nachsehen, wo Patrick mit meinem Kaffee bleibt, als mein Handy klingelt. Es ist Kia. Sie flüstert theatralisch, und ich gehe instinktiv hinüber zu den Postfächern, da kann man normalerweise ungestört reden.

»Dany hat gestern meinen Eisprungcomputer gefunden. Ich konnte ihm nichts vormachen, er wusste, was das ist.«

»Und was ist dann passiert?«

»Ich habe gesagt, dass er Maja gehört. Und dass Maja glaubt, er ist irgendwie kaputt, und dass ich ihr versprochen habe, ihn mir mal anzusehen. Ich glaube, er hat es geschluckt, hoffentlich.«

»Aha. Und am Wochenende kommt Maja zu dir nach Hause, und ihr zieht eure Blaumänner an und geht in die Garage und schraubt an dem Eisprungcomputer rum, oder wie?«

»Weißt du eigentlich, wie leicht das hätte ins Auge gehen können?«

»Nein, ich weiß nur, dass wir aufhören müssen zu lügen.«

»Wir? Wieso wir?«

Ich gehe mit dem Handy Richtung Kaffeeautomat, und jetzt bin ich es, die bühnenreif flüstert.

»Ich habe gesagt, dass ich zehn Monate zu Hause bleibe, aber in Wirklichkeit werde ich nur sechs Monate aussetzen.«

»Agata …«

»Ich weiß.«

»Hör mal, ich bin gezwungen zu lügen, bis wir verheiratet sind. Lügen ist ja nichts Schlimmes. Solange man nicht erwischt wird. Aber du wirst erwischt werden. Bis ich schwanger bin, ist zwischen Dany und mir alles wieder in Ordnung.«

»Ich muss jetzt arbeiten, Kia.«

»Ja, ja. Aber vergiss nicht: Es ist Majas Eisprungcomputer, falls Dany fragt!«

»Na klar. Übrigens habe ich Teo gesagt, dass ich dir meine Möse geliehen habe und deswegen im Moment nicht mit ihm vögeln kann. Klingt besser als ›ich habe einen Pilz‹.«

»Agata. Du musst dringend an deiner Art von Humor arbeiten. Das ist mein voller Ernst!«

Ich drücke das Gespräch weg und spüre instinktiv, dass ich mich umdrehen sollte. Da steht Patrick neben dem Kaffeeautomaten. Er muss gehört haben, wie ich sagte, dass ich derzeit keinen Sex habe, denn er streckt mir nur wortlos und hölzern den Kaffeebecher entgegen und geht zurück an seinen Schreibtisch.

Den Rest des Tages sitze ich über einer Studie, die beweist, dass »Gleich und gleich gesellt sich gern« ein wahres Sprichwort ist. Als Beweis führe ich an: Kronprinzessin Victoria und ihr »bürgerlicher« Freund Daniel Westling, der Fitnessstudio-Besitzer = ungleich, und Prinzessin Madeleine und ihr Freund Jonas Bergström, der aus einer angesehenen Unternehmerfamilie stammt = gleich. Eine Expertin sagt: »Die Klassenunterschiede bestehen nach wie vor, und wir fahren am besten, wenn wir uns einen Partner suchen, der den gleichen soziokulturellen Background hat wie wir selbst.« Sie klingt ziemlich zufrieden, und ich würde am liebsten schreiben, »die blöde Zicke von Expertin meint...«, aber das würde natürlich vor der Veröffentlichung rausfliegen, deshalb begnüge ich mich damit, ihren Namen falsch zu schreiben.

Schwangere schlägt Betrunkenen nieder

Ich trage ein rosa Top und darüber die Männerweste, außerdem eine Jeans, die unter dem Bauchnabel aufhört, und finde mich todschick. Teo hat die Bluejeans an, in der sein Hintern besonders knackig aussieht, dazu ein weißes Hemd und sein braunes Lehrerjackett aus Breitcord mit Lederflicken auf den Ellbogen. Wir sind eingeladen. Bei Wayne, Teos altem Studienkameraden von der Pädagogischen Hochschule. Waynes Freundin ist ebenfalls schwanger, und Teo dachte, es würde mir Spaß machen, sie kennen zu lernen. Ich hatte nicht den Nerv, zu protestieren. Neulich hat Lena aus Teos Lehrerkollegium zu ihm gesagt, dass wir doch mal zusammen Kaffee trinken könnten, Teo, ich, Lena, ihr Mann und ihr dreijähriger Sohn, falls wir ein paar Tipps gebrauchen könnten und so. Teo fand das eine super Idee, während ich sofort das Gefühl hatte, dass sich die Schlinge um meinen Hals zuzieht. Aber auf die Party freue ich mich. Höchste Zeit, dass ich mal wieder rauskomme, seit dem Tag, als ich das mit der Schwangerschaft erfahren habe, war ich nicht mehr aus. Aber jetzt fühle ich mich abends munterer und bin tagsüber schon fast wieder ich selbst. Der Bauch wird auch langsam runder. Neulich stand ich ewig lange vorm Spiegel und habe mich betrachtet. Zuerst von vorne, aber da war noch nichts zu sehen. Dann habe ich mich seitlich hingestellt und das T-Shirt hochgezogen, und da war es deutlich zu erkennen. Ich machte den Bauch noch größer, indem ich das Becken nach vorne schob, aber das sah ziemlich schrecklich aus, deshalb habe ich mich wieder normal hingestellt. Ich habe ja niemanden zum Vergleichen, die Hebamme sagt bloß immer, bei mir wäre alles »normal«, aber sieht man so aus, im fünften Monat? Ach, egal, Montag fängt mein neues Leben an. Newsdesk – here I come!

Wayne und seine Freundin wohnen mitten in der Stadt, am Nytorget auf Södermalm. Wayne öffnet die Tür, umarmt Teo lange und dann mich.

»Mia ist auf einer Vernissage, aber sie kommt bald«, sagt Wayne entschuldigend zu mir, als er mir die Jacke abnimmt.

Er lässt uns den Vortritt durch einen schmalen Flur und bittet uns gleich rechts hinein in die Küche, die genauso groß ist wie unser Wohnzimmer und vor lauter Edelstahl nur so blitzt.

»Was darf ich den Herrschaften anbieten?«

Wayne deutet mit ausholender Armbewegung über den Küchentisch, auf dem Wein, Schnaps, Saftkartons, Wasser- und Colaflaschen aufgereiht stehen.

»Ich hätte gern ein halbes Glas Wein«, sage ich zu Wayne.

»Bist du sicher?«

»Wieso?«

»Na klar, man soll tun, was man möchte, nicht wahr? Ein bisschen Wein hat wohl noch keinem geschadet.«

Er lacht, es klingt gezwungen, aber ich lächle nur und nehme das Weinglas entgegen. Teo fängt gleich mit einem Gin-Tonic an. Es klingelt an der Tür, und Wayne entfernt sich. Teo und ich machen uns mit den Gästen bekannt, und dann begeben wir uns auf Wohnungsbesichtigung.

»Mensch, so müsste man wohnen«, sage ich zu Teo, als wir ins Schlafzimmer hineinschauen.

»Seine Freundin kommt aus einer stinkreichen Familie«, flüstert Teo.

Neben dem Schlafzimmer ist ein Büro, an einer Pinnwand stecken massenweise Fotos von Wayne und einer Frau mit schulterlangen blonden Haaren, vermutlich Mia. Die beiden scheinen richtig unternehmungslustig zu sein, ich sehe Fotos von Kanufahrten, Bergwanderungen, Umarmungen vor Lagerfeuern und Zeltausrüstungen der Extraklasse.

Wir setzen uns aufs Sofa im Wohnzimmer. Alles wirkt so weiß und sauber. Und kühl. Sie haben kaum Möbel, aber was sie haben, sieht sehr exklusiv aus. Ein gigantisches Sofa, auf dem zwei Leute liegen können, ohne Gefahr zu laufen, sich gegenseitig auf den Fußboden zu schubsen, ein großer Kandelaber mit Kerzen auf der niedrigen Hifi-Bank, ein flauschiger Teppich vor dem Sofa, aber kein Fernseher, ein einzelnes riesiges Bild über der Stereoanlage, irgendwas Graffiti-Inspiriertes. Im Vergleich dazu ist unsere Wohnung der reinste Flohmarkt. Unser Sofa haben wir von Dimitra und Vasilis. Das ist potthässlich. Genauer gesagt, ganz furchtbar. Weiß mit großen lila Pfauen. In Athen gekauft und hierher transportiert. Als sie sich ihr neues Ledersofa anschafften, meinte Teo, wir würden Vasilis das Herz brechen, wenn wir nicht das alte nähmen, denn er war es, der das Sofa damals ausgesucht hatte. Der Couchtisch stammt aus meiner alten Wohnung, brauner Fünfzigerjahre-Stil, und passt natürlich überhaupt nicht zum Sofa. In unserer Diele steht ein weißer Schreibtisch mit goldbronzenen Beinen, den Dimitra und Vasilis uns ebenfalls aufgeschwatzt haben. Wenn ich jetzt darüber nachdenke, kommt es mir tatsächlich so vor, als hätten sie ihren Sperrmüll in unserer Wohnung entsorgt. Das Einzige, was richtig schön ist in unserer Wohnung, ist das Schlafzimmer, da passen die Möbel zusammen. Das große Ikea-Doppelbett, für das wir unser letztes Hemd gegeben haben, an der Längsseite die fette weiße Regalwand mit Büchern und gerahmten Schwarzweißfotos und kleinen Hutschachteln, die ich in Paris gekauft habe, und in der Ecke am Fenster ein weißer Sessel, der super geeignet ist, um seine Klamotten darauf zu stapeln.

Teo und ich prosten uns zu, der Wein schmeckt wunderbar.

»Sag mal, muss ich mit dieser Mia den ganzen Abend zusammensitzen, oder was?«

»Nein, aber es könnte doch ganz nett sein, eine andere Frau zu treffen, die auch schwanger ist.«

»Und was macht ihr so lange, Zigarren rauchen und Poker spielen?«, sage ich ironisch, und Teo knufft mir neckisch in die Seite.

21.00

Eine Frau in meinem Alter mit brauner Pagenfrisur fragt, ob sie sich neben mich und Teo setzen darf.

»Ich bin Marion«, sagt sie, lächelt und streckt die Hand aus.

»Agata.«

»Teo.«

»Was machst du so? Also, ich meine beruflich?« Sie sieht mich an.

»Ich bin …«

Ich überlege kurz. Bald bin ich es ja.

»… Nachrichtenchefin bei der Abendzeitung.«

Ich sehe, wie etwas in ihren Augen aufblitzt, und verfluche mich selbst, dass ich geprahlt habe. Man sagt besser nicht, dass man bei einer Boulevardzeitung arbeitet, wenn man Nicht-Journalisten auf einer Party trifft. Es gibt nur zwei Möglichkeiten: Entweder sie werden neugierig auf eine positive Art und löchern dich mit Fragen. Oder sie knüppeln sofort auf dich ein. Die Pagenkopfbraut scheint eine Schlägerin zu sein.

»Ich bin Lehrer«, sagt Teo. »Und du?«

»Ich lese nie Boulevardzeitungen. Die bringen ja doch nur Lügen und Dreck. Ich muss dich das fragen, du arbeitest ja schließlich da: Warum lügen die so viel?«

»Über was denn?«

»Du weißt schon…« Sie lächelt vielsagend und trinkt einen Schluck von ihrem Wein, aber ich weigere mich, ihr auf halbem Weg entgegenzukommen.

»Nein, tu ich nicht. Was meinst du?«

»Na, es steht ja fast nur Klatsch und erfundenes Zeug drin.«

»Zum Beispiel?«

»Aber…«

Sie nimmt noch einen Schluck und wirkt irritiert.

»Ich respektiere natürlich voll und ganz, dass du sie in Schutz nehmen willst.«

»Und was machst du beruflich?«, versucht Teo es wieder.

»Ich arbeite bei Skandia, in der Abteilung für Öffentlichkeitsarbeit. Mein Mann ist Lehrer«, sagt sie und deutet mit einem Kopfnicken auf einen Rücken drüben bei der Stereoanlage.

»Machst du Witze?«

Teo fängt laut an zu lachen.

»Nein, wieso?«

»Du schimpfst über den Job meiner Frau, und dabei haben deine Oberbosse jeden einzelnen Kleinanleger im ganzen Land um sein Erspartes beschissen.«

Ich breche in ein schadenfrohes Gelächter aus. Volltreffer, Teo.

»Wir gehen in die Küche«, sagt Teo, und wir stehen auf.

22.00

Teo und Wayne haben die Köpfe zusammengesteckt, sie messen sich in ihrem Vaterglück.

»MANCHMAL FÜHLE ICH MICH EBENFALLS SCHWANGER«, schreit Wayne, um die Musik zu übertönen, während er seinen Wein hinunterkippt. Teo nickt und schlürft seinen dritten Gin Tonic. Ich selbst habe bereits eine ganze Flasche Mineralwasser intus und war schon dreimal auf dem Klo. Jetzt fangen auch noch meine Augen an zu brennen, die Leute qualmen hier drinnen, als wäre dies die letzte Nacht auf Erden.

22.30

Ein betrunkener Typ und eine betrunkene Tussi sitzen neben mir auf einer antiken Bank am Fenster im Büro. Er hat den Kopf auf ihre Schulter gelegt.

»Ich hab dermaßen die Schnausse voll davon, dass man 'n zynisches Schwein sein muss, damit die Weiber einen interessant finden. Das isses doch, was ihr im Grunde wollt, stimmt's? Schweine.«

»Weißte, vielleicht ist sie bloß unsicher. Bestimmt ist das der Grund, warum sie nicht angerufen hat. Nee, Magnus, lass mal. Du bist in Ordnung. Echt, du.«

Das Mädchen streichelt dem Betrunkenen über die Haare, und ich rutsche ein Stück weiter ans Ende der Bank und blättere in der Modezeitschrift, die ich vom Schreibtisch genommen habe.

»Ich ruf an und ruf an, aber nix, eiskalt.«

»Ach, das glaub ich nich …«

»Dohoch! Scheiße. Liebe ist Luxus, wusstest du das, Klara?«

»Wie meinst du das?«

Ich seufze demonstrativ und versuche, mich auf einen Artikel über Peeling zu konzentrieren.

»Liebe ist nicht für alle da, das muss man einfach schlucken. Liebe ist für die Erfolgreichen da. Nicht solche wie uns.«

»Solche wie uns?

Das Mädchen klingt plötzlich unglücklich.

»Ich bringe Neunjährigen Schreibschrift bei. Aufregend, was?«

»Du bist ein feiner Kerl, Magnus, und ich bin überzeugt, dass sie einfach nur nicht weiß, woran sie bei dir ist. Du bist ja manchmal… bisschen steif, nicht? Das hast du doch selbst gesagt.«

»Glaubssu, das isso?«

»Ja, auf jeden Fall.«

»Du bisso nett, Klara. Wirklich. Kannst du mir noch ’n Drink holen?«

Das Mädchen geht weg. Der Typ dreht langsam den Kopf, und aus den Augenwinkeln sehe ich, dass er mich entdeckt hat.

»Hier sitzzu.«

Na wunderbar. Ein deprimierter Besoffener sucht ein Gespräch.

»Hier sitze ich.«

Er rückt näher, und ich rutsche so weit ans Ende, dass mein eines Bein nach einer Weile zu zittern anfängt, weil ich mich darauf abstützen muss.

Da, ohne Vorwarnung legt der deprimierte Besoffene seine verschwitzte Hand auf meinen Bauch und drückt ein bisschen. Genau über dem Bund meiner Jeans.

»Bissu schwanger? Hab ich gar nicht gesehen. Schwangere Frauen sind geil. Pornomäßig irgendwie.«

Nein, jetzt langt’s. Ich nehme seine Hand weg und schiebe ihn zurück, woraufhin er von der Bank fällt, wie immer er das nun geschafft hat. Ich beuge mich über ihn, während er da auf dem Boden liegt und zu mir hoch starrt.

»Hör mal, damit das klar ist: Sie will dich nicht. Weißt du, was ich glaube? Ich glaube, sie vögelt mit einem schönen, erotischen, gefährlichen Mann mit Feuer im Blick. Gerade jetzt in diesem Moment.«

Der Kerl stützt sich mit den Händen ab und versucht aufzustehen, aber ich verhindere das, indem ich einen Fuß auf seine Schulter setze.

»Wenn du noch einmal meinen Bauch anfasst, sage ich

meinem Mann, dass du versucht hast, mich zu vergewaltigen. Und er ist ein Taekwondo-Profi, nur damit du es weißt.«

Mit einem Knall werfe ich die Zeitschrift auf die Bank, steige über den betrunkenen Waschlappen, der völlig verstört aus der Wäsche guckt, was mich freut, stoße die arme Klara, die mit neuen Drinks zurückkommt, gegen die Wand und gehe ins Wohnzimmer, um Teo zu suchen. Er steht an der Stereoanlage und sieht die CDs durch.

»Hallooo, Schatzimaus. Ist das nich 'ne geile Mucke?«

Er lallt, und das ärgert mich. Er legt einen Arm um meine Taille, aber zu fest, und wir schwanken beide, weil er das Gleichgewicht nicht halten kann.

»Liebling, ich hab nachgedacht. Wir sind jetzt in dem Alter, wo man begreift, dass man nicht mehr werden kann, was man will. Es ist zu spät für manche Sachen. Issas nich bisschen deprimierend? Bisssschen stressig?«

Ich nicke. Er kriegt manchmal die existenzielle Krise, wenn er voll ist, und früher fand ich das immer lustig, weil ich da ja auch betrunken war, und wir konnten uns bis fünf Uhr morgens über den Sinn des Lebens unterhalten, aber jetzt kommt es mir nur vor wie ein Riesenhaufen Blabla.

»Als ich klein war, wollte ich Fußballprofi werden.«

»Mhm. Und als ich zehn war, wollte ich mit dem Sänger einer Boygroup schlafen. Das Leben ändert sich, Teo.«

»Ich glaube, ich hol mir noch einen klitzekleinen Drink. Möchtest du auch was, Liebling?«

Ich schüttle den Kopf und setze mich lieber schnell in den Ruhesessel, der vor der Balkontür steht. Mir tun ja echt die trockenen Alkoholiker leid. Wie halten die das aus? Wie geht das bei dem ganzen besoffenen Pack, dem sie am Wochenende begegnen, oder gehen sie einfach überhaupt nicht mehr aus?

23.00

Eine Frau stellt sich breitbeinig in die Tür zum Wohnzimmer, ihr Bauch ist genauso grotesk dick wie in den Mütterzeitschriften, sie hat kurze blonde Haare und trägt ein schwarzweiß geblümtes Wickelkleid und dicke Strumpfhosen. Sie erinnert mich an … ja, das muss Waynes Freundin sein, die ich auf den Fotos im Büro gesehen habe. Sie geht zu einem Mann, der auf der Hifi-Bank sitzt und raucht. Ich sehe, wie sie ihm resolut die Zigarette abnimmt und sie in seine Bierflasche steckt. Sie sagt etwas, deutet auf ihren Bauch, und der Mann macht ein beschämtes Gesicht. Dann öffnet sie das Fenster.

»Wayne! Leiser! Ich will keinen Hörschaden kriegen, und das Baby da drin auch nicht!«, ruft sie. Wayne, der neben meinem Sessel steht und tanzt, dackelt gehorsam zur Stereoanlage und stellt den Ton leiser.

Ich kann mir nicht helfen, ich werde richtig neidisch auf diese Generalin Schwanger, die sich da offenbart. Den ganzen Abend schon wollte ich die Party irgendwie sabotieren, weil ich sowieso keinen Spaß haben darf, aber mir ist nichts eingefallen. Die Generalin zieht weiter Richtung Küche, und ich folge ihr. Sie stellt sich mitten in die Küche und ruft:

»Okay, ab sofort herrscht Rauchverbot in dieser Wohnung.«

»Ach komm«, nuschelt eine Tussi inmitten einer Rauchwolke am Küchentisch.

»Rauch-ver-bot!«, wiederholt die Generalin und zeigt auf die Tussi, die sich ihren Kerl krallt und mit ihm die Küche verlässt.

Sie setzt ihren Rundgang durch die Wohnung fort und ich in einigem Abstand immer hinterher. Sie sammelt Aschenbecher ein, dreht die Stereoanlage noch leiser, nimmt Waynes Weinflasche mit, er protestiert nicht. Teo auf dem Sofa sieht hoch und lächelt mich in seinem Alkoholrausch unschuldig an. Der kann von Glück reden …

Die Generalin geht ins Schlafzimmer und ich ihr hinterher, ich klopfe vorsichtig an die halb geschlossene Tür.

»Ja?«

»Kann ich reinkommen?«

»Ja!«

Sie steht vor dem Schrank. Zieht ein Kleidungsstück nach dem anderen aus Einkaufstüten, die auf dem Boden stehen.

»Ich musste gestern neue Umstandskleider kaufen«, sagt sie und mustert meinen Bauch. »Fünfter Monat, oder?«

»Ja, woher weißt du das?«

Sie zeigt auf ihre eigene Kugel.

»Achter.«

Ich setze mich auf das makellos gemachte Bett.

»Ich habe diese Party erlaubt, weil Wayne sich so gerne mal wieder austoben wollte, weißt du … Aber es sind fast nur seine alten Kommilitonen hier und seine Lehrerkollegen. Meine Freundinnen sind alle schwanger.«

Sie zuckt die Schultern und scheint kurz nachzudenken, dann setzt sie sich neben mir aufs Bett, das unter ihrem Gewicht ein kleines bisschen in die Knie zu gehen scheint.

»Man wird so wunderlich, wenn man schwanger ist.«

»Wie meinst du das?«

»Man glaubt, das Leben sei zu Ende.«

Ich beiße mir auf die Lippe.

»Aua!« Sie zieht plötzlich eine Grimasse und fängt an, sich den Bauch zu massieren.

»Vorwehen. Die kommen jetzt langsam. Als wollten sie einen daran erinnern, dass es bald so weit ist«, stöhnt sie.

»Hast du Angst?«

»Wovor? Vor der Entbindung?«

Sie macht ein erstauntes Gesicht.

»Nein, mit einer solchen Einstellung kommt man nicht weit. Ich freue mich auf die Geburt.«

»Wirklich?«

»Ja, du nicht?«

»Nein, das tut ja offenbar verdammt weh.«

»Du musst dich darauf vorbereiten. Prophylaxekurse oder Yoga oder irgendwas, was zu dir passt.«

»Prophylaxekurse?«

»Alternative Geburtsvorbereitung. Eine Vorbereitung darauf, ohne Gifte zu gebären.«

»Gifte?«

»Betäubungsmittel.«

»Ach.«

»Stell dir vor, dass du in einer Höhle wohnst. Dass es um dein jahrtausendealtes Überleben als Frau geht.«

Ich verstehe kein Wort von dem, was sie sagt.

Aber ich will für den Rest der Party hier bei der Generalin sitzen. Sie darf auch über mich bestimmen, wenn sie will. Hauptsache, ich muss nicht mehr zurück nach da draußen.

24.00

Die Generalin gähnt. Ich gähne. Wir liegen halb auf der Seite einander zugewandt auf dem Bett. Meistens ist sie diejenige, die redet, und es ist, als wäre eine dieser Schwangeren aus den Mütterzeitschriften ins wirkliche Leben hinausgeklettert.

»Ich weiß auch nicht, ich konnte mich einfach nicht entscheiden, ob wir so einen dreirädrigen Wagen nehmen sollten oder einfach so einen klassischen mit Einsatz … also habe ich beide gekauft … Ich habe einen tollen Laden auf Östermalm entdeckt, da haben sie handgefertigte Gitterbetten, die aussehen wie alte antike Wiegen, die Frage ist nur, wie gut die sind, sicherheitstechnisch gesehen … Und dann denke ich, dass ich mindestens ein Jahr zu Hause bleiben werde, gerne auch länger, das hängt ein bisschen von meinem Job ab, ich bin Projektleiterin in einer Werbeagentur, aber um wie viele Jahre deines Lebens geht es denn? Ich verdiene ja mehr als Wayne, aber wir werden auch so zurechtkommen, die Wohnung ist fast abbezahlt. Obwohl, wahrscheinlich wird es so kommen, dass ich das Kind mitnehmen muss zu Besprechungen und dergleichen, ich glaube, man kann Mutterschaft und Karriere durchaus miteinander vereinbaren, du brauchst dir ja nur mal anzusehen, wie viele prominente Mütter das auch schaffen, wieso sollte ich es nicht …«

»Soll ich uns Wein besorgen?«, schlage ich plötzlich kichernd vor. »Nur ein bisschen?«

»Sag mal, spinnst du jetzt total?«, faucht die Generalin, und ich lege mich wieder hin.

01.00

»Soll ich dir mal was ganz Verrücktes verraten? Wayne und ich gehen zur Familientherapie. Dabei ist das Kind noch nicht mal da.«

»Wie anstrengend.«

»Ach was. Vielleicht klappt's. Wir waren erst einmal da. Und wie ist es bei euch, alles okay?«

»Ja, schon. Doch. Wir streiten oft, aber das haben wir schon immer getan.«

»Na, das ist doch super. Meine Eltern streiten andauernd, und die lieben sich seit fast dreißig Jahren. Wayne und ich streiten uns nie. Das ist der Grund, warum wir die Therapie machen. Neulich kam heraus, dass er sich gekränkt fühlt wegen irgendwas, was ich vor einem Jahr beim Abendessen gesagt habe. Ich meine, Herrgott nochmal …«

»Das klärt sich bestimmt auf.«

»Weißt du, was mein Vater immer sagt?«

»Nein?«

»›Egal, was du tust, aber heirate niemals auf einer einsamen

Schäreninsel, sonst glaubst du am Ende noch, so wie dort bliebe es ein Leben lang.›«

»Wir haben noch nicht übers Heiraten gesprochen. Es fällt mir schwer, mir vorzustellen, wie ich im langen weißen Brautkleid dastehe. Ganz zu schweigen von all den Verwandten, die kommen. Wen soll ich zum Beispiel dazu verdonnern, neben meinem mürrischen Onkel Åke zu sitzen?«

»Manchmal denke ich ... dann geht mir auf, dass ... wie soll ich sagen ... dass ich vielleicht nie wieder mit einem anderen Mann schlafen werde. Aber was sollte aus Wayne werden, wenn wir uns scheiden ließen? Ich habe manchmal darüber nachgedacht. Er verdient kein Geld, und er fragt mich sogar, ob ich meine, dass er aufs Klo gehen soll. Weißt du, alle meine Freundinnen reden darüber.«

»Worüber?«

»Die Männer glauben, sie seien die Einzigen, die insgeheim fürchten, nie wieder mit einem anderen Partner Sex zu haben, aber in Wirklichkeit ist das die große Krise der dreißigjährigen Frauen. Das ›Soll ich den Rest meines Lebens nur noch zu Hause essen‹-Lied. Aber wir reißen uns zusammen, und am Ende sind es die Männer, die umfallen. Typisch, oder?«

»Oder aber die Frauen reden nicht über ihre Seitensprünge. Vielleicht urteilen wir zu hart, weißt du.«

»Mhm.«

Die Generalin gähnt.

»Na, ich muss jetzt jedenfalls ins Bett.«

02.00

Die Generalin schaltet die Stereoanlage aus und klatscht in die Hände.

»Die Party ist aus! Danke, dass ihr gekommen seid!«

Einige maulen, aber die Generalin kümmert das überhaupt nicht.

»Taxi«, murmelt jemand neben mir.

»Die Taxinummern hängen neben dem Spiegel im Flur. Tippt die Nummer ins Handy und ruft an, wenn ihr draußen seid, dann gibt es kein Gedränge im Flur, okay?«

Wayne ist in der Ecke neben dem Sofa eingeschlafen. Ich mache mich auf die Suche nach Teo, er steht in der Küche und redet mit einer betrunkenen Tussi. Sie steht viel zu dicht bei ihm und versucht, sexy auszusehen. Normalerweise hätte die alte Agata sie in weniger als zwei Sekunden von oben bis unten abgecheckt und festgestellt, dass es bloß eine graue Maus in langweiligem Rollkragenpulli und knöchellangem Rock ist. Aber jetzt sehe ich beinahe eine Pamela Anderson vor mir. Zu meiner eigenen großen Verwunderung sticht die Eifersucht in meiner Brust. Ich, die sonst immer auf Teufel komm raus flirtet, bis Teo einen ganz schwarzen Blick kriegt und sagt, ich hätte mehr als genug getrunken. Ich stehe jetzt hier und denke, wenn er mit ihr pennt, bring ich sie um. Ist es, weil keiner auf die Idee kommt, eine Schwangere anzubaggern? Ist das der Grund, warum ich mich plötzlich als die graue Maus im Rollkragenpulli sehe? Mein Blick wandert von ihr zu Teo. Sogar wenn er hackevoll ist, sieht er noch zum Anbeißen aus. Die Haarlocke im Gesicht, das schiefe Lächeln, die Bartstoppeln und der lange Körper, lässig an die Spüle gelehnt.

»Teo, wir müssen jetzt alle raus.«

»Neee. Neee, das glaub ich jetz nich.«

»Doch, die Party ist aus.«

Die graue Maus schwankt und muss sich mit einer Hand an der Spüle festhalten.

»Hey, ich hab 'ne Idee! Wir gehn zu Pelle, weißt du noch? Der feiert auch.«

»Agata, das hier is Lisa. Lisa, das hier is meine wunderbare Freunnin Agata. Wir kriegen ein Kind. Hab ich das schon gesacht? Ein kleines wunnnderbares Baby kriegen wir!«

»Hassu schon gesagt«, erwidert das Mädchen trocken und macht ein gelangweiltes Gesicht, und ich würde sie am liebsten an den Haaren die Treppe hinunterschleifen, aber ich sehe irgendwie ein, dass das wohl zu hart wäre.

»Lisa und ich ham zusamm studiert. Auf der Pägado … wie heißt die noch gleich?«

Ich nicke steif.

Teo drängt mich gegen den Kühlschrank, und ich ahne schon, was jetzt kommt, er wird so lange rumschmusen, bis ich nicht mehr sauer bin, dass er weiterzieht. Dabei haben wir ausgemacht, dass wir zusammen nach Hause fahren.

»Liebling, issas okay, wenn ich noch ein bisschen mitgehe? Nur ein klitze-klitze-kleines Stündchen, zu Pelle.«

Ich drehe den Kopf weg von seinem stinkenden Zigaretten- und Schnapsatem und spreize die Hände gegen seinen Bauch.

»Tu, was du nicht lassen kannst.«

»Och, jetzt bist du sauer. Lieber steeerb ich, als dich sauer zu machen!«

»Nein, ich bin nicht sauer.«

Plötzlich fühle ich mich wie ein Weichei, verglichen mit der Generalin. Aber was sollte ich denn heute Nacht mit einem besoffenen Kerl?

»Bist du doch.«

»Nein.«

Wir haben unsere Jacken angezogen und jeder ein Taxi gerufen. Teo fährt mit der Schnapsdrossel zur nächsten Party, und ich will nur noch nach Hause. Die Generalin umarmt mich fest, meine Arme reichen nicht um sie herum, wegen des dicken Bauches, aber ich merke verblüfft, dass ich das kleine Stück von ihr, das ich erwische, gar nicht mehr loslassen möchte.

Chefin lässt Fickliste erstellen

Ich stehe am Fußgängerüberweg und trinke schluckweise Kaffee aus dem Plastikbecher, um mich in der Dezemberkälte aufzuwärmen. Ein älterer Mann mit Aktentasche steht neben mir und spricht laut und monoton in sein Freisprechmikro, es geht um irgendeinen Bericht. Ich fühle mich im Moment echt stark. Na gut, ich habe gestern ein paar beunruhigende Fettpolster an meinem Rücken entdeckt, und heute Morgen, als ich eines meiner Baumwollshirts anziehen wollte, passte es nicht mehr über den Bauch. Es kommt mir vor, als würde mein Bauch von einem Tag auf den anderen wachsen. Galoppierende Schwangerschaft. Auf der Party neulich am Freitag erschien er mir noch ganz gemäßigt. Jetzt passen mir plötzlich meine Klamotten nicht mehr. Heute Früh in meinem Baumwollshirt sah ich aus wie eine fette Vierzigerin, eine alte Schachtel, die cool wirken will. Es war grauenhaft, ich hätte mich am liebsten selbst geohrfeigt. Aber stattdessen habe ich mir eine von Teos Jeans geborgt, auch wenn ich die Hosenbeine ein ganzes Stück hochkrempeln musste. Darüber trage ich eins von Teos weißen Unterhemden und meine lila Strickjacke. Aber ich fühle mich trotzdem wie Catwoman im Körper des Michelin-Männchens, und heute ist mein erster Tag als Nachrichtenchefin, oder eigentlich morgen, denn heute muss ich zu einer Konferenz, an der alle Ressortchefs der Zeitung teilnehmen. Janne meinte, es wäre ein guter Anfang. Nachrichtenchefin Agata… aah, wie das klingt…

Jemand am Fußgängerüberweg beobachtet mich. Ich drehe

den Kopf nach rechts. Sehe an dem Aktentaschen-Mann vorbei, an einem Typen mit Rastalocken und einer alten Dame mit Gehwagen. Da, ganz außen am Rand, etwas vorgebeugt, steht eine Frau, die ungefähr in meinem Alter sein muss, mit einem Kinderwagen. Sie winkt, und ich überlege. Starte die Suchmaschine in meinem Hirn, aber ohne Ergebnis. Sie deutet mit einem Kopfnicken auf meinen Bauch und lächelt anerkennend. Jetzt erinnere ich mich. Wir waren auf der Journalistenschule in derselben Klasse, ich habe sie vor einer Weile im Fernsehen gesehen, sie ist Moderatorin bei irgend so einer Wir-verschönern-Ihre-Wohnung-Sendung. Aha, sie hat also ein Kind gekriegt. Da kann man mal sehen.

Es wird grün, und ich bleibe weiterhin am linken Rand, kann aber nicht mit dem Aktentaschen-Mann Schritt halten, sondern lande natürlich hinten in der Gruppe, neben der alten Dame. Der Reichsbund der Rentner sollte ein Rundschreiben an alle schwangeren Frauen in Schweden schicken, dazu einen Überweisungsvordruck mit ausgefülltem Mitgliedsbeitrag. Da gibt es eine Zielgruppe unter fünfundsechzig, die weiß, wie man in Stützstrümpfen schwitzt, die eine Heidenangst hat, von gestressten Büroangestellten aus dem Bus geschubst zu werden und die zu Weihnachten von einem Gehwagen mit Elektromotor und Fußstütze träumt.

»Hallo Agata, Mensch, wir haben uns ja lange nicht mehr gesehen!«

Die Frau, deren Name mir nicht einfällt, hat offenbar auf der anderen Straßenseite auf mich gewartet. Als ich auf gleicher Höhe mit ihr bin, umarmt sie mich.

»Äh, hallo, ja … Ach, du hast ein Kind gekriegt?«

»Ja sicher, Tindra ist schon acht Monate alt.«

Ich beuge mich über den Kinderwagen, um hineinzusehen, aber Die-deren-Namen-ich-nicht-weiß legt blitzschnell einen Finger an die Lippen.

»Bitte, weck sie nicht auf.«

»Nein, na klar. Herzlichen Glückwunsch jedenfalls.«

»Und du bist schwanger, wie ich sehe. Das hätte ich ja nie gedacht …«

»Wie meinst du das?«

»Versteh das jetzt nicht falsch, aber ich dachte immer, du würdest dich … na ja … viel mehr dafür interessieren, in Kneipen zu gehen und durch die Gegend zu flippen. Ich dachte eigentlich, Kinder wären nicht dein Ding …«

»Ich wusste gar nicht, dass du so denkst, ich meine, ich finde nicht, dass ich …«

»Ach komm, vergiss das doch! Weißt du, Kinder zu haben ist wunderbar. Soll ich dir ein Geheimnis verraten? Ich bin auch schwanger. Schon wieder … ja, mein Gott. Wir konnten es nicht abwarten, oder um ehrlich zu sein, es ist eben passiert. Ich bin wohl einfach sehr fruchtbar. Mein Mann braucht mich nur anzusehen, haha. Aber ich bin erst in der sechsten Woche, und man kann ja nie wissen. Wann ist dein Termin?«

»Im Mai.«

»Das ist doch toll! Gib mir mal deine Handynummer, dann können wir in Kontakt bleiben.«

Die Frau angelt rasch ihr Handy aus der Tasche, die am Handgriff des Kinderwagens hängt, und ich komme nicht mal dazu, ihr eine falsche Nummer zu nennen, weil mir auf die Schnelle keine einfällt.

»Mensch, ist das toll! Jetzt muss ich mich aber beeilen, ich muss zum Mütterkreis. Bis bald, du!«

Sie umarmt mich wieder, dann nimmt sie ihren Kampfpanzer, will sagen, ihren Kinderwagen, und schiebt los. Ich will gerade hinunter zur U-Bahn, als ich sie schreien höre:

»Ich ruf dich an, Agata!«

Ich überlege, ob ich zurückschreien soll: Muss das sein? Aber stattdessen winke ich nur.

Wir sitzen in einem öden Konferenzraum um einen langen weißen Tisch herum, im Hilton-Hotel in Slussen. Die Marketingabteilung bestreitet die erste Stunde, es geht um erfolgreiche Verkaufsplakate. Ein adretter Jüngling mit zurückgekämmten Haaren und blassrosa Hemd und eine junge Frau mit kurzen blonden Haaren und Kostüm stehen an einem Overheadprojektor und referieren über die verschiedenen Verkaufsplakate der letzten sechs Monate. Sie rasseln Zahlen herunter und erläutern Umsatzkurven, und alle schreiben hektisch mit.

Pontus sitzt neben mir mit dem Handy unterm Tisch und verschickt eine SMS nach der anderen. Liv, die fünfundvierzigjährige Feature-Chefin, die bei mir nur »Tante Raffa« heißt, sitzt uns gegenüber und wirft Pontus Blicke zu. Sie hat schwarze Lederhosen an und einen rosa Pulli, der so tief ausgeschnitten ist, dass er den halben Busen in seiner ganzen Sommersprossigkeit freilegt. Ich überlege, ob ich mitschreiben soll, aber es ist so langweilig. Ich hasse die ganze Veranstaltung. Starre stattdessen auf meine Mineralwasserflasche. Wenn ich nicht schwanger wäre, hätte ich nachher beim Essen schön viel Wein trinken können. Ich hätte nach draußen gehen und zu viele Zigaretten rauchen und mir Pontus' schlechte Witze anhören und mich betrinken können. Ach, wie sehne ich mich gerade jetzt danach, mich volllaufen zu lassen. Vielleicht hätten wir anschließend Patrick im Nachtdienst besucht, und ich hätte ihn ein bisschen mit meinem neuen Chefjob ärgern können. Gestern konnte ich es mir nicht verkneifen, Patrick war gerade dabei, sich Musik von seinem Rechner auf den iPod herunterzuladen, und ich schlich hinter seinen Rücken und flüsterte ihm ins Ohr:

»Pass bloß auf, wenn ich erst Nachrichtenchefin bin, ist Schluss mit solchen Sachen.«

Patrick fand das gar nicht lustig, er hat einfach das Programm beendet und so getan, als vertiefte er sich wieder in seinen Text.

»Das war ein Witz«, hatte ich schnell hinzugefügt, bevor ich wieder an meinen Schreibtisch zurückging.

»Dann ist ja gut, denn Aufsteiger, die Eindruck schinden wollen, kann keiner leiden«, hatte Patrick geantwortet und mich auf diese angestrengte Art angelächelt, sein Markenzeichen, wenn er sauer oder mies gelaunt ist.

»Das Plakat mit Linda Rosings Gewichtsabnahme erzielte im vergangenen Monat die meisten Verkäufe«, sagt die Marketingfrau, und ich sehe, wie Janne und der Unterhaltungschef anerkennende Blicke wechseln.

»Ich hatte euch ja gebeten, darauf zu achten, ob es einen Negativtrend bei Titelplakaten gibt, die das Wort ›Schock‹ enthalten, habt ihr was in der Richtung bemerkt?«, fragt Janne.

»Nein. Im Gegenteil, das verkauft sich«, sagt der Jüngling, und Janne nickt wieder gedankenvoll.

Ich vermisse Kia. Sie ist auf der Friseurmesse, und voriges Wochenende hat sie ihre Familie in Örebro besucht. Wir treffen uns am Samstag. Möchte mal wissen, wie sich ihr Mit-Dany-unter-Vorspiegelung-falscher-Tatsachen-schlafen-Projekt entwickelt. Mein Gott, wie sehr ich hoffe, dass sie bald schwanger wird. Was, wenn sie tatsächlich unfruchtbar ist? Was, wenn sie nichts mehr von mir wissen will, nachdem Teo und ich unser Kind bekommen haben, weil es sie dauernd daran erinnert?

»Wie fandst du es?«, fragt Janne in der Pause, als wir am hereingerollten Kaffee-und-Kuchen-Tisch stehen. Ich antworte gehorsam:

»Es war wahnsinnig interessant. Gut, das im Hinterkopf zu haben, wenn ich anfange.«

Nach einem schnellen Mittagessen und weiteren quälenden Stunden voller Verkaufsstatistiken und Analysen, gefolgt von Gruppenarbeit, ist Janne an der Reihe. Zuerst redet er lange über den »Mix« der Zeitung, die geheime Formel, die, wie ich jetzt lerne, »leichte Kost mit einem Hauch Tiefgang« bedeutet. Anschließend dürfen alle, die möchten, ein paar Worte darüber sagen, wie sie sich die weitere Entwicklung der Abendzeitung wünschen. Klas, einer der nicht ganz so Vampir-mäßigen Nachtchefs, findet es gut, die Sexthemen beizubehalten, fragt sich aber, warum wir nicht öfter in die Tiefe graben. Die Anwesenden murmeln leise, um zu zeigen, dass sie derselben Meinung sind. Janne windet sich, »wir haben ja die Dokumentationen, und natürlich tun wir das auch, wenn gute Themen auftauchen«. Aber die unausgesprochene Wahrheit liegt auf der Hand. Wir müssen uns die Konkurrenten vom Leibe halten, die inzwischen nicht mehr Lichtjahre hinter uns zurückliegen, und da heißen unsere Waffen Sex und Klatsch.

»Ich kann keine Brüste mehr sehen«, sagt Liv, und ich muss mir ein Kichern verbeißen, weil ihre eigenen ziemlich riesig sind.

»Wir sind so verdammt tittenfixiert. Wir schreiben auf der Unterhaltungsseite oder in der Freitagsbeilage nur noch über Pin-up-Girls.«

»Überhaupt nicht«, kontert der Unterhaltungschef schnell und setzt sich aufrecht hin. »Jetzt verallgemeinerst du.«

»Feminismus ist out«, mischt Pontus sich ein.

»Halt die Klappe«, entgegnet Liv und sieht jetzt sauer aus.

Viel mehr Kollegen melden sich nicht. Ich auch nicht. Es entsteht immer schlechte Stimmung, wenn wir solche Sachen diskutieren. Bis vor einem Jahr haben wir bei unserer Zeitung fleißig das interne Forum für journalistische Kommentare genutzt. Man mailte ganz einfach an alle@abendzeitung.se, wenn man etwas zur aktuellen Ausgabe anzumerken hatte. Einmal schickte ich auch eine Mail. Wir hatten eine Doppelseite mit Fotos von prominenten Schwedinnen gebracht, auf denen wir ihre Cellulite-Stellen markiert hatten – es war eine Sommerreportage unter dem Motto »Auch sie werden nicht Miss Beach 2004«. Ich fand das ganz lustig und studierte die Fotos eingehend. Kia hatte die Seite an ihren Kühlschrank geklebt, wenn ich mich recht erinnere. Aber einer schrieb: »Ist das die Art von Berichterstattung, die eine Tageszeitung anstreben soll? Sind wir nicht eine seriöse Boulevardzeitung? Oder sind wir jetzt dabei, den schlechten Ruf zu bestätigen, der uns anhängt?« Da habe ich meine Meinung geändert. Es war ja den prominenten Frauen gegenüber auch ziemlich gemein. Normalerweise engagiere ich mich nicht so sehr, aber da habe ich eine Mail geschickt, dass ich das genauso sehen würde. Das sei ja ziemlich niveaulos. Daraufhin erhielt ich eine persönliche Mail von Janne: Ich könne jederzeit gerne zu ihm kommen und das mit ihm diskutieren, wenn ich wolle. Eigentlich eine harmlose Mail, aber trotzdem empfand ich sie als Drohung. Danach verlief die Sache langsam im Sande. Ich schickte keine Mails mehr. Nach und nach hörten auch alle anderen damit auf. Wenn ich jetzt so darüber nachdenke, haben sie vielleicht auch eine persönliche Mail bekommen. Vielleicht haben wir nie aufgehört, eine Meinung zu haben. Nur, dass wir gedeckelt wurden.

»Agata. Hast du eine Meinung zur morgigen Ausgabe?«

Ich blicke auf, und mein Herz fängt an zu klopfen. Es liegt mir nicht, vor einer großen Gruppe zu reden – aber vielleicht erwarten sie das, wo ich doch Nachrichtenchefin werden soll. Starren sie jetzt alle Löcher in mich hinein? Mist, mein Kopf ist vollkommen leergefegt. Ich schiele auf die Zeitung, die vor Pontus auf dem Tisch liegt.

»Äh … na ja … ich weiß nicht … ich denke, sie ist gut … vielleicht nur, dass … äh … wir ein paar neue, witzige Kolumnenschreiber gebrauchen könnten. Derzeit nehmen die älteren …

Männer… den ganzen Platz ein… hat man den Eindruck… irgendwie… so wie der hier…«

Ich nehme die Zeitung und halte sie hoch, auf der Titelseite ist unser meistbeschäftigter Kolumnist abgebildet, mit vor der Brust verschränkten Armen, weißem Hemd, rosa Schlips und dunklem Jackett. Sein Lächeln wirkt selbstsicher, aber seine Miene ist trotzdem leicht bekümmert. Er schreibt immer unter derselben Rubrik: »Wohin steuert Schweden?«

»Wir könnten uns ein paar andere suchen«, murmle ich und lege den Hals in Gedanken schon auf die Guillotine, als ich das fast greifbare Raunen höre, das durch den Raum geht.

Man beschwert sich nicht über den »King«, wie er bei uns heißt. Das fünfzigjährige superprominente und superreiche ehemalige Finanzgenie, das sich vor zehn Jahren als Schwuler outete und seitdem fünf Krimi-Bestseller geschrieben hat. Ein populärer konservativer Schwuler, den alle lieben, von dem ich aber finde, dass er mächtig vorhersagbar geworden ist mit seinen Nörgeleien über alles und jeden, angefangen von strohdoofen Zicken im Fernsehen bis hin zu den Neureichen auf Östermalm.

»Er hat einen großen Leserkreis, deswegen finde ich das nicht«, lächelt Janne ein bisschen nachsichtig, und ich würde jetzt am liebsten auf einen Knopf drücken und in der Tiefgarage unter uns versinken.

Aber unerwartet kommt Rettung von Pontus.

»Ganz richtig, Agata. Er ist zu bieder. Und außerdem ein alter Nörgelheini. Schwule haben sowieso an allem was zu meckern, aber was der…«

»Wenn ihr das meint, bitte, aber er ist einer unserer meistgelesenen Kolumnisten, da würden wir uns doch ins eigene Fleisch schneiden«, sagt Janne und macht Anstalten, das Thema zu wechseln.

»Ja, aber wir könnten doch neue Leute suchen, zusätzlich.

Unsere jetzigen sind so verdammt berechenbar. Eine Menge alter Knacker und zwischendurch mal ein junges Ding, das einfach drauflosplappert. Wir brauchen neue, frische Stimmen bei der Abendzeitung.«

»Okay, ich bin offen für neue Namen. Wenn ihr Vorschläge habt, gerne… Aber jetzt ist die Zeit um«, beendet Janne die Sache.

Was habe ich mir eigentlich dabei gedacht? War das alles, was ich anzumerken hatte? Wieso habe ich nicht auch etwas in der Richtung gesagt, dass wir öfter mal tiefer graben sollten oder so was?

Wir essen im Hotelrestaurant zu Abend. Ich lande zwischen Liv, Olle und Pontus. Eine Weinflasche nach der anderen wird herein- und rasend schnell wieder hinausgetragen, während ich verzweifelt meine Mineralwasserflaschen leere und dauernd aufs Klo muss.

Leider konnte ich mich nicht mal über das freuen, was im Moment meine einzige große Leidenschaft ist, weil wir viel zu kleine Portionen Steak und Pommes vorgesetzt bekamen. Ich bin immer noch hungrig und möchte am liebsten nach Hause, aber trotzdem lasse ich mich von Pontus überreden, anschließend noch mit in die Bar zu kommen. Janne, der mich später nach Hause fahren soll, nimmt mich beiseite und schärft mir ein, dass ich an den Mix denken soll, wenn ich Nachrichtenchefin werde und unser Material kennen lerne. Mit anderen Worten: Hör auf, über den King zu meckern. Ich nicke folgsam.

Liv schwatzt, bestellt Wein, trinkt und raucht und platziert uns so um, dass Pontus neben ihr sitzt und Olle und ich den beiden gegenüber. Sie verschüttet meinen alkoholfreien Drink, der auf Olles Anzughose kleckert, woraufhin er eilig zur Toilette rennt.

»Auweia, ich beschtellir 'n neuen, Agata«, lallt sie und klatscht in die Hände.

»Haalloo! Bediiienung!«

Nach einer Stunde denke ich, dass ich jetzt abhauen kann. Also greife ich nach meiner Tasche hinter mir im schwarzen Ledersessel, aber Liv hat den Braten sofort gerochen.

»Neiiin! Keiner soll jetzt gehen. Ich hab eine supertolle Idee. Setzt dich hin, Agata! Der Abend is doch noch jung.«

»Nicht für eine werdende Mutter«, sage ich schnell und mache einen neuen Versuch, den schweren Sessel ein Stück zurückzuschieben.

»Nei-en, hab ich doch gesagt!«

Sie greift über den Tisch nach meinem Arm und legt ihren anderen Arm um Pontus' Schulter. Sie zwingt uns, die Köpfe zusammenzustecken, und Olle beugt sich ebenfalls hastig vor.

»Ich hab eine Idee. Wir machen eine Liste.«

»Was denn für eine Liste?«, fragt Olle erwartungsvoll.

Liv versucht, ein geheimnisvolles Gesicht aufzusetzen, sieht aber einfach nur betrunken aus.

»Mit wem wir uns vorstellen können zu schlafen.«

»Mit welchem Promi oder so?«, fragt Olle.

»Quatsch! Bei unserer Zeitung.«

Sie kichert, lässt meinen Arm los und lehnt den Kopf an Pontus' Schulter. Pontus seinerseits setzt sich aufrecht hin und lacht, worauf Livs Glitzerspange im Haar verrutscht.

»Meinst du das im Ernst?«, frage ich, und Liv nickt.

»Ist doch irre lustig!«

Sie muss verrückt sein. Ist das nicht sexuelle Belästigung?

»Ist das nicht… Ich finde das blöd.«

»Wieso denn?« Liv sieht aufrichtig begeistert aus. »Stifte!«, ruft sie dem Barkeeper zu. »Können wir ein paar Stifte haben?«

Was für ein Kindergarten mein Arbeitsplatz doch ist. Als

hätten unsere Eltern uns bei Ikea im Kinderparadies geparkt und vergessen, uns wieder abzuholen.

»Na, es ist schon spät, ich fahre jetzt lieber«, sage ich und mache einen dritten Versuch, von hier wegzukommen.

»Agata! Setz dich hin!«

Liv greift wieder nach meinem Arm und drückt mich zurück in den Sessel.

»Du bleibst da sitzen!«

»Sei doch kein Spielverderber«, wirft Pontus ein.

Ich weiß nicht, ob es das kleine Wörtchen »Spielverderber« war, was den Ausschlag gab, denn ich hasse es, wenn man mich für langweilig hält. Jedenfalls sitze ich nun hier, mit einem Stift und einer Papierserviette, und halte die Hand so davor, dass Olle nicht sehen kann, was ich schreibe. Aber mein Kopf ist leer, die Anzahl der Leute in unserem Verlag, mit denen ich schlafen würde, ist genau Nullkommanull. Bei uns gibt es ja praktisch keine schönen Menschen, obwohl fast fünfhundert Leute im Haus arbeiten, wovon mindestens zweihundert Journalisten sind. Allerdings, wenn ich ehrlich sein soll, kenne ich gar nicht alle Vertretungskräfte und Fotografen. Martin, den könnte ich eigentlich hinschreiben. Er sieht wirklich gut aus, und er ist smart und besitzt Autorität. Bisschen alt allerdings, bestimmt fünfzig. Aber er hat kurzes dunkles Haar, ein wenig grau an den Schläfen, Dreitagebart, und er ist groß. Meistens hat er seine Hemdsärmel aufgerollt, sodass man die Sehnen an den Unterarmen sieht. Ich mag männliche Männer. Aber, mein Gott, soll ich wirklich »Martin« schreiben?

Olle, Pontus und Liv kauen an ihren Stiften, die Stirn in tiefe Falten gelegt.

»Ehrlich, das hier ist doch völlig bescheuert«, durchbreche ich die Stille. Liv sieht mich entgeistert an und legt einen Finger an die Lippen.

»Schhht! Ist doch nur Spaß.«

Ein paar Minuten später sollen wir vorlesen.

»Ich fang an!«, ruft Liv. »Meine Top Five sind …«

»Fünf? Ich dachte, einer … oder alle, die einem einfallen«, sage ich.

»Nein, fünf«, wiederholt Liv, und ich seufze. Versuche, mir jedenfalls noch einen weiteren Namen einfallen zu lassen, begegne Pontus' Blick über dem Tisch und seufze wieder. Schreibe den Namen hin.

»Okay, seid ihr so weit? Meine Nummer eins ist … Pontus.«

Liv sieht Pontus an, der durch die Zähne pfeift und ein zufriedenes Gesicht macht. Liv presst die Serviette an ihren Ausschnitt und lacht aus vollem Hals.

»Er ist die Nummer eins?«, vergewissert sich Olle.

»Nummer eins«, wiederholt Liv und knufft Pontus fleißig in die Seite.

»Auf Platz Nummer zwei …«

Olle macht ein erwartungsvolles Gesicht.

»Martin Belander. Er ist ja wirklich zum Anbeißen, nicht, Agata?«

Alle sehen mich an, und ich nehme schnell einen Schluck von Pontus' Drink. Er schmeckt stark nach Gin, aber echt verdammt gut.

»Nummer drei. Der Alte.«

»Jetzt hör aber auf«, keuche ich.

Pontus lacht, während Liv eifrig den Kopf schüttelt.

»Nein, wieso denn! Er hat was. Eine Aura, irgendwie.«

»Meinst du so was?«, frage ich und male mit dem Finger einen Kreis um meinen Kopf.

»Ja, genau«, nickt Liv.

»Das ist eine Mönchstonsur, meine Liebe.« Pontus schüttelt sich vor Lachen.

»Sei ehrlich. Macht törnt dich an«, wirft Olle angesäuert ein und reibt an seiner Serviette herum.

»Nummer vier«, sagt Liv mit feierlicher, wenn auch besoffener Stimme. »Markus.«

»Markus?« Olles Gesicht ist ein Fragezeichen.

»Er ist Fotograf. Vertretungsweise. Rötliche Haare, groß, vielleicht fünfundzwanzig. Wahnsinnig süß, finde ich.«

Olle nimmt einen großen Schluck aus seinem Whiskyglas.

»Und Nummer fünf?«, beeilt sich Pontus zu fragen.

»Okay, ich weiß seinen Namen nicht, deshalb habe ich geschrieben ›der von der Hausmeisterei‹.«

Liv hält ihre Serviette hoch.

»Der Knabe mit den Tattoos, ihr wisst schon. So, und jetzt du, Pontus!«

»Und Nummer fünf?«, kommt es von Olle.

»Das war Nummer fünf, Darling«, sagt Liv und zündet sich eine Zigarette an.

»All right. Nummer eins.« Pontus macht eine theatralische Kunstpause. Liv bläst den Rauch zur Decke.

»Agata!«

Ich zucke zusammen. Fühle mich plötzlich wie eine Nonne inmitten einer Satanisten-Runde, und der große Mann mit der Ledermaske hat mich gerade gefragt, ob ich Schläge mit der Peitsche möchte.

»Ich?«

Ein Kellner taucht auf und bittet Liv, die Zigarette auszumachen, und Liv ertränkt die Kippe beleidigt in ihrem Whiskyglas.

Pontus hebt die rechte Hand hoch.

»Aber die nicht-schwangere Agata, wohlgemerkt. Ich stehe nicht so auf dicke Bäuche.«

Ich ziehe eine Grimasse und suche fieberhaft nach einer giftigen Retourkutsche. Pontus ist der eitelste Kollege im ganzen Verlag. Er tauscht das Bild in seiner Verfasserzeile mindestens zweimal im Monat aus und macht andauernd irgendeine

Diät, weil er ziemlich dick ist. Er sieht nicht sehr appetitlich aus mit seinen halblangen, fettigen braunen Haaren und dem Doppelkinn. Sein Aussehen ist sein größter wunder Punkt, und doch kriegt er anscheinend jede ins Bett, die er haben will. Merkwürdige Welt. Ich könnte das jetzt alles aufs Tapet bringen, aber vermutlich würde er stinksauer werden, und ich brauche Verbündete in meinem neuen Job. Außerdem will ich auch weiterhin über jeden neuen Klatsch und Tratsch im Verlag unterrichtet werden.

Also halte ich die Klappe und lasse Pontus seine weiteren Favoriten aufzählen. Er bietet noch eine Aushilfsredakteurin von der Sonntagsbeilage auf, mit der er schon mal was hatte, eine von der Gesundheit mit großen Titten, dann Maria und die Marketingtrulla, die heute den Vortrag gehalten hat. Liv sieht enttäuscht aus.

Dann ist Olle dran.

»Auf Platz eins, un point, Liv Gyllander.«

Liv lacht schnapsselig auf und schlingt quer über den Tisch ihre Arme um ihn. Ich kann gerade noch Olles Whiskyglas retten, bevor die Puffärmel ihrer Bluse es auf den Teppichboden fegen.

»Wunderbar!«

Olle errötet.

»Platz zwei: Tinna.«

»Scheiße, die hab ich vergessen«, sagt Pontus.

»Drei: Ana von der Technik.«

»Nee, is nich dein Ernst«, sagt Pontus, und Olle macht ein saures Gesicht.

»Weiter«, ermuntert ihn Liv.

»Platz vier: Gunvor.«

»Die Sekretärin vom Alten?«, sagen Liv und ich im Chor, beide mit ungläubigen Gesichtern.

»Du bist pervers«, lacht Pontus. »Omaficker.«

»Halt dich zurück, ja?«, faucht Olle.

»Fünf. Mir fiel niemand ein, deshalb habe ich Agata genommen«, sagt Olle schnell und packt seine Serviette unter das Whiskyglas.

Ich merke, wie mir das Atmen langsam schwer wird.

»Olle liebt Agata«, kichert Liv.

»Ich hab doch gesagt, mir ist keine mehr eingefallen, ich wollte nur nett sein.«

»Schlag dir das aus dem Kopf«, sage ich abwehrend und hebe eine Hand, woraufhin Olle zur Toilette verschwindet.

»Und du?« Liv knufft mich in die Seite.

»Mir ist echt keiner eingefallen«, murmle ich und knülle die Serviette in der Hand zusammen.

»Ach komm, du wirst doch jetzt nicht kneifen.«

Pontus zieht ein mürrisches Gesicht.

»Du hast unsere ja auch gehört«, flötet Liv, die einen Arm über die Rückenlehne von Pontus' Sessel gelegt hat.

»Okay, okay.«

Mein Gott, was mache ich da?

Olle kommt zurück und setzt sich.

»Eins. Martin.«

Liv klatscht in die Hände.

»Und ihr werdet zusammen arbeiten. Gefährlich, gefährlich, aber herrlich, so herrlich«, trällert sie.

»Aber das ist alles rein hypothetisch. Ich würde mich nur durch den Verlag ficken, wenn ich Geld dafür bekäme.«

»Dann wärst du eine Prostituierte«, wirft Pontus ein.

»Stimmt genau«, sage ich bedeutungsschwer, und Pontus schüttelt den Kopf.

»Zwei: Da fällt mir keiner ein.«

»Nee-nee-nee.« Liv rüttelt an meinem Arm. Kann die alte Hexe nicht endlich zur Hölle fahren?

»Okay. Patrick. Zufrieden?«

Pontus stößt einen Pfiff aus.

»Schau einer an! Du hast eine Schwäche für unseren Patte.«

»Vergesst eins nicht: Nur, wenn ich Geld dafür kriege«, sage ich, und Pontus zuckt mit den Schultern.

»Meinetwegen gerne, Baby!«

»So, und jetzt fahre ich nach Hause!«

Im Taxi packt mich die Angst. Diese Zeitung ist manchmal das reinste Irrenhaus. Aber ich hätte ja darauf pfeifen können, diese blöde Liste aufzustellen. Warum habe ich mich nicht einfach geweigert?

Ab morgen werde ich mich benehmen wie eine richtige Chefin.

Göran Persson beraubt Staatskasse

»Da bin ich!«

Ich breite die Arme aus und strahle Olle an, der schon auf seinem Platz ist und gebückt vor seinem Bildschirm hockt. Er blickt auf. Er hat dunkle Ringe unter den Augen und sieht ungewöhnlich bleich aus, er erinnert an einen von diesen amerikanischen Halbstarken, die in übergroßen Mänteln ihre Schule betreten und ihre Klassenkameraden niederschießen.

»Spät geworden?«

Olle sieht mich mit glasigen, rot geäderten Augen an, scheint sich aber zu freuen, dass ich frage. Er blickt sich um, so als dürfe auch ja keiner zuhören, aber es sind sowieso kaum Leute in der Redaktion.

»Und wie.«

»Seid ihr noch woanders hin?«

»Haben die ganze höllische Kneipentour gemacht, Pontus, Liv und ich. Am Schluss sind wir in einem Café gelandet.«

»Bist du öfter mit Pontus unterwegs?«, frage ich, es muss wohl erstaunt geklungen haben, denn Olle macht ein irritiertes Gesicht.

»Schon, wieso?«

»Ach, war nur so ’ne Frage.«

Ich wechsle das Thema.

»Was haben wir denn im Moment? Worauf soll ich mich an meinem ersten Tag stürzen?«

Olle sieht plötzlich belustigt aus, lehnt sich zurück und dreht seinen Stuhl hin und her.

»Du meinst, was für ein großes Morddrama auf dich wartet?«

»Genau!«

Ich stelle meine Tasche unter den Schreibtisch und mache den Rechner an. Tippe schnell mein Passwort ein, um in unser Redaktionssystem zu kommen, und quetsche mich und meinen Bauch hinter den Schreibtisch. Agata bereit für die Nachrichtenwelt! Olle gähnt.

»Du könntest damit anfangen, erst TTs Morgenticker zu lesen, dann unser Journal und anschließend die gemailten Tipps durchzusehen.«

»Gut«, sage ich munter und werfe einen Blick auf die Uhr. 08.40. Ich hole die Zeitungen und setze mich wieder. Blättere sie rasch durch, bevor ich unser Journal öffne, das ist unser internes Tagebuch über alles, was in diesem Monat Tag für Tag passiert ist. Da ist alles genau aufgelistet, Gerichtsverhandlungen, Urteile, Promi-Geburtstage, eventuelle Geburten, Fußballspiele, Beerdigungen, aber nichts von Interesse für den heutigen Tag.

Als ich das nächste Mal auf die Uhr sehe, ist es Viertel vor elf, und Olle steht auf, um zur Elf-Uhr-Konferenz mit den Ressortchefs zu gehen und die Nachrichten für morgen festzulegen. Die wir noch nicht haben.

»Können wir uns denn nicht selbst was überlegen?«, schlage ich vor, und Olle schickt mir einen müden Blick.

»Lass das mal meine Sorge sein. Mach du dich erstmal mit allen Abläufen vertraut.«

»Aber ich habe das so verstanden, dass ich nicht hier bin, um deine Sekretärin zu spielen, sondern um zu helfen. Bei der Planung«, sage ich und versuche, aufgeweckt zu klingen.

Olle seufzt und streckt einen Arm aus, um einige Seiten aufzufangen, die aus dem Drucker schießen.

»Du bist nicht meine Sekretärin, Agata, aber du musst trotzdem zuerst die Tagesabläufe kennen lernen.«

Ohne auf eine Antwort zu warten, eilt Olle auf den Glaskäfig zu, in dem sich die anderen Chefs nach und nach einfinden.

Pontus kommt die Treppe heruntergeschlurft, er sieht ebenfalls aus wie ein Wrack. Und hat er nicht dieselben Klamotten an wie gestern?

»Kater?«

»Wonach sieht es denn aus?«

»Olle hat erzählt, dass ihr gestern noch weitergezogen seid.«

»Olle? Nee, der hat versucht, mit mir noch ins Café zu gehen, aber er war zu blau, sie haben ihn nicht reingelassen. Er ist ein Volltrottel«, schnauft Pontus verächtlich. »Aber wer hätte gedacht, dass du Patrick bumsen willst.«

Ich merke, wie ich rot werde. Ich Dummkopf, wie konnte ich nur darauf hoffen, dass seine Erinnerung im Suff ertrunken ist.

»Pontus. Was Liv nicht gefragt hat, war, was man alles lieber täte, als mit einem aus dem Verlag zu schlafen. Wie beispielsweise, von einem Auto über einen Kiesweg geschleift zu werden, sich bei lebendigem Leib die Haut abziehen zu lassen oder gekocht zu werden wie ein Hummer.«

»Ach, ich weiß ja, dass du eigentlich mich willst. Du konntest es gestern bloß nicht sagen.«

»Wirklich nicht. Ich habe gehört, dass du immer zu früh kommst.«

»Wer hat das gesagt?«, blafft Pontus blitzschnell zurück, offenbar immer noch nicht wieder ganz nüchtern.

»Ich habe versprochen, das nicht zu verraten.«

Da Pontus mit mehreren Frauen aus dem Verlag geschlafen hat und sicher noch mit hundert anderen, sieht er plötzlich ungemein paranoid aus.

»Wer verbreitet so einen Blödsinn?«

»Es stimmt also. Da kann man mal sehen.«

Ich grinse triumphierend, und Pontus geht ohne ein Wort weg. Ich wende mich wieder dem Bildschirm zu. Das Info-Postfach ist voller ungelesener Mails von Werbefirmen, politischen Parteien und anderen Unternehmen, die ihre Nachrichten verkaufen wollen. Ich überfliege die Eingänge nach privaten Absendern, um Tipps zu entdecken. Lösche mehrere rassistische Mails sowie Sexmüll, der durch den Spamfilter gerutscht ist.

»Hallo, Agata.«

Ich blicke auf. Tina, Reporterin für das, was wir Frauenthemen nennen, steht vor mir. Sie ist in den Vierzigern, eine richtig Abgebrühte, die über alles Mögliche berichtet hat, von Kriegen bis zu Königshochzeiten. Sie fährt sich kurz durch ihre schwarzen Haare und setzt sich auf meinen Schreibtisch.

»Cool, dass du hier sitzt!«

»Findest du?« Ich lächle geschmeichelt.

»Endlich wird mal Schluss gemacht mit diesem Altmännerjournalismus, den Olle und die anderen hier pflegen.«

Ich kichere.

»Du meinst die Axtmorde und Fotos mit maskierten Polizisten.«

»Exakt! Kein Wunder, dass wir langsam alle Frauen hier im Haus verlieren. Die verlassen die Arche, wenn sie Kinder kriegen. Sie schaffen es nicht. Wer kann denn in der Arche arbeiten und auch noch den Nachwuchs in den Kindergarten bringen und wieder abholen? Ich jedenfalls nicht. Wie viele Frauen haben Männer, die das übernehmen, was meinst du wohl?«

Die Unterhaltung nimmt plötzlich eine unangenehme Wendung. Steht mir das auch bevor? Muss ich das hier aufgeben, weil Teo und ich ein Kind bekommen?

»Du, ich habe dir einen Artikel geschickt, den ich über Frauen in der Wirtschaft geschrieben habe. Ich habe mehrere von ihnen interviewt, über die Sache mit der Frauenquote und wie sie den Alltag bewältigen und alles. Der ist richtig gut. Olle und Martin verstehen ja nichts davon, aber jetzt bist du ja da.«

Ich winde mich ein bisschen. Ich habe ihn schon gelesen, als ich heute Morgen den Eingangskorb gecheckt habe, und ich finde ihn todlangweilig. Er hat keinen Aufhänger. Aber wie sagt man das diesem Panzer in Stöckelschuhen?

»Ja, hab ich gesehen. Ich finde nur, es fehlt vielleicht ein bisschen der Neuigkeitswert. Wir sollten später nochmal darüber reden, ich muss jetzt eine Liste aufstellen, welche Reporter unterwegs sind, und anschließend die Mails durchsehen.«

»Wie, Neuigkeitswert?«

»Ja, also, das Neue daran.«

Sie lacht, aber es klingt irritiert.

»Das Neue? Frauenquote, Berufsleben, Frauen, das ist doch immer aktuell.«

»Ja, schon, so gesehen ... ich meine ...«

»Ja, was meinst du?«, sagt Tina leicht ironisch, erhebt sich von meinem Schreibtisch und verschränkt die Arme vor der Brust.

»Vielleicht ein Interview mit der Unternehmerin Cristina Stenbeck. Dann haben wir was Exklusives«, sage ich freundlich, erleichtert darüber, dass ich etwas Konkretes anbringen kann.

»Weißt du, ich gehe damit lieber zu Martin. Wenn er wieder da ist.«

Tina dreht sich auf dem Absatz um und geht.

Ich starre ihr verwundert hinterher. Waren wir nicht gerade noch Schwestern? Aber ich habe keine Zeit, länger darüber nachzudenken, weil das Telefon klingelt.

»Agata Hansson … Nachrichtenchefin, Abendzeitung.«

»Tag, Frollein, ich habe einen Tipp für Sie.«

»Fräulein« ist kein guter Anfang für ein Gespräch mit der Zeitungsredaktion. Es ist entweder ein Neunmalkluger oder irgendein alter Opa, der meint, es stünde zu viel Schmutz in der Zeitung.

»Okay, worum geht's?«

»Was ich jetzt sage, kann Ihr Leben und meins in Gefahr bringen.«

Ich greife nach Stift und Block, während ich der Stimme lausche. Klingt wie ein älterer Mann, Stockholmer. Nüchtern. Vielleicht ist es ja doch was verdammt Aufregendes.

»Ich höre?«

»Es geht um Geld.«

»Aha?«

Ich halte die Luft an. Politikerbestechung, Pornoclubskandal? Na los, Mann, gib mir was richtig Saftiges an meinem ersten Tag im neuen Job!

»Unser sauberer Premierminister Göran Persson und sein Stellvertreter Bosse Ringholm haben 230 Millionen aus der Staatskasse gestohlen. Das Geld ist irgendwo in Sörmland vergraben. Die Karte soll sich verschlüsselt im Haushaltsbericht 2000 befinden.«

»Sune, sind Sie das?«

»Wieso?«

»Ich habe Ihre Stimme gar nicht erkannt.«

Mit einem Seufzer werfe ich den Stift auf den Schreibtisch. Wie gesagt, jede Zeitung hat ihre Neunmalklugen. Die ihre Briefe an die Redaktion per Hand schreiben, in geschnörkelter Schönschrift teilen sie mit, wo die Ufos landen werden oder dass es kubanische Kommunisten waren, die Olof Palme auf Befehl des Königs ermordet haben. Ich frage mich immer, wie diese Spinner wohl aussehen. All diese Sunes und Birgittas und

Stigs in Schweden. Sitzen sie an ihren Küchentischen und sehen das Land ins Verderben stürzen, verzweifelt, weil niemand sie begreift? Was ist falsch gelaufen bei ihnen? Womit hat das angefangen? Mit einem Arzt, der nicht zuhörte?

»Ja, ich bin es«, sagt Sune Karlsson irritiert.

»Okay, ich werde es an die Chefs weitergeben, dann sehen wir weiter.«

»Lassen Sie sich nicht von den Sozis kaltstellen!«

»Ich werde es versuchen. Ich lege jetzt auf.«

»Nein! Sie legen nicht einfach auf, ich bin noch nicht fertig, junge Dame!«

»Sune, einen schönen Tag noch, wir melden uns wegen …«

»Nein! Sie hören mir jetzt zu!«

»Wiederhören, Sune.«

Olle bringt ein paar Ideen von der Elf-Uhr-Konferenz mit. Ich höre zu und nicke. Es klingt alles langweilig, und Olles Blick hat etwas Verzweifeltes. Als Reporter denkt man nicht an all die Mühe, die es kostet, für jeden Tag des Jahres eine Ausgabe dieser Zeitung zusammenzustellen. Ich sehe schwitzend ein, dass ich ein paar richtig gute Ideen einbringen sollte. Als die Neue in der Arche. Die zeigt, was sie kann.

Nach dem Mittagessen soll ich die heutige Passantenumfrage vergeben. Maria ist an der Reihe. Sie sitzt an ihrem Schreibtisch, hat Kopfhörer auf und tippt etwas vom Band ab.

»Maria, tut mir leid, aber du musst heute ›Volkes Stimme‹ machen.«

Maria zieht eine Grimasse.

»Ich weiß, aber … sei lieb, ja? Ich hinke mit meinem Text hinterher.«

Ich zögere. Ich weiß ja, wie blöd es ist, wenn die Chefs ankommen und einem den Scheißjob aufs Auge drücken.

»Ja, aber das hier schaffst du doch auch noch?«

»Hör zu, ich hätte diesen Text hier schon vor vier Tagen abliefern sollen. Kannst du nicht Patrick fragen? Please!«

»Okay.«

»Dank. Du bist ein Schatz.«

Ich stehe auf, um mit Patrick zu reden, sehe ihn aber gerade hinter den Postfächern verschwinden. Mist. Aber Jonte sitzt an seinem Platz. Die Sache ist nur, dass ich mich ein bisschen scheue, ihn zu fragen. Jonte, oder Jon Hammarstråle, wie er richtig heißt, ist ein unglaublich tüchtiger Reporter und einer der Wenigen, die immer noch geradeheraus sagen, was sie von der Zeitung halten. Aber im Grunde glaube ich, dass er alles und alle aus tiefstem Herzen hasst, insbesondere seinen Beruf. Er ist so bitter. Aber ich muss, also atme ich tief durch und gehe zu ihm.

»Jonte, ›Volkes Stimme‹«, sage ich und ziehe eine Grimasse, um zu zeigen, dass ich immer noch weiß, was für ein Scheißjob das ist.

»›Volkes Stimme‹«, schnaubt Jonte und sieht mich voller Abscheu an. »Bin ich dafür von diesem infantilen Klatschblatt eingestellt worden? Findet ihr, dass meine Fähigkeiten damit am besten genutzt werden, ja?«

»Ach komm, Jonte, nicht jetzt ...«

»Es ist mir wirklich ein Rätsel.«

Jonte lehnt sich auf seinem Stuhl zurück und scheint es zu genießen, die erste von allen Hassattacken des Tages abfeuern zu können.

»Agata. Darf ich dich mal was fragen?«

»Sicher.«

»Als Nachrichtenchefin, wie möchtest du da am liebsten gesehen werden? Als mutige Person mit eigenen Ansichten darüber, wie man eine richtig gute Tageszeitung macht, du weißt schon, so wie früher? Oder als ein weiterer kleiner, hirnloser Lakai der Chefs, so wie Olle da?«

Ich schiele zu Olle hinüber, der sofort den Kopf gehoben hat und herüberstarrt.

»Was hast du über mich gesagt?«, ruft er aus der Arche.

Jonte beachtet Olle nicht, sondern mustert mich weiter selbstzufrieden von oben bis unten. Ich wechsle das Standbein und fange an zu schwitzen.

»Ach komm, Jonte.«

»Ich hätte gern eine Antwort. Ich finde, dass wir, das Fußvolk hier, es verdient haben zu erfahren, wo unsere Nachrichtenchefs stehen. Vielleicht auch, wohin diese Zeitung steuert, wenn ich es mir recht überlege.«

Jonte hält vielsagend ein Exemplar unserer neuen Freitagsbeilage »Glitter« hoch.

»Schon gut«, murmle ich, und Jonte wendet sich mit blasiertem Gesichtsausdruck wieder seinem Monitor zu.

Olle ist wütend, als ich zur Arche zurückkomme.

»Was hat er über mich gesagt?«, flüstert er hitzig.

»Nichts«, murmle ich.

»Wie, nichts? Ich habe doch deutlich meinen Namen gehört.«

Ich sehe Olle resigniert an.

»Kann nicht jemand anderes die Umfrage machen? Die da drüben haben alle viel zu tun.«

»Alle machen das. Wenn wir ihnen sagen, dass sie es zu machen haben. Was hat Jonte gesagt?«

»Ja, ich weiß, aber … ich glaube wirklich, dass sie viel …«

»Ach, hör auf. Die haben immer eine Ausrede, um sich zu drücken. Was hat Jonte gesagt?«

»Mann, das ist doch bloß eine beschissene Umfrage.«

»Mach, wie du denkst. Wenn du als Hampelmann dastehen willst, mit dem sie machen können, was sie wollen, dann bitte. Ich misch mich da nicht ein. Was hat er gesagt?«

»Dass du der Lakai der Chefs bist.«

»Verdammter Mistkerl!«

Weiter kommt Olle nicht, weil das Telefon klingelt. Meins klingelt auch. Dankbar nehme ich den Hörer ab.

»Ey, wieso schreibt ihr nicht, dass er Ausländer ist?«

»Wer?«

»Der in der Zeitung heute. Der Taxifahrer, der das Mädchen vergewaltigt hat.«

Ich seufze und blättere schnell die heutige Ausgabe durch. Auf Seite neun. Großes Foto von einem dunklen Platz, Riesenschlagzeile: 17-JÄHRIGE VON TAXIFAHRER VERGEWALTIGT.

»Das weiß doch jeder, dass die so was tun.«

Es ist eine Frau. Der Stimme nach ist sie um die fünfzig, sie klingt angetrunken, ich kann beinahe den Fusel durch den Hörer riechen.

Ich fasse mir an die Stirn. Es ist warm und stickig in der Redaktion, ich fühle mich verschwitzt und schwer und habe Heißhunger auf was Süßes, greife in meine Bonbontüte, die neben dem Bildschirm steht, schade, leer.

»Hören Sie, wir schreiben über das, was wichtig ist. Dass jemand vergewaltigt wurde. Was der Täter für eine Herkunft hat, gehört nicht hinein. Außerdem ist er noch nicht verurteilt, wir stellen niemanden an den Pranger.«

»Schwedische Männer vergewaltigen nicht.«

»Doch, die tun das auch.«

Meine Haut juckt unter dem Strickpullover.

»Ihr seid genauso. Ihr nehmt die in Schutz. Alle Medien tun das.«

Ich kann nicht mehr! Vom ersten Tag an, den man als Reporter arbeitet, hat man sie am Hals. Leute, die meinen, dass sie die Wahrheit kennen und dass die Medien diese Wahrheit verschweigen. Über Einwanderer. Dabei verschweigen wir überhaupt nichts. Im Gegenteil. Seit ein paar Jahren schreiben wir ja andauernd darüber, welcher ethnischen Herkunft die Leute sind, und die Politiker übertrumpfen sich darin, mit immer härteren Maßnahmen gegen Einwanderer zu drohen, in Diskussionsbeiträgen, die wir abdrucken. Das Problem ist eher, dass die Anrufer, so wie diese Frau hier, das Gefühl haben, nicht zu Wort zu kommen. Wenn man sie ließe, wären die Ausdrücke schärfer. Wir müssten »Pack« schreiben anstatt »ausländischer Nationalität«.

»Hören Sie, das ist nicht unsere Aufgabe, und Sie können sich gerne an unseren Chefredakteur wenden, wenn Sie …«

»… verdammte Kanakenschlampe, das bist du. Du fickst bestimmt selber mit einem!«

»Dann hör doch auf, Zeitung zu lesen, blöde Kuh!«

Wütend knalle ich den Hörer auf. Hinter mir steht Janne und sieht mich sorgenvoll an. Scheiße.

»Worum ging's?«, sagt er in ruhigem Ton.

»Eine Verrückte, die sich darüber aufregt, warum wir nicht schreiben, dass alle Vergewaltiger offenbar Ausländer sind.«

Ich rolle mit den Augen und hoffe auf seine Sympathie, aber Janne sieht mich nur kalt an.

»Agata, auch wenn manche Anrufer sich aufführen wie durchgeknallte Irre, schreien wir keine Beschimpfungen in den Hörer. Wir beenden das Gespräch in vernünftiger Form. Es sind immerhin unsere Leser.«

»Ich bitte dich … die war angetrunken und verrückt«, wende ich ein.

»Das spielt keine Rolle«, fertigt Janne mich ab und geht.

Ich lasse mich schwer auf meinen Stuhl fallen.

»Du, ich weiß, wie das ist. Man muss lernen, sich manchmal auf die Zunge zu beißen«, sagt Olle ohne jede Spur von Sarkasmus, und ich lächle dankbar.

So, zurück zur Umfragehölle. Herrgott, man kann hier nicht einen klaren Gedanken fassen. Es ist, als würde man in einem

Wäschetrockner herumgewirbelt. Ich stehe wieder auf. Gehe mit festen Schritten zu Maria. Jetzt bin ich auf Hundertachtzig und habe nicht vor, mir schlechte Ausreden anzuhören oder mich demütigen zu lassen. Es ist ihre Schuld, dass ich mit Jonte debattieren musste.

»Du machst die Umfrage«, sage ich nur kurz und mache auf dem Absatz kehrt, um zurück zur Arche zu gehen.

»Ich habe doch gesagt, dass ich keine Zeit habe.«

»Tut mir leid, Maria. Du musst.«

Letzteres klang wohl ein bisschen sehr hart.

»Bitte«, sagt sie nur und knallt den Deckel ihres Laptops zu.

»Was hast du?«

»Nichts.«

»Nichts?«

»Bloß weil du eine Stufe höher gestiegen bist, brauchst du nicht zickig zu werden.«

Sie zieht sich die Jacke an und zischt ab.

Ich sehe zur Uhr, die über der Arche von der Decke hängt, neben dem Fernsehmonitor. Schwedische Zeit: 13:45. Worauf habe ich mich nur eingelassen?

Ein Mann ruft an, der vernünftig klingt und sogar alle Tassen im Schrank zu haben scheint, er meint, wir sollten mal was über einen Telefonprovider bringen, der bei Auslandsgesprächen schamlos abkassiert. Ich notiere alles sorgfältig und bespreche es dann mit Olle. Wir beschließen, was zu machen, und ich lege den Auftrag ins Fach.

Es sind auch ein paar Fotos von David Beckham reingekommen. Er hat in einer engen Gasse den Arm um eine dunkelhaarige Donna gelegt, die nicht Posh ist. Olle macht einen Luftsprung. Endlich eine Neuigkeit! Ich mache mich daran, unseren Knüller mit der Onlineredaktion zu verlinken, damit sie eine Umfrage starten, ob Posh ihren Mann verlassen soll.

Ich rufe außerdem eine Psychologin an, mit der wir zusammenarbeiten, sie soll was Kurzes über Untreue zusammenschreiben.

Ich brauche einen Kaffee und gehe zur Teeküche. Da steht Patrick und sieht mich ziemlich merkwürdig an, er wirkt beinahe nervös.

»Wie sieht's aus?«, sage ich.

»Gut, und bei dir?«

»Super. Macht Spaß in der Arche«, sage ich und versuche, überzeugend zu klingen und nicht wie die kleine Bürorattte, als die ich mich plötzlich fühle.

Patrick zögert, er lässt den Blick über die Redaktion schweifen, während er seinen Zahnputzbecher mit Kaffee zwischen den Fingern dreht.

»Du, ich hab das von der Konferenz gehört.«

Oh nein. Ich schlucke trocken und warte auf die Fortsetzung.

»Äh … ist es so, dass … also, ich weiß ja gar nicht, ob es stimmt … ich hab da nur so was gehört und … Willst du mit mir schlafen? Hast du das gesagt?«

Was soll ich sagen? Auf einmal habe ich eine Mordsangst, dass Patrick mich wegen sexueller Belästigung anzeigt.

»Äh … Patrick … das war nicht … also, wie soll ich sagen … Liv kam auf die Idee mit dieser idiotischen Liste, und ich … sie haben mich gezwungen, zwei Namen aufzuschreiben, und ich habe einfach die Kollegen genommen, die ich am liebsten mag … es war total bescheuert, und ich weiß nicht, wie ich …«

Patrick leuchtet plötzlich auf und sieht weder beunruhigt noch beleidigt aus.

»Nee, nee, schon gut, kein Problem. Ich hab mich nur gefragt, worüber eigentlich geredet wurde. Ob du meinen Namen aufgeschrieben hast.«

Ich merke, wie die Luft aus mir entweicht.

»Aber das war ein Scherz, ich wollte damit nicht …«

»… say no more.«

Patrick hebt eine Hand hoch, grinst breit und geht zurück zu seinem Schreibtisch.

Ich bleibe, wo ich bin, und hoffe, dass der Rest des Tages möglichst schnell vorbeigeht. Ich habe Rückenschmerzen und ein Gefühl, als ob die Beckenbänder heute besonders locker sind. Bei jedem Schritt ist mir, als hätte ich eine alte rostige Eisenpforte in meinem Becken, die immer auf- und zuschlägt. Einen Moment lang habe ich eine Vision, dass ich in einem Krankenhausbett liege und schreie, während ein haariger Kopf, so groß wie eine Bowlingkugel, sich durch meine Scheide pressen will. Ich schüttle mich und versuche, das Bild zu verdrängen.

»Hier stehst du und strahlst«, höre ich hinter mir eine Stimme zwitschern. Es ist die Sekretärin vom Alten.

»Was macht der Bauch?«

Sie legt eine Hand darauf, und ich spanne den Körper an wie eine Feder. Sage aber nichts. Ich kann doch die liebe, wohlmeinende Gunvor nicht zu Boden schlagen, so wie ich es auf der Party mit dem Betrunkenen getan habe. Deshalb lächle ich nur steif und gehe langsam rückwärts aus der Teeküche und wieder zu meinem Schreibtisch.

»Bis morgen.«

Ich blicke hoch. Olle ist von der Übergabebesprechung zurück und im Begriff, sich seine Jacke anzuziehen. Schräg hinter ihm geht Tompa in Stellung, der Nachtchef.

»Wie spät ist es denn?«

»Halb sechs. Tschüss dann!«

»Tschüss!«

Wie ungewohnt, dass der Tag zu Ende ist. Teo wird beeindruckt sein. Ich reibe mir die Augen und schalte den Computer aus.

Als ich zum Bus gehe, schlägt die Beckenringlockerung mit voller Wucht zu, auf Asphalt ist es ein Gefühl, als ob mir bei jedem Schritt gleich die Zähne ausfallen, die Erschütterung geht durch den ganzen Körper. Ich kaufe Pizza für mich und Teo, aber ich bin so fertig im Kopf, dass ich auf Teos Frage, wie der erste Tag war, kaum nicken kann. Es ist ein Gefühl, als ob ein riesiger Telefonhörer an meinem Ohr festklebt, und nach einem ganzen Tag vor dem Computer ist mein Gleichgewichtssinn ganz durcheinander. Ich schlafe bei den Abendnachrichten ein und träume, dass ich mein Telefon mit einem Baseballschläger zertrümmere, und dann bringe ich auf dem Schreibtisch ein Kind zur Welt. Patrick steht zwischen meinen Beinen und feuert mich an.

Schwangere findet Pferd im Bauch

Die Hebamme legt ihre warme Hand auf meinen Leib.

»Wie geht es Ihnen heute?«

»Einfach gut«, antworte ich und seufze glücklich.

Inzwischen genieße ich unsere Treffen sehr. Bei ihr im Mittelpunkt zu stehen. Umsorgt zu werden und zu wissen, dass sich alles, alles findet. Ich habe sogar angefangen, darauf zu bestehen, dass Teo nicht jedes Mal mitkommen muss. Erst war er mächtig beleidigt, aber ich habe überzeugend geschwindelt, dass die Besuche meistens ganz kurz sind, fünf Minuten oder so, und wie unnötig es ist, dass er wegen einer solchen Lappalie extra aus Norsborg hierher fährt. Die Wahrheit ist, dass er zuviel übernimmt. Er fragt tausend Sachen und redet die ganze Zeit. Die Hebamme und ich kennen uns noch nicht so gut, manchmal ist die Atmosphäre zwischen uns etwas steif, aber egal. Sie ist für mich da. Das weiß ich.

Ich starre auf die gelbe Tapete mit den weißen Blüten, während die Hebamme einen kleinen Apparat holt.

»Wollen wir uns den Herzschlag anhören?«

»Was? Können wir das?«

»Aber ja.«

Sie setzt den Kopf des Apparats auf meinen Bauch. Sucht. Ich höre ein Rauschen. Es klingt beinahe ein bisschen gruselig. Wie eine öde Mondlandschaft. Wenn man bedenkt, dass das aus meinem Inneren kommt. Da! Es hört sich an, als ob ein Pferd schnaubend über gefrorenen Boden galoppiert. Klappediklappediklappedi. Rhythmisch und schnell. Shit.

»Na, das ist aber kräftig!«, lacht die Hebamme.

Ich nicke stumm. Das kleine Ding da drinnen hat ein Herz. Darüber hatte ich bisher noch gar nicht richtig nachgedacht.

Leute empört über Carola

Heute ergeht das Urteil in einem Vergewaltigungsprozess. Ein sechzehnjähriges Mädchen hatte mehrere Klassenkameraden wegen Vergewaltigung auf einem Schulfest angezeigt. Es gab Zeugen, die sie in einem Abstellraum schreien hörten und anschließend sie und die Jungs herauskommen sahen. Aber die Jungs werden freigesprochen.

Olle, Janne und ich sitzen in der Arche und überlegen.

»Wir könnten einen Aufruf bringen«, schlage ich vor. »Den können die Leser unterschreiben, und dann übergeben wir ihn an Justizminister Thomas Bodström.«

»Das ist gut«, sagt Janne und schlägt die Hände zusammen.

»Stoppt die ungerechten Richter«, murmelt Olle, der schon in Schlagzeilen denkt.

»Noch was«, sagt Olle. »Sollen wir nicht die Namen der Richter veröffentlichen? Ich meine, die Leute haben die Faxen doch gründlich satt. Genau wie dieses Motala-Urteil, die Dreizehnjährige, die von vier Männern vergewaltigt wurde, von denen bloß zwei überhaupt ins Gefängnis gekommen sind. Und das nur kurz! Das hier ist doch genau so eine Sache.«

»Ja, das ist gut. Das machen wir.«

»Sie haben die Jungs freigesprochen«, murmelt Olle wieder vor sich hin.

Ich sage nichts. Ich gehöre zu denen, die finden, dass wir zu oft Leute anprangern und dass dies nicht unsere Aufgabe ist. Manchmal werden sie ja sogar bedroht, nachdem wir sie öffentlich gemacht haben.

»Eine erzürnte Feministin auf die Meinungsseite«, schlage ich stattdessen vor, und Olle hebt den Daumen.

»Offenbar habt ihr alles unter Kontrolle«, sagt Janne und steht auf.

»Was Neues im Fall Cecilia Trolle?«, fragt Olle da, aber Janne schüttelt den Kopf.

»Lasse bleibt dran. Offenbar beginnt der Prozess nicht vor Februar, meint Lasse, die Staatsanwaltschaft will ganz sichergehen, dass der Täter allein war.«

Ich sage nichts. Ich habe genug damit zu tun, den Überblick zu behalten, was ich in der Arche zu tun habe. Aber das Gefühl, dass wir etwas Wesentliches übersehen, ist da, wenn im Moment auch unterschwellig.

Während Olle in der Elf-Uhr-Konferenz sitzt, ruft eine jüngere Frau an und regt sich über eine Radiosendung auf. Sie hat gehört, dass Carola, die Sängerin, ihre Kätzchen verlost und meint, Katzenkinder solle man verkaufen und nicht an fremde Menschen verlosen. Ich bin schon drauf und dran, ihr zu sagen, sie soll den Tierschutz anrufen, aber ich habe plötzlich Angst, dass Janne hinter meinem Rücken steht, deshalb beende ich einfach das Telefonat, so schnell ich kann. Ich lege auf und seufze. Sind das hier unsere Leser? Sind das die, für die ich jeden Tag schreibe?

»Bisschen Rauch einatmen?«

Maria steht vor mir, versöhnlich lächelnd, und wedelt mit einer Schachtel Marlboro. Gott, was für einen Jieper ich jetzt auf eine Zigarette habe. Ich lächle zurück und stehe auf.

»Sorry, du«, sagt Maria und bläst einen Rauchring, als wir uns auf dem Sofa im Raucherzimmer lümmeln.

»Kein Problem. Ich weiß ja, wie ätzend ›Volkes Stimme‹ ist. Aber ich muss es tun.«

»Ich weiß, vergiss es. Und wie läuft's sonst?«

»Och, ganz okay. Aber Olle ist so furchtbar langweilig, und ich weiß nicht …«

»Hast du übrigens Zoff mit Tina gehabt?«

»Tina?«

Da fällt mir der Dienstag ein. Sie wollte ihren langweiligen Wirtschaftsartikel unterbringen.

»Ach, wir hatten eine kurze Diskussion über einen Artikel. Sie ist unheimlich stur, wie du weißt. Wieso?«

»Wir haben gestern zusammen Mittag gegessen, und sie meckerte ein bisschen.«

»Worüber?«

Maria zuckt mit den Schultern.

»Ach, du weißt ja, wie sie ist.«

Ich sehe Maria an. Sie wendet mir das Profil zu, die süße kleine Stupsnase leicht gerümpft, die karottengelben Haare zu einem lockeren Dutt aufgesteckt.

Ich kann mir nicht helfen, ich ärgere mich. Es kommt mir vor, als ob Maria es genießt. Als ob sie sich einen Spaß daraus macht, mich wissen zu lassen, dass jemand Scheiße über mich redet, um es mir wegen gestern heimzuzahlen. Oder bin ich paranoid?

»Ist ja auch egal«, sage ich und lehne mich zurück. Ich habe heute eine Umstandsbluse an, weiß-blau kariert, und von oben sieht mein Bauch schon richtig kugelrund aus.

»Sie hat gesagt, du wirkst gestresst und durcheinander«, ergänzt Maria ungefragt.

»Das hat sie gesagt?«

»Ja … sie ist wohl bloß sauer … du weißt ja, wie sie ist.«

»Ich muss dann mal wieder.«

Ich stehe auf.

»Bis später«, sagt Maria, und ich öffne die Tür.

»Und was hast du heute an Tipps gekriegt?« Olle seufzt und kratzt sich am Kopf, während er durch das heutige Nachrichtenmaterial blättert.

»Nichts von Wert. Die Leute haben sie ja nicht mehr alle. Eine hat angerufen und sich darüber aufgeregt, dass Carola in irgendeiner Radioshow heute Morgen ihre kleinen Katzen verlost hat.«

Olle fährt wie der Blitz auf seinem Stuhl hoch.

»Was sagst du da?«

Ich wiederhole monoton, was ich gerade gesagt habe, und er starrt mich an.

»Das ist doch spitzenmäßig. Die Leute sind empört über Carola.«

»Wieso?«

»Man verlost keine Kätzchen.«

»Ach nein?«

Olle steht auf und blickt suchend über die Redaktion. Er entdeckt Kvistberg, einen älteren Reporter, der eine scharfe Zunge hat und immer ziemlich spöttisch schreibt.

»Kvistberg, kommst du mal?«

Ich fasse immer noch nicht, wie Olle auf so was anspringen kann; nicht, dass ich bisher eine hohe Meinung von ihm gehabt hätte, aber das hier ist doch wohl der blanke Hohn? Wir sind schließlich ein Nachrichtenblatt.

»Schon zur Stelle.«

Kvistberg grinst Olle an und zwinkert mir zu.

»Carola verlost anscheinend ihre Katzenkinder in irgendeiner Radiosendung. Welche war das noch, Agata?«

»Was?«

Ich blättere in meinem Block, finde aber keine Angaben darüber.

»Äh …«

»Welche Sendung?«, wiederholt Olle ungeduldig.

»Keine Ahnung.«

Ich laufe rot an und beginne, in den Papieren auf meinem Schreibtisch zu wühlen.

»Ich kriege raus, in welcher Sendung das war«, sagt Kvistberg.

»Eine Leserin, deren Namen Agata nicht mehr weiß …«, Olle macht eine Pause und starrt mich an, »… hat gehört, dass Kätzchen verlost werden sollen, in einer Radiosendung, an deren Namen Agata sich ebenfalls nicht erinnert …«

Olle macht wieder eine Pause, ich rolle mit den Augen, und Kvistberg fängt an zu lachen.

»… aber es muss wohl diese Quizsendung sein, könnte ich mir vorstellen, oder macht Adam Alsing die? Ich denke, wenn du den Tierschutzbund anrufst, könnte jemand von denen dagegen vorgehen. Einer von der Unterhaltung soll sich Carola vornehmen.«

»Ja, um Gottes willen, man kann doch keine Katzenkinder verlosen. Die müssen ordnungsgemäß verkauft werden, damit man weiß, in welche Hände sie kommen«, nickt Kvistberg.

»Genau!«

Olles Telefon klingelt.

Kvistberg dreht sich zu mir um, um seinen Mund spielt ein spöttisches Lächeln.

»Agata, liegt dir das Wohl der Katzenbabys nicht am Herzen?«

»Nee, ich wusste ja nicht, dass ich für eine Tierrechtsorganisation arbeite.«

»Eigentlich sitze ich an einem anderen Text. Soll ich den später fertig machen, oder wie?«

»Was ist das?«

»Eine Studie, ob verheiratete Frauen öfter einen Orgasmus vortäuschen als ledige. Ich sollte vielleicht unsere sexy Fickexpertin dazu befragen.«

Ich bin ein bisschen pikiert, nicht, dass ich prüde wäre, aber unsere Sexratgeberin hat schließlich einen Namen.

»Du kannst Ninni Wallin später noch anrufen.«

»Oki-doki«, sagt Kvistberg und wirkt amüsiert.

Olle und ich einigen uns darauf, dass Mats, einer unserer Fotografen-Veteranen, den Job zusammen mit Kvistberg und dem Reporter von der Unterhaltung machen soll. Mein Weg zum Fotografen führt mich an Patrick vorbei.

»Wie geht's?«, fragt Patrick.

»Gut«, lüge ich, vermeide aber, mich zu nahe neben Patrick zu stellen, ich will ja nicht, dass er glaubt, ich wäre scharf auf ihn, bloß weil sein Name auf der Bumsliste stand, die ich wegen Liv anfertigen musste.

»Vermisst du nicht *the action*«, witzelt er, und ich schüttle ein bisschen zu hastig den Kopf.

»Nein, wenn irgendwo was abgeht, dann bei uns.«

Oha, das klang jetzt eine Spur übertrieben. Also erlaube ich mir, mich ein bisschen über den Katzenjob zu beschweren. Brauche Zustimmung, wie albern das Ganze ist.

»Sind wir jetzt die Tierschutz-Postille, oder was«, sagt Patrick.

»Genau«, sage ich triumphierend. »Das interessiert kein Schwein, aber ich lass Olle machen. Ich bin ja noch neu. Woran sitzt du denn im Moment?«

Ich beuge mich über Patrick und werfe einen Blick auf seinen Monitor.

»Hast du nach deinem eigenen Namen gegoogelt, oder was?«

Ich starre auf all die Links.

»Was? Nee, Quatsch. Ich hab nur ein bisschen rumgesurft.«

Patrick beeilt sich, sein Mailprogramm aufzuklicken, und rückt den Stuhl dichter an den Bildschirm, um ihn vor meinen Blicken zu schützen. Aber ich kann sowieso nicht länger bleiben, denn jetzt sehe ich Mats drüben in der Fotografenecke. Er sitzt an einem Schreibtisch und hält vor vier anderen Fotografen Audienz. Mats ist einer der Besten bei der Zeitung, er hatte schon mehrere Ausstellungen, und Preise für das Bild des Jahres hat er auch bekommen. Ich gehe rasch zu ihm und fange an, ihm den Hintergrund für den Auftrag zu erklären, aber er unterbricht mich sofort.

»Ich hab keine Zeit.«

Ich merke, wie mich alle anstarren. Plötzlich fühle ich mich sehr klein und sehr schwanger.

»Ja, aber die Sache ist die, dass du das machen sollst, Mats«, sage ich.

»Nix, drück das einem anderen aufs Auge, Agata, ich bin beschäftigt«, sagt Mats und streckt seinen Bierbauch vor, während er fortfährt, den Kollegen irgendwas über irgendeine neue Kamera zu erzählen, die er in New York gekauft hat. Ich stehe immer noch wie ein Dummbatz hinter seinem Stuhl, obwohl er mir den Rücken zugedreht hat. Schließlich räuspere ich mich und feure ein Lachen ab, das ganz und gar nicht selbstbewusst klingt, sondern sehr verzweifelt.

»Nein, Mats, du musst. Du bist routiniert und der Beste darin, solche Sachen über die Bühne zu bringen«, versuche ich plötzlich zu schleimen.

»Genau. Ich bin seit zwanzig Jahren hier. Wie lange bist du Nachrichtenchefin, Agata, drei Tage, vier?«, sagt er augenzwinkernd in Richtung seiner Kollegen und lacht, und die Kollegen lachen vielsagend mit.

»Mats … ernsthaft jetzt. Das hat höchste Priorität.«

Aber nun beachtet er mich überhaupt nicht mehr. Es ist ein Gefühl, als ob alle mich ansehen, obwohl nur wenige Leute da sind. Es ist auch ein Gefühl wie in der Schule, als ob mir jemand die Hosen runterzieht, alle kichern über die dumme Gans.

Nach einer Weile verkrümeln sich die Kollegen. Und Mats wendet sich mit einem Lächeln zu mir um.

»Bist du immer noch da, Agata?«

Und genau in dem Moment, nachdem er es geschafft hat, dass ich mir so dumm vorkomme, wie es nur geht, wird die Widerstandskraft geboren. Ich habe nichts zu verlieren bei diesem Kampf.

»Ja, natürlich. Du hast was von zwanzigjähriger Erfahrung gemurmelt. Aber weißt du was, Mats? Ich bin zwanzig Jahre jünger als du. Wo, verdammt noch mal, ist dein Respekt davor, dass ich jung und frisch bin und weiß, wie man eine Zeitung macht? Du wirst den Job übernehmen, Ende der Diskussion.«

Er starrt mich an. Ich starre zurück. Mir ist auf einmal, als stapften wir beide aus einem Western-Saloon hinaus auf den Platz, Staub wirbelt auf, die Sonne brennt auf unsere Cowboyhüte. Wir stellen uns breitbeinig hin und legen die Hände auf unsere Revolvergriffe. Wer zieht zuerst? Ich bin bereit! Nun mach schon! Ich ziele auf seinen Schwanz. Ist mir scheißegal, dass du mich für eine Trockenpflaume hältst, dass ich in dieser Situation diplomatisch vorgehen sollte, damit man mich nicht hasst, weißt du was, da scheiß ich drauf, egal was du mir entgegenschleuderst, ich kann wegstecken, also los jetzt, Mats, zieh! Nimm deine zwanzig Jahre Erfahrung, dein fettes Gehalt und deine Ausstellungen und zieh. Aber dann geschieht plötzlich ein Wunder. Mats fängt lauthals an zu lachen. Dann steht er langsam auf.

»Hey, immer mit der Ruhe. Ich hab doch nur Spaß gemacht.« Er hakt sein Handy an den Gürtel. »Hast du etwa keinen Humor mehr?«

Dann zieht er ab. Er nimmt mir den Zettel mit dem Auftrag und der Mobilnummer des Reporters aus der Hand und macht sich wirklich auf den Weg. Stolz über mich selbst gehe ich zurück zur Arche. Kaum zu glauben, ich habe Mats auf einen Einsatz geschickt, er soll Carola vor der Filadelfiakirche schießen, wo sie heute Abend an einem Wohltätigkeitskonzert teilnimmt. Sogar Olle macht ein erstauntes Gesicht.

»Um drei muss ich weg.«

»Was? Wohin?« Olle sieht erschrocken aus.

»Geburtsvorbereitungskurs. Hab ich gestern doch gesagt.«

»Na prima. Perfekt. Die morgige Ausgabe steht nicht mal zur Hälfte.«

Olle stützt sich auf seinen Schreibtisch und sieht aus wie nach sieben schweren Nachtdiensten. Er macht mir ein verdammt schlechtes Gewissen. Ausgerechnet jetzt.

»Mensch, tut mir echt leid, aber den Termin kann ich nicht absagen.«

»Kannst du nicht ein andermal gehen?«

»Nee. Wir haben ihn schon zweimal verschoben.«

»So'n Kurs … was macht ihr da eigentlich? Lernen, wie man gebärt?«

Olle sieht skeptisch aus, und ich bin geneigt, ihm beizupflichten.

Ich weiß wirklich nicht, was wir dort machen, aber die Hebamme fand, wir sollten hingehen, und weil ich immer noch gerne in ihrem geblümten Zimmer sitze und von ihr gehätschelt werde, mache ich natürlich, was sie sagt. Aber ich fühle mich mies, dass ich Olle im Stich lasse.

»Die Carola-Sache ist doch so gut wie in Sack und Tüten, ich habe schon mit den Online-Leuten gesprochen, die Tagesumfrage bei denen läuft, und die anderen Sachen sind doch auch alle in Arbeit. Außerdem liegen noch mindestens sechs, sieben gute Themen für den Notfall im Eingangskorb.«

»Ja, ja, zisch ab, meinetwegen«, brummelt Olle und setzt sich resigniert hin.

»Du kannst mich anrufen, wenn irgendwas ist! Im Notfall kann ich hinterher noch mal kommen.«

Olle antwortet nicht, und mit schlechtem Gewissen eile ich Richtung Ausgang.

Werdender Vater erschreckt Kind zu Tode

In Skanstull steige ich aus der U-Bahn und laufe hinauf zur Götgatan. Plötzlich kommen sie aus allen Richtungen. Frauen, die aussehen wie ich. Mit vorgestreckten Bäuchen und diesem eigenartigen Gang, »Pinguin« sagt Teo dazu. Sie watscheln in Massen heran, von der anderen Straßenseite über den Fußgängerüberweg, aus geparkten Autos am Bürgersteig oder vom Supermarkt unten an der Ecke. Alle gehen in dieselbe Richtung, zur Schule in der Seitenstraße da hinten rechts. Mein Gott, sind wir so viele? Ich gehe etwas langsamer. Gruppenaktivitäten sind mir immer schwergefallen, ich kriege dann so eine Art Verfolgungswahn und fühle mich wie ein Trampel, den alle anstarren. Vielleicht hat es auch was damit zu tun, dass meine Identität im Moment rein äußerlich ist. Keiner weiß, welchen Beruf ich habe, keiner weiß, dass ich nicht zum Wählen gehe, oder dass ich Dirty Dancing liebe und dass ich früher mal die einzige Hardrockerin im Dorf war. Aber alle können sehen, dass ich schwanger bin. Alle können sehen, dass ich Mutter werde. Ich fühle mich irgendwie so ausgeliefert. Ich fühle mich außerdem wie ein unfreiwilliges Mitglied der niedrigsten Kaste. Wir, die wir bald von unseren Arbeitsplätzen verschwinden und dann nur noch die Busse mit unseren Kinderwagen und glotzenden Gören verstopfen werden.

Es wird erwartet, dass wir uns anlächeln, wir Pinguine, das habe ich inzwischen begriffen. Deshalb starre ich lieber auf die Erde. Ich will nicht zu denen gehören.

Als ich die Schule betrete, ist sie gerammelt voll von Leuten, sowohl in der Eingangshalle als auch in der riesigen Aula da vorne, wo wir hin müssen. Ich stelle mich auf die Zehenspitzen und versuche, Teo zu finden. Ich will ihn gerade auf seinem Handy anrufen, als ich ihn entdecke, eingepfercht in einer Ecke hinter der einen Tür zur Aula.

»Hallo, Liebling.«

Ich drücke ihm einen Kuss auf den Mund und vergrabe die Nase in seiner Jacke. Gott, ist das schön, ihn nach diesem ganzen stressigen Arbeitstag zu sehen.

»Hallo.«

Es ist ein bisschen schwierig, in Kontakt mit ihm zu treten. Sein Blick flackert unruhig, während ein Pinguinpaar nach dem anderen in gemächlichem Tempo an uns vorbei in die Aula schlurft.

»Agata.«

Er zieht mich ein Stück weiter Richtung Wand.

»Ich glaub, ich kann das nicht.«

»Was denn?«

»Das hier. Den Kurs.«

»Wieso?«

»Ich weiß nicht. Sieh dir das an! Wie viele sind das eigentlich?«

»Ja, aber … nun sind wir schon mal hier. Ich bin extra früher gegangen.«

Er starrt mich an, er ist tatsächlich leichenblass.

»Ich meine ja nur, weil wir jetzt hier sind.«

»Aber ich will nicht.«

Seine Stimme ändert die Tonlage, schlägt ins Falsett und klingt ein bisschen nörgelig. Ein Mann fragt uns, ob wir nicht eintreten wollen. Er möchte die Tür schließen. Ich zögere, aber noch ein Blick zu Teo, und ich schüttle den Kopf.

»Ist was passiert?«, frage ich Teo, aber er wehrt ab.

»Ich bin einfach müde und nicht in der Stimmung, eingeklemmt zwischen Hunderten von Pärchen zu sitzen.«

Ich höre Stimmen und lege das Ohr an die Tür. Eine Frauenstimme tönt durch ein Mikrofon.

»Manche Frauen beschreiben die Geburt als einen Orgasmus, andere als die Hölle auf Erden. Orgasmus klingt deutlich besser, nicht wahr?«

Hahahahahahahahaha.

»Und ihr Männer seid die Betreuer. Eure Aufgabe ist nicht damit getan, mitten in der Nacht eine spezielle Eissorte zu besorgen, nein, das ist nur zum Aufwärmen.«

Hahahahahaha.

»Die scheinen sich zu amüsieren«, sage ich.

»Schön für sie«, sagt Teo kurz. »Ich habe Kopfschmerzen, können wir gehen?«

Ich mache keinen Versuch, auf der U-Bahn-Fahrt nach Hause mit Teo zu reden. Er sitzt neben mir, hat die Füße auf den gegenüberliegenden Sitz gelegt und die Mütze zurückgeschoben. Ich frage mich, wie wir wohl auf Außenstehende wirken. Wahrscheinlich wie ein normales Paar, das ein Kind erwartet. Ein Paar von vielen.

Ich gehe zu Ica, und Teo geht nach Hause. Werfe ein paar tiefgefrorene Frikadellen und eine Tüte Nudeln in den Einkaufswagen. Stehe lange vor dem Weingummi-Regal, entscheide mich nach sorgfältiger Überlegung für Autos, nehme dann aber doch Schnuller. Ich muss versuchen, weniger zu naschen. Obwohl, Schnuller und Autos sind besser als Chips. Also nehme ich schließlich doch beides. Als ich nach Hause komme, liegt Teo auf dem Sofa und starrt durchs Wohnzimmerfenster nach draußen.

»Was ist los, Teo?«

Ich bin unruhig. Teo hat fast immer gute Laune. Ob was passiert ist? Hat er mich vielleicht betrogen?

Er setzt sich mit einem Seufzen auf, beugt sich nach vorne, stützt die Stirn schwer in die Hände.

»Ich habe mich heute mit Leyla gezankt.«

»Leyla?«

»Aus meiner Klasse.«

»Warum?«

»Sie hat sich im Speisesaal geweigert, ihr Mittagessen anzurühren, und ich war schon so verdammt gereizt, die Kinder waren laut im Unterricht und haben sich überhaupt nicht konzentriert.«

»Aber das ist doch nicht so schlimm.«

»Ich habe sie hart ausgeschimpft, und da fing sie an zu weinen. ›Du isst jetzt deine Wurst!‹, habe ich geschrien.«

»Hey, alle haben mal einen schlechten Tag.«

»Später ist mir klar geworden, was ich getan hatte. Sie ist doch Muslimin. Sie isst kein Schweinefleisch.«

»Meine Güte, ja.«

Ich kann mir nicht helfen, ich muss lächeln, aber zum Glück sieht Teo das nicht.

»Ich sehe es immer noch vor mir.«

»Was siehst du vor dir?«

»Ihre großen braunen Augen, randvoll mit Tränen. Sie lief raus. Ich hinterher.«

»Habt ihr euch wieder vertragen?«

»Ja, schon.«

»Dann ist ja gut.«

»Aber du verstehst das nicht.«

»Was denn?«

Teo sitzt immer noch vornübergebeugt, die Stirn in die Hände gestützt, und starrt hinunter auf den Parkettfußboden.

»Was werde ich nur für ein Vater sein?«

Ich gehe vor Teo in die Hocke. Ich nehme seine Hände in

meine, aber er wagt nicht, mich anzusehen, sondern starrt weiter stur auf den Parkettboden. Ich möchte Teo so gerne sagen, was für ein fantastischer Vater er sein wird. Aber ich bin nicht der Typ für große Worte. So sind wir nun mal in unserer Familie. Wir arbeiten hart, wir tun unsere Pflicht, wir scherzen über unangenehme Sachen, wir reden über Wind und Wetter. Aber wir sind keine Meister der großen Gesten. Wir umarmen uns vielleicht einmal im halben Jahr, und wir sagen nie, dass wir einander lieb haben. Aber jetzt hocke ich hier vor meinem geliebten Teo und halte ihn fest bei den Händen und will ihm erklären, dass er der Liebste und Beste ist, den ich kenne; er kümmert sich um Menschen, er hört zu, wenn jemand etwas erzählt, anstatt ihm ins Wort zu fallen, er umarmt mich, auch wenn ich gemein und sauer bin, dann küsst er meinen Nacken und sagt, dass er mich liebt, er bleibt auf der Straße stehen, wenn jemand gestürzt ist, ich bleibe vielleicht auch stehen, aber mit einem Seufzer, weil ich glaube, dass die betreffende Person das jetzt nur getan hat, hinfallen, meine ich, damit ich zu spät komme. Ich möchte ihm all das sagen, weil ich glaube, dass es die besten Voraussetzungen sind, um ein guter Vater zu sein, aber meine Zunge ist dick, und die Worte bleiben mir im Hals stecken.

»Ist doch nicht wahr, Teo. Du wirst ein supertoller Papa sein.«

»Wieso? Wie kommst du darauf?«

Teo sieht mich mit verzweifeltem Blick an.

»Weil es einfach so ist.«

Teo seufzt und sagt, dass er sich einen Moment hinlegen will. Ich bleibe auf dem Fußboden sitzen. In dem Moment habe ich das Gefühl, dass es weder in meinem Arbeitsleben noch in meinem Privatleben richtig gut läuft. Am liebsten würde ich mir jetzt einen ansaufen. Ich möchte meine Lieblingsjeans anziehen, in der ich einen so geilen Po habe, meinen

Push-up-BH (oder, vielleicht noch besser, den jetzigen Busen behalten), ein eng sitzendes Top und dann mit Teo um die Häuser ziehen. Ordentlich abtanzen und Schnaps und Cocktails trinken. Gegen drei nach Hause torkeln und Suffgespräche führen, bis wir beide auf dem Sofa wegschnarchen.

Später am Abend fühlt er sich besser, und ich gehe in die Videothek und hole uns einen Film. Die Weingummiautos und -schnuller esse ich ganz alleine auf.

Ich träume, dass ich von einem riesigen Telefon verfolgt werde. Eine Frau schreit in den Hörer, aber ich verstehe nicht, was sie sagt. Am Ende suche ich Schutz in einem großen, dunklen Saal. Plötzlich geht das Licht an, und ich stehe auf der Bühne einer Aula. Es findet ein Entbindungskurs statt, eine Frau mit einem Mikrofon zeigt auf mich und dann auf ein Meer von grotesk dicken, schwangeren Frauen.

»Wollt ihr so werden?«

»Nein!«

»Wollt ihr so werden?«

»Nein.«

Dann stürmt der Telefonhörer herein, und ich wache auf.

Kinder Heiligabend im Stich gelassen

Der Bus hält, um Leute aus- und einsteigen zu lassen. Im Wartehäuschen steht ein Vater mit einem etwa vierjährigen Mädchen. Der Vater hält die Kleine an der Hand, und sie lehnt ihren Kopf an sein Bein. Als der Vater merkt, dass ich die beiden beobachte, wende ich schnell den Blick ab und starre stattdessen auf meine Knie. Manchmal halte ich heimlich Ausschau nach Kindern in der Menschenmenge, in der U-Bahn oder im Park hinter unserem Haus, und wenn ich eins sehe, überlege ich, ob unser Kind wohl so aussehen könnte. Aber das ist natürlich reine Spekulation. Werden Teo und ich an einer Bushaltestelle stehen und unser Kind an den Händen halten? Obwohl, meine Puzzle-Gedankenstücke ergeben nie ein fertiges Bild, manchmal kommt es mir so vor, als ob jedes Mal, wenn ich mir uns drei als Familie vorstelle, das Bild in der Mitte verschwimmt, wie bei einer Hängebrücke im Nebel.

Ich hole einen Block und einen Stift aus meiner Handtasche. Ich muss eine To-do-Liste schreiben. Samstag ist Heiligabend. Es wird herrlich sein, für ein paar Tage nicht in die Redaktion zu müssen. Ich hatte ja kaum Zeit zum Luftholen, seit ich weiß, dass ich schwanger bin, und seit Beginn der ganzen Entführungsgeschichte. Die Ermittlungen dauern immer noch an. Nachdem die ersten Vernehmungen beendet waren, hat die Polizei plötzlich wieder alle Luken dichtgemacht. Es dringt nichts mehr hinaus zu den Medien, was zur Folge hat, dass die Medien das Interesse verlieren. Der Prozessbeginn werde sich verzögern, verkündete die Staatsanwältin neulich offiziell in einem Interview mit Svenska Dagbladet. Alles nur, um sicherzustellen, dass Mikael Andersson keine Mittäter hatte.

Teo ist deprimiert. Dimitra und Vasilis sind in Griechenland, um dort Weihnachten zu feiern, und meine Eltern fahren mit meiner Tante und ihrem Mann nach Spanien. Myrto, der Graf und die Kinder sind auf Luxussafari irgendwo in Afrika. Teo ist ein Familienmensch und völlig geknickt darüber, dass die große Zusammenkunft dieses Jahr ausfällt. Ich dagegen bin froh. Gott, wie herrlich. Unser erstes Weihnachten feierten Teo und ich getrennt, er bei seinen Eltern, ich bei meinen. Aber letztes Jahr Weihnachten war es plötzlich Zeit für den großen Schritt: die Familien miteinander bekannt zu machen. Gefeiert wurde zu Hause bei Teos Eltern in Norsborg. Ich habe den Verdacht, dass Papa völlig begeistert von Dimitra ist, weil er den ganzen Heiligabend dasaß und fasziniert zuhörte, wie sie ihm von all den Rollen vorschwärmte, die sie in jüngeren Jahren angeblich gespielt hat. Mama ihrerseits scheint Vasilis für einen Gottgesandten zu halten, weil er von ihr alles darüber wissen will, wie man einen Garten hegt und pflegt. Vasilis' großer Traum ist ein Schrebergarten, er steht auch bei einer Kleingartenkolonie hier in der Gegend auf der Warteliste. Eine Zeit lang hatte ich schon Angst, der Abend könnte damit enden, dass Teos und meine Eltern ihre Autoschlüssel in eine gemeinsame Schale werfen, so wie in dem Film »Der Eissturm«.

»Wie können sie nur? Wir sind schwanger, und die räumen das Feld«, hatte Teo den ganzen gestrigen Abend lang gemeckert.

»Mama und Papa reden schon ewig davon, dass sie Weihnachten mal in Spanien verbringen wollen«, versuchte ich zu erklären, so als sei es die logischste Sache der Welt.

»Aber meine Eltern sind Griechen, Agata. Für die ist das ein Unding.«

In Wahrheit ist es so, dass eine von Dimitras unzähligen Schwestern auf Kreta, Witwe seit fünfzehn Jahren, auf ihre alten Tage einen Mann kennen gelernt hat. Einen reichen dazu, einen Reeder, und der hat alle in sein riesiges Haus eingeladen, was Dimitra sich natürlich um keine Drama-Rolle der Welt hätte entgehen lassen. Sie hatten auf uns eingeredet, wir sollten doch mitkommen, aber ich bin steinhart geblieben, ich sei jetzt schwanger und könne mir das nicht zumuten, und Teo schien eigentlich auch nicht sonderlich Lust zu haben. Ich bin ja in der ganzen großen griechischen Sippe noch nicht eingeführt, und ich versuche auch, das so lange wie möglich hinauszuschieben.

»Ach was, Schatz, wir machen es uns richtig gemütlich. Nur wir beide. Was meinst du?«

»Den Heiligen Abend mit dir zu begehen, das ist, als feierte man Geburtstag mit den Zeugen Jehovas.«

»Ha! Hab ich dich! Jehovas Zeugen feiern nicht Geburtstag.«

»Ach, stimmt ja.«

Also habe ich meinen Ehrgeiz daran gesetzt, Teo mit einem schönen Fest zu überraschen. Er wird sich wundern, wie gut ich Weihnachten feiern kann.

Noch erledigen:
Dany bitten, dass er mir hilft, einen Tannenbaum zu besorgen.
Heimlich im Keller nach dem Baumständer suchen.
Geschenkpapier, Hartpappe und Band kaufen.
Heute: Fotos abholen.
Teos Geschenk einwickeln.

Ausgebrannte züchten Hasch

Es dauert eine Ewigkeit, den Baum in die Wohnung zu bugsieren, die Nadeln stechen, und ich bin fast einer Ohnmacht nah, als ich ihn endlich neben dem Fenster abstelle. Während der ganzen Zeit habe ich Angst, dass Teo aufwacht. Das nächste Problem ist der Baumständer. Der Baum ist zu schwer, ich kann ihn nicht anheben und gleichzeitig versuchen, den Stamm in den Ständer zu kriegen. Es endet damit, dass ich den Baum aufs Sofa lege und den Ständer dranschraube. Aber als ich den Baum hinstelle, sehe ich, dass er schief steht. Er ist kurz davor, auf die Pfauen zu kippen, die die Armlehnen des Sofas schmücken. Ich schraube bestimmt eine halbe Stunde hin und her, bis er einigermaßen okay aussieht. Wie der Schiefe Turm von Pisa, aber was soll's.

Danach geht es ans Baumschmücken. Ich nehme das Ultraschallfoto vom Kühlschrank, klebe es auf ein Stück Hartpappe und bohre am Rand ein Loch hinein, ziehe einen Draht durch und stelle mich auf einen Stuhl, um es am höchsten Zweig des Baumes aufzuhängen. Nach jeder Menge Nadelstiche und Stöhnen schaffe ich es, das Bild dort oben festzumachen. Dann suche ich die Fotos von unserem ersten Urlaub zusammen, Teo hebt immer alle Negative in einer Schublade im Schrank auf, deshalb war es keine Kunst, Abzüge davon machen zu lassen. Wir hatten Teos Osterferien und meine Überstunden zusammengeschmissen und waren eine Woche auf den Kanarischen Inseln. Da sind die Fotos von dem Schiff, mit dem wir einen ganzen Tag unterwegs waren. Neben uns sitzen diese abgefahrenen Engländer. Der eine saß im Rollstuhl, und sein Kumpel ließ ihn ziemlich bald im Stich auf dem Schiff, er hatte nämlich eine deutsche Aerobic-Trulla aufgerissen, mit der er zum Schluss auf dem Oberdeck rummachte. Sein Rollstuhlkumpel saß die ganze Zeit allein und wurde in der Sonne rot und immer röter, bis Teo zu ihm ging und ihn fragte, ob er ihn nicht lieber in den Schatten schieben sollte. Aber der arme Kerl schüttelte nur den Kopf. Und das hier sind die Fotos von dem einen Abend, als wir dermaßen sternhagelvoll waren und ein paar Tüten mit dem älteren Ehepaar aus Borlänge geraucht haben. Die waren ausgebrannt und krank geschrieben, aber offenbar immer noch munter genug, um zu Hause auf ihrem Hof Haschisch anzubauen.

Ich grinse vor mich hin und streichle mit dem Daumen über das Foto von mir und Teo am Strand. Ein älterer Mann hat das aufgenommen, ein Fischer. Wir waren fast den ganzen Weg bis zum Restaurant zu Fuß gegangen, ich halte Teo ziemlich fest um die Taille, er hat beide Arme um mich geschlungen, wir lachen. Ich trage ein kurzes, schwarzweiß kariertes Baumwollkleid ohne Ärmel, und Teo hat ein Haiwaiihemd und knielange dunkelblaue Leinenshorts an. Wir sehen gesund und stark und braungebrannt aus. Ich setze mich langsam auf die Kante des Sofas, die Tannenzweige stechen mir in die Haare. Ich klebe die Fotos auf steife Goldpappe, die ich in Herzform zugeschnitten habe. Ich bohre Löcher hinein und ziehe dünne rote Geschenkbänder hindurch.

Als ich damit fertig bin, ist es schon elf Uhr vormittags. Ich gehe ein paar Schritte zurück, stöpsle den Stecker ein, sodass die Lichterkette leuchtet. Ich schaue in unsere Gesichter, mit Schirmchen-Cocktails und Heineken-Bier, sonnengebräunt und lächelnd, in Liegestühlen, im Wasser, auf dem Balkon. Und dann fällt mein Blick auf das Ultraschallfoto. Im Radio spielen sie Weihnachtslieder. Mitten im Ave Maria kommen mir die Tränen. Ich setze mich aufs Sofa und heule. Ich liebe Teo so sehr. Und ich denke an das Alien da drinnen. Dieses kleine Menschlein, das um sein Leben kämpft. Wie wird es dem Kleinen hier draußen ergehen? Können wir es schaffen, Eltern zu sein? Ganz zu schweigen von all dem, was dem Kind zustoßen kann. Jemand könnte es kidnappen. Oder was, wenn ein Netz aus Kinderschändern … oder wenn es in der Schule gemobbt wird, oder auf dem Heimweg vergewaltigt, oder wenn es vom Auto überfahren wird? Nein! Ich weiß nicht, ob ich das alles durchstehen kann.

Teo erscheint, in Unterhosen, kaum richtig wach.

»Der ganze Flur ist voller Tannennadeln.«

»Ich weiß«, schluchze ich.

»Was hast du?«

»Nichts.«

Teo sieht den Baum an.

»Was hast du denn gemacht?«

Er reibt sich die Augen und sieht aus wie ein kleiner, unschuldiger Junge, wie er so dasteht und in die Lichter blinzelt.

»Der kippt jeden Moment um. Du kannst doch nicht …«

Er verstummt. Und geht zwei Schritte auf den Baum zu. Er dreht und wendet die Bilder, sieht hinauf zur Spitze, zum Ultraschallbild. Dreht die Bilder um, die sich verdreht haben und ihre Rückseite zeigen statt der Fotos vorne.

»Hast du das gemacht?«

»Mhm.«

Er sieht beeindruckt aus, stelle ich zufrieden fest, während ich mir mit dem T-Shirt die Nase abwische.

Er setzt sich aufs Sofa und zieht mich an sich, und so liegen wir da und umarmen uns.

»Ich liebe dich, Agata.«

»Ich dich auch. Aber ich rutsche gleich runter.«

Und dann lieben wir uns, auf dem Fußboden. Ich habe

Tannennadeln zwischen den Pobacken, aber was macht das schon?

Zu meinem großen Ärger isst Teo fast meine ganzen Kartoffelchips auf. Okay, es sind vielleicht nicht direkt allein meine, aber im Laden sagte Teo noch, er hätte keinen großen Appetit auf Chips. Und jetzt hat er ihn offenbar doch, also hat er mich angelogen. Außerdem sind seine Hände dreimal so groß wie meine, deshalb kann er viel mehr Chips auf einmal greifen.

Als Donald Duck im Fernsehen vorbei ist, machen wir die Geschenke auf. Von Mama und Papa bekomme ich drei Ratgeberbücher über Geburt und Säuglingspflege. Und einen Strampler in Hellgelb.

»Ist das wirklich deine Größe?«, grinst Teo, und ich strecke ihm die Zunge raus.

Teo bekommt das Übliche, Unterhosen und Socken. Myrto und der Graf schenken uns einen Einkaufsgutschein über siebentausend Kronen für einen Kinderwagen.

»Meine Güte, so viel Geld! Jetzt können wir den protzigsten Wagen kaufen«, sagt Teo.

»Sollen wir nicht lieber versuchen, uns den in bar auszahlen zu lassen? Wir sind diesen Monat schon völlig blank.«

Von Dimitra und Vasilis bekomme ich die gleichen Bücher wie von Mama und Papa und dazu eine weiße Umstandsbluse. Teo kriegt ein Paar affengeile Adidas-Sneaker.

»Die sind ja cool. Hast du dir die gewünscht?«

»Ja.«

»Und was hast du ihnen gesagt, was ich mir wünsche?«

»Nichts. Du wolltest doch nichts Bestimmtes.«

»Du hättest ja sagen können, dass du die hier haben willst.«

»Na hör mal. Du hast doch viele schöne Bücher und eine Bluse bekommen. Jetzt hast du ordentlich was zu lesen«, stichelt Teo, und ich seufze.

Am Ende tauschen wir. Ich kriege eine schöne braune Ledertasche, die ich mir gewünscht hatte, und Teo freut sich riesig über seine neuen Jeans.

Abends kocht Teo einen Lammtopf. Ich sitze währenddessen am Küchentisch und blättere in den Abendzeitungen. Teo wirft einen Blick über die Schulter zu mir, als er die Gewürze aus dem Schrank über mir holt.

»Bringen die etwa immer noch diese Sache mit den Katzen?«

»Das ist eine unendliche Geschichte«, seufze ich und starre auf die Fotos. Carola mit dunkler Sonnenbrille verlässt hastig ihre Villa. Überschrift: Tierfreunde drohen Carola mit Mord.

Seit fast einer Woche toben unsere Leser schon. Sie haben Carola bei der Polizei angezeigt, und jetzt drohen verrückte Tierliebhaber damit, sie umzubringen. Wegen ein paar armseliger Katzenjungen. Und ich hatte die ganze Sache als »Tipp einer Verrückten« abtun wollen.

»Du. Danke«, sagt Teo plötzlich und gibt mir einen Schmatz mitten auf den Kopf.

»Wofür?«

»Das war das beste Weihnachten seit langem.«

»Obwohl wir allein sind?«

»Ich fühle mich nicht mehr allein.«

Raumschiff gelandet

»Warte!«

Ich sitze breitbeinig auf Teo, wir sind gerade mitten beim Sex, als … ist es das, was ich glaube?

»Was ist?«

»Ich glaube, es hat mich getreten!«

Ich lache und rolle von Teo herunter, der sich auf den Unterarm stützt und strahlt.

»Zeig mal! Wo? Wo?«

Teo setzt sich aufrecht neben mich, und ich versuche die Stelle wiederzufinden, an der ich es eben gespürt habe.

»Hier!« Ich lege Teos Hand auf meinen Bauch.

»Ich fühle nichts.«

Ich zeige rechts neben den Bauchnabel.

Teo streicht mit den Händen um den Nabel.

Houston, wir haben Bodenkontakt! Ich habe Teo nichts davon erzählt, aber als die Hebamme fragte, ob ich schon Tritte spüre, und ich verneinen musste, bin ich nach Hause gegangen und habe zwei Kochtöpfe vor meinem Bauch aneinander geschlagen, ich hatte irgendwie die fixe Idee, das Kind könnte taub sein. Vielleicht sollte es ja unser Schicksal sein, ein hörgeschädigtes Kind zu bekommen. Aber jetzt wusste ich wenigstens, dass es mit Babytritten wie mit dem Orgasmus ist. Man weiß einfach, wenn man einen hat. Und sie waren das Warten darauf wirklich wert. Ich hätte in einer Tour kichern können, wie nach zu vielen Gläsern Wein, oder als wenn jemand mich kitzelt, indem er in meinem Bauch Seifenblasen pustet.

»Na komm, Kleines, einen Tritt für Papa, nur noch ein Mal!«

»Da, hast du gemerkt?«

Ich kichere wieder. Teo nimmt die Hand weg.

»Nee. Wo? Ich will auch fühlen.«

Ich zeige wieder auf die Stelle, und Teo macht noch einen Versuch.

»Du musst ein bisschen drücken, damit es weiß, dass du da bist«, ermuntere ich ihn. »Da! Hast du gemerkt?«

Teo drückt. Und drückt. Und drückt. Aber nichts passiert. Zum Schluss steht er aufrecht im Bett und fängt an, Bettdecke und Überwurf zu schütteln. Er hat immer noch einen Ständer.

»Ich verstehe nicht, wo meine Unterhose hin ist.«

»Komm und fühl lieber. Da. Fass mal da hin.«

Teo legt wieder eine Hand auf meinen Bauch.

Es vergehen einige Minuten.

»Jetzt! Hast du's gemerkt?«

Aber Teo rollt sich herum und legt sich auf seine Seite des Bettes, nimmt sein Taschenbuch über die Mafia vom Nachttisch und schlägt es auf.

»Ich nehme an, das war's dann mit dem Sex für heute«, brummt er.

Wie kann er jetzt über Sex reden, wo unser Kind gerade hallo zu uns sagt?

»Ich fass es nicht, dass dir unser Kind egal ist.«

»Ich fühle doch nichts!«

»Vielleicht willst du es bloß nicht fühlen!«

»Mann, verdammt! Wie lange soll ich denn die Hand da draufhalten, um akzeptiert zu werden?«

»So lange, wie es nötig ist!«

»Aber ich weiß, dass ich nichts fühlen werde. Es ist immer noch zu schwach.«

»Gib's doch zu, du hast von vornherein beschlossen, dass du nichts spürst, das interessiert dich ja überhaupt nicht.«

»Jetzt denk mal nach, Agata. Findest du das logisch?«

»Sprich nicht mit dieser Lehrerstimme zu mir!«

»Dann benimm dich nicht wie eine Neunjährige!«

»Und du benimm dich nicht wie ein Schwein! Hast du einen Kater, oder was? Manchmal frage ich mich wirklich, ob du langsam zum Alkoholiker wirst.«

Teo feuert sein Taschenbuch wütend auf die Bettdecke.

»Was willst du damit sagen! Wann war ich das letzte Mal aus, abgesehen von gestern?«

»Ich führe nicht Tagebuch darüber, aber ich weiß, dass es ziemlich oft war.«

»Wann zuletzt, habe ich gefragt!«

»Weiß ich doch nicht, hör auf, mich anzuschreien!«

»Vor einem Monat. Ich war die meiste Zeit hier bei dir, ich habe auf dem Sofa gelegen und mir bescheuerte Serien angeguckt und Dirty Dancing – ich hasse Dirty Dancing, wusstest du das? – und hundert Kilo Süßigkeiten gegessen, und gestern, zum ersten Mal seit vier Wochen, bin ich mit Dany zu Saschas Party gegangen. Vergib mir, o Herr, ich habe gesündigt!«

»Erst wirfst du mir vor, dass ich mir nichts aus dem Kind mache, und wenn ich es dann tue, meckerst du mich an.«

»Wann habe ich dir vorgeworfen, du würdest dir nichts aus dem Kind machen? Du halluzinierst, weißt du das? Kannst du dich nicht einfach benehmen wie eine normale Schwangere?!«

Das ist ja wohl die Höhe. Schluchzend reiße ich meine Bettdecke an mich und gehe rückwärts Richtung Tür. Aus den Augenwinkeln sehe ich, dass die blauen Mathehefte von Teos Schülern auf dem Wandregal aufgestapelt sind. Ich greife mir die beiden obersten, knülle sie zusammen und schmeiße sie auf den Boden. Teos Gegenschlag: mein heiß geliebtes Iron-

Maiden-Poster herunterreißen, das über unserem Bett hängt. Das von dem Konzert, für das Papa Johan und mich ganz bis nach Stockholm gefahren hat, damit wir hingehen konnten. Mir bleibt die Luft weg, als ich wie in Zeitlupe sehe, wie Bruce Dickinsons Autogramm mittendurchgerissen wird.

»Du Scheißkerl! Und du willst Vater werden!«

Ich knalle die Tür hinter mir zu, aber dann fällt mir noch was ein:

»Du bist ja bloß neidisch, weil ich Tritte fühlen kann und du nicht! Das ist es doch, oder? Teo Tausendsassa, der immer alles besser kann, guckt in die Röhre. Ich sag dir eins, das ist das Wahnsinnigste, was ich seit langem erlebt habe, die Tritte fühlen sich an wie … ach, ich kann es gar nicht beschreiben, so irre ist das!«

Peng. Ich knalle die Tür wieder zu. Vor dem Spiegel im Flur bleibe ich stehen. Lasse die Bettdecke fallen und ziehe das Nachthemd hoch. Mein Bauch ist jetzt schon ziemlich groß, er fängt unter den Brüsten an und ist steinhart. Wie ein Bierbauch, nur schöner. Ziemlich groß. Ich hoffe, es bleibt bei der Größe. Ich drücke ein bisschen darauf herum. Du, sprich nochmal mit mir. Aber drinnen bleibt es still.

Als ich auf dem Sofa liege, drücke ich weiter, bekomme aber keine Antwort. Ich horche auf das gemächliche Ticken der Wanduhr in der Küche. Ziehe dann ein Resümee der Lage, bevor ich erschöpft wegtauche:

Positiv: Ich habe nicht mehr den Eindruck, dass unser Kind taub ist.

Negativ: Der Kindesvater ist offenbar vollkommen übergeschnappt.

Patrick Swayze läutet das neue Jahr ein

Ich hatte mich schon die ganze Woche vor Kias und Danys Silvesterparty gegrault. Ich hatte überhaupt keine Lust, mit lauter betrunkenen Leuten zu feiern, mit dem dicken Bauch und einem alkoholfreien Drink in der Hand. Feiern ohne zu trinken ist wie Schaufenster-Shopping. Total sinnlos. Es endet nur damit, dass man an all das erinnert wird, was man nicht darf.

Dann passiert ein Wunder. Am Nachmittag höre ich, wie Teo sich erbricht. Winterkotzeritis. Ein verspätetes Geschenk des Weihnachtsmannes an Agata?

»Nein, wie blöööd«, jammert Kia mit gestresster Stimme ins Telefon, während sie durch die Wohnung hetzt und mit Porzellan klappert, den Wasserhahn auf- und zudreht und flucht, als ihr Rouge auf den Badezimmerfliesen in tausend Stücke zerspringt.

»Ich weiß.«

»Kannst du denn nicht alleine kommen?«

»Und den armen Teo in seiner Kotze zurücklassen?«

»Äh … nimmst du mich auf den Arm?«

»Okay, ich geb's zu. Sein Timing hätte nicht besser sein können. Ich habe Dirty Dancing ausgeliehen und Unmengen Naschzeug gekauft.«

»Agata«, seufzt Kia, »du machst fast überhaupt nichts mehr.«

»Hör auf, du weißt nicht, wie es ist, schwanger zu sein und sich amüsieren zu sollen.«

Ich verstumme und beiße mir auf die Zunge.

»Entschuldige. Das hab ich nicht so gemeint.«

»Schon okay.«

»Gutes neues Jahr, Kia. Du wirst die Schönste auf der Party sein. Grüß Dany.«

»Bussi.«

Teo ist überglücklich, dass ich zu Hause bleibe. Dass ich seine Stirn kühle und den Spuckeimer auskippe. Plötzlich fängt das Kleine wieder an zu treten. Es gluckert und kitzelt da drinnen, und ich könnte schon wieder quietschen vor Lachen. Ich beeile mich, Teos schwache, bleiche Hand auf meinen Bauch zu legen, und dann halte ich die Luft an und verspreche mir selbst, keinen Streit anzufangen. Aber da! Er spürt es! Er lächelt durch den Fiebernebel, und dann beugt er sich aus dem Bett und spuckt wieder. Ich mache den Eimer leer, stelle ihm ein Glas Cola ohne Kohlensäure hin und sage gute Nacht. Dann krieche ich unter die Wolldecke, die Schüssel voller Naschzeug im Schoß, und seufze glücklich. Mitternacht verschlafe ich auf dem Sofa. Ich verpasse »Mein Baby gehört zu mir, ist das klar!«. Und den Heber. Das Beste von allem.

Chefs fummeln während Arbeitszeit

Wir sitzen in der Arche, und ich bin gerade dabei, eine Mail zu schreiben, als ich einen festen Tritt direkt links ins Kreuz spüre. Ich muss kichern.

»Was ist so lustig?«, fragt Olle, der neben mir sitzt und versucht, das Kreuzworträtsel in der heutigen Ausgabe zu lösen.

»Es tritt mich«, antworte ich schnell, bevor mir einfällt, dass Olle das vermutlich gar nicht interessiert.

»Aha«, sagt Olle.

Es vergeht eine Minute.

»Und wie fühlt sich das an?«

Ich höre auf zu schreiben und drehe mich zu Olle um, der schräg hinter mir sitzt.

»Ich weiß nicht. Ist ein ganz eigenartiges Gefühl. Als wenn man gleich einen fahren lässt ...«

Olle zieht eine Grimasse.

»... ich meine, wie Luftblasen, es kitzelt, und ich werde ganz kicherig. Es fühlt sich an, als ... als ob da ein kleines Persönchen drin ist, das auf sich aufmerksam machen will«, sage ich schließlich still und Olle lächelt.

»Darf ich mal fühlen ... nein, entschuldige ... vergiss es.«

Olle sieht verlegen aus.

Ich zögere. Olles Hand auf meinem Bauch? Normalerweise wäre das ein Zeichen dafür, dass der Weltuntergang bevorsteht und wir beide die letzten Menschen weit und breit sind, aber egal.

»Na klar. Da.«

Ich zeige auf die Stelle.

»Nein, fester. Mit der ganzen Hand«, sage ich und muss lachen, als Olle mit dem Zeigefinger leicht in meinen Bauch piekst.

So sitzen wir eine Weile da, und dann zuckt Olle so heftig zusammen, dass er mit dem Stuhl ein Stück zurückrollt.

»Mann! Was für ein Tritt.«

»Ich weiß! Manchmal beult der Bauch richtig aus«, kichere ich.

»Hier sitzt ihr und amüsiert euch«, sagt Janne mit einem Augenzwinkern und klopft auf meinen Schreibtisch. Olle und ich fahren verlegen auseinander.

»Wir müssen eine bessere Zeitung machen, hört ihr! Alles steht still. Im Moment sind wir todlangweilig«, ergänzt Janne etwas zu laut, und ich sehe aus den Augenwinkeln, wie Patrick und Maria herübersehen.

»Schon, aber zaubern können wir auch nicht«, versuche ich abzuwehren, aber das war die falsche Antwort.

»Du bist Nachrichtenchefin. Es ist dein Job, Nachrichten zu finden. Die Welt ist voll davon«, schnauzt Janne und geht.

Olle und ich sehen uns an und schnauben verächtlich, als wir sicher sind, dass Janne außer Hörweite ist.

»Als ob er das besser könnte.«

»Genau.«

Reporterin hält Druck nicht aus

Martin ist wieder da! Er war seit Mitte Dezember, als ich in die Arche kam, krankgeschrieben. Pontus hat gesagt, es liegt daran, dass Martin und seine Frau sich gerade scheiden lassen und Martin es sehr schwer nimmt. Ich umarme ihn, gleich nachdem ich meine Tasche auf den Schreibtisch geworfen habe. Er lacht verlegen.

»Hast du mich so sehr vermisst?«

»Ja!«

Ich sehe zu, wie Martin seinen Laptop nimmt und verschiedene Papierstapel auf seinem Schreibtisch zusammenpackt. Er sieht wirklich ziemlich müde und erschöpft aus, der Ärmste.

»Wie rund und schön du bist«, lächelt Martin und deutet mit einem Kopfnicken auf meinen Bauch.

»Danke.«

Ich lächle und werde ein bisschen rot.

Was für ein Gentleman. »Rund und schön« anstatt »dick und fett«. Ich meine, mein beginnender Doppelhintern, an dem wohl vor allem die ganze Schokolade der Weihnachtstage schuld ist, lässt sich kaum übersehen. Der Bauch auch nicht. Der führt irgendwie ein Eigenleben. Neulich fragte Gunvor mit besorgter Miene: »Was sagtest du, wann dein Termin ist? Können die sich verrechnet haben?« – »Nix da, Gunvor, hier hat sich keiner verrechnet. Es kann schließlich nicht jeder aussehen wie die Hollywoodstars, weißt du!« Ich tue mit anderen Worten so, als stünde ich hinter jedem Kilo. Die Waage hat begonnen, den Kilimandscharo zu erklettern, von sechzig Kilo auf – tadaa! – achtundsiebzig Kilo. In nur sechs Monaten. Wo soll das enden?

»Wollen wir einen Kaffee trinken und über die Zeitung sprechen?«, schlägt Martin vor, und ich nicke. Im selben Moment ertönt das Signal: TT-Blitzmeldung!

»Flugzeugunglück in Italien. Yes! Ist vielleicht was Gutes«, sagt Martin, und wir beschließen, falls es sich lohnt, falls es Todesopfer gibt, jemanden hinzuschicken.

»Wie wär's mit Maria?«, schlage ich vor. »Es ist lange her, dass sie irgendwo hinfahren durfte.«

»Nein, Patrick ist schnell und zuverlässig. Er ist dem Druck gewachsen«, sagt Martin.

»Aber das ist Maria auch.«

Ich merke, dass ich Martin gegenüber die Oberhand habe, weil er weg war, denn er nickt nur gestresst.«

»Meinetwegen.«

Je weiter der Tag vorangeht, desto besser kriegen wir den Absturz in den Griff, der sich jetzt als der schlimmste in der Geschichte Italiens herausstellt. Maria hat Glück, sie bekommt einen Flug und meldet sich schon um vier Uhr.

»Jetzt sind fünfundzwanzig kleine Kinder und vierzig Erwachsene als Todesopfer bestätigt. Hier auf dem Flughafen herrscht Chaos.«

Sie klingt mitgenommen und müde.

»Es war eine Gruppe Kinder im Flugzeug, zehnjährige Mädchen auf dem Weg in ein Handballcamp. Sie sind alle tot. Agata, hier sind so viele Eltern, die …«

Ihre Stimme bricht.

»Maria, alles in Ordnung?«

Es vergehen ein paar Sekunden.

»Es geht schon wieder, sag mir einfach, was ich tun soll.«

»Konzentriere dich auf die menschliche Seite, Maria. Keine Uniformen oder offiziellen Leute. Sondern die Schicksale, okay?«

Auch von den internationalen Foto- und Nachrichtenagenturen strömen Bilder und Pressemitteilungen herein. Die Trauer scheint unbeschreiblich. Eine Großmutter, sie hat die Handflächen an die Stirn gedrückt, ihr Gesicht ist zu einer abgrundtief verzweifelten Grimasse verzerrt. Ich überfliege die Textzeile unter dem Foto: »Sie verlor drei Kinder und vier Enkel.« Ein anderes Foto zeigt das Flugzeugwrack, schwarz und verkohlt: »Vier Kinder auf einem Acker gefunden, sie hielten sich immer noch umklammert.« Ein Bild von einer jungen, hübschen Schwangeren, die auf dem Flugplatz von Mailand kniet. Sie schreit ihren Schmerz heraus, die Arme zum Himmel gereckt. Sie könnte irgendjemand aus meinem Bekanntenkreis sein. Sie könnte ich sein. Sie trägt Jeans und Blazer, eine teure Ledertasche liegt achtlos hingeworfen neben ihr, Handy und Schlüsselbund sind auf den Steinfußboden herausgerutscht. Die Haare gehen ihr bis über die Schultern. Sie ist in meinem Alter. Bildunterschrift: »Sie hat ihren Mann und ihre sechsjährige Tochter verloren.«

»Wir nehmen das hier«, sage ich zu dem Redakteur, und er nickt stumm.

»Alles okay bei dir?«, fragt Janne mich im Laufe des Tages.

»Ja, klar.«

Ich habe den Verdacht, dass sie fragen, weil ich schwanger bin, aber ich bin nicht sauer oder beleidigt. Ich finde es nett, dass sie sich Gedanken machen. Auch wenn sie sich irren.

Am Nachmittag schicken wir auch noch Patrick los, nachdem sich herausgestellt hat, dass die Fluggesellschaft wusste, dass die Maschine nicht in ordnungsgemäßem Zustand war.

Bevor ich nach Hause gehe, sehen der Alte, Janne, Martin

und ich uns an, was der Redakteur zusammengestellt hat. Ich erkläre, was wir uns dabei gedacht haben, und Janne und der Chefredakteur sehen zufrieden aus.

»Hervorragende Arbeit, ihr zwei! Und jetzt geht nach Hause!«

In der Nacht breche ich zusammen, und Teo hält mich fest umarmt, wohl eine Stunde lang, während ich mich in den Schlaf weine.

Lena Endre mit ihrer Verfolgerin konfrontiert

Am Wochenende fährt Teo mit seiner Klasse nach Skagen. Freitagabend verbringe ich vor dem Fernseher. Ich vermisse Teo. Glotze teilnahmslos irgendeinen französischen Film, der sich als ziemlicher Porno erweist. Nach einer Weile merke ich, dass ich erregt bin, und onaniere. Ich finde es immer noch nicht sehr entspannend, was, wenn das Kind das mitkriegt? Ach nein, das geht ja nicht, Gott, was für ein alberner Gedanke. Aber trotzdem. Die Hebamme und ich reden nicht über Selbstbefriedigung, wir reden über die Farbe meines Urins, die Eisenwerte, die Entwicklung des Kindes und die Zuwachskurve meines Bauches.

Am Samstagmorgen ruft Dimitra an und weckt mich.

»Agata. Komm her, wir haben Unmengen Kosmetik, die wir loswerden wollen. Jede Menge Gratisproben.«

Also fahre ich zu Åhléns in der City. Am Eingang bleibe ich in der Menschenmenge stecken. Die Schlange derer, die rein wollen, ist mit der Schlange derer zusammengestoßen, die hinausdrängen; ich komme mir vor wie auf einem Rockkonzert, allerdings sind die Leute hier alle gestresst und riechen nach Schweiß und schlagen mir mit ihren Einkaufstüten gegen die Beine. Nach einer halben Ewigkeit habe ich es endlich bis zu dem Kosmetikstand geschafft, über den Dimitra herrscht. Sie umarmt mich und prahlt vor ein paar jüngeren Frauen am Nachbarstand, dass ich die Schwiegertochter sei, die ein Kind erwartet. Dann zeigt sie auf eine Kiste hinter dem Tresen.

»Was möchtest du haben?«

»Ich weiß nicht«, antworte ich ehrlich.

Normalerweise liebe ich es, Kosmetikartikel von Dimitra zu bekommen. Zwischen Lidschatten und Lipgloss zu kramen und verschiedene Nuancen von Tagescreme auszuprobieren. Aber jetzt bin ich so müde.

»Etwas, das deine Haut strahlen lässt, du siehst ein bisschen angegriffen aus«, schlägt Dimitra vor, beugt sich über die Kiste und fängt an zu graben.

In dem Moment sehe ich sie. Sie hat sich gerade aus der Menge am Eingang freigekämpft. Sie trägt eine weiße Baskenmütze mit einer Blume dran und einen beigefarbenen Mantel, der teuer aussieht. Sie müht sich, eine große Tüte heil aus dem Gedränge zu bekommen.

Dann wird sie von einer älteren Dame und einer jüngeren Frau angehalten und schreibt ein Autogramm. Nach ein paar Augenblicken kann sie ihren Weg fortsetzen. Geradewegs auf uns zu. Nun ist es also so weit. Worauf die ganze Familie eine Million verwettet hätte, dass es niemals dazu kommt, wird nun passieren. Lena Endre ist auf dem Weg hinein in Dimitras Leben.

»Guten Tag, könnten Sie mir helfen?«, sagt Lena Endre und lächelt mich an.

Dimitra richtet sich auf, immer noch mit dem Rücken zu Lena Endre, und zwitschert:

»Aber gern. Nur eine Sekunde, bitte!«

Während sie sich umdreht, sagt sie die routinemäßige Serviceformel:

»Was kann ich für Sie tun?«

Lena Endre seufzt kaufselig und starrt auf die exklusiven Verpackungen mit Reinigungsmilch, Gesichtswasser und Augencremes, Lippenstiften, Kajalstiften und den hübsch geformten Puderdosen, die auf dem Verkaufstresen oder im Regal hinter

Dimitra aufgereiht stehen. Gleichzeitig sehe ich, wie Dimitras samtweich-hilfsbereites Lächeln zu einer schockstarren Grimasse gefriert. Ich meine fast das Klirren zu hören, als die Maske ihres Gesichts auf dem Fußboden zerschellt. Hinter der aufgemalten Fassade steckt eine leichenblasse ältere Frau. Ich weiß nicht, was ich tun soll, ich habe Angst, dass Dimitra in Ohnmacht fällt oder, noch schlimmer, eine Schlägerei anfängt, die sie ihren Job kosten würde. Aber ich denke, manchmal muss man einfach ruhig Blut bewahren und einen Schritt zurücktreten. Abwarten, was passiert. Also mache ich einen großen Schritt schräg rückwärts, raus aus dem Verkaufsstand, und tue so, als beguckte ich mir die Produkte auf dem Tresen. Probiere den Lidschatten, den Dimitra mir hingelegt hat, auf dem Handrücken aus. Alles, während ich heimlich meine ganze Aufmerksamkeit auf Lena Endre und Dimitra richte.

»Ich habe ein Problem«, sagt Lena Endre und fingert an einer Bräunungscreme.

Dimitra nickt, sagt aber nichts. Sie steht mit geradem Rücken da, allzu geradem Rücken, so als zöge jemand auf der anderen Seite des Mittelgangs an einer unsichtbaren Schnur um Dimitras Taille. Ich sehe Dimitra nur im Profil und kann ihren Gesichtsausdruck nicht interpretieren.

»Ich muss mich in meinem Beruf sehr stark schminken. Gerade jetzt, wo ich auf der Bühne stehe. Fünf Tage in der Woche. Und ich merke, dass meine Haut das nicht mehr verträgt.«

Lena Endre klingt sehr vertraulich, wie sie da steht, leicht über den Tresen gebeugt, während Dimitra sich immer noch kerzengerade hält, sogar eine Idee nach hinten gelehnt.

»Deshalb dachte ich, vielleicht sollte ich einmal etwas Neues ausprobieren. Eine Freundin hat mir diese Marke empfohlen. Ich habe es erst bei Nordiska Konpaniet versucht, aber die hatten sie nicht.«

Ich warte. Lena Endre wartet. Jetzt sieht sie beinahe ein

bisschen ungeduldig aus, sie hat die Augenbrauen hochgezogen und wartet darauf, dass die Kosmetikverkäuferin ihren Arsch bewegt. Na los, Dimitra, reiß dich zusammen!

»Ich weiß genau, was Sie durchmachen. Ich bin auch Schauspielerin«, sagt Dimitra plötzlich, und es gelingt ihr, forsch und zugleich gestresst zu klingen.

»Aha, wie schön. Dann können Sie mir ja vielleicht etwas daüber erzählen.«

»Ich habe in den vergangenen Jahren bei etlichen Inszenierungen mitgewirkt. Hamlet war die letzte«, fährt Dimitra fort, und ich wünschte, ich könnte die Zeit für ein paar Minuten anhalten und ihren Schädel öffnen. Da müssen ein paar Leitungen umgepolt werden. Vielleicht muss man einen dünnen roten oder blauen Draht durchknipsen, so wie in amerikanischen Actionfilmen, damit sie nicht explodiert.

»Ich meinte, über das Make-up. Reinigungsprodukte.«

Lena Endre wird noch etwas ungeduldiger, tritt von einem Fuß auf den anderen.

»Make-up? Welches Make-up?«

Dimitra benimmt sich plötzlich wie eine Schlafwandlerin. Als könnte sie nicht klar denken.

»Ich werde mich etwas umsehen und komme vielleicht nachher nochmal wieder«, sagt Lena und klingt etwas gepresst, sie zeigt mit dem Arm auf einen der anderen Stände.

Ich halte den Atem an. Ich gebe mir keine Mühe mehr, so zu tun, als probierte ich Make-up aus. Komm jetzt, Dimitra. Reiß dich verdammt nochmal zusammen.

»Gerade deswegen weiß ich, was Sie brauchen. Welchen Hauttyp haben Sie? Trocken, Mischhaut, fettig? Sie scheinen Normalhaut zu haben, mit einer kleinen Neigung zur Trockenheit, Wangen und Nase sehen sehr trocken aus.«

Ich atme auf. Dimitra hat die Kurve gekriegt. Lena Endre war ein paar Schritte zurückgewichen, aber auch sie wirkt erleichtert. Sie tritt näher und stellt sich wieder leicht gebeugt an den Tresen, während Dimitra hierhin und dorthin greift und verschiedene Produkte vor sie hinstellt.

»Stimmt. Ich hatte nie trockene Haut, aber jetzt merke ich das auch, ja.«

»Mit zunehmendem Alter wird die Haut empfindlicher«, sagt Dimitra und sieht Lena Endre beinahe mitleidig an.

Die seufzt.

»Ja, das ist wohl leider so.«

Dann sieht sie mich an.

»Verzeihung, habe ich mich vorgedrängt?«

Ich bringe kein Wort heraus, aber Dimitra hat das Gaspedal bis zum Anschlag durchgetreten und benimmt sich wie ein Reisender nach einem Zugzusammenstoß.

»Das ist meine Schwiegertochter. Sie bekommt bald ein Baby. Mit meinem Sohn. Teodore.«

»Wie süß. Herzlichen Glückwunsch.«

»So, schauen wir mal. Geben Sie mir Ihre Hand, Lena!«

Lena hält ihr gehorsam die Hand hin, und Dimitra schmiert mit ihrer braungebrannten, goldgeschmückten Hand Creme auf Lenas bleichen, nahezu durchscheinenden Handrücken. Das da ist so bizarr. Ich wünschte, ich könnte jetzt Teo anrufen, aber ich will die beiden Damen nicht stören. Ich will auch kein Wort von dem verpassen, was sie sagen. Ich muss nachher auch Mamas Freundin Siwan anrufen. Die bricht zusammen, wenn sie hört, wen ich getroffen habe.

Die Damen schmieren und nicken und starren auf die Hand, Dimitra nimmt Sachen aus dem Schrank und stellt sie wieder zurück, Dimitra liest vor, und Lena nickt beeindruckt. Zwischendurch zeigt Dimitra auf verschiedene Stellen in Lenas Gesicht, und dann starren sie gemeinsam in einen Vergrößerungsspiegel, der auf dem Glastresen steht.

»Wovor man sich in Acht nehmen muss, ist unreine Haut

und dass man keine Produkte verwendet, die nicht genügend Feuchtigkeit spenden. Das wäre nicht gut. – Agata, komm doch mal her«, sagt Dimitra plötzlich, und ich gehe gehorsam hinter den Tresen.

»Betrachten Sie die Nase, sehen Sie, unrein«, sagt Dimitra und dreht mein Gesicht so hin, dass Lena Endre es studieren kann. Sie nickt, und Dimitra scheucht mich wieder weg.

Nach einer halben Ewigkeit mit Vorlesen und Eincremen und Vergrößerungsspiegel-Studium bezahlt Lena Endre schließlich 2869 Kronen und schenkt sowohl Dimitra als auch mir ein strahlendes Lächeln.

»Alles Gute!«, sagt sie und deutet auf meinen Bauch, bevor sie in Richtung Ausgang davonrauscht.

Dimitra und ich bleiben zurück und schauen ihr nach, bis ihre Baskenmütze durch die Tür verschwunden ist.

»Dimitra, ich bin platt.«

»Was meinst du?«

»Dass du das dermaßen elegant hingekriegt hast.«

Dimitra beginnt den Tresen zu putzen, während ich sie lobe, als wäre sie eine Zehnjährige.

»Ich dachte, dass du entweder kein Wort über die Lippen kriegst oder, noch schlimmer, ihr irgendwas Gemeines antust.«

Dimitra hält inne.

»Aber das habe ich.«

»Was?«

Dimitra zieht mich in den Stand hinein.

»In zehn Tagen ist ihre Haut vollkommen hinüber. Fettig und voller Pickel.«

Dimitra schüttelt sich, als würde sie frieren.

»Ich verstehe nicht.«

»Ich habe ihr Produkte verkauft, die nicht zu ihr passen. Diese Serie hier ist für einen völlig anderen Hauttyp, verstehst du? Sie wird aussehen wie Godzilla. Soll sie doch kommen und sich beschweren!«

Jetzt bin ich es, die unter Schock steht und völlig sprachlos ist, mehrere Sekunden lang.

»Hast du gesehen, wie arrogant die war? Aber geliftet war sie nicht, das muss ich zugeben. Hast du ihre Falten bemerkt?«, fragt Dimitra amüsiert.

Schwangere in Ritzenklemmerhose

Am Sonntag stehe ich in einer Umkleidekabine bei H & M, ich habe noch ein paar Hunderter von meinem Gehalt übrig, was nichts Gutes bedeutet, denn es ist erst Mitte des Monats. Aber ich brauche unbedingt neue Klamotten. Kia hängt mit den Armen über der Tür und mustert mich. Ich habe eine großgeblümte Tunika an und eine potthässliche Armeehose in Umstandsgröße, die unter der Brust anfängt und direkt unterm Knie aufhört. Ich komme mir vor wie ein Riesenbaby. Fehlt nur noch die Nuckelflasche.

Kia betritt munter die Kabine.

»Lass dich mal von vorn ansehen!«

Sie tritt sofort einen Schritt zurück, eine Hand vor den Mund geschlagen.

»Soo furchtbar ist es ja nun auch nicht«, sage ich eingeschnappt, weil ich finde, dass sie ein bisschen überreagiert.

»Agata«, keucht sie und zeigt mit dem Finger auf mich.

»Was?«

Ich drehe mich wieder zum Spiegel. Was veranlasst Kia, gleich zu kotzen, außer dass ich fett bin? Außerdem bin ich heute mit meinen Haaren richtig zufrieden. Sie glänzen echt mehr als sonst und sind richtig füllig. Meine Stresspickel sind auch weg, und ich trage ein paar süße goldene Ohrhänger mit grünen Steinen, die an meinem Hals herabbaumeln und meine Augen noch grüner aussehen lassen. Schmuck zu kaufen ist das Einzige, was im Moment noch Spaß macht, Ohrringe und Halsketten passen immer.

»Ritzenklemmer«, keucht Kia schließlich und sieht seekrank aus.

»Wie bitte?«

Ich starre im Spiegel an mir herunter. Um Gottes willen, wie konnte ich das übersehen? Die Armeehose schneidet ja mitten in die Muffe. Das ist das Schlimmste, was es gibt. Frauen, die Stoffhosen oder Jeans so weit hochziehen, dass die Schrittnaht die Schamlippen spaltet. Wieso habe ich das nicht gesehen? Was, wenn ich diese Hose gekauft hätte? Ich könnte plötzlich laut heulen. Ist es schon so weit mit mir gekommen? Eine Ritzenklemmerhose.

»Zieh sie aus«, murmelt Kia angeekelt mit abgewandtem Gesicht.

Ich werfe ihr unter Tränen die Hose hin, und sie trägt sie mit angewidertem Gesicht weg. Diesen Vorfall werden wir niemals wieder erwähnen.

»Hier!«

Kia wirft mir was anderes in den Schoß und schließt die Kabinentür. Ich zwänge mich in eine schwarze Hose mit Stretcheinsatz am Bauch und kontrolliere extra sorgfältig, dass sie auch im Schritt anständig sitzt. Sie ist elastisch, und die Beine sind lang und schmal, ein Glück. Dazu probiere ich einen lila Wickelpulli, der sich bereitwillig um Brüste und Bauch schmiegt. Im Rücken ist er ein bisschen lappig, aber egal. Ich sehe völlig okay aus.

Kia öffnet die Tür.

»Oh, das sieht ja richtig gut aus«, sagt sie und atmet erleichtert auf.

»Jetzt mal ehrlich. Sehe ich aus wie ein Wal? Ein gigantischer Wal?«

Kia stöhnt plötzlich genervt.

»Ich habe dein ewiges Gejammer, dass du dick bist, so was von satt. Kannst du dich nicht einfach freuen, dass du schwanger bist? Ich warte an der Kasse«, sagt sie und knallt die Tür hinter sich zu.

Ich hatte gerade hinzufügen wollen, dass ich mich in den Klamotten, die sie ausgesucht hat, jedenfalls richtig hübsch finde, aber nun bin ich sprachlos. Kia ist eigentlich die Ruhe in Person, sie ist höchst selten gereizt oder sauer. Die Sache mit dem Kind wird langsam heikel, denke ich und werde plötzlich traurig. Ich schaue auf die Preisschilder von Pulli und Hose, und dann nehme ich sie mit zur Kasse. Kia wühlt in einem Korb mit Sonderangeboten, während ich bezahle. Sie sagt nichts, als wir wieder auf die Straße treten. Ich würde gern was sagen, aber meine Zunge ist gelähmt.

»Wollen wir einen Kaffee trinken?«, fragt sie monoton, nachdem wir ein paar Minuten gestanden und vor uns hingestarrt haben, und ich nicke stumm. »Wir gehen zu Nordiska Kompaniet«, sagt sie und ich dackele hinterher.

»Du, tut mir leid wegen eben«, sagt Kia, während sie ihren Kaffee umrührt.

»Nein, ich muss mich entschuldigen.«

Wir lächeln uns erleichtert an und rühren weiter in unseren Kaffeetassen.

»Dany und ich haben uns geeinigt. Auf ein Datum für die Hochzeit. Sechzehnter August. Dasselbe Datum, an dem die Eltern seiner Mutter geheiratet haben. Schön, nicht?«

»Ist ja toll. Herzlichen Glückwunsch. Hast du was erzählt, von wegen Kinderkriegen?«

»Nein. Ich will nicht darüber reden«, sagt Kia und beginnt an ihrer Handtasche zu knibbeln, die auf dem Tisch steht.

»Aber sag mal, willst du nicht zum Arzt gehen?«

»Da war ich schon.«

Kia sieht hoch und lässt den Blick über die Menschenmenge schweifen.

»Tatsächlich?«

»Ja, bei meinem Gynäkologen. Er meint, ich sollte ein bisschen zunehmen, es könnte daran liegen. Ist das nicht toll, endlich mal jemand, der mich zu dünn findet.«

Kia zieht eine Grimasse und lacht, aber es klingt traurig. Ich betrachte sie. Mir ist gar nicht aufgefallen, dass Kia Probleme mit dem Essen hat, oder doch, stimmt, sie achtet ständig darauf, was sie isst, und war richtig sauer, weil ich vor meiner Schwangerschaft beinahe alles in mich hineinstopfen konnte, ohne zuzunehmen. Das ist mir aufgefallen, aber nicht, dass sie »Probleme« hätte. Obwohl, wann habe ich Kia zuletzt ordentlich essen sehen? Und abgesehen von ihrem Busen ist sie im Moment wirklich sehr dünn. Ich kann ihre Wirbelsäule fühlen, wenn ich sie umarme.

»Kia, warum hast du denn nichts gesagt?«

»Ich war doch erst vor kurzem da.«

»Nein, über das Essen. Darüber, dass du nichts isst.«

»Mein Gott, ich achte eben ein bisschen darauf, was ich esse, aber wer tut das nicht?«

Kia lehnt sich auf dem Stuhl zurück und fährt sich durch die hellen Haare.

»Aber das ist doch schon mal positiv. Ich esse ein bisschen mehr und werde schwanger, ganz einfach.«

Kia breitet die Arme aus, und ich nicke eifrig. Natürlich wird sie das.

Mütter in getrennten Welten

»Der Kidnapping-Prozess beginnt am Donnerstag. Lass uns kurz über die Planung reden«, sagt Martin und legt die Füße auf den Schreibtisch.

Die Entführung. Kommt mir vor, als wäre es eine Ewigkeit her. Die Zeit vergeht ja auch rasend schnell. Jetzt ist schon Februar. Ich bin bereits im siebten Monat.

»Wir sollten Lasse vom Kriminalressort als Gerichtsreporter hinschicken«, schlägt Martin vor.

»Mhm. Ich dachte, weil es ein ziemlich spannender Fall ist … und sie aus einer prominenten Familie kommt und so … wir könnten vielleicht noch jemanden gebrauchen, der ein bisschen was darüber schreibt, welche Zuschauer im Saal sind, wie die Stimmung ist und so.«

»Ja, hört sich gut an.«

»Vielleicht Tina von der Frauenseite. Sie ist spitze in so was.«

»Yes. Das wird gut.«

»Noch was. Wir sollten uns nochmal mit den Müttern beschäftigen, finde ich.«

»Den Müttern?«

»Ja, überleg doch mal. Hier hast du ein Drama mit Schwedens reichster Mutter, deren Tochter entführt wurde, und einer alleinstehenden Vorstadtmutter, deren Sohn der Angeklagte ist. Wir machen Porträts von den beiden, stellen sie sozusagen einander gegenüber. Beruf, Jahreseinkommen, Lebensstil. Was hältst du davon?«

Martin kaut auf seinem Stift.

»Ja, das ist super. Setz Patrick daran«, sagt Martin.

»Okay.«

Für eine Sekunde spüre ich, wie die Reporterin in mir zum Leben erwacht. Am liebsten würde ich selbst über diesen Prozess berichten.

Ich gehe zu Patrick hinüber, anscheinend will er gerade zu einem Job aufbrechen, denn er schaltet seinen Rechner aus und packt seine Siebensachen zusammen.

»Du, kannst du mal bei Mikael Anderssons Mutter vorbeifahren? Wir machen eine Dokumentation, ›Mütter in getrennten Welten‹, bevor der Kidnapping-Prozess am Donnerstag anfängt.«

»Klar, hört sich super an.«

»Heute?«

»Nein, ich hab heute den ganzen Tag frei, bin nur hier, um meine Sachen zu holen. Ich fahre heute zu Annika.«

»Annika?«

»Ja, meine neue Freundin. Sie wohnt in Enköping.«

»Aha? Cool. Gratuliere. Aber könntest du sie gleich mal anrufen? Mikaels Mutter, meine ich.«

»Jetzt nicht! Aber ich rufe sie an, sobald ich im Zug sitze, okay?«

Patrick wirkt gestresst.

»Besuch sie morgen und nimm einen Fotografen mit!«, rufe ich ihm hinterher, als er Richtung Empfang verschwindet.

Er hebt die Hand zu einem kurzen Winken, ohne sich umzudrehen.

Vorbereitungskurs artet in Katastrophe aus

Teo hat uns zu einem Geburtsvorbereitungskurs angemeldet. Für 1400 Kronen sollen wir atmen lernen. Ich glaube, Teo will ihn zum Ausgleich für den Entbindungskurs machen, den er geschmissen hat. Wir sitzen ganz hinten in einem Geschäft für Umstandsmoden, in einem kleinen Raum ohne Fenster. Wir sind sechs Paare, die an den Wänden entlang auf Stühlen sitzen und auf die Kursleiterin warten. Das Einzige, was zu hören ist, sind die schweren Atemzüge der Frauen, es klingt fast wie Schnaufen. Ich habe schlechte Laune. Im Bus hierher wollte mir ein Mann beim Einsteigen helfen, und ja, vielleicht habe ich ihn ein bisschen zu heftig angeraunzt, dass ich das schon allein schaffe, aber musste er unbedingt was von »fett« und »selber schuld« murmeln? Typisch auch, dass der einzige freie Sitz genau gegenüber einer anderen Schwangeren war, die aussah wie ein Filmstar. Sie hatte ihren hübschen schwarzen Steppmantel aufgeknöpft, sodass man den minikurzen Jeansrock sehen konnte und die langen Beine, die streichholzdünn aussahen, obwohl sie dicke gerippte Strickstrumpfhosen anhatte. Nicht ein Tropfen von Wasser in den Beinen. Der Bauch war perfekt rund und mitteldick, und die restliche Figur sah aus wie die eines frisch erblühten Teenagers. Jetzt konnte der ganze Bus uns miteinander vergleichen und das gestrandete Flusspferd bemitleiden, das mit hochrotem Gesicht dasaß und schwitzte, die Dicke, die es nicht geschafft hatte, ebenso herrlich frisch und gesund auszusehen. Wir stiegen an derselben Bushaltestelle aus, und da stellte ich zu allem Überfluss auch noch fest, dass ihr sogar das Pinguinwatscheln erspart geblieben war.

Ich blicke mich um. Wir sind insgesamt sechs Frauen. Vier haben identische Latzhosen an, und wenn sie sich hinsetzen, schneidet ihnen die Hose tief in den Schritt, sodass man die Konturen der Schamlippen sieht. Das ist in jeder Hinsicht tragisch.

Jetzt kommt sie herein. Die Kursleiterin. Sie stellt sich als Rut vor, hat krause Haare und trägt eine Brille mit schwarzem Gestell, sie scheint schon älter zu sein, um die vierzig vielleicht. Sie sagt, dass sie zwanzig Jahre Hebamme gewesen sei, jetzt aber hauptberuflich Geburtsvorbereitungs- und Entbindungskurse gebe.

»Beginnen wir mit einer Vorstellungsrunde«, sagt Rut und nickt einer blonden Frau zu, die ein Halstuch um ihren Haarknoten gebunden hat. Ihr Mann hat immer noch den Stöpsel vom Handy im rechten Ohr und beeilt sich, ihn herauszunehmen und sich aufrecht hinzusetzen. Er trägt Hemd und Jackett und hat Schweißperlen auf der Stirn.

»Ich heiße Susanne, aber alle sagen Sussie, und das ist mein Mann Fredrik.«

Fredrik hebt grüßend eine Hand.

»Und was macht der Bauch?«, fragt Rut, zeigt darauf und lächelt aufmunternd, während sie gleichzeitig aufsteht und einen der Stifte von der Weißwandtafel holt, die die ganze Wand hinter ihr einnimmt. Die Knotenfrau streicht sich über den Bauch, und plötzlich verwandelt sich ihre Stimme, sie klingt wie ein kleines Mädchen, das vor sich hin plappert.

»Jjjjaa, Fröschlein geht es fein. Jaha, die Mama weiß das, odde niech?«, säuselt sie in Babysprache, während sie ihren Bauch liebkost.

»Wir nennen es Frosch«, wirft ihr Mann ein, den Blick irgendwo auf die Wand hinter Rut gerichtet.

Ich schiele zu Teo, aber er wirkt einfach nur interessiert.

»Es ist nicht ungewöhnlich, dass man dem Baby einen Kosenamen gibt, damit es ein bisschen realer wird«, erklärt Rut. »Haben das noch mehr von euch getan?«

»Fisch«, sagt jemand rechts von uns.

Vereinzelte verständnisvolle Lacher sind zu hören.

»Alien«, wirft Teo ein, und alle lachen, während ich mich fühle, als hätte er gerade verraten, wie ich nackt aussehe. Das war doch nur für uns. Rut fordert jemanden neben uns auf, die Vorstellungsrunde fortzusetzen.

Ich beuge mich langsam nach vorn und sehe eine weitere Latzhosenträgerin mit zwei Pocahontas-Zöpfen.

»Ich heiße Pia, und das hier ist mein Freund Tore. Wir bekommen unser Baby in drei Wochen.«

Tore, mit Ringelshirt und Prinz-Eisenherz-Frisur, erinnert mich an den Bibliothekar in meiner Oberstufe, und ich schüttle mich innerlich. Pocahontas streicht sich ebenfalls über den Bauch, und Prinz Eisenherz legt sogar seine Hand darauf. Rut nickt mir zu.

»Ich heiße Agata … tjaaa, was soll ich sonst noch sagen …«

»Ich bin Teo«, springt Teo ein. »Unser Kind kommt im Mai. Aber ich möchte am liebsten, dass es jetzt gleich kommt, ich kann es gar nicht abwarten.«

Sämtliche Frauen und Rut legen den Kopf schräg und lächeln Teo verständnisvoll an.

»So geht es mir auch«, sagt Prinz Eisenherz.

»Wisst ihr schon, was es wird?«, fragt Rut in die Runde.

»Ich würde gar nicht wissen wollen, ob unser Frosch ein Junge oder ein Mädchen ist, das wäre … die Natur hat es ja so eingerichtet, dass es eine Überraschung sein soll«, sagt die Knotenfrau, die vorhin in Babysprache geredet hat. Ich kann mir nicht helfen, aber ich frage mich, was die wohl von kleinen Kätzchen hält, die in einer Radiosendung verlost werden.

Rut räuspert sich und steht wieder auf, geht zu der Tafel an der Wand und schreibt:

Latenzphase. Austreibungsphase. Atmung. Wunschbild.

Sie zeichnet ein Baby, das sich im Becken drehen soll. Ich fange an zu schwitzen, hier drinnen ist es plötzlich wie in einer Sauna.

Wie soll das eigentlich funktionieren? Lebe ich in einer Traumwelt, bilde ich mir ein, dass die Geburt schon irgendwie klappen wird, wenn ich nur nicht daran denke? Ich sehe, dass die Knotenfrau ein Filofax hervorgeholt hat und sich Notizen macht. Eine andere, die Einzige ohne Latzhose, mit aufgeknöpfter Kostümjacke und nicht ganz so dickem Bauch wie wir Übrigen, hat einen kleinen Kassettenrecorder aufgestellt und zeichnet auf.

»Meine Erfahrung sagt mir, dass es gut ist, sich Gedanken darüber zu machen, wie man die Entbindung gestalten will. Man kann natürlich nicht alles steuern, es geht mehr darum, sich ein positives Bild von dem zu machen, was passieren wird, und darauf zu vertrauen, dass man es tatsächlich durchsteht. Hierbei kommt die Atmung ins Spiel. Man kann die Gebärenden praktisch in zwei Kategorien einteilen: diejenigen, die Panik bekommen und ängstlich sind und ihrem Körper nicht vertrauen, und diejenigen, die nicht in Panik geraten, sondern stattdessen ihre Atmung zu Hilfe nehmen.

»Hast du schon darüber nachgedacht, wie du gebären willst, Agata? Hast du dir ein Bild von der Entbindung gemacht?«

Ich fühle mich von allen angestarrt, und in meinem Kopf ist irgendwie alles weg.

»Ich habe wohl daran gedacht, dass ich gerne lernen würde, mich zu entspannen, und ja, atmen … aber vor allem will ich jedes schmerzstillende Mittel haben, das ich im Krankenhaus kriegen kann. Ich meine, wer lässt sich beim Zahnarzt ohne Betäubung einen Zahn ziehen?«

Ich bin die Einzige, die über meinen Scherz lacht. Teo windet sich ein wenig. Die Knotenfrau mischt sich ein.

»Ich möchte die Geburt ganz bewusst erleben. Betäubung in allen Ehren, aber ich glaube, es ist am besten, wenn man sich auf seine eigene Kraft verlässt.«

Rut nickt beifällig.

»Es ist nichts dagegen zu sagen, wenn man Lachgas oder beispielsweise eine Rückenmarksspritze haben möchte, aber andererseits ... es gibt tatsächlich eine Kraft hier drinnen ...«, Rut zeigt auf sich selbst, auf die Brust, »... die ganz fantastisch ist. Ihr seid viel stärker, als ihr glaubt, müsst ihr wissen.«

Sie sieht mich ein wenig fragend an, so als wollte sie prüfen, ob ich das verstanden habe.

»Warum seid ihr hier? Möchte jemand etwas dazu sagen?«, fordert Rut auf.

Die Antworten fallen spärlich aus. Eine hat beim letzten Mal per Kaiserschnitt entbunden und sich schlecht gefühlt, weil das Kind auf »falsche« Art geboren wurde, die anderen sind anscheinend nur hier, weil sie jegliche Betäubung ablehnen.

Wir stehen auf, die Frauen sollen atmen, während die Männer die Zeit stoppen, und anschließend sollen die Männer lernen, ihren Frauen den Rücken zu massieren. Ich kann mich nicht entspannen, ich versuche es wirklich, finde aber die Situation ähnlich peinlich wie damals, als man nach dem Sport mit seinen Klassenkameradinnen zusammen duschen musste. Als Teo zum fünften Mal versucht, mir auf seine lehrerhafte Art Anweisungen zu geben, setze ich mich demonstrativ wieder auf meinen Stuhl.

»Dann atme doch selbst, wenn du das so gut kannst!«

»Und die Massage?«

»Vergiss es! Ich soll eine Bowlingkugel zwischen den Beinen herauspressen, glaubst du etwa, da hilft eine Massage?«

»Herrgott nochmal, bist du negativ!«

In der Pause drängen sich alle vor der Anrichte, auf der Käse- und Schinkenbrote, Saft und alkoholfreies Bier stehen. Prinz Eisenherz steht vor uns in der Schlange und dreht sich um.

»Guter Kurs.«

»Ja, sehr gut«, erwidert Teo.

»Ich find's super, dass sie uns Männer offenbar nicht nur als, na ja, Zigaretten rauchende Nebenfiguren betrachtet… Gefällt mir, dass sie gesagt hat, die Männer sind auch schwanger…«

»Obwohl ihr das ja nun nicht seid«, mische ich mich ein.

»Nee, klar, ich meinte ja auch nur…«

»Ihr habt ja keine Ahnung, wie das ist, und ihr…«

»Mensch, Agata, das meint er doch nicht so«, fällt Teo mir ins Wort, er klingt ärgerlich, deshalb beschließe ich, meinen Saft und meine drei Butterbrote zu nehmen und zurück in das Zimmer zu flüchten, in dem der Kurs stattfindet.

Nach der Pause sollen wir über »Wunschbilder« sprechen, wie Rut das nennt. Es ist wichtig, ein Wunschbild vor Augen zu haben, für das man kämpft, wenn die Geburt am schlimmsten ist. Sie will uns wieder der Reihe nach abfragen, aber zuerst sollen wir eine Minute lang still nachdenken. »Mit geschlossenen Augen«, kommandiert sie. Ich mache die Augen zu, aber dahinter ist es nur schwarz. Schwarz mit kleinen weißen Pünktchen. Die jetzt auch noch ein Muster bilden.

»Agata?«

»Jaa?«

»Dein Wunschbild?«

»Genau. Mein Wunschbild…«

»Hast du ein Bild, das dich motivieren kann, das dir Kraft gibt, dich durch die besonders schweren Phasen der Geburt zu kämpfen?«, versucht Rut mir auf die Sprünge zu helfen.

»Ja… doch… ja, ich habe schon einen großen Wunsch…«

»Nur zu!«

»Ich sehe vor mir, dass ich in einem Straßencafé sitze, Teo und ich trinken kalte Cocktails, und ich habe wieder meine knackigen Jeans an und ...«

»Ich dachte eher an etwas mit dem Kind. Dass du dir etwas ausmalst mit euch und dem Kind«, sagt Rut in den totenstillen Raum hinein.

»Mit dem Kind?«

Ich sehe, wie die Knotentrulla sich zu ihrem Mann beugt und flüstert. Er lächelt.

»Ja, ein Wunschbild, das euer Kind einbezieht.«

»Aber das hier ist nach der Geburt. Ich denke, dass Dimitra, Teos Mutter, auf das Baby aufpasst«, erkläre ich, komme mir aber total blöd vor.

»Ich verstehe«, sagt Rut ein wenig zu langsam, und Teo rutscht wieder auf seinem Stuhl herum.

Alle anderen haben ungefähr ähnliche Wunschbilder, sie handeln von kleinen Babys, die vorsichtig über Türschwellen getragen werden, winzigen Strampelhöschen, die an- oder ausgezogen werden, Müttern, die im Bett liegen und stillen, Vätern, die daneben liegen und an den Haaren des Babys schnuppern.

Zuletzt ist die Knotenfrau dran.

»Es klingt vielleicht ein bisschen komisch, aber ich habe die Sommerwiese hinter unserem Häuschen vor Augen, wir haben ein Ferienhaus in den Schären, dort wollen wir die Zeit nach der Entbindung verbringen und uns bewusst werden, dass wir eine eigene kleine Familie sind ...«

Sie macht eine Pause, zieht an der Hose, die sich daraufhin noch tiefer in die Schamritze gräbt, und setzt sich ein wenig aufrechter hin.

»... und ich stelle mir vor, dass es der Morgen nach unserer Ankunft ist, die Sonne steht hoch am Himmel, und ich trage mein Kind behutsam in den Armen, stelle mich auf die Wiese, wir haben eine Wiese hinter unserem Haus, ich stehe da inmitten all der Butterblumen und… wie damals, als ich klein war…«

Ich werde langsam ungeduldig und trommle stumm mit der einen Hand gegen die Unterseite des Stuhls. Die Knotentrulla steht auf.

»… das klingt bestimmt kindisch«, sagt sie und lächelt Rut entschuldigend an, aber Rut schüttelt nur den Kopf.

»Ganz wunderbar, Susanne, mach einfach weiter!«

Auf einmal fängt die Knotenfrau an, sich im Kreis zu drehen, immer und immer und immer herum, schneller und schneller.

»Ich tanze mit unserem Kind auf der Wiese!«

Ich bemühe mich, das aufsteigende Lachen im Hals zu unterdrücken, ich merke an Teos Körpersprache, dass er auch zu kämpfen hat, aber es gelingt mir nicht, ich gebe plötzlich ein gurgelndes Geräusch von mir, es kommt aus meinem Hals und ich kann es nicht verhindern. Die Knotenfrau hält inne. Alle Blicke sind jetzt auf mich gerichtet.

»Entschuldigung, hast du was gesagt?«, lächelt sie mich verkrampft an. Sie ist außer Atem und rot im Gesicht.

Ich versuche, nicht mehr zu lachen, aber das fällt mir verdammt schwer.

»Weißt du«, sagt Rut und räuspert sich, »es ist unheimlich wichtig, dass wir alle in diesem Raum uns gegenseitig respektieren.«

Ich halte die Luft an, versuche, mich zu beruhigen. Schiele zu Teo hinüber, damit er mich unterstützt, aber er starrt nur auf den Fußboden, nachdem er sich wieder eingekriegt hat. Verräter!

»Ich dachte, wir sollten ehrlich sein und aufrichtig zeigen dürfen, wie wir empfinden?«, sagt die Knotentussi kurzatmig, sie hat die Hände in die Seiten gestemmt und sieht stinksauer aus.

»Unbedingt«, ermuntert Rut sie.

»Entschuldige, dass ich nicht davon träume, in einem Straßenlokal zu sitzen und mich zu betrinken.«

»Bist du sicher, dass du nicht schon besoffen bist?«, falle ich ihr ins Wort. In dem Moment steht Rut auf, klatscht in die Hände und sagt, dass wir bis zum nächsten Mal zu Hause üben sollen.

Sie verteilt eine Mappe mit allen Übungen, und dann ist Schluss. Als Teo und ich nach draußen kommen, stehen die Knotenfrau und Pocahontas mit ihren Männern da. Als sie uns kommen sehen, hören sie auf zu reden, die Knotenfrau starrt mich an, ihr Mann fummelt an seinem Handy, und Pocahontas beginnt, in ihrem Übungsheft zu blättern.

»Wie fandst du es?«, fragt Teo, als wir auf dem Bahnsteig stehen und unsere Hotdogs essen, die wir auf dem Weg zur U-Bahn beim Imbiss gekauft haben.

»War ganz okay, denke ich. Abgesehen von all den Unsere-kleine-Farm-Muttchen. Meine Güte.«

»So kann man es natürlich auch sehen. Oder man sieht es so: Wenn du unsicher bist, wirst du gemein, anstatt dich einfach zurückzuhalten. Du verurteilst die Leute.«

»Aha. Wenn du meinst … Weißt du, was ich glaube?«

»Nein.«

»Dass in dir eine kleine Nazi-Hausfrau steckt, die bloß darauf wartet, herauskommen zu dürfen.«

»Je dicker du wirst, desto unerträglicher wirst du.«

»Was hast du gesagt?«

Ich schnappe nach Luft. Das ist ja wohl das Letzte. Wenn ich sage, dass ich fett bin, ist das eine Sache, aber dass mein Mann das tut! Unterstes Niveau, Teo. Ganz unterstes. Demonstrativ gehe ich zu einem anderen Wagen, als die U-Bahn kommt, aber Teo ruft mir nicht mal hinterher. Der Wagen ist leer, bis auf zwei Halbwüchsige, ein Mädchen mit Dreadlocks und einen Typen mit rasiertem Schädel und Palästinensertuch, die gegenüber auf der anderen Seite des Gangs sitzen. Plötzlich sieht mich der Palästinenser-Typ voller Verachtung an und sagt dann laut zu dem Dreadlock-Mädchen:

»Wie kann man nur so viel fressen?«

»Echt, ey.«

»Boah, ist ja widerlich.«

Ich starre zurück, begreife gar nichts mehr. Was habe ich denen getan?

»Meint ihr mich?«

Der Typ rollt mit den Augen und verschränkt die Arme.

»Ich seh hier sonst keinen.«

Ich beiße von meiner Wurst ab und starre mein Spiegelbild im Fenster an. Vielleicht sind sie psychisch krank, die Ärmsten.

»Finden Sie es gut, tote Tiere zu essen, oder was?«

Das kam von dem Dreadlock-Mädchen, sie starrt auf die Wurst.

»Meint ihr die hier?« Ich halte die Wurst hoch.

»Was glauben Sie wohl?«

Ich hab aber auch immer ein Glück. Ein nahezu menschenleerer Waggon, und ich schaffe es, mich neben zwei Tierrechtsaktivisten zu setzen. Was werden sie jetzt tun? Mich mit Benzin übergießen und anzünden? Wenn die wüssten, wie egal mir erst kleine Katzenkinder sind.

»Sorry, aber für mich ist das hier keine Leiche. Nur eine Wurst«, sage ich und stopfe mir den letzten Bissen in den Mund.

»Ich kann das nicht mitansehen!«

Der Typ mit dem Palästinensertuch steht auf und packt das Mädchen am Arm.

»Komm, wir setzen uns woanders hin.«

»Wollt ihr mich auf den Arm nehmen?«

»Nee, bestimmt nicht.«

»Die ganze Welt steht vor dem Untergang, und ihr kämpft für ein Schwein. Das schon gegrillt ist.«

»Liberales Subjekt«, wirft mir das Dreadlockmädchen über die Schulter zu, als sie mit dem Möchtegern-Arafat den Gang hinunter verschwindet.

»Geht nach Hause und kloppt euch, wie andere Kinder auch!«, rufe ich ihnen hinterher.

Für den Bruchteil einer Sekunde fürchte ich, dass sie zurückkommen und mir eine runterhauen, aber dann merke ich erleichtert, dass sie mich inzwischen ignorieren, ich sehe nur ihre Hinterköpfe, nachdem sie sich am anderen Ende des Waggons mit dem Rücken zu mir hingesetzt haben. Ich lehne den Kopf gegen die Fensterscheibe und starre hinaus auf die dunklen Felswände, die vorüberfliegen. Können die mich nicht alle in Ruhe lassen?

Am nächsten Tag ruft Rut an und hinterlässt eine Nachricht auf meiner Handy-Mailbox, sie erklärt, dass mehrere Kursteilnehmer sich von mir gestört fühlten. Wenn ich am nächsten Treffen teilnehmen wolle, müsse ich »mit einer anderen Einstellung« erscheinen.

Agata.«

»Hallo, hier ist Mama.«

»Hallo, Mama.«

»Weißt du, was ich …«

Klick.

Ich warte, bis meine Mutter wieder anruft.

»Ich habe gestern den Dachboden aufgeräumt. All die Kleidchen von dir, als du noch klein warst. Soll ich sie dir schicken?«

»Mama?«

»Ja?«

»Hattest du Angst?«

»Was?«

»Vor meiner Geburt?«

»Wie meinst du das?«

»Davor, wie das gehen soll?«

»Ach Kind, das wird alles ganz wunderbar gehen.«

»Ja, ich weiß, aber trotzdem. Man kann doch trotzdem Angst haben. Oder unsicher sein, wie alles wird. Ob ich … na ja … das alles schaffe.«

»Natürlich schaffst du das. Mach dir keine Gedanken.«

»Aber das tue ich.«

»Jaa?«

»Ach, schon gut. Schick die Sachen ruhig her. Es wird bestimmt lustig, sie alle noch mal durchzusehen.«

»Ja, siehst du, das glaube ich auch. Ich schick sie dir, mein Spatz. Pass auf dich auf. Tschüss!«

Erschütternde neue Beweise im Kidnapping-Fall!

Ich sehe zu Patricks Platz hinüber. Leer.

»Weißt du, wo Patrick ist?«, frage ich Martin.

»Der hat angerufen, hat den Zug verpasst.«

Martin hebt die Augenbrauen und lächelt vielsagend.

»Aha, er bleibt lieber bei der neuen Freundin im Bett«, ergänze ich.

»Er bummelt den Tag heute ab. Kommt morgen. Es muss ihn mächtig erwischt haben.«

»Aber er sollte doch Mikaels Mutter interviewen. Für unsere Doku morgen. Oder lassen wir die etwa ausfallen?«

»Genau. Ich glaube nicht, dass wir Platz dafür haben, Agata. Wir haben im Moment so unheimlich viel. Wir verzichten darauf und konzentrieren uns lieber auf gute Berichte vom Prozess.«

In dem Moment klingelt mein Telefon. Es ist das Mädchen von der Zentrale. Eine Jeanette Andersson fragt, wo der Reporter bleibt, der sie heute interviewen wollte. Wenn man vom Teufel spricht …

»Stell sie zu mir durch!«

Es wird still in der Leitung. Dann ist ein Knacken von der Vermittlung zu hören und dann Atemzüge.

»Ja, hallo, Agata Hansson hier.«

»Guten Tag, ich … ich bin Jeanette Andersson.«

»Richtig, mein Kollege Patrick sollte Sie ja heute interviewen.«

»Ja.«

»Er ist leider krank geworden.«

»Aha … okay. Ich hatte ihm gesagt, dass ich noch nicht weiß, ob ich das kann, aber dass er mich heute auf jeden Fall anrufen soll.«

»Mhm.«

Ich kritzle auf meiner Schreibtischunterlage, und da sagt sie etwas. Einfach so, ganz nebenbei.

»Ich habe mir überlegt, dass ich es doch unbedingt machen möchte. Da ist eine Sache, die ich …«

Sie verstummt.

»Ja?«

»Bitte richten Sie Ihrem Kollegen aus, dass er mich anrufen soll, dann sehen wir weiter.«

»Aber ich kann kommen!«

Höre ich mich selbst sagen.

»Aha, so …«

Mikaels Mutter klingt jetzt verwirrt.

»Ich komme! Ich springe für Patrick ein. Passt es Ihnen um sechs?«

Nachdem sie mir die Adresse gegeben hat, legen wir auf. Sie weiß etwas. Natürlich weiß sie was. »Da ist eine Sache …« Vielleicht weiß sie, ob es mehrere Entführer waren.

Ich werde in meinen Überlegungen unterbrochen, als ich aus dem rechten Augenwinkel etwas Metallisches blitzen sehe, ich wende den Kopf zur Treppe aus dem Obergeschoss, wo die Unterhaltung sitzt. Jemand, ich kann nicht sehen, wer, in einer Ritterrüstung mit Helm müht sich, die Treppe hinunterzustaksen. Hinter ihm geht Alvarsson, der Fotograf, mit hochrotem Gesicht und sieht aus, als würde er sich vor Lachen gleich in die Hose machen, während er gleichzeitig versucht, der Person die Treppe hinunterzuhelfen, die die ganze Zeit gefährlich dicht davor ist, zu stolpern.

»Was zum …«, murmelt Martin.

Wir sitzen beide mucksmäuschenstill und fragen uns, ob wir Gespenster sehen. Ein mittelalterlicher Tempelritter bei der Abendzeitung. Die Rüstung bleibt mühsam vor der Arche stehen, und langsam öffnet sich das Visier des Helms.

»Ricky?«

Ich mustere skeptisch Augen und Nase, die in der Helmöffnung erscheinen.

»Ja«, erklingt es ziemlich gedämpft. »Wenn ihr wüsstet, wie verdammt heiß es hier drin ist.«

Martin und ich brechen gleichzeitig in Gelächter aus, auch von den Reportertischen ringsum sind vereinzelte Lacher zu hören.

»Was hast du denn vor?«, keucht Martin nach einigen Minuten.

»Ich muss zur Pressekonferenz.«

»Welche?«

»Über die neue Doku-Soap auf einer Ritterburg. Auf SVT. Der Chef meinte, es wäre eine witzige Idee, wenn ich die Teilnehmer in dieser Montur interviewe.«

»Wie zum Henker soll ich den bloß ins Auto kriegen?«, stöhnt Alvarsson, und Martin, Alvarsson und ich brechen erneut in Gelächter aus.

»Mensch, hört endlich auf… so was nennt man Mobbing«, protestiert Ricky blechern.

»Quatsch, das ist echt witzig«, gackere ich. »Das gibt wunderbare Fotos von dir und den Teilnehmern. Das wird super, Ricky.«

»Komm jetzt, wir müssen los«, sagt Ricky und versucht, sich umzudrehen, aber er verliert das Gleichgewicht, und Alvarsson muss ihn auffangen.

»Binde ihn einfach aufs Dach«, schlägt Martin vor, während wir amüsiert zusehen, wie Ricky langsam und steif Richtung Ausgang stakst, immer schön ein gestrecktes Bein vor das andere setzend und mit Hilfe von Alvarssons stützender Hand.

»Gott, ist das krank.«

Martin schüttelt belustigt den Kopf.

»Ich liebe meinen Job«, murmle ich als Antwort, und dann müssen wir wieder lachen, als Maria mit ihrem Handy auf Ricky zuläuft und ihn bittet, stehen zu bleiben, damit sie ein Foto machen kann, woraufhin es so aussieht, als ob Ricky versucht, ihr den Mittelfinger zu zeigen, wieder die Balance verliert und von Alvarsson tapfer aufgefangen wird.

Ich stehe vor den Namensschildern und lasse den Blick hinunterwandern, Aziz, Nilsson, Hietalathi, Jankulovska, da! Jeanette Andersson. Ich drücke im Fahrstuhl den fünften Stock und schaue auf die Uhr. Zwanzig nach sechs. Falls sie nicht zu Hause sein sollte, werde ich einen Zettel durch den Briefschlitz werfen, dass sie mich anrufen möchte. Ich nehme Mütze und Schal ab, wuschle mir die Haare auf und zupfe den Kragen der dicken Wolljacke zurecht. Der Fahrstuhl hält, und ich öffne die schwere Tür, sie quietscht. Jeanette Anderssons Tür ist ganz hinten rechts. Ich meine ein Gemurmel dahinter zu hören, Konservengemurmel aus dem Radio oder Fernseher. Ich drücke auf die Klingel. Warte. Nichts passiert. Keine tappsenden Schritte auf der anderen Seite. Ich klingle nochmal und gehe einen Schritt zurück, versuche, ein freundliches Gesicht zu machen, für den Fall, dass sie mich durch den Türspion beobachtet. Es dauert noch ein paar Sekunden, dann höre ich, wie jemand die Türkette aushakt. Sie sieht aus wie auf dem Foto, aber sie ist größer, als ich sie mir vorgestellt hatte. Und jünger. Obwohl sie dunkle Ringe unter den Augen hat, sieht sie gut aus. Sie hat dieselben eisblauen Augen wie Mikael und kurze blonde Haare.

»Ja?«

Sie runzelt die Augenbrauen und zupft an einer goldenen Gliederhalskette über dem weißen Baumwollpulli. Sie beugt den Oberkörper heraus, hält aber die Tür wie einen Schild vor sich, sodass ich nicht hereinkommen kann.

»Wir haben heute telefoniert. Ich bin Agata Hansson von der Abendzeitung.«

Mikaels Mutter seufzt schwer und drückt die Tür wieder ein Stück zu, dass nur noch ihr Gesicht zu sehen ist.

»Ich hab's mir überlegt. Ich will doch nichts sagen.«

Ihre Stimme zittert.

Aber ich will. Ich will unbedingt. Sie hat es versprochen!

»Wir können gleich hier reden, ich habe nur ein paar kurze Fragen, ich brauche nicht hereinzukommen, wenn Sie nicht möchten.«

»Bitte gehen Sie.«

Jetzt ist sie im Begriff, die Tür ganz zu schließen.

»Au!«

Ich greife mir an den Bauch und stütze mich mit einer Hand an der Wand ab.

»Auuua!«

Ich rutsche mit dem Rücken an der Wand stöhnend in die Hocke, Mikaels Mutter öffnet schnell die Tür und kommt heraus, legt einen Arm um meine Schulter.

»Geht es Ihnen nicht gut? Ist es das Kind?«

»Ich weiß auch nicht, es tat nur auf einmal so weh.«

»Soll ich einen Krankenwagen rufen?«

»Nein! Wenn ich mich vielleicht kurz hinsetzen könnte, drinnen bei Ihnen, nur eine Sekunde? Es ist sicher gleich vorbei.«

Sie zögert, aber nur einen kurzen Moment.

»Sicher, natürlich, kommen Sie.«

Ich folge ihr durch einen langen, schmalen Flur nach links in eine noch längere, rechteckige Küche. Mit Aussicht auf einen riesigen, grau asphaltierten Parkplatz und das Einkaufszentrum dahinter. Der Ausblick wird eingerahmt von rot-weißen Küchengardinen.

»Kann ich Ihnen etwas anbieten?«

»Ein Glas Wasser«, sage ich und halte mir immer noch den Bauch, damit sie keinen Verdacht schöpft.

»Sie sehen nicht aus wie eine Reporterin«, sagt sie und lässt Wasser aus dem Hahn laufen, bis es kalt ist.

»Wie meinen Sie das?«

Sie lächelt zaghaft und deutet mit dem Kopf auf meinen Bauch.

»Ach der, ja, es haben wohl noch nicht viele schwangere Reporter unten in den Büschen gelauert«, scherze ich, und sie lacht.

Sie gibt mir das Wasserglas und setzt sich mir gegenüber hin.

»Entschuldigung, dass ich so abweisend war«, sagt sie nach ein paar Sekunden Stille, während sie an der Halskette fingert. »Ich hatte nicht vor, meine Meinung zu ändern, aber im Moment ist mir alles zu viel …«

»Das kann ich gut verstehen. Muss gerade jetzt verdammt anstrengend für Sie sein.«

Sie entspannt sich. Die Schultern senken sich ein klein wenig, und die Furchen auf der Stirn glätten sich kaum merklich.

»Ach ja, anstrengend ist es. Ein Albtraum. Ich weiß nicht, wie ich das durchstehen …«

Sie verstummt und beginnt, an den Plastikblumen auf dem Tisch zu zupfen.

»Sie sind stark. Sie werden das schaffen.«

Sie sieht mich zweifelnd an, und ich höre selbst, wie hohl das klang.

»Kaffee?«

»Gern, danke!«

Ich beobachte sie, während sie eine Filtertüte einsetzt und eine Dose aus dem Schrank nimmt. Stumm misst sie das Kaffeepulver ab. Dann setzt sie sich wieder.

»Ist es in Ordnung, wenn ich rauche?«, fragt sie und blickt entschuldigend auf meinen Bauch.

»Ja, natürlich.«

Auf einmal habe ich einen Jieper auf eine Zigarette.

»Könnte ich wohl auch eine haben?«

»Das ist aber doch nicht gut?«

»Ich will nur paffen.«

»Ich habe auch ab und zu geraucht, als ich mit Mikael schwanger war. Heimlich. Man will ja nicht als Rabenmutter dastehen.«

Wir kichern zusammen, während sie mir eine Zigarette anzündet, und sie wartet geduldig, bis ich den Hustenanfall nach dem ersten Zug überwunden habe. Dann wage ich mich an die erste Frage.

»Was glauben Sie, warum er das getan hat?«

Sie streicht das Tischtuch mit der einen Hand glatt. Bläst den Rauch aus und richtet den Blick hinaus in die Dunkelheit, die plötzlich hereingebrochen ist.

»Ich weiß nicht. Ich begreife es nicht.«

»Was meinen Sie?«

»Mikael war immer ein netter Junge. Er hat jedenfalls nie jemandem etwas getan. Im Gegenteil, die anderen waren gemein zu ihm.«

»Inwiefern?«

»Hier zu Hause. Er hatte es nicht gut. Sein Vater war … gewalttätig … und Mikael versuchte immer, mich zu beschützen, was für ihn … schlimme Folgen hatte.«

Sie schweigt und nimmt einen neuen Zug. Ich muss an die Blutflecken in dem Haus denken, in dem Cecilia gefangen gehalten wurde. Geschlagene Kinder schlagen selbst?

»Aber er hat nie etwas Böses getan.«

»Hat er nicht schon eine Haftstrafe verbüßt?«

»Doch, schon, aber er wurde überredet. Da bin ich mir ganz sicher.«

Sie wirft den Kopf zurück und sieht mir zum ersten Mal direkt in die Augen. Ich senke den Blick zuerst. Ich erzähle von der Festnahme. Dass ich dabei war.

Sie hört genau zu und stellt Fragen. Dann wird sie plötzlich nervös und steht auf. Sie geht zur Küchenspüle, bleibt dort stehen.

»Da ist eine Sache …«

Sie zögert, und mein Herz schlägt schneller. »Da ist eine Sache. Da ist etwas«, sagt sie. Na los, raus damit!

»Ja?«

»Ich hatte Mikael versprochen, nicht hineinzusehen, aber ich habe dieses Gefühl. Ich kann nachts nicht schlafen. Ich glaube, dass da etwas ist.«

Ich drücke meine Zigarette aus, stelle mich neben sie und warte.

»Am Abend, bevor es passierte, kam er mit einer Schachtel an und sagte zu mir, ich dürfe nicht hineinsehen, ich solle sie verstecken und – ganz egal, was auch passieren würde –, ich dürfe kein Wort darüber sagen, zu niemandem. Er sagte, ich würde eines Tages hineinsehen dürfen, aber erst, wenn er es mir erlaubt. Es war alles sehr merkwürdig, aber nun gut …«

Sie verschwindet im Schlafzimmer, das hinter der Küche liegt, und kommt mit einem Schuhkarton zurück, auf dem ein Nike-Logo prangt. Sie setzt sich an den Küchentisch, und ich setze mich ihr gegenüber hin, sie schiebt den Karton zu mir herüber.

»Machen Sie ihn auf.«

»Sind Sie sicher?«

»Ich weiß nicht.«

Sie sieht mich verkniffen an, dann wendet sie den Blick ab und schaut aus dem Fenster.

»Doch. Ja, ich bin mir ganz sicher.«

Ich atme tief durch und nehme den Deckel ab.

»Was ist drin?«, fragt Mikaels Mutter nervös.

»Ein Fotoapparat«, sage ich verblüfft.

Eine Digitalkamera. Ich drehe und wende sie hin und her, finde den Einschaltknopf. Als ich ihn ein zweites Mal drücke, erscheint das letzte aufgenommene Bild im Display auf der Rückseite der Kamera. Mikael steht hinter einem Mädchen, er hat die Arme um sie gelegt, sie lehnt den Kopf nach hinten an seine Brust und hat ihre Hände auf seine gelegt. Es sieht aus wie … nein, das kann nicht sein. Wahnsinn! Ich starre auf das Bild. Beide lachen in die Kamera, die Münder halb geöffnet, sie sehen verliebt aus. Es ist Sommer, sie hat ein rosa Kleid an und er ein T-Shirt, beide sind braungebrannt. Ich finde den Knopf zum Blättern. Ein neues Bild. Dasselbe Mädchen, in Kapuzenshirt und Jeans, liegt auf einem Sofa. Sie lacht und streckt eine Hand in Richtung Kamera. Ich merke, dass ich ein Lächeln auf dem Gesicht habe, und dann plötzlich reißt mir Mikaels Mutter die Kamera aus der Hand. Sie starrt das Bild an, zum ersten Mal, vermute ich. Es dauert ein paar Sekunden, dann begreift sie erschrocken, wer das Mädchen ist.

»Oh mein Gott!«

»Wissen Sie etwas darüber?«

»Nein, woher denn?«

Die Mutter beginnt zu schluchzen.

»Werden Sie dem Gericht die Fotos zeigen?«

»Ich weiß nicht … lieber Himmel … ich will da nicht reingezogen werden.«

Sie steht auf, offensichtlich verwirrt. Geht zur Spüle und blickt sich um.

»Ich glaube … ich möchte, dass Sie jetzt gehen.«

»Wollen wir nicht lieber über das hier sprechen? Sie werden doch am Freitag in den Zeugenstand gerufen.«

»Bitte gehen Sie jetzt.«

»Das werde ich. Aber ich kann Ihnen helfen. Wir sollten das öffentlich machen, sollten die Fotos in der Zeitung bringen, mit einem Bericht dazu. Wir schützen unsere Quellen, es würde also niemand erfahren, dass …«

»Mikael würde es wissen! Ich habe viele Versprechen gebrochen, aber dieses hier, nein, dieses werde ich nicht brechen.«

»Möchten Sie lieber zusehen, wie er für sechs Jahre hinter Gitter wandert?«

Sie packt mich am Arm und wirft mich beinahe hinaus, sie zieht mich durch die enge Küche, meine Hüfte schlägt gegen ein Schneidbrett, schiebt mich vor sich her in den Flur und stößt mich hinaus ins Treppenhaus. Noch bevor ich irgendwas sagen kann, hat sie die Tür zugeknallt und abgeschlossen. Auf dem Steinfußboden des Treppenhauses liegen meine Schuhe, meine Jacke, Mütze, Halstuch und Tasche. Ich höre sie weinen. Ich renne die Treppe hinunter. Am Eingang muss ich mich an der Wand abstützen, mir ist ganz übel von dem starken Uringestank im Treppenhaus.

Ich sehe auf die Uhr. Viertel nach sieben. Mit zitternden Fingern wähle ich Jannes Handynummer.

»Ja?«

Es klingt, als ob er in einem Restaurant sitzt.

»Ich bin's, Agata. Störe ich?«

»Nein, aber wart mal kurz.«

Er geht woanders hin. Die Geräuschkulisse im Hintergrund wird schwächer. Hört sich an, als ob er auf die Straße hinausgegangen ist.

»Okay, also?«

»Ich war gerade bei Mikaels Mutter.«

»Mikael?«

»Der Entführer. Von Cecilia Trolle.«

»Ach ja. Wieso du?«

»Patrick war verhindert, deshalb habe ich das übernommen, ich hatte sowieso gerade in der Nähe zu tun. Wir brauchen doch ein bisschen was im Vorfeld des Prozesses.«

»Und?«

»Sie hat mir Mikaels Kamera gezeigt. Da sind Aufnahmen drauf. Von Mikael und …«, ich hole tief Luft, »… Cecilia Trolle.«

Am anderen Ende ist es still, ich höre nur ein schwaches Geräusch vom Straßenverkehr. Das Ticken einer Ampel an einem Fußgängerüberweg.

»Janne? Bist du noch dran?«

»Ja. Und was heißt das?«

»Mikael und Cecilia zusammen auf einem Foto. Sie sahen verliebt aus, Janne. Es war ganz offensichtlich, dass sie sich zumindest kannten, um es mal so zu sagen.«

»Mein Gott.«

Er schweigt wieder. Ich auch. Es ist an ihm, dieses Gespräch zu leiten. Plötzlich beginnt er zu lachen.

»Hol mich der Teufel, das ist doch zu gut, um wahr zu sein. Hast du die Fotos?«

»Nein, sie wollte mir die Kamera nicht geben.«

»Okay, geh zurück und besorg sie dir. Ohne die Fotos sind wir aufgeschmissen.«

»Aber wir könnten doch schon mal die Familie Trolle anrufen. Ein bisschen Druck machen.«

»Nein, verdammt! Wir brauchen handfeste Beweise, Agata! Wir können nicht einfach irgendwas behaupten. Wir müssen jetzt mehrere Quellen parallel bearbeiten. Also bis morgen, halb acht in der Redaktion.«

»Okay.«

»Ach übrigens – gute Arbeit, Agata. Jetzt geh und besorg die Kamera.«

»Schon klar. Und danke.«

Ich sehe hinauf zum Stockwerk, in dem Mikaels Mutter wohnt. Alle ihre Fenster sind jetzt dunkel.

Zum ersten Mal in meinem Job als Reporterin verstoße ich gegen das einzige Gebot in unserer Redaktion. Ich denke, dass es noch Zeit hat. Zugegeben, damit handle ich auch meinem eigenen Grundsatz zuwider, ohne richtig zu wissen, wieso. Ich, die sonst immer mächtig Druck macht, gerade weil es kein Morgen gibt, weil nichts Zeit bis morgen hat.

Mitten in der Nacht wache ich auf. Hungrig wie ein Wolf. Während ich am Küchentisch sitze und mein eigenes Spiegelbild im Fenster anstarre und die Butterbrote in mich hineinstopfe, die ich mir geschmiert habe, grüble ich darüber nach, wie Mikael und Cecilia wohl Kontakt zueinander gehalten haben. Die Voruntersuchungen hatten ergeben, dass es keine Handy-Telefonate zwischen den beiden gab. Wie haben sie es dann gemacht? Alle Menschen kommunizieren miteinander, erst recht die, die eine Beziehung haben. Vor allem über Handy und E-Mail. Wie kann es sein, dass ihre Gespräche keine Spuren hinterlassen haben? Höchstwahrscheinlich haben sie einen Weg benutzt, dem sie vertrauten. Wem Mikael vertraute, weiß ich nicht, er scheint ein Einzelgänger zu sein. Aber wem Cecilia vertraute, das glaube ich genau zu wissen. Josephine. Niemand hat Josephines Telefonkontakte überprüft. Natürlich nicht.

Die Jagd hat begonnen

»Wie willst du es bringen?«

Janne, der Chefredakteur und Martin starren mich erwartungsvoll an, und ich werde rot. Aber es dauert nur ein paar Sekunden, bis ich die richtigen Worte gefunden habe, denn ich weiß ja genau, was ich tun will – und tun muss. Lasse kann seine Polizeiquelle bearbeiten. In der Zwischenzeit werde ich die Kamera besorgen.

»Wir brauchen Fotos. Wir müssen den hundertprozentigen Beweis erbringen, dass wir nicht fantasieren«, sagt der Alte wieder, und mein Magen krampft sich zusammen.

»Und wenn jemand anderes bestätigen würde, dass sie ein Paar waren? Josephine zum Beispiel.«

»Wir brauchen die Fotos, der Meinung bin ich auch, vorher werden wir nicht mit Josephine sprechen, damit sie keinen Verdacht schöpft«, sagt Janne.

»Können wir darüber spekulieren, dass es jetzt so aussieht, als sei es eine Art Ehrenkultur-Geschichte? Cecilia wurde streng gehalten, sie sah keinen anderen Ausweg mehr, als mit ihrem Freund durchzubrennen. Vielleicht könnten wir versuchen, die Lehrer und andere zu befragen, ob jemand etwas gemerkt hat«, schlage ich vor.

»Wie hört sich das denn an?«, unterbricht mich Martin. »Wie groß ist die Wahrscheinlichkeit, dass sie gezwungen ist, etwas so Extremes zu tun wie sich selbst zu kidnappen, um von ihren Eltern wegzukommen? Sie hat alles, was man sich nur wünschen kann. Viel wahrscheinlicher ist doch, dass dieser Mikael ihr den Kopf verdreht hat. Außerdem hat er sie da in dem Haus ja geschlagen, der Mistkerl. Vielleicht waren sie nicht einmal zusammen. Woher willst du wissen, dass sie sich nicht einfach irgendwann auf einer Party getroffen haben?«

»Weil ich es gesehen habe, okay? Es hört sich nebulös an, aber sie sahen mächtig verliebt aus.«

Martin lächelt nachsichtig.

»Er ist zwanzig. Sie ist fünfzehn. Er ist arm. Sie stinkreich. Hallo?«

»Ich wusste gar nicht, dass du so engstirnig bist. Viele Mädchen sind frühreif und wollen einen älteren Freund.«

»Ich will damit auch nur sagen, dass wir in diesem Fall nicht mit der Ehrenkultur kommen können.«

»Sie hat die falsche Nationalität, sag es doch, wie es ist, Martin. Wäre sie ein kurdisches Mädchen, wären wir jetzt sofort die ›Ehre-Schiene‹ gefahren.«

»Wären wir nicht. Wieso führst du dich plötzlich so unprofessionell auf?«

»Wir werden überhaupt nicht spekulieren, sondern nur die Fakten bringen, wie wir bereits besprochen haben, Agata«, beendet Janne den Disput.

»Die Kamera, Agata. Die brauchen wir«, wirft der Alte ein, als könnte ich das vergessen haben.

»Ich werde mein Bestes tun.«

»Anschließend sind wir bereit für das Feuerwerk. Junge, das gibt ein Fest«, sagt Janne lächelnd und steht auf.

Eine Stunde später stehe ich wieder bei Mikaels Mutter vor der Tür. Aber sie ruft mir durch den Briefschlitz zu, ich solle mich zum Teufel scheren.

»Jeanette, es würde Mikael helfen, wenn wir ein Foto veröffentlichen«, bettle ich, als ginge es um mein Leben.

Aber auf der anderen Seite der Tür bleibt es still.

Nach Feierabend fahre ich ein weiteres Mal hinaus in den Vorort Tensta. Keine Reaktion, als ich klingle. Ich gehe ein paar Stufen hinunter und warte etwa zehn Minuten, um zu sehen, ob ich sie überlisten kann, vielleicht glaubt sie ja, ich sei gegangen. Im Erdgeschoss steht ein Typ, offenbar ein Kumpel von Mikael, mit einem knurrenden ferkelrosa Pitbull, er schreit mir hinterher, nachdem ich es mit Herzklopfen im Hals geschafft habe, an ihm vorbei aus der Haustür und Richtung U-Bahn zu laufen, ohne gefressen zu werden.

»Sie will nichts mit euch zu tun haben, kapiert?«

Ich habe mich noch nie so sehr als Hyäne gefühlt wie in diesem Moment.

Gudrun Schymans Entbindung – Extra

Vollkommen außer Atem komme ich zehn Minuten zu spät zur zweiten Sitzung im Geburtsvorbereitungskurs. Ich hatte ganz vergessen, dass das heute ist. Teo rief an, als ich in der U-Bahn von Tensta in die Stadt saß. Das ist kein guter Tag für mich, um atmen zu lernen, merke ich. Aber ich habe keinen Nerv für einen Riesenkrach mit Teo, von wegen, dass mein Job ständig Vorrang vor allem anderen hat. Außerdem kann ich Jeanette nicht zwingen, die Fotos herauszugeben. Sie muss selbst begreifen, dass das am besten wäre. Ich habe Teo auch versprochen, »uns nicht zu blamieren«. Deshalb werde ich ganz still sein. Nichts sagen, nicht zu jemandem oder über jemanden oder mich mit irgendjemandem unterhalten, sondern einfach nur die Zähne zusammenbeißen und durchhalten. Die Knotentrulla und Prinz Eisenherz und die anderen vom ersten Treffen sitzen alle auf ihren Plätzen, und keiner beachtet mich, als ich hereinschlüpfe, wofür ich ihnen dankbar bin. Rut, die Kursleiterin, beachtet mich ebenfalls nicht.

»Sehen wir uns also den Film an«, sagt sie und schiebt eine Kassette in den Videorekorder.

»Wir werden einer Entbindung zusehen«, flüstert Teo.

Ich merke plötzlich, wie ich erstarre. Bisher hatte ich es wunderbar hingekriegt, allen visuellen Darstellungen einer Geburt zu entgehen. Ich will nicht sehen, was mich erwartet.

»Du bist ja schweißnass«, sagt Teo. »Was war denn los?«

»Erzähl ich dir später.«

Rut zieht den Fernseher aus der Ecke neben der Tafel. Ich

schalte das Handy stumm und lege es gut sichtbar auf meine Tasche, die neben dem Stuhl auf dem Fußboden steht.

»Können alle sehen? Es ist wirklich ein sehr guter Film mit Gudrun Schyman«, sagt Rut und klingt beinahe selbst ein bisschen erstaunt.

Vereinzeltes Kichern ist zu hören, darüber dass wir nun einer feministischen Links-Politikerin bei der Entbindung zusehen werden.

»Sie hat ihn in den siebziger Jahren aufgenommen«, sagt Rut munter und löscht das Licht.

Ich schiele skeptisch zu Teo hinüber, aber auch er lächelt.

»Ist das hier ein Witz? Versteckte Kamera oder so was?«, flüstere ich ihm zu, woraufhin die Knotenfrau »schhhht« macht.

Gudrun Schyman trägt eine große Siebzigerjahre-Brille. Auf einer Pritsche neben dem Krankenhausbett liegt ein Mann mit dichtem Bart. Das ist ihr Mann, sagt Rut.

Gudrun atmet und schwitzt. Ihr Hemd ist aufgeknöpft. Ist das wirklich okay, weiß Gudrun Schyman, dass wir hier sitzen und ihre Brüste sehen können? Wenn sie die Beine breitmacht, gehe ich. Ich schiele zu Teo, er sieht jetzt auch ziemlich schockiert aus. Ab und zu kommt eine Hebamme ins Bild, sie streichelt Gudrun und redet ihr gut zu. Jetzt scheint Gudrun Schmerzen zu haben, denn sie schließt die Augen und atmet heftiger, sie winselt ein bisschen, der Mann mit dem Bart scheint keine große Hilfe zu sein. Warum verlangt sie keine Betäubungsspritze? Jetzt spreizt sie die Beine! Teo und ich winden uns auf unseren Stühlen.

Rut drückt den Pausenknopf, das Bild gefriert auf dem Fernsehschirm.

»Ich möchte nur, dass ihr einen Eindruck davon bekommt, wie es sein kann. Habt ihr gesehen, dass Gudrun genau die Atemtechnik anwendet, die wir geübt haben?«

Dann beginnt eine Diskussion, was man zur Entbindung in

die Klinik mitnehmen soll. Rut schreibt die Dinge, die sie empfiehlt, an die Tafel: Kekse. Getränke. Wäsche zum Wechseln. Hausschuhe. Kann sie nicht einfach den Videorekorder ausschalten, damit wir nicht die ganze Zeit auf Gudruns Möse starren müssen?

»Hausschuhe?«, räuspert sich eine Frau und sieht Rut fragend an.

»Ja, irgendwelche Hausschuhe«, wiederholt Rut mit dem Rücken zu uns, während sie weiterschreibt: Musik. Obst.

»Was meinst du damit?«, hakt die Frau nach und sieht von ihrem Freund oder Mann oder was er nun ist, zu Rut.

Rut hat aufgehört zu schreiben und dreht sich wieder zu uns um.

»Pantoffeln. Zum Beispiel«, antwortet Rut lächelnd, während die Hausschuh-Frau gar nicht amüsiert zu sein scheint.

»Ich habe keine, glaube ich«, sagt sie mit dünner, nervöser Stimme und sieht ihren Mann an, der ihre Hand hält. »Habe ich Pantoffeln, Martin?«

»Ich glaube nicht, nein«, sagt er und macht ein ernsthaft bekümmertes Gesicht, so als diskutierten sie über Politik oder eine schwere Matheformel.

Ich rutsche unruhig auf meinem Stuhl und presse die Fingernägel fest in die Handflächen, denn ich muss mich ja benehmen. Die Frau macht immer noch ein besorgtes Gesicht. So als müsste sie ganz allein die Schulden der Dritten Welt abbezahlen. Rut schreibt inzwischen wieder an der Tafel. Ich schiele auf mein Handy. Keine Anrufe.

»Denkt daran, dass es dauern kann. Dann ist es schön, eine Beschäftigung zu haben. Man könnte zum Beispiel Karten oder ein Brettspiel mitnehmen«, sagt sie, und hinter uns kichert jemand.

Die Pantoffelfrau räuspert sich.

»Aber was, wenn man keine Pantoffeln hat?«

Rut wendet sich wieder um. Ich bewundere ihre Geduld.

»Dann könntest du … nun, Schuhe nehmen, die du sorgfältig geputzt hast und nicht draußen anziehst, oder, na ja, du könntest auf dicken Strümpfen gehen, oder …«

»… dir in der Stadt ein paar Pantoffeln kaufen, meine Güte«, höre ich mich plötzlich murmeln.

Entschuldigung, das kam ganz von allein, ich konnte es nicht zurückhalten, möchte ich ausrufen, aber es starren mich bereits alle an. Außer Teo natürlich, der stiert auf den Fußboden.

Rut sieht entnervt aus. So als ob sie nicht weiß, was sie mit mir machen soll. Die Pantoffeltussi hat den Mund aufgerissen wie ein Fisch. Ihr Mann glotzt auch wie ein Fisch. Die Knotenfrau macht ein wütendes Gesicht.

»Kannst du nicht einfach gehen, wir haben es satt, dass du uns beleidigst«, faucht sie pikiert, und mehrere andere nicken zustimmend.

»Aber ich begreife nicht, warum die Frau so einen Zirkus um die Pantoffeln macht. Ich habe auch keine Hausschuhe. Das findet sich schon. Das ist doch wohl das kleinste Problem, wenn wir unsere Kinder durch ein kleines Loch auf die Welt bringen sollen, oder? Das lässt sich bestimmt leichter lösen als irgendwas sonst auf der Welt. Wir können da unten so schlimm aufplatzen, dass wir hinterher nicht mal mehr ordentlich scheißen können, das hat mir eine Arbeitskollegin erzählt, was spielt es da für eine Rolle, ob man Pantoffeln hat oder nicht! Es herrscht Krieg in der Welt, Menschen bringen sich gegenseitig um, Leute lügen und geraten ins Unglück, und wir sorgen uns um Pantoffeln. Wenn sie mir bloß die verdammte Kamera geben würde, solltet ihr mal sehen, was ich meine!«

Ich schnappe nach Luft, und erst da wird mir bewusst, dass es totenstill im Raum ist, dass alle – außer Teo, der immer noch auf den Fußboden starrt – mich ansehen, als wäre ich verrückt.

»Es ist vielleicht besser, wenn du jetzt gehst«, sagt Rut mit ruhiger Stimme hinter mir. Ich habe auf einmal das Gefühl, dass der ganze Raum sich dreht, und mir wird komisch im Magen.

Teo ist schon aufgestanden. Er geht zur Tür. Beschämt nehme ich meine Jacke und meine Tasche und folge ihm. Auf der ganzen Fahrt sagt er kein Wort. Zu Hause greift er nur seine Trainingstasche und knallt die Wohnungstür hinter sich zu.

Die Jagd – Teil 2

Janne geht zirka vierhundert Mal an der Arche vorbei, ohne etwas zu sagen, aber er lächelt mich stattdessen aufmunternd an und wirft mir stumme »Wie läuft's?«-Blicke zu. Ich nicke steif zurück, wenn ich diese verdammte Kamera hier hätte, würde ich es ja sagen. Ich kann wirklich nicht mehr tun, als ich getan habe. Tausend Mal angerufen, dort gewesen, keuchend die Treppen bis in den fünften Stock hochgestiefelt, weil der Fahrstuhl kaputt war. Aber es macht mich ganz kribbelig, ich habe eine unglaubliche Sensation auf den Fingerspitzen, doch jedesmal, wenn ich die Hand schließen will, fliegt sie wie ein neckischer Schmetterling auf und davon.

Am Abend sind wir bei Kia und Dany zum Essen eingeladen, weil Dany Geburtstag hat. Es wird richtig schön sein, eine Weile mal an etwas anderes zu denken.

»Du arbeitest zu viel, du darfst nicht vergessen, dass du schwanger bist«, sagt Kia, und ich werfe ihr über den Tisch hinweg einen bösen Blick zu.

»Genau!«, pflichtet Teo ihr bei. »Sie arbeitet im Moment sogar noch mehr als sonst.«

Kia, die dumme Kuh. Kann sie sich nicht um ihren eigenen Kram kümmern? Ihren eigenen verlogenen Kram.

»Du musst dich schonen und mehr um dich selbst kümmern«, fährt Kia fort.

»Da hörst du's«, nörgelt Teo.

Ich werfe einen Blick auf mein Handy unter dem Tisch, aber es hat keiner eine Nachricht geschickt. Auf eine merkwürdige Art habe ich das Gefühl, als hätte ich das alles ins Rollen gebracht. Wenn ich die Kamera kriege, kann ich Mikael sozusagen retten. Davor, die ganze Schuld zu bekommen. Es sei denn, er hätte Cecilia gezwungen, bei der Entführung mitzumachen. Aber da war etwas an ihrer Art, wie sie auf dem einen Bild in die Kamera blickten und lächelten. Das hatte etwas so Weiches und Glückliches. Ich weiß ganz einfach, dass es falsch wäre, wenn wir einen großen, hässlichen, männlichen Wolf aus ihm machten und ihn beschuldigten, dem kleinen, süßen, wehrlosen Mädchen den Kopf verdreht zu haben. So einfach ist das nicht, auch wenn es leichter ist, es in der Zeitung so darzustellen. Ich muss vielleicht doch mit Josephine reden.

»Hast du gehört, was ich gesagt habe? Agata?«

Teo starrt mich an.

»Äh, nein, was denn?«

»Ich möchte auch, dass du kürzer trittst, das habe ich gesagt.«

»Ich kann verstehen, dass du das möchtest, es ist auch dein Kind«, sagt Kia einfühlsam, und ich muss mich am Stuhl festhalten, um mich nicht auf sie zu stürzen. Vielleicht bin ich drauf und dran, völlig den Verstand zu verlieren.

Die Jagd – Teil 3

Den ersten Prozesstag erlebe ich ein bisschen so, als säße ich in einem Flugzeug und hätte Ohrstöpsel drin und könnte andere Menschen nicht richtig hören oder verstehen. Nur der Chefredakteur, Janne, Martin und ich wissen von den Bildern. So lange wir die Kamera nicht haben, wollen der Alte und Janne nicht, dass auch nur ein Satz veröffentlicht wird, der mit »Liebe« oder »Paar« zu tun hat. Mikaels Mutter soll morgen in den Zeugenstand, Josephine sagt schon heute aus und geht nicht ans Handy. Ich weiß auch nicht, ich fühle mich auf einmal so müde. Im Moment bin ich sowohl Reporterin, die draußen unterwegs sein soll, als auch stellvertretende Nachrichtenchefin, die wie eine Sekretärin am Schreibtisch sitzt, Mitteilungen schreibt und ans Telefon geht. Dabei würde ich mich am liebsten einfach zu Hause aufs Sofa legen, mit meinem Kopf auf Teos Schoß. Äußerlich fühle ich mich dick, aber innerlich ganz, ganz dünn. Außerdem habe ich Beckenringlockerung und Sodbrennen und rülpse ab und zu in aller Öffentlichkeit, ohne dass ich etwas dagegen tun kann. Unerhört peinlich. Aber gleichzeitig will ich genau wie alle anderen Antworten haben. Ich denke an Mikael. Was ist eigentlich passiert? Hat er so getan, als sei er verliebt in Cecilia Trolle, um sie dann ganz einfach entführen zu können? Warum sagen weder Cecilia noch Josephine ein Sterbenswörtchen davon, dass sie den Mann kennen? Was geht da vor sich? Nur das Foto von Mikael, der die Arme um Cecilia gelegt hat, kann die Wahrheit ans Licht bringen. Ich wünschte, ich hätte eigene Polizeiquellen. Leute, auf die ich mich stützen könnte. Vielleicht habe ich mich übernommen.

Ich halte den Ball flach an diesem Tag. Kaue an den Fingernägeln und verfolge die Nachrichtensendungen, die undramatisch vom ersten Prozesstag berichten. Expertenkommentatoren erklären die Situation. Agneta Trolle und die übrige Familie erscheinen zusammen mit Cecilia, umgeben von, wie es scheint, mehreren Bodyguards. Agneta trägt eine dunkle Sonnenbrille und einen schicken grauen Wollmantel, Cecilia hat eine Daunenjacke an, die Mütze tief ins Gesicht gezogen und ebenfalls eine große dunkle Sonnenbrille auf. Es sieht fast so aus, als wenn die Entourage eines Filmstars auf dem Flughafen ankommt. Um vier Uhr kommt Janne vorbei.

»Wie fühlst du dich?«

»Gestresst«, antworte ich ehrlich. »Als ob alles an mir hängt.«

»Das musst du nicht«, sagt Janne, allerdings ohne eine Spur von Überzeugung in der Stimme. »Aber natürlich ist die ganze Sache im Begriff, sich in eine höchst interessante Geschichte zu verwandeln. Die Geschichte des Jahres«, betont Janne vielsagend, nimmt die Brille ab und beginnt, die Gläser mit seinem Pullover zu putzen.

Ich sage nichts dazu, und er geht wieder.

Da klingelt das Telefon. Es ist die Empfangssekretärin.

»Da ist Besuch für dich.«

»Für mich?«

»Eine Frau namens Jeanette.«

Ich lasse beinahe den Hörer fallen. Ich hebe langsam den Kopf, schaue vorbei an Marias und Patricks Schreibtisch zum Zeitungsständer, und da steht sie, leicht gegen die Wand gelehnt, die Hand fest um den Schulterriemen ihrer Tasche geklammert. Sie trägt eine weiße Steppjacke und eine rosa Baskenmütze. Sie sieht aus wie ein kleines Mädchen, das sich verlaufen hat.

»Hallo.«

Jeanette blickt sich um.

»Können wir uns unterhalten?«

»Natürlich. Unbedingt. Gerne!«

Ich will gerade den Türcode eintippen, um sie mit in die Redaktion zu nehmen, überlege es mir aber anders.

»Wissen Sie was, unten an der Ecke ist ein kleines Café, da haben wir mehr Ruhe.«

Ich gieße mir Milch ein und gebe zwei Stück Zucker in ihren schwarzen Kaffee, bevor ich das Tablett mit den Tassen an den Fenstertisch trage.

»Danke.«

Sie lächelt, aber sie sieht müde aus. Die Augen sind etwas gerötet. Sie ist blass. Die Ringe unter den Augen werfen beinahe Schatten auf ihre Wangen.

»Wie geht es Ihnen?«

»Ach, na ja. Ich kann immer noch nicht schlafen. Ich bin jetzt krankgeschrieben.«

Sie lächelt schief und rührt ihren Kaffee um, bevor sie vorsichtig einen Schluck nimmt. Ich warte. Wage nicht, sie zu drängen, bin einfach nur glücklich, dass sie gekommen ist.

»Ich muss morgen aussagen.«

»Ich weiß.«

»Ich will nicht. Schrecklich. Wo ich sonst so schüchtern bin. Ich soll vor all diesen Menschen sitzen, die Mikael nicht einmal kennen. Und von uns erzählen.«

»Das schaffen Sie schon«, sage ich und versuche, sie aufmunternd anzulächeln.

»Mir ist da was durch den Kopf gegangen … Die Sache mit der Kamera …«

»Ja?«

Ich grabe meine Fingernägel in die Handflächen.

»Ich hatte ihm ja was versprochen, aber das war, bevor ich es wusste. Was passieren würde. Ich will nicht, dass er ins Gefängnis muss.«

Sie rührt mit dem Löffel in der Kaffeetasse, schneller und schneller. Am liebsten würde ich ihre Hand festhalten.

»Mir ist, als wäre es gestern gewesen, dass er ein Kind war, mein Mikael. Er war immer so brav. Hat Mama geholfen. Mir gesagt, dass er mich liebhat. Ich weiß noch, als er fünf war, da hatte er ein Bild für mich gemalt. Zum Geburtstag. Das Bild sollte mich darstellen. Aber sein Vater hat es zerrissen, weil er betrunken war. Er wurde immer so wütend, wenn er was getrunken hatte. Ach, warum muss ich nur an all die schlimmen Geschichten denken?«

Sie verstummt, nimmt eine Serviette aus dem Ständer auf dem Tisch und knüllt sie in der einen Hand zusammen, streicht sie glatt und zerknüllt sie wieder.

»Jetzt hasst ganz Schweden meinen Sohn«, sagt sie fast zu sich selbst, und es klingt bitter.

»Was glauben Sie, warum hat Cecilia heute im Prozess gelogen?«, fragt sie auf einmal und hört sich beinahe überrascht an. »Warum sagt sie nicht, wie es ist?«

»Ich weiß es nicht. Warum sagt Mikael nichts, was meinen Sie?«

»Das verstehe ich auch nicht. Ich nehme an, dass er sie schützen will. So ist er. Ein Ehrenmann.«

Sie beugt sich hinunter und kramt in ihrer Tasche auf dem Fußboden. Als sie sich wieder aufrichtet, sehe ich, dass sie die Kamera in der Hand hat. Sie legt sie vor mir auf den Tisch.

»Ich wünschte, ich könnte ihm mehr helfen. All das Schlimme, was geschieht, von ihm fernhalten. Aber das geht ja nicht.«

Ihre Stimme versagt wieder, und sie starrt auf die fleckige weiße Plastiktischdecke.

Ich greife über den Tisch und lege meine Hand auf ihre.

»Es macht mich traurig, dass er mir nicht vertraut hat. Dass er mir nicht erzählt hat, was er vorhatte. Ich hätte vielleicht mit ihm reden können.«

Jeanette senkt den Blick und seufzt.

»Vielleicht wollte er, konnte aber nicht«, versuche ich zu trösten.

»Veröffentlichen Sie die Fotos und zeigen Sie den Leuten, dass nicht alles so ist, wie es zu sein scheint«, sagt sie und entzieht mir ihre Hand.

»Ist Josephine da?«

»Nein. Wer will das wissen?«

»Anna.«

»Anna?«

»Vom Reitstall. Wir wollten ein paar Dinge besprechen. Wegen der Pferde.«

»Ach so … Aber Josephine ist doch jetzt im Stall.«

»Tatsächlich? Hab sie noch gar nicht gesehen.«

»Doch, sie ist da. Haben Sie es auf ihrem Handy versucht?«

»Ja, da war besetzt. Aber ich werde sie schon finden. Ich bin selbst gerade erst gekommen, wissen Sie.«

»Aha … Und Sie waren mit ihr verabredet, oder was sagten Sie? Wegen der Pferde? Ist etwas passiert?«

»Ja. Ich meine, nein. Es ist nichts passiert. Wir wollten nur ein paar neue Abläufe hier im Stall besprechen. Oh, jetzt sehe ich sie gerade. Vielen Dank, und entschuldigen Sie die Störung. Wiederhören.«

Keuchend ziehe ich die schwere Tür zur Reithallentribüne auf. Es war kein großes Kombinationstalent nötig, um hierher zu finden. Zum einzigen Stall, der den Einwohnern von Djurgården angemessen ist, wie ich von Myrto weiß, die inzwischen meine High-Society-Expertin und Retterin in der Not geworden ist. Und da ist sie, Josephine reitet unten in der Manege in einem großen Kreis um einen Reitlehrer herum und hat mich nicht gesehen. Ich setze mich ganz außen auf eine kalte, harte Bank, gleich neben der Tür. Ich bücke mich ein wenig, um mich so unsichtbar wie möglich zu machen. Josephine sieht so klein und schmächtig aus auf dem riesigen schwarzen Pferd. Ich schüttle mich. Nicht nur wegen des schrecklichen Geruchs hier drinnen, sondern wegen dieser Biester. Ich habe Angst vor Pferden. Die können einen ja in Sekundenschnelle über den Haufen trampeln. Josephines Pferd wird langsamer, sie nimmt den Helm ab und fährt sich mit den Fingern durch die verschwitzten Haare. Okay, also los. Ich eile nach draußen und gehe um das Gebäude. Es ist dunkel, und ich habe keine Ahnung, ob ich die ganze Zeit durch Pferdescheiße laufe. Ich warte eine Ewigkeit, so kommt es mir vor, aber dann gehen die massiven Holztüren auf, und Josephine kommt heraus. Ich gehe ein paar große Schritte zurück, außer Reichweite des Pferdes, und rufe:

»Josephine!«

Sie sieht mich an und bleibt abrupt stehen, bekommt einen Knuff vom Bauch ihres Pferdes, das nicht so schnell zum Stehen kommt wie sie. Josephine wirkt nicht gerade glücklich, als sie mich erkennt. Besser gesagt, sie sieht stinksauer aus.

»Was wollen Sie denn schon wieder?«, stöhnt sie genervt.

»Reden.«

»Aber ich nicht«, sagt sie kurz, schnalzt mit der Zunge und zieht am Zügel, und das Pferd setzt sich wieder in Bewegung.

»Ich weiß das von Mikael und Cecilia«, rufe ich ihr hinterher, aber Josephine hat mich nicht gehört oder tut jedenfalls so. Also bin ich gezwungen, diesem gigantischen Pferdearsch hinterher zu laufen. Ich rutsche aus, Josephine geht so schnell, gleich wird sie bei den Boxen angekommen sein.

»Ich habe Beweise, dass du heute im Gericht gelogen hast!«

Josephine bleibt wieder stehen. Sie sieht erschrocken aus. Das Adrenalin rast wie kleine Käfer unter der Haut und ich wie ein Schaufelbagger gegen die Steinmauer.

»Können Sie mich nicht in Ruhe lassen? Vergessen Sie mich einfach!«

Ich lache laut auf. Es klingt gemein.

»Soll ich zusehen, wie ihr Mikael Andersson in den Knast schickt, oder wie? Ich habe die Fotos. Von den beiden, Josephine. Du kannst jetzt aufhören zu lügen.«

Plötzlich taucht jemand aus dem Schatten neben dem Stall auf.

»Anja«, ruft Josephine mit zittriger Stimme, sie kämpft jetzt um ihre Würde, um ihr Gesicht.

»Ja?« Ein vierschrötiger Teenager erscheint, in Kapuzenpullover, Reithosen und Stiefeln, aus denen grobwollene Kniestrümpfe herausgucken.

»Sattelst du Rossi ab und fütterst sie?«

Das Mädchen nickt und öffnet eine der Boxentüren.

»Leg ihr auch eine Decke über.«

Josephine bleibt stehen. Wie gelähmt. Sie starrt mich an. Die blonden Haare riechen nach Schweiß, und ihre Wangen sind rotfleckig. Die grüne Steppweste, die sie über dem grauen Strickpullover trägt, stinkt nach Pferd.

»Meine Mutter holt mich in einer halben Stunde ab«, sagt sie plötzlich und klingt verwirrt.

»Können wir uns irgendwo unterhalten?«

»Ich muss nur eben Cecilia anrufen«, murmelt Josephine, während sie auf die Koppel zeigt.

»Da hinten!«

Sie gräbt in der Tasche ihrer Weste nach dem Handy. Mir klopft das Herz, als wollte es aus der Brust springen. Sie ruft Cecilia an.

Es hat angefangen zu regnen. Josephine und ich sitzen uns

in dem zehn Quadratmeter großen Schuppen hinter der Koppel auf Holzkisten gegenüber. Zuerst sagt sie nichts, bestimmt zehn Minuten lang. Sie sitzt einfach da und scharrt mit einem Reitstiefel im Heu auf dem Steinfußboden. Aber dann, nach einer halben Ewigkeit, kommt es leise, kaum hörbar:

»Muss ich jetzt ins Gefängnis?«

»Das glaube ich nicht. Du bist erst fünfzehn.«

»Sie wollte nicht, dass ihre Eltern etwas erfahren.«

»Warum hast du nichts gesagt, als sie entführt wurde?«

»Sie haben es als ihre Chance betrachtet. Zusammen abzuhauen. Ich fand das romantisch.«

»Also … hat Mikael Cecilia nicht gezwungen?«, frage ich vorsichtig.

Josephine schüttelt nachdrücklich den Kopf.

»Warum hat sie nicht einfach versucht, mit ihren Eltern zu reden?«

»Agneta ist … sehr streng. Der Vater ist ein bisschen besser, obwohl … nein, das ging nicht.«

»Hast du versucht, mit Cecilia zu reden?«

»Ich will nicht ins Gefängnis. Ich will auch nicht, dass Cecilia ins Gefängnis muss.«

»Du meinst also, dass Mikael Andersson ganz allein den Kopf dafür hinhalten soll«, sage ich ein bisschen zu heftig, aber Josephine hört gar nicht zu. »Ich denke, du kommst bestimmt nicht ins Gefängnis«, füge ich beruhigend hinzu. »Aber du musst die Wahrheit sagen, Josephine.«

Dann herrscht wieder minutenlang Stille. Josephine knabbert an ihren Nägeln. Wir warten. Schließlich klopft es. Josephine springt auf und öffnet die knarrende Tür. Eine dunkle Gestalt schlüpft herein, in einer dicken Steppjacke, mit Pelzkapuze über einer tief ins Gesicht gezogenen Schirmmütze, und plötzlich ist die Luft wie elektrisch geladen. Ich merke, wie meine Nackenhaare sich aufstellen, die ganze Situation ist vollkommen absurd. Und als wäre das alles noch nicht bizarr genug, wird plötzlich in meinem Bauch eine ganze Salve von Fußtritten abgefeuert. He, du, kannst du nicht eine Weile damit warten, ich muss das hier erstmal hinter mich bringen.

»Hallo.«

Cecilia Trolle ist viel hübscher als auf den Fotos. Plötzlich wird mir bewusst, dass ihr Blick genauso intensiv ist wie der ihres Liebhabers Mikael Andersson. Er schneidet sich wie ein Laserstrahl in mich hinein, ich muss die Augen abwenden und stattdessen Josephine ansehen, aber Josephine knabbert an den Nägeln, und ihre Augen hängen an Cecilia.

»Mein Bruder hat mich hergefahren. Ich habe höchstens eine Viertelstunde Zeit, sonst wundern sie sich zu Hause, warum wir so lange in der Videothek bleiben«, sagt Cecilia ruhig.

Sie hat eine helle Stimme, mädchenhafter, als ich sie mir vorgestellt hatte. Mir wird schlagartig bewusst, dass sie ja noch ein Kind ist.

»Das ist sie. Die Reporterin von der Abendzeitung.«

Josephine zeigt mit unruhiger Hand auf mich. Cecilia setzt sich neben Josephine, mir direkt gegenüber. Wir lächeln uns zaghaft an.

»Und was wollen Sie?«, fragt Cecilia. Ihre Stimme verrät, dass sie nicht so ruhig ist, wie sie vorgibt.

»Es geht um einige Bilder von dir und Mikael Andersson, der angeklagt ist, dich entführt zu haben«, sage ich und versuche, Autorität auszustrahlen und nicht daran zu denken, dass das Mädchen mir gegenüber jetzt beinahe täglich in den Zeitungen abgebildet ist. Modegurus ermuntern die Teenager, ihren Upperclass-Look zu kopieren, und das Letzte, was ich gehört habe, war, dass man ihr angeboten hat, ein Buch zu schreiben. Und dabei ist sie noch nicht einmal sechzehn.

»Hat Mikaels Mutter Ihnen die gegeben?«

Cecilia seufzt und sieht unglücklich aus.

»Hast du vielleicht einen Kommentar dazu abzugeben?«

»Wir haben alle Fotos auf unseren Handys gelöscht, nur nicht die in der Kamera. Micke wollte die Bilder nicht löschen«, murmelt Cecilia vor sich hin.

Ich fische Block und Stift aus meiner Tasche.

Cecilia sieht plötzlich nervös aus.

»Sie wollen mich doch nicht etwa interviewen?«

»Cecilia. Meine Zeitung hat Fotos von euch beiden. Und wir haben nicht vor, die zu löschen.«

Ihre Augen füllen sich mit Tränen. Ich weiß nicht, wieso, aber auf einmal fühle ich mich wie ein mieses Schwein.

»Wäre es nicht besser, einfach alles zu erzählen?«, frage ich und bin selbst erstaunt, wie kläglich meine Stimme klingt.

Stumm beginnen Tränen über ihre Wangen zu rollen, und ich möchte sie am liebsten einfach in den Arm nehmen und drücken. Stattdessen drücke ich krampfhaft meinen Block in den Händen.

»Wir haben uns vergangenen Sommer kennen gelernt. Josephine und ich waren auf einem Konzert in Kungsan. Ich habe in der Zeit bei Josie gewohnt. Unsere Eltern machten zusammen Urlaub in Nizza, aber wir durften noch ein paar Tage länger zu Hause bleiben, weil Josie erst noch an einem Springturnier teilnehmen wollte. Er stand in der Reihe vor mir, und ich habe immer wieder zu ihm hingesehen, er war mit ein paar Kumpels da, aber einmal drehte er sich zu mir um, und ich lächelte ihn an und sah schnell weg, und als seine Kumpels gingen, blieb er da. Seine Augen haben die schönste Farbe der Welt. Es war übrigens das Konzert der Latin Kings. Schließlich kam er zu mir, und dann haben wir die ganze Nacht geredet. Josie fuhr nach Hause, aber wir sind einfach durch die Gegend gelaufen. Am Ende verpasste er die letzte U-Bahn und musste bei Josie auf dem Sofa übernachten. Die nächsten

Tage haben wir nur noch zusammen verbracht, bis Josie und ich weg mussten. Er hat bei uns gewohnt. Ist gar nicht nach Hause gefahren, er hat einfach seine Jeans und alles bei Josie in der Waschmaschine gewaschen. Aber einmal, als ich unter der Dusche stand, hat er auf meine Handy-Mailbox gesprochen. Mein Vater ist ausgerastet. Nach John, meinem vorherigen Freund, hat Papa mächtig aufgepasst, dass ich mich mit keinem mehr einlasse. Deshalb sollte ich in Nizza versprechen, ihn nie wiederzusehen. Meine Eltern haben sich nicht mal die Mühe gemacht, nach seinem Namen zu fragen. Ich war dermaßen sauer auf sie, dass ich sagte, er sei ein Krimineller, denn ich wusste ja inzwischen, dass er im Gefängnis gewesen war. Und da ist meine Mutter schier durchgedreht, sie hat mir auch mehrere Male in den Rücken getreten und ...«

»Ist das früher schon mal vorgekommen?«

»Was denn?«

»Dass sie dich geschlagen hat?«

»Ja. Sie schlägt mich oft. Wenn ich etwas falsch gemacht habe. Schon so lange ich zurückdenken kann. In unserer Familie hält man viel von körperlicher Züchtigung.«

Cecilia lächelt schief und zieht die Augenbrauen hoch.

»Ich habe ihn immer von Josies Handy aus angerufen. Das war so verabredet. Alles ging über sie. Wir haben uns nie gemailt. Aber wir benutzten Spraydate.«

»Was ist das denn?«

Cecilia kichert.

»Ein Chat. Mit privaten Chaträumen. Micke ist ein richtiger Computerprofi. Es war seine Idee. Und es lief total super. Wir fühlten uns wie Geheimdienstagenten, wenn wir unsere Pläne besprachen.

Wir haben uns zu Hause bei ihm oder im Wald hinter dem Reitstall getroffen. Sind spazieren gegangen und haben geredet. Wenn Josies Eltern wegfuhren, waren wir bei ihr. Er hatte begriffen, was bei mir zu Hause abging. Ich weinte oft. Er fand, wir sollten abhauen. Aber da kam ich auf die Idee, dass wir so tun könnten, als wäre ich entführt worden. Ich hatte von einer Entführung gelesen, deshalb erschien es mir als das Naheliegendste. Und wir hätten auch noch Geld rausschlagen können. Um durch die Welt zu reisen, nur er und ich. Zwischendurch hätte Josie sich ins Flugzeug setzen und uns irgendwo treffen können. Und Tom, mein Bruder, auch. Mickes Onkel besaß dieses Haus, in dem wir uns verstecken konnten. Ich hatte eine Perücke und noch andere Sachen für mich besorgt, damit wir später unerkannt ausreisen konnten. Wir wollten mit dem Auto aus Schweden raus. Das Auto hatte Micke über einen ziemlich zwielichtigen Kumpel organisiert. Wir hatten vor, erstmal nach Thailand abzuhauen. Ich wollte die ganze Sache später erklären. Eine Mail schicken und alles erklären. Ich liebe Micke und will mein ganzes Leben mit ihm zusammen sein. Aber ich will nicht so leben wie jetzt, wo alles nur darauf hinausläuft, dass wir uns verstecken müssen. Ich will Spaß haben.«

»Lösegeld. Habt ihr Lösegeld verlangt?«

»Nein. Wir waren geschockt, dass die Sache solche Wellen schlug. Wir haben im Internet Zeitungen gelesen und Nachrichten geschaut. Wir wollten eine Zeit lang abwarten. Dachten, es würde vorbeigehen. Dass sie über uns berichteten.«

Cecilia wischt sich die Tränen mit dem Ärmel des Pullovers ab. Sie sieht plötzlich trotzig aus. Eine verliebte Fünfzehnjährige, die der Welt beweisen will, dass sie weiß, was die große Liebe ist.

»Aber er hat dich doch geschlagen?«

»Was? Nein.«

»Und die Blutflecken im Haus? Auf dem Fußboden neben dem Bett?«

»Er hat mich nicht geschlagen!«

»Mikaels Vater hat die Mutter und ihn geschlagen, als Mikael klein war. Er war doch selbst Opfer eines …«

»Er hat mich nicht geschlagen! Hören Sie doch auf! Ich hatte in dem Haus eine Fehlgeburt. Ich war schwanger.«

Ich schlucke trocken. Cecilia starrt mich aufgebracht an. Josephines Handy klingelt, sie geht nach draußen.

»Tut mir leid«, murmle ich beschämt und merke, wie meine Wangen heiß werden, obwohl es in dem Schuppen eiskalt ist.

Ich starre auf meinen Block.

»Aber wie hast du dir vorgestellt … Er kann doch jetzt lebenslänglich kriegen. Ist es das wert?«

Sie blickt fest auf den Steinboden.

»Micke wollte die ganze Schuld auf sich nehmen. Das war die Bedingung dafür, dass wir die ganze Sache überhaupt gewagt haben. Wenn irgendwas schiefginge, wollte er … die ganze Schuld auf sich nehmen. Und ich wollte auf ihn warten«, sagt sie mit einer solchen Überzeugung, dass ich ihr beinahe glaube.

»Aber jetzt will ich einfach nur hinausschreien, wie es wirklich war. Dieses ganze Geschreibsel ist doch so widerwärtig. Und Mama und Papa, die ihn jetzt noch mehr hassen. Aber ich weiß nicht, ich habe Angst, dass ich auch ins Gefängnis muss. Das ging irgendwie alles so schnell.«

Sie beißt sich auf die Lippe und steht auf.

»Ich muss jetzt gehen.«

»Hast du immer solche Probleme zu Hause gehabt?«

Cecilia nickt und schluckt. Starrt auf die Wand neben der Tür.

»Meistens.«

»Und dein Bruder?«

»Tom? Tom ist ein Schatz. Aber er kann mir nicht helfen.«

»Wusste er davon?«

»Nein«, sagt Cecilia schnell. »Er wusste gar nichts. Aber er ist in Ordnung, denn er fragt nicht nach. Das ist gut. Ich wünschte, Sie würden auch nicht so viel fragen. Ich wünschte, wir hätten uns nicht im Haus seines Onkels versteckt. Wir hätten einfach abhauen sollen. Ohne Geld. Ich begreife nicht, was wir uns dabei gedacht haben.«

»Hast du nie versucht, Hilfe zu bekommen? Gab es keinen Erwachsenen, mit dem du darüber hättest reden können, wie es dir ging?«

Cecilia schnaubt verächtlich.

»Alle Erwachsenen liiiieeeeben meine Mutter. Meine Lehrer. Alle, die wir kennen. Einmal bin ich zum Jugendamt gegangen. Habe darum gebeten, in eine Pflegefamilie zu kommen. Der Typ vom Jugendamt hat mich ausgelacht und gesagt, wir reichen Kinder hätten ja gar keine Ahnung, was echte Sorgen sind. Und dass er meine Mutter kennt. Und dass er mir nicht glaubt. John war dabei, mein damaliger Freund. Da fing der Typ an, ihn auszufragen. Ob er auch ja die Finger von mir lässt. So ein blöder Idiot.«

Sie stößt die Tür mit der Schulter auf.

»Ich muss jetzt los.«

»Cecilia!« Ich merke, wie meine Stimme mir nicht mehr gehorcht. Sie sieht mich an.

»Du könntest morgen all das erzählen, und dann könntest du sagen, dass du in ein Heim willst. Ich weiß nicht, ob du es dort besser hast, aber ...«

Sie ist weg. Ein paar Sekunden später zucke ich zusammen, als Josephine ihren Kopf durch die Tür steckt.

»Gott, hast du mich erschreckt!«

»Meine Mutter holt mich in einer Viertelstunde ab«, sagt Josephine mit starrem Blick. »Was soll ich machen? Was soll ich sagen? Jetzt komme ich ins Gefängnis, mein Gott.«

»Jetzt hör mir mal zu, Josephine. Du kommst nicht ins Gefängnis. Du bist erst fünfzehn. Aber du musst deinen Eltern die ganze Sache erzählen, okay? Damit sie dir helfen können. Kannst du mit deinen Eltern einigermaßen reden?«

Sie nickt.

»Ich muss jetzt los.«

Sie sieht mich an, als warte sie auf meine Erlaubnis, und ich nicke stumm.

Ich bringe sie bis zur Stalltür und renne dann den ganzen Weg bis zur Straße, wo ich nach einem Taxi telefoniere. Dann verstecke ich mich schnell hinter einem Baum, weil das Scheinwerferlicht eines BMW mich beinahe erfasst. Das Auto biegt auf die Stallzufahrt ein, und ich bleibe hinter dem Baum, weil ich sicher bin, dass es Josephines Mutter ist. Und ganz richtig, nach einigen Minuten kommt der BMW zurück. Er stoppt nur wenige Meter von mir entfernt, bevor er auf die Straße biegt und in der Dunkelheit verschwindet. Zwanzig Minuten später kommt endlich mein Taxi, und ich sinke müde auf den Rücksitz. Mit zitternden, steifgefrorenen Fingern wähle ich Jannes Nummer und schiele auf das Armaturenbrett. Es ist 21.00 Uhr.

Der Alte beißt auf dem Schaft seines Tintenfüllers herum.

»Sie ist also die Einzige, die sagt, dass Agneta sie geschlagen hat, richtig?«

»Ja. Ich habe ja noch nicht mit ihrer Mutter gesprochen.«

Janne fährt sich mit beiden Händen durch die Haare, vor und zurück. Er gähnt. Ich gähne auch, als ich ihn gähnen sehe. Ich will nach Hause. Ich will ins Bett.

»Ich finde, wir verzichten darauf. Wir wissen nicht, wie viel davon gelogen ist«, sagt Janne.

»Ich glaube, Cecilia hat überhaupt nicht gelogen. Ich finde, wir sollten das bringen. Auch Mikaels Mutter wegen.«

»Wieso ihretwegen?«

Der Alte hört auf, an seinem Füller herumzubeißen, und sieht mich forschend an.

»Na ja, sie findet bestimmt, dass er ein bisschen Genugtuung verdient hätte und …«

»Stopp, stopp, spul das Band nochmal zurück.«

Janne klingt gereizt, und ich merke, dass ich zurückweiche, mich in die Kissen auf dem Sofa des Chefredakteurs drücke, als wollte ich mich vor einer kommenden Attacke ducken.

»Ich weiß nicht, ob du gefühlsmäßig schon so tief im Leben dieser Leute drinsteckst, aber vergiss nicht, dass Cecilia ihre eigene Entführung geplant hat. Wir werden uns jetzt nicht zum Richter über ihre Familie aufspielen oder dieser Mutter da irgendeine verdammte Genugtuung geben. Wir sind eine Zeitung. Wir berichten Fakten. Hast du das verstanden, Agata?«

»Was ich verstanden habe, ist, dass wir bringen sollten, was Cecilia im Stall erzählt hat«, sage ich und halte selbst erschrocken die Luft an, als mir klar wird, wie fest und entschlossen ich mich anhöre.

Janne und ich starren einander an, er gibt als Erster nach. Mit einem tiefen Seufzer fährt er sich durch die Stoppeln auf seinem Kopf.

»Okay. Dann bringen wir es eben«, sagt er.

»Und danach rufen wir die Staatsanwaltschaft an«, fügt der Alte hinzu und bricht in Gelächter aus.

Bonnie and Clyde

Ich bleibe vor den Verkaufsplakaten stehen, die an der Wand neben dem Eingang zum Zeitungshaus hängen. Es ist unheimlich still, der frühe Morgen ist dunkel und unangenehm nasskalt, obwohl es schon Mitte Februar ist. Ich gähne und warte, bis der Tränenfilm auf den Augen wieder weg ist, bevor ich den Aufmacher lese. Mein Gott, wie genial, meine Nackenhaare sträuben sich, und ich lächle vor mich hin. Das Foto von Mikael und Cecilia ist vergrößert und prangt mitten auf dem Plakat. Darüber in fetten Lettern die Zeile, die sich ein Redakteur in der Nacht ausgedacht hat:

BONNIE AND CLYDE

Kurz und knapp. Ein Foto und drei Worte, die mehr sagen als ein ganzer Text. Fucking poetry.

Ich nehme mir eine Zeitung aus dem Ständer neben der Drehtür und blättere mich durch zu meinem Artikel. Lese ihn begeistert im Fahrstuhl. Das hier ist das größte Ding, das mir als Reporterin, ich meine natürlich Nachrichtenchefin, je passiert ist. Das war mein Traum, bei so einer Sache dabei zu sein. Eine dicke, fette Sensation. Jetzt habe ich meinen Scoop. Aber dann fühle ich einen kleinen Stich. Ein winziger Stachel sitzt in meiner linken Seite und piekt. Wie Cecilia und Mikael sich jetzt wohl fühlen? Wie wird Mikaels Mutter darauf reagieren, dass ihr Sohn jetzt erst recht am Pranger steht? Wird Mikael jetzt der große, hässliche Wolf sein, der das unschuldige, junge, reiche Mädchen manipuliert hat? Der sie ausnutzte, als sie ängstlich und schwach war? Ich muss Mikaels Mutter heute anrufen, auch wenn ich mich am liebsten davor drücken würde. Ein Reporter kehrt nicht gerne an den »Schauplatz des Verbrechens« zurück. Immer ist da etwas, womit derjenige, der befragt oder über den geschrieben wurde, nicht zufrieden ist, sei es der Text, die Überschrift oder die Auswahl des Fotos. Dies war verfälscht, das war zu groß oder jenes zu hässlich. So ist das nun mal bei den Boulevardzeitungen. Bei den langweilig-trockenen Tageszeitungen sieht es anders aus, netter, anonymer, so ist es doch einfach. Ich werde sie heute anrufen, und danach werde ich mich nie wieder melden. Ich mochte sie, aber jetzt hat sie mir gegeben, was ich wollte. Das ist hart, aber wahr. Der Fahrstuhl hält mit einem Ruck, die Türen gleiten auf.

Es ist immer noch ruhig, ich werfe einen schnellen Blick auf die Uhr über der Arche, erst halb sieben. Ich gähne wieder. Ich sehne mich danach, so lange zu schlafen, wie ich will und wann ich will, am liebsten mitten am Tag nach dem Mittagessen. Ich hole Kaffee, stecke zwölf Münzen in den Brötchenautomaten und ziehe mir ein angetrocknetes Käse-Schinken-Baguette. Ich hole mir die Zeitungen der Konkurrenz und setze mich auf die Sofagruppe neben der Arche.

»Hallöchen!«

Das ist Tompa. Schwungvoll lässt er sich neben mir nieder. Er gähnt laut.

»Wie war's?«

»Gut. Wir haben vor der Trolle-Villa auf der Lauer gelegen und Fotos geschossen, als die Bullen bei Cecilia anrückten.«

»Wann war das?«

»Vor …«, Tompa guckt auf seine Armbanduhr, »… ungefähr einer Stunde.«

Tompa wünscht mir Glück für den Rest des Tages und zieht seine Jacke an.

Jetzt. Ein paar Minuten Ruhe, bevor ich Maria und Lasse anrufe und bestätigt bekomme, dass alles nach Plan läuft. Maria soll vor dem Haus der Staatsanwältin am Mosebacke Torg in Stellung gehen, und Lasse wird zum Gericht fahren und beobachten, wie sich der heutige Prozesstag entwickelt.

Ich gähne schon wieder, und plötzlich zieht sich etwas in meinem Bauch zusammen. Ich setze mich aufrecht hin, und jetzt zieht es wieder. Aua, das ist wie ein Krampf im ganzen Bauch. Ich versuche ruhig zu atmen, aber ich habe Angst, mein ganzer Körper ist angespannt wie eine Feder. Jetzt sag bloß nicht, das Kind will schon raus. Ich warte, halte die Luft an. Es kommt noch ein Krampf, aber nicht mehr ganz so stark, eher wie ein Ziehen während der Menstruation.

Schnell wähle ich Myrtos Nummer auf meinem Handy. Hoffentlich ist sie schon auf. Zum Glück antwortet sie nach zweimal Klingeln, und ich beschreibe ihr, was ich gerade erlebt habe.

»Hört sich nach Kontraktionen an, auch Vorwehen genannt.«

»Was ist das denn, verdammt?«

»Ganz ruhig, Agata. Dein Körper bereitet sich langsam darauf vor, dass das Kind rauswill. So etwas kann man auch bekommen, wenn man gestresst oder müde ist.«

Ich seufze und lehne mich zurück. Im Moment bin ich wirklich total fertig. Ich hätte am liebsten frei. Würde jetzt sogar lieber ein Buch über Geburten oder so was lesen, oder eine von diesen schrecklichen Zeitschriften mit einer dieser grotesken Schwangeren auf dem Titel. Einer Frau wie mir.

»Du kannst ja sicherheitshalber die Hebamme anrufen, aber es ist bestimmt alles in Ordnung, Liebes.«

»Okay, danke. Auf eine Art ist das ja vielleicht ganz gut.«

»Was denn?«

»Zu spüren, wie sich Wehen anfühlen. Das vorhin war ja gar nicht so schlimm. Wenn die Geburt so ist, kann ich das aushalten.«

Myrto zögert. Im Hintergrund höre ich den Fernseher und die Kinder.

»Liebling, das …«

»Ja?«

»Es tut sehr viel mehr weh, das Kind hinauszupressen, als das hier.«

»Aha.«

Ich fühle mich plötzlich dumm und enttäuscht zugleich. Ich sollte wirklich ein Buch darüber lesen.

»Muss ich das Kind zur Welt bringen?«

»Haha. Ja, leider. Aber so unerträglich, wie du denkst, sind die Schmerzen nun auch nicht.«

»Jetzt lügst du, das weiß ich.«

»Nein! Das stimmt!«

»Ich glaube dir nicht. Ich glaube keinem von euch.«

»Habt ihr einen Geburtsvorbereitungskurs besucht?«

Waren wir bei einem Atemkurs? Irgendetwas in mir ermahnt mich, ihr lieber nichts von meinem Rauswurf zu erzählen.

»Weißt du, die Termine lagen alle so ungünstig …«

»Was glaubst du, wie stolz du sein wirst, wenn du es schaffst, das Kind aus deiner eigenen Urkraft heraus zu gebären.«

»Wieso reden so viele andauernd über die Geburt, als würden wir immer noch im Lendenschurz mit Knüppeln bewaffnet durch die Gegend laufen, anstatt in modernen Kleidern und mit dem Handy in der Tasche?«

»Ich muss jetzt unter die Dusche«, bricht Myrto das Gespräch ab.

»Na denn. Gut dusch!«

Viertel nach sieben ruft Maria an. Die Staatsanwältin Bodil Hjalmarsson hat ihr Haus verlassen, wollte jedoch keinen Kommentar abgeben. Aber sie hatte es eilig. Sie fahren ihr jetzt hinterher, anscheinend ist sie auf dem Weg ins Büro.

Danach geht es Schlag auf Schlag. Ich schalte die Nachrichtensendungen ein. Die machen alle mit unserem Knüller auf, klar. Um 9.30 Uhr verkündet der vorsitzende Richter, dass der Prozess unter Ausschluss der Öffentlichkeit fortgesetzt wird.

Ich lege einen Zusatzauftrag in Patricks Fach. Er soll versuchen, eine Bestätigung der Jugendfürsorge in Östermalm zu bekommen, dass Cecilia dort war und um Hilfe gebeten hat. Die Sozialarbeiter vom Jugendamt sagen nie was, die verweisen immer auf den Dienstweg, aber vielleicht gelingt es Patrick, ein Loch in die Mauer zu bohren, wer weiß? Janne würde es wahrscheinlich für keine gute Idee halten, den Faden »Gewalt in der Familie« weiter zu verfolgen, aber da pfeife ich drauf. Ich bin jetzt hier der Nachrichtenchef. Kristian, ein tüchtiger Lokalreporter mit guten Kenntnissen in Betriebswirtschaft, soll sich mal hinsetzen und eine Dokumentation über die Omega Investment Group schreiben, bei der Agneta Trolle Mehrheitseigentümerin ist. Der Konzern steht kurz vor einem großen Geschäftsabschluss, da stellt sich doch die Frage, ob der ganze Medienrummel hilfreich oder eher schädigend ist. Wenn Maria zurückkommt, soll sie Cecilias Leben noch einmal neu aufzeichnen. Kindheit und alles. Patrick soll dasselbe mit Mikaels Leben machen. Wir werden mittags eine Extraausgabe bringen.

Mein Handy klingelt schon wieder. Bisher haben SVT und TV4 angefragt, drei ausländische Zeitungen und CNN, unzählige Radiosender sowie ein Verlag, der möchte, dass ich ein Buch über den »Trolle-Skandal« schreibe, und natürlich Mama, Papa, Siwan und Kia. Ich schaue aufs Display. Teo.

»Hallo, Liebling, wie geht's dir?«

»Gut.«

»Ich liebe dich.«

»Ich dich auch.«

Die Zwölf-Uhr-Nachrichten auf TV4 zeigen, wie Cecilia in Begleitung von zwei Polizistinnen aus dem Gericht kommt und in ein Auto mit getönten Scheiben steigt, das rasch abfährt. Mikael Andersson lässt sich nicht blicken, aber Alvarsson hat ein Foto von ihm geschossen, vor der Rückseite des Gerichtsgebäudes. Zum Schluss erscheint Staatsanwältin Bodil Hjalmarson. Die Ärmste sieht aus, als lastete aller Kummer der Welt auf ihren Schultern, und im Moment ist es wohl auch so. Für sie war es ein Reinfall. Macht sich nicht gut im Lebenslauf der Staranwältin. Als ich sie gestern Abend gegen elf am Telefon interviewte, bekam sie kaum einen zusammenhängenden Satz heraus. Jetzt steht sie vor all den aufgebauten Mikrofonen und beantwortet mit zusammengebissenen Zähnen die wirren Fragen der aufgeregten Reporter:

»Stimmt es, was die Abendzeitung heute gebracht hat? Dass Mikael Andersson und Cecilia Trolle die Entführung gemeinsam geplant und durchgezogen haben?«

»Aufgrund des nun vorgelegten Beweismaterials sehen wir uns veranlasst, die Beteiligten erneut zu verhören, mehr kann ich im Moment nicht dazu sagen.«

»Wieso ist Ihnen entgangen, dass die beiden sich kennen?«

»Kein Kommentar.«

»Wird der Prozess jetzt abgebrochen?«

»Ja, wir haben keine andere Wahl, als die neue Beweislage genauestens zu prüfen, und das werden wir tun. Keine weiteren Kommentare.«

»Heißt das, dass sie gestanden haben? Hat Cecilia gestanden …?«

Die Staatsanwältin hebt eine Hand und eilt zusammen mit einem Kollegen zu einem wartenden Auto.

Ich höre, wie hinter mir Leute applaudieren, und drehe mich um, da stehen Janne, Martin und Tinna, die Chefin der

Online-Ausgabe, und sehen glücklich aus. Ich grinse und schüttle den Kopf. Irre, dass ich diesen Schmutz ausgegraben habe. Vollkommen irre.

Als Janne auf dem Weg in sein Büro an mir vorbeigeht, frage ich, wo der Chefredakteur ist.

»Er telefoniert mit den Pitbulls«, flüstert er über mich gebeugt.

Als er merkt, dass ich nicht begreife, was er meint, fügt er etwas lauter hinzu:

»Agneta Trolles Anwälten.«

Ich nicke langsam.

»Die Staatsanwältin hat auch schon angerufen. Sie will die Kamera haben.«

»Aber wir werden doch wohl nicht …«, keuche ich erschrocken.

»Nein, auf keinen Fall. Das ist unser Quellenmaterial. Ganz ruhig.«

Dann lächelt er und geht.

»Gott, wie grausam die Zeitung heute ist!«, ruft Pontus, als er auf dem Weg zum Kaffeeautomaten vorbeikommt.

Ich hebe die Hand zu einem »Danke«, während ich gleichzeitig die Homepage der Polizei aufrufe, um die Pressemitteilungen zu lesen. Die aktuellste bestätigt lediglich, dass der Prozess abgebrochen wird und die Voruntersuchungen erneut aufgenommen werden.

»Hallo.«

Patrick steht vor mir. In Jacke und Mütze.

»Hallo.«

»Das gibt bestimmt den diesjährigen Journalistenpreis für die Sache heute.«

»Quatsch. Oder … meinst du?«

»Du hattest *mir* den Auftrag gegeben, mit der Mutter zu reden, erinnerst du dich?«

»Ja, genau.«

»Ich hatte den Zug verpasst. Ich wollte es am nächsten Tag nachholen.«

»Kann sein, aber die Mutter hat hier angerufen, und es hörte sich an, als sei sie kurz davor, es sich anders zu überlegen. So einfach war das. Ich hatte nicht vor, dir …«

»Ist ja schon gut! Manche gehen eben über Leichen für eine gute Story.«

Patricks Handy klingelt, und er dreht sich auf dem Absatz um und geht zu seinem Schreibtisch. Ich seufze und stehe auf, um mir die zweite Tasse Kaffee dieses Morgens zu holen.

Das Letzte, was ich an diesem Tag mache, ist, Janne aufzusuchen. JETZT habe ich mich entschieden.

Schwangere bekommt Gewichtsschock

»Haben Sie irgendwelche Fragen, zum Beispiel in Bezug auf Ihre Ernährung?«

Die Hebamme runzelt die Augenbrauen ein wenig und blickt in ihre Mappe.

Jetzt steht die Waage bei vierundachtzig Kilo. Das bedeutet, dass ich innerhalb von sechs Monaten vierundzwanzig Kilo zugenommen habe. Kein Wunder, dass die Hebamme beunruhigt ist. Ich habe praktisch andauernd eine Tüte Weingummi in der Hand, egal ob in der Arche oder zu Hause vor dem Fernseher. Weingummi ist meine Ersatzbefriedigung in einer Welt, in der ich nicht mehr in meine Klamotten passe, auf keine Party gehen und nicht länger als eine halbe Stunde am Stück auf ein und demselben Stuhl sitzen kann, weil mir der Rücken weh tut. Manchmal ist es schon direkt peinlich, so wie neulich, als Teo endlos im Küchenschrank herumsuchte.

»Agata, hast du meine Gummibärchen gesehen?«

»Nein. Wieso?«

»Ich hatte sie gestern hier in den Schrank gelegt.«

»Ach ja? Nö, keine Ahnung.«

Teo kam ins Wohnzimmer, und ich versuchte, ein unschuldiges Gesicht zu machen, aber meine Finger steckten schon wie festzementiert in der Keksdose.

»Gibst du zu, dass du sie aufgegessen hast?«

»Herrgott nochmal, stell dich bloß nicht so an. Es waren noch ungefähr vier Bärchen drin.«

»Stimmt ja gar nicht. Ich hatte noch nicht mal die Hälfte gegessen. Man darf wirklich nichts mehr mit nach Hause bringen.«

Da hatte ich angefangen zu heulen. Teo gab auf, nahm sich eine Banane und legte sich wieder aufs Sofa.

Die Hebamme legt mir die Manschette um den Oberarm, um meinen Blutdruck zu messen.

»Bewegen Sie sich? Es ist gut, wenn man in Bewegung bleibt.«

»Ich … gehe spazieren.« (Zum Supermarkt und zurück, das dauert zehn Minuten, und zu den Schreibtischen der Reporter, zirka eine halbe Sekunde.)

»Ihr Blutdruck und Ihre Eisenwerte sind jedenfalls in Ordnung«, sagt die Hebamme und klingt beinahe überrascht.

»Vermessen Sie auch noch meine Schädelform?«

Ich lache, die Hebamme nicht. Wir haben einfach nicht dieselbe Wellenlänge, was den Humor betrifft.

»Und wie geht es Ihnen sonst? Haben Sie Stress?«

Ich sehe sie an. Überlege tatsächlich eine Sekunde lang, ob ich mit ihr über meine Arbeit reden soll. Über die Entführung und den ganzen Druck, diese blöde Kamera zu besorgen und Teenager und Mütter zu jagen. Inzwischen hat das Chaos sich ein bisschen gelegt. Es ist jetzt eine Woche her seit unserer großen Enthüllung. Die Untersuchungen laufen, Agneta Trolle und ihre Familie sind anscheinend untergetaucht, und Cecilia wohnt in einem Jugendheim und wartet auf den neuen Prozess. Dass sie nicht zu Hause wohnen bleiben wollte, was sie gekonnt hätte, sagt nach meiner Überzeugung eine Menge darüber aus, wie es in dieser Familie zuging. Die Ärmste muss sich verdammt verlassen vorkommen.

»Es ist ganz okay. Bei mir im Büro. Ich habe eine Leitungsfunktion übernommen«, sage ich stattdessen.

»So, aha.«

Die Hebamme wirkt nicht sehr interessiert, deshalb wechsle ich das Thema.

»Ich gehe heute Abend aus, zum ersten Mal seit hundert Jahren.«

»Na, das hört sich doch gut an.« Die Hebamme lächelt aufmunternd.

»Auf das Betriebsfest unserer Firma. Da geht es jedes Mal drunter und drüber, kann ich Ihnen sagen. Ich muss wohl ein paar Gläser Wein trinken, bevor ich wagen kann, dort aufzukreuzen.«

Die Hebamme runzelt die Augenbrauen und will gerade den Mund aufmachen, als ich eilig hinzufüge, dass das natürlich ein Witz war.

Schwangere säuft auf Sexparty

Ich beiße mir auf die Lippe, während ich mich im Spiegel betrachte. Ich habe es geschafft, den Reißverschluss eines tief ausgeschnittenen, kniekurzen roten Kleides in Umstandsgröße XL zuzukriegen. Aber irgendetwas stimmt nicht. Ich lasse den Blick im Spiegel vom Kopf abwärts wandern. Error detected. Weiße Turnschuhe. Ich schleudere sie von den Füßen und suche in der Garderobe nach den hellbraunen hochhackigen Stiefeln, die Teos Schwester mir aus Athen mitgebracht hat, als sie letztes Frühjahr dort war. Nach einer Viertelstunde liege ich keuchend auf dem Dielenfußboden. Aus meiner jetzigen Position sehe ich jedoch, dass meine schwarzen Converse unter einem Haufen von Teos Schuhen liegen, die könnte ich ja anziehen. Aber warum tue ich mir das hier eigentlich an? Warum will ich in die große, gefährliche Welt hinausgehen, auf das jährliche Betriebsfest, von den Reportern auch »Sodom und Gomorrha« genannt, wenn ich doch faul auf dem Sofa liegen, Süßes naschen und Video gucken könnte? Ich rapple mich mühsam wieder auf die Beine.

»Ui, was hast du denn an?«

Teo ist aus dem Schlafzimmer gekommen, wo er sich eingeschlossen hatte, um Schönschreibübungen zu korrigieren. Er stellt sich neben mich vor den Spiegel.

»Ui?«

»Hab ich nicht so gemeint. Sieht nur ziemlich eng aus, oder?«

»Klar, soll's ja auch.«

Teo versucht ein anerkennendes Lächeln, aber es wirkt einfach nur angestrengt. Wozu diese Lügerei?

Ich meine, ich weiß ja, dass Teo findet, ich sehe wie ein Nilpferd aus, aber trotzdem tut er so, als fände er genau das Gegenteil.

Richtig absurd war das neulich abends, als wir uns irgendeine Dokusoap ansahen und die Kamera auf den Bikinikörper einer Silikonbraut Anfang zwanzig zoomte.

»Macht dich so was scharf?«, fragte ich Teo, und ich klang sicher ein bisschen bitter, weil die Silikonfrau in ihrem paillettenrosa Stringbikini ja wirklich unglaublich sexy aussah und ich wusste, dass Teo da auf seinem Sofa lag und spitz wurde.

»Nein, du machst mich scharf, Liebling«, antwortete Teo, und es klang so eifrig, vollkommen idiotisch. Aber vor allem hörte er sich an wie ein Pantoffelheld.

»Du sollst so was nicht sagen, nur um mir eine Freude zu machen.«

»Tu ich doch auch nicht, Liebling.«

»Tust du wohl. Sei ehrlich. Welcher Körper gefällt dir besser, ihrer oder meiner?«

»Aber du trägst unser Kind. Das kannst du doch nicht vergleichen …«

»Dann stell dir vor, das Baby wäre nicht da. Denk es dir einfach weg.«

»Das geht nicht!«

»Doch, mach es!«

»Nein, das kann ich nicht!«

»Dann tu wenigstens so!«

»Nein!«

»Feigling!«

»Okay, also gut: ihren! Allemal.«

Da fing ich an zu heulen, und der Abend war im Eimer.

Und wir haben jetzt seit über einem Monat keinen Sex mehr gehabt. Keiner von uns hat Lust. Ich halte nicht lange durch, auf allen vieren zu knien, wenn wir es von hinten machen wollen, und von der Seite tut es mir weh, und ich sehne mich nur noch nach dem Sofa und der Bonbonschale. Teo sagt, für ihn ist das »wie Inzest«, weil er Angst hat, dass er mit dem Schwanz ans Baby kommt. Aber es gibt noch einen Grund, warum es mit unserem Sexualleben hapert. Das Einzige, was zurzeit in meinen Unterleib kommt, ist meine Pilzsalbe. Ohne die gehe ich nirgendwo hin.

Ich habe diesen Pilz schon die ganze Zeit. Manchmal bei der Arbeit würde ich am liebsten eine große Feuergabel aus meiner Tasche holen und mich damit da unten kratzen. So wie jetzt, die Nylonstrumpfhose sitzt im Schritt festgekleistert wie ein Vakuumverschluss und lockt das Pilzmonster an.

Als ich gehen will, hat Teo es sich vor dem Fernseher gemütlich gemacht. Ich setze mich ganz ans Ende des Sofas und lege seine Füße auf meinen Schoß. Jetzt habe ich das Gefühl, in diesem Kleid überhaupt keine Luft mehr zu kriegen. Ich rutsche keuchend ein Stück zurück aufs Sofa, damit ich den Oberkörper ein bisschen strecken kann.

»Weißt du, ich bin letzte Woche zu Janne gegangen.«

»Janne?«

»Mein Chef. Ich habe gesagt, dass ich meinen Urlaub nehmen und alle Überstunden abbummeln will, bevor das Kind kommt.«

»Das hast du gesagt?«

»Japp. Ich will mehr schlafen. Meine Ruhe haben.«

»Das hört sich total gut an, Agata. Ab wann?«

»Ich habe den ganzen April und den halben Mai frei.«

»Also hörst du in zwei Wochen auf. Toll. Und er war damit einverstanden?«

»Ja. Ich habe mich bezahlt gemacht, wie man bei uns sagt. Mit der ganzen Kidnappinggeschichte.«

Teo setzt sich auf und gibt mir einen dicken Schmatz auf den Mund.

»Über einen Monat frei! Was für ein Luxus!«, ruft er fröhlich.

Ich finde, er benimmt sich verdächtig. Glaubt er, ich hätte endlich eingesehen, dass der Job nicht alles ist? Dabei bin ich einfach nur müde.

19.00

Das Taxi hält vor dem Eingang des Lokals, in dem das Betriebsfest stattfindet. Maria reißt die Tür auf.

»Das hat ja vielleicht gedauert. Wir hatten halb sieben gesagt!«

Ich murmle eine Entschuldigung und versuche gleichzeitig, aus dem Taxi zu steigen. Es endet damit, dass Maria mich an den Armen packen und herausziehen muss. Habe urplötzlich das Gefühl, der Ehren-Spastiker auf der Veranstaltung »Jeder ist wertvoll, so wie er ist« zu sein, arrangiert von der sozialsten Sozialdemokratin Mona Sahlin und der Stadt Stockholm.

Die Kollegen stehen mit dem Begrüßungsdrink in der Hand beisammen. Wir kämpfen uns durch zu Patrick und Pontus, die an der Bar herumhängen, jeder bereits mit einer Flasche Wein vor sich. Pontus starrt natürlich direkt in meinen Ausschnitt und pfeift theatralisch.

»Bombenalarm! In Deckung!«

Patrick kichert wie ein Schuljunge, Maria knufft Pontus in die Seite, und ich bereue es jetzt schon zutiefst, dass ich mich nicht mit einem von Teos T-Shirts verhüllt habe, anstatt mich in dieses Kleid zu zwängen. Ich kriege kaum Luft. Es ist so schlimm, dass ich wohl besser einen Sauerstoffapparat zu diesem Fest hätte mitnehmen sollen. Für den Fall, dass der Sauerstoffmangel mich innerhalb von wenigen Stunden in eine Hirntote verwandelt.

Ich scanne das Lokal. Der Alte steht mit den Ressortleitern in einer Ecke, jetzt unterhält er sich gerade mit Tina von der Frauenseite, es geht übrigens das Gerücht, dass er was mit ihr hat. Ich habe es versucht, ich habe wirklich die Augen zusammengekniffen und versucht, es mir vorzustellen, aber ich begreife wirklich nicht, was die Weiber an ihm finden. Abgesehen natürlich von seiner Macht als Chefredakteur, aber wie fest kann man denn die Augen zukneifen, wenn man mit ihm ins Bett steigt? Neben ihm steht Janne mit seiner schönen Frau, der russischen Korrespondentin. Sie hat mich entdeckt und lacht und winkt, und ich winke zurück. Sie sieht unglaublich toll aus in ihrem elfenbeinfarbenen Chanel-Kostüm, und ihre dunkle Pagenfrisur schmiegt sich perfekt um ihre Wangen. Sie ist Schwedenkorrespondentin für das russische Fernsehen. Janne und sie sind seit fünf Jahren zusammen, Kinder haben sie nicht. Janne ist der einzige von unseren obersten Chefs, der auf Partys seine Frau mitbringt. Unser großer Kolumnist – »the King« – ist auch eingeladen, wie ich sehe. Er sitzt am Fenster mit einem Weinglas in der Hand und ist anscheinend in ein Gespräch mit seinem Lebensgefährten vertieft, einem populären Moderator beim Schwedischen Fernsehen.

Es liegt eindeutig eine Erwartung in der Luft. Alle sind gespannt und herausgeputzt. Das Problem ist, dass viele auch mehr oder weniger erschöpft von der Arbeit sind. Was wiederum bedeutet, dass heute Abend – je mehr der Alkoholgehalt im Blut steigt, niemand kann mehr saufen als Boulevardzeitungsmacher, das ist kein Geheimnis – alles Mögliche passieren kann, von Prügeleien über Seitensprünge bis hin zu anderen Skandalen.

20.00

Maria, Pontus, Patrick und ich setzen uns an einen der langen Tische. Das Büfett hält eine merkwürdige Mischung aus Tsatsiki, Hummus, Couscous-Salat, Hühnerbeinen und Baguettes bereit. Es sieht ziemlich armselig aus und schmeckt so lala. Aber ich lange trotzdem zu wie ein Seebär und nasche ein bisschen von Marias Wein. Wenn ich noch ein Mineralwasser trinken muss, kotze ich. Sobald das Kind auf der Welt ist, werde ich nie wieder im Leben Mineralwasser anrühren – weder mit Geschmack noch ohne.

»Da hat sich der Verlag ja mal wieder einen abgekniffen. Im Knast kriegt man weiß Gott einen besseren Fraß als das hier«, knurrt Pontus ärgerlich, während er eine neue Flasche Rotwein entkorkt. »Am Betriebsfest geizen sie, aber selbst stecken sie sich Hunderttausende in die Tasche, wenn der Laden gut abwirft. Wirklich nett.«

»Ich geh raus, eine rauchen«, sagt Maria und steht auf. Patrick geht mit. Als sie weg sind, beugt Pontus sich über den Tisch.

»Hast du gesehen, wie Liv den Hausmeister anbaggert?«

»Echt?«

Ich drehe mich um. Liv flüstert dem jungen blonden Süßen von der Hausmeisterei was ins Ohr. Sie hat ein rotes Spitzenkleid an, es ist dermaßen tief ausgeschnitten, dass ihre Möpse gleich auf ihren Teller zu fallen drohen.

»Wollen wir wetten, dass sie ihn rumkriegt? Bevor der Abend vorbei ist?«

»Du meinst, dass sie es tun?«

»›Es tun‹? Ficken, klar.«

»Ach hör doch auf. Hier?«

»Manchmal bist du wirklich naiv, Agata. Man sollte es nicht glauben, aber tief in deinem Herzen bist du eine Nonne.«

»Wieso? Ich meine, es ist doch wahnsinnig riskant, wer wird denn so blöd sein …«

»Betriebsfest 2003. Der Alte und Pia.«

»WAS?«

»Schhh. Leise.«

»Wo?«

»Wusstest du das nicht?«

»Als wir in Djurgården waren?«

»Genau. Ich bin zum Pinkeln nach draußen, weil vor dem Klo eine endlose Schlange stand. Ein Stückchen rein in den Wald. Pia auf allen vieren hinter einem Busch, und der Alte stand hinter ihr und war mächtig am Pumpen.«

Ich ziehe eine Grimasse, und Pontus lacht.

»Diese Zeitung kotzt mich manchmal echt an.«

»Und trotzdem, wie sehr lieben wir sie. Ach, was haben wir sie doch lieb.«

23.00

Ich stehe auf, zum ersten Mal seit Stunden. Pontus ist auf der Tanzfläche verschwunden, und Patrick habe ich seit einer ganzen Weile schon nicht mehr gesehen. Maria sitzt mit Olle tief im Gespräch versunken auf der anderen Seite des Tisches. Beide haben schon ordentlich getankt und lassen die Köpfe baumeln. Ich gehe zur Damentoilette. Ein Glück, keine Schlange. Als ich fertig bin und gerade wieder raus ins Getümmel gehen will, kommt eine blonde Schnecke herein, die mich an irgendeine Sängerin erinnert, in einem aufregenden Wickelkleid mit Ausschnitt bis zum Bauchnabel. Ich glaube, sie arbeitet in der Werbeabteilung.

»Hi.«

»Hallo.«

Ich wasche mir die Hände und betrachte sie aus den Augenwinkeln, während sie sich im Spiegel die Lippen nachzieht.

»Mächtig was los«, sagt sie und klimpert ein paarmal mit ihren schwarzen Wimpern. Ich starre mein Bild im Spiegel an.

Mein Kopf ist immerhin nicht gewachsen. Meine Gesichtsform ist erstaunlich normal. Vielleicht sind die Wangen etwas voller. Ich sehe gut aus. Meine Haut ist milchweiß, auf der Nase sind ein paar Sommersprossen, die dunklen Augenbrauen, die Kia mir in ihrem Salon in Form zupft, haben einen schönen Schwung, und meine Augen sind immer noch tiefgrün. Meine Haare sind schöner als jemals zuvor, ihr Glanz ist eine wahre Pracht. Wenn da nicht dieser Nilpferd-Körper wäre. Plus diese, für meinen Geschmack, zu üppigen Brüste. Ich sehe gedrungener aus als sonst, und dann sind da noch all diese zusätzlichen Kilos. Gut, es schwabbelt nicht, mein Bauch zum Beispiel ist ja total fest, ungefähr so wie eine Haselnuss. Aber im Grunde sehe ich aus wie Karlsson vom Dach, fällt mir gerade auf. Dabei hasse ich Karlsson vom Dach. Es ist schwer, wenn man sein ganzes Leben lang schlank war. Mit dem Bäuchlein und den größeren Brüsten hatte ich mich ja anfangs auch abgefunden. Wie sollte ich denn ahnen, dass mein Bauch explodieren würde, dass die Brüste aus allen Nähten platzen und ich so was wie Rückenspeck entwickle. Oder dass ich ein Süßigkeiten-Junkie werde. Ich kann nicht widerstehen. Es ist, als ob der Teufel von mir Besitz ergreift, jedes Mal, wenn ich in einen Supermarkt gehe. Inzwischen habe ich auch schon Cellulite an den Oberschenkeln.

Gerade als ich gehen will, ich habe schon eine Hand erhoben, um die Tür aufzustoßen, dreht die Promi-Barbie sich zu mir um und schürzt die Lippen. Dann:

»Entschuldigung?«

»Ja?«

»Ich wollte dir nur sagen, alle Achtung. Dass du hier auf dem Fest bist und dich nicht versteckst, obwohl du so, na ja, dick bist. Toll!«

Ich sollte ihr den Stinkefinger zeigen, aber mein Selbstvertrauen ist abgesackt und hat sich in meinen Schuhen verkrochen. Deshalb sage ich kein Wort, beeile mich nur, zurück an meinen Tisch zu kommen. Gedemütigt überlege ich, ob ich nicht lieber nach Hause fahre. Aber am Tisch ist mächtig was los. Maria gibt Olle einen solchen Stoß, dass er zwischen zwei Stühle fällt.

Ich verstehe nur einzelne Fetzen von dem, was sie ihm zuschreit, als sie über ihn gebeugt steht, während Olle versucht, sich aufzurappeln.

»... DRECKSACK ... FASST ... ARSCH ... NÄCHSTES ... ANZEIGEN ... PERVERS!«

Wir sind also wieder bei der alljährlichen Tradition. Olle missversteht Freundlichkeit als Interesse und beschließt, jemandem an den Hintern zu grapschen. Vielleicht ist es wirklich Zeit, ihn zu melden. Vielleicht ist es Zeit, sexuelle Belästigung am Arbeitsplatz nicht mehr mit Witzen abzutun. Als Nachrichtenchefin sollte ich wohl was sagen. Aber was? »Pfui«? Olle ist ja irgendwie zurückgeblieben. Maria stapft Richtung Tanzfläche davon, und um nicht zu riskieren, dass Olle sich bei mir ausheult, gehe ich hastig an die Bar. Scheiße, ich fühle mich plötzlich so einsam. In der guten alten Zeit, anders gesagt: voriges Jahr, war ich den ganzen Abend von Männern umschwärmt. Wir tanzten und tranken, bis sie den Laden dichtmachten. Anschließend zogen wir weiter, ich kam erst gegen sechs Uhr morgens nach Hause. Ich kriege in diesem Kleid immer noch keine Luft, und ich habe ein Kratzen im Hals, also beschließe ich, mir an der Bar etwas zu bestellen. Lande neben Tomas, Redakteur bei der Sonntagsbeilage, er schimpft auf unsere Personalchefin Birgitta ein, es geht irgendwie um sein Gehalt. Das ist immer so. Auf Festen trauen sich die Leute, über Gehaltserhöhungen zu verhandeln.

Jemand knufft mich von hinten, es ist Liv, die alte Nervensäge, die mir ihren Rotwein in den Ausschnitt kippt. Pontus steht hinter Liv und schielt über ihre Schulter auf meine Brüste.

»SINTFLUT! AUFPASSEN!«, grölt er, worauf Liv einen Lachanfall kriegt, der bestimmt eine halbe Minute dauert. Langsam und beschämt drehe ich mich wieder um, klettere auf einen freien Barhocker und rufe dem Barkeeper zu:

»EINEN GIN TONIC, BITTE!«

Er mustert mich und die obere Hälfte meines Bauches abwartend.

»EINEN GIN TONIC, HAB ICH GESAGT! JETZT GLEICH!«

Ich mache mir nicht die Mühe, mich umzusehen, ob jemand die werdende Mutter dabei beobachtet, wie sie kurz davor ist, eine Ladung Gin Tonic in sich hineinzuschütten. Ich mache einfach die Augen zu und genieße es, wie der ein bisschen stechende, aber ach so frische, kribbelnde Zitrusgeschmack sich im Hals mit dem stärkeren Alkohol vermischt und hinter dem Brustbein nach unten läuft, ahh, jetzt wärmt es, und ich sehe die Sonne. Muss noch einen tiefen Schluck nehmen.

»HALLO!«

Ich schlage abrupt die Augen auf. Rechts von mir sitzt ein unglaublich süßer Typ Anfang zwanzig. Er hat millimeterkurze schwarze Samthaare und dunkelblaue Augen. Er legt den einen Arm auf den Tresen und lächelt. Wer ist das denn? Ich habe ihn noch nie in der Redaktion gesehen.

»DU BIST AGATA, STIMMT'S?«

»JA. Du, tut mir leid, aber ich …«

»DU MUSST LAUTER SPRECHEN!«

»ICH KENNE DICH NICHT!«

Der schnuckelige Kerl legt in einer Pssst-Geste die Hand über den Mund, dann beugt er sich zu mir herüber und flüstert in mein Ohr. Er riecht gut.

»Ich bin der Kumpel von einem deiner Kollegen im Unterhaltungsressort. Ich habe einen Vertretungsjob bei der Konkurrenz und dürfte gar nicht hier sein, aber die Mädchen bei euch sind viel heißer als bei uns. Verrat mich nicht!«

Er macht eine Bitte-bitte-Geste, und ich muss kichern. Gott, ist der niedlich. Und der baggert mich an? Scheint so. Also entweder ist er ein Spinner, der auf Schwangere steht, oder er findet mich wirklich unwiderstehlich. Vielleicht denkt er, ich bin jung, ledig und auf der Suche, und er könnte mein Kind aufziehen. Okay, Agata, komm wieder auf die Erde. Wie auch immer, im Moment bin ich jedenfalls ausgehungert nach männlicher Aufmerksamkeit, kein Aas flirtet mit einer werdenden Mutter. Deshalb klimpere ich mit den Wimpern und lache und gebe mich kokett.

Auf einmal erscheint mir alles so leicht, ich kann sogar in diesem Kleid atmen. Ich trinke noch ein paar Schluck von meinem Drink und fühle mich wie ein junges Mädchen. Ein junges, achtundzwanzigjähriges Mädchen, das darauf aus ist, flachgelegt zu werden.

Der Süße stellt sich als Andy vor und sagt, dass er mich von meiner Reportage über den Entführungsfall kennt. Dass er schwer beeindruckt ist von dem, was Patrick und ich machen. Ich tue so, als hätte er nicht »Patrick« gesagt, sondern nur ichichich. Klimpere immer noch mit den Wimpern.

Er sagt, er würde viel lieber Reporter bei unserer Zeitung sein, wenn er bloß einen Fuß in die Tür kriegen könnte. Ich beeile mich, ihm zu erzählen, dass ich Nachrichtenchefin bin. Begreife immer noch nicht, wieso er gerade mich anbaggert. Upps, mein Glas ist leer. Schüchtern bitte ich Andy, mir ein Wasser zu bestellen. Er erzählt ein bisschen mehr von sich selbst, er ist vierundzwanzig, kommt aus Uppsala und wohnt derzeit zur Untermiete in Hornstull, und jetzt sagt er etwas, was ich nicht verstehe, weil die Musik so verdammt laut ist, aber er zeigt auf mein Kleid. Anscheinend hat er mir ein Kompliment gemacht, denn er hat die Augenbrauen hochgezogen, und in seinen Mundwinkeln spielt ein kleines Lächeln. Also probiere ich es mit einem vorsichtigen Haare-nach-hinten-Werfen, es ist schon so lange her, dass ich meine Haare zurückgeworfen habe, und tatsächlich, es funktioniert.

»Danke«, sage ich, werde aber irgendwie den Gedanken nicht los, dass er wirklich ein komischer Kauz sein muss. Ich würde mich zurzeit nicht mal selber anbaggern.

Plötzlich taucht ein Mädchen hinter uns auf, sie flüstert Andy etwas ins Ohr, ich glaube, ich kenne sie, arbeitet sie nicht für Glitter, unsere Freitagsbeilage? Andy blickt ein wenig unsicher von ihr zu mir, und da zeigt auch sie auf mein Kleid.

»DU, DEIN KLEID IST GEPLATZT!«, brüllt sie und versucht einen Kicheranfall zu vertuschen, während Andy ein eher mitleidiges Gesicht macht.

Ich verabschiede mich nicht einmal. Bin so gedemütigt, wie es im Moment nur möglich ist, muss einfach so schnell es geht auf die Toilette und den Schaden untersuchen. Ich weiß nicht mal mehr, wie lange es gedauert hat, mich zum Klo durchzuboxen, nur noch, dass da drinnen zwei Türen zur Auswahl standen. Ich reiße eine davon auf und weiche erschrocken zurück. Der blonde Typ aus der Hausmeisterei steht da mit den Jeans auf den Fußknöcheln, und ich sehe rote Spitze und eine Menge anderes, was ich lieber nicht gesehen hätte.

Mir ist, als hätte ich Blei an den Füßen, denn es kommt mir wie eine Ewigkeit vor, bis ich eine Entschuldigung murmelnd rückwärts aus der Tür flüchte. Wühle an der Garderobe in meiner Tasche, finde nur Schlüssel, eine alte Bananenschale, die Pilzsalbe, wo zum Teufel ist die Garderobenmarke? Ich schwitze Blut und Wasser, und zu allem Überfluss kommt jetzt auch noch Pontus auf mich zu gewankt. Da! Da ist die Marke.

»Schnell!«, schreie ich die Garderobiere an, die ein erschrockenes Gesicht macht.

Als Pontus noch vier besoffene Schritte von mir entfernt ist, wirft sie mir meine Jacke zu, und ich renne nach draußen, wobei ich mir die Jacke überziehe. Zum Glück steht gerade ein Taxi vor der Tür, das ein paar Leute abgesetzt hat.

Auf der Fahrt sehe ich mir endlich mein Kleid an. Dass es geplatzt sein soll, ist noch untertrieben. Von der Taille bis zum Oberschenkel klafft es weit auf. Man kann die weißen Großmutterunterbüxen durch die Nylonstrumpfhose sehen. Oh mein Gott, wie peinlich.

»War netter Abend?«

Der Taxifahrer grinst in den Rückspiegel.

»Wahnsinnig nett«, murmle ich.

»Als meine Frau schwanger mit unser Sohn Mehmet, wir oft getanzt. Gut für Bauch! In Türkei wir verehren schwanger Frau. Ihr großes Wunder!«

Istanbul, denke ich, während ich mich in den Rücksitz seines klapprigen Mercedes schmiege. Dahin werde ich auswandern. Als das Taxi mich vor der Haustür absetzt, stopfe ich mir drei Kaugummis in den Mund, bevor ich hineingehe. Damit Teo nicht merkt, dass ich Alkohol getrunken habe und angeschickert bin. Ab sofort ist nur noch Sofa angesagt. Wie konnte ich bloß so dumm sein, mir einzubilden, ich wäre eine Art Sex-and-the-City-Schnalle, die nur zufällig gerade schwanger ist?

Wenn Pontus gesehen hat, dass mein Kleid von oben bis unten aufgeplatzt war, werde ich mich Montag erschießen.

Pernillas Sexshow vor Kindern

»Kannst du heute die Elf-Uhr-Konferenz übernehmen? Ich hatte ganz vergessen, dass ich ja einen Termin für so einen blöden Gesundheits-Check habe.«

Martin sieht mich bittend an, während er schon aufsteht und seine Jacke anzieht.

»Ja, klar. Was muss ich tun?«

Ich hatte bisher noch keine Gelegenheit, an den Morgen- oder Übergabekonferenzen teilzunehmen. Als stellvertretender Nachrichtenchef bleibt man in der Arche und hält die Lage unter Kontrolle, während der Verantwortliche in die Konferenz geht, auf der besprochen wird, wie die morgige Ausgabe aussehen soll.

»Du brauchst nur die aktuelle Liste der Artikel mitzunehmen, die wir bringen wollen. Als Erstes fragst du die Runde ab, was die anderen für morgen haben. Nein, warte, zuallererst sprecht ihr über die heutige Ausgabe, danach fragst du herum, und anschließend besprecht ihr, was morgen erscheinen soll. Okay?«

Ich stehe auf, als ich die Ressortleiter vom Sport und von der Unterhaltung Richtung Glaskäfig spazieren sehe. Am Kaffeeautomaten mache ich Halt.

»Ich wollte nur sagen, was du zum Entführungsdrama geschrieben oder besser aufgedeckt hast, war einfach suuuper. Es ist ja so spannend, die ganze Sache zu verfolgen.«

Ich blicke auf. Ein Mädchen mit weinroten Haaren, schwarzweiß gestreiftem Kleid und Converse-Baseballstiefeln an den Füßen strahlt mich an.

»Ich bin die Neue. Helena Nilsson.«

Sie streckt mir eifrig die Hand hin.

»Ich fange heute als Vertretung bei den Nachrichten an.«

»Okay. Herzlich willkommen.«

Ich greife nach meinem Becher, nehme mir eine Banane aus dem Obstkorb auf dem Tresen und zische ab.

»Danke!«, höre ich sie rufen.

Irgendwie scheinen die Leute mehr Respekt vor mir zu haben seit dem Entführungsfall, oder »Trollegate«, wie wir ihn intern getauft haben. So als wüssten sie jetzt, was ich draufhabe.

Alle sitzen schon an ihrem Platz, als ich hereinkomme, und ich lege sofort los. Keiner hat was Besonderes zu unserer heutigen Ausgabe anzumerken, deshalb lästern wir stattdessen ein bisschen über die Konkurrenz. »Komischer Aufhänger bei dieser Schauspieler-alkoholkrank-Story«, und »was haben sie sich da bloß wieder aus den Fingern gesogen?«, und dieses da und jenes dort. Anschließend geht es die Reihe herum. Karl, der Unterhaltungschef, räuspert sich mit bekümmerter Miene.

»Ja, also wir haben eine Bombensache für morgen. Kajsa war bei der Generalprobe für diese Kindergala, die morgen Abend auf TV4 ausgestrahlt werden soll.«

Ich nicke, habe aber keine Ahnung, um welche Gala es geht, was echt peinlich ist. Du musst immer hundertprozentig über die gestrige, heutige und morgige Zeitung Bescheid wissen, hatte Janne mir noch eingeschärft, als ich den Job bekam.

»Pernilla Wahlgren soll ja auftreten, und wie Kajsa sagt, wird das eine Sexshow der übelsten Sorte. Pernilla hat einen superkurzen Fummel an, und an einer Stelle, beim Refrain ihres Songs, bläst eine Windmaschine unter ihren Rock, sodass man ihren Stringtanga sieht.«

Er zieht die Augenbrauen hoch und erwartet meine Reaktion.

Ich bin mir nicht sicher, wie die ausfallen sollte. Igitt, wie furchtbar, oder wow, ist ja geil?

»Was machen wir?«, frage ich. Das klingt kompetent.

»Ich finde, wir machen ›Pernillas Sexshow vor Kindern‹ …«

»Klingt ein bisschen wie ein Pädophilie-Vorwurf.«

»Na hör mal. Da stehen jede Menge Zehnjährige im Chor hinter ihr, und es werden Kinder im Publikum sitzen. Ist das etwa richtig, dann so aufzutreten? Ist unsere Gesellschaft für die Kinder noch nicht genug sexualisiert?«

»Hat sie sich nicht schon mal so ein Ding geleistet?«, wirft Garnele, der Sportchef ein.

»Genau. Als sie noch Moderatorin im Kinderprogramm war.«

»Ja verdammt, wenn das kein astreiner Aufhänger ist?«

Garnele und alle anderen starren mich an. Entscheidung, Agata!

»Okay. Wir bringen die Sexshow-Sache. Das ist ja wirklich schlimm. Vor den Kindern«, sage ich und versuche, entrüstet zu klingen.

Dann rappelt der Unterhaltungschef wie ein Wasserfall seine anderen Artikel herunter. Ich nicke und notiere. Garnele folgt mit dem Sport und dann Tinna von der Online-Ausgabe mit ihren Schlagzeilen. Zum Schluss sagt sie etwas wie Sooo …?

»Was ist das?«

Wieder starren mich alle an. Dann beginnt Garnele höhnisch zu grinsen, worauf Karl von der Unterhaltung Blut leckt und sagt: »Kriegst du gar nichts mit, oder was?«, während Mia, die Ressortchefin Gesundheit, anfängt zu kichern. »Ganz Schweden macht da doch mit.«

»Sudoku, meint er«, erklärt Tinna mir mitleidig. »Das ist so eine Art Kreuzworträtsel, nur ein bisschen anders und unglaublich populär. Jedenfalls haben wir ein großes Gewinnspiel in der Zeitung. Ein Marathonsudoku, die ganze Woche lang, und anschließend schicken uns die Leser ihre Lösung per E-Mail.«

»Aha. Okay«, murmle ich.

Bei dieser Zeitung wird man schon bei der kleinsten Kleinigkeit als ignorant oder elitär beschimpft. Meine Güte.

Anschließend trage ich unsere Sachen vor, so schnell ich kann.

»Wir überlegen, ob wir nicht was über Zahnpflege bringen. Gerade ist eine neue Studie erschienen, die belegt, dass Geringverdiener jetzt noch seltener zum Zahnarzt gehen, als vor fünf Jahren.«

»Während die Reichen alle naselang hinrennen und sich die Zähne bleichen lassen«, schnaubt Tinna.

»Aber was machen wir? Den üblichen Langweiler, oder sollen wir versuchen, einen besseren Aufhänger zu finden?«

Ich blicke mich in der Runde um.

Karl von der Unterhaltung kaut auf seinem Stift, und Garnele kritzelt Figuren auf seinen Block.

»Ich hab's!«, ruft Karl plötzlich aus. »Wir gucken fünf Armen ins Maul und fünf Reichen. Schaut her. Die Unterschiede.«

»Das ist ein Knaller. Beweisfotos. So vergammeln deine Beißerchen, wenn du arm bist. So schön sind sie, wenn du Geld hast«, murmelt Garnele.

Das ist ein spitzenmäßiger Aufhänger. Ich nicke und mache mir Notizen.

»Super. Ich bespreche das mit Martin.«

Am Nachmittag ruft der King an. Er regt sich mächtig auf, weil er normalerweise immer auf der ersten Seite erscheint, aber gestern nicht, stattdessen war die Kolumnistin, die sonst ganz hinten gedruckt wird, auf der Titelseite gelandet. Was ich und diese »Scheißzeitung« eigentlich glauben, wer wir sind. Weiß ich denn nicht, dass er Schwedens meistgelesener Kolumnist ist? »Aber das entscheidet die Nachtschicht«, versuche ich einzuwenden. »Das ist mir scheißegal!«, brüllt er, und später muss der Alte ihn anrufen und bauchpinseln. Ach, wie herrlich, ab morgen all diese Idioten einem anderen überlassen zu können. Bye-bye, Scheiß-King.

Reporterin verschwunden – keinen kümmert's!

Die Kollegen haben eine Torte gekauft, und die Schlange, die sich von der Teeküche den Gang hinunterzieht, erinnert an die vor der Abendkasse bei einem Bruce-Springsteen-Konzert. Arbeitskollegen, von denen ich nicht einmal wusste, dass ich sie habe, tauchen aus allen möglichen staubigen Winkeln auf und wittern Torte. Helge, der Gewerkschaftsvertreter, jammert immer, dass er mittlerweile kaum mehr fünf Leute für die Betriebsratsversammlungen bei unserer Zeitung zusammentrommeln kann, aber kaum, dass jemand irgendwas feiert und Torten oder Kuchen aufgefahren werden, kommen sie alle mit Papptellern bewaffnet angerannt und reihen sich geduldig in die Warteschlange ein.

Es ist ein ganz komisches Gefühl. So als ob ich umziehen muss und meine Kollegen nie mehr wiedersehe. Gleichzeitig habe ich schreckliche Kreuzschmerzen und kann einfach nicht mehr.

Patrick taucht hinter mir auf, gerade als ich versuche, mein Tortenstück in der einen Hand zu balancieren und mit der anderen den Becher aus dem Kaffeeautomaten zu nehmen. Resolut nimmt er mir den Teller aus der Hand und geht schon mal vor zur kleinen Sitzgruppe neben dem Sport. Dankbar folge ich ihm. Das muss wohl bedeuten, er hat mir vergeben, dass ich ihm Mikaels Mutter weggeschnappt habe. Maria und einige andere Kollegen kommen ebenfalls mit und quetschen sich aufs Sofa, was gar nicht so einfach ist, weil ich mit meinem Monsterbauch fast den ganzen Platz einnehme, deshalb müssen ein paar von ihnen stehen. Patrick gelingt es, Platz auf dem Sessel neben dem Sofa zu finden.

»Das ist eine wunderbare Zeit, die du vor dir hast«, sagt Gunvor, die Sekretärin vom Alten, und lächelt warmherzig. »Du solltest sie genießen, sie ist schnell vorbei.«

Ich lächle ein bisschen steifer zurück, ich habe ja keine Ahnung, was sie meint.

»Man wird ein besserer Mensch, wenn man ein Kind bekommt«, fährt Gunvor fort, und ich schiele zu Patrick, um zu sehen, ob er sich kaum halten kann vor Lachen oder so was, aber er schaufelt bloß gutgelaunt Marzipantorte in sich hinein.

»Mir ist, als wäre es gestern gewesen, dass Nils und Anna klein waren, aber jetzt macht Anna Abitur, und Nils studiert in den USA. Ich sehe sie kaum noch«, sagt Gunvor, den Blick auf irgendeinen Punkt über meinem Kopf gerichtet.

Plötzlich räuspert Patrick sich, und Maria steht auf und stellt sich hinter seinen Sessel.

»Agata«, sagt Patrick mit übertrieben dunkler Stimme.

Ich unterbreche mein Kauen, und die Sahne in meinem Mund quillt auf.

»Wir werden dich hier vermissen. Wer soll jetzt schlechte Witze machen oder sich über einen Auftrag aufregen? Oder den Auftrag an sich reißen?«, fügt er hinzu und lacht aus vollem Hals.

Ich winde mich ein bisschen.

»Vor allen Dingen hast du einen verdammt guten Job gemacht, was die Kidnappingsache angeht.«

Ich schlucke den Tortenbissen runter und merke, wie die Tränen sich startklar machen. Jetzt nicht heulen, Agata. Du wirst verdammt nochmal nicht heulen. Patrick sieht plötzlich ein bisschen erschrocken aus.

»Musst du heulen?«

Ich begreife, dass die Tränen schon draußen sind, und schlucke wieder. Schnell schüttle ich den Kopf. Denk an was anderes, an was Langweiliges, an die Geburt zum Beispiel. Denk daran, wie weh das tun wird. Nein, jetzt ist mir erst recht zum Heulen.

»Das sind die Hormone«, schmunzelt eine ältere Redakteurin hinter mir und tätschelt meine Schulter.

Jetzt trägt meine Stimme wieder, und ich beeile mich, meinen Bauchklatscher abzubiegen.

»Ach, Unsinn, wieso sollte ich denn heulen? Ich habe einfach… weiß auch nicht, den Kuchen zu schnell runtergeschluckt, das tat weh.«

Patrick sieht erleichtert aus, und dann beugt er sich schnell nach unten und zieht etwas Knisterndes unter dem Sessel hervor.

»Für dich. Von, ja, eigentlich fast allen aus der Redaktion. Noch bist du nicht ganz verhasst, haha.«

Er steht auf und reicht einen großen geflochtenen Korb herüber, eingeschlagen in durchsichtige Geschenkfolie. Er landet auf meinem Schoß, und um mich herum macht es »Aahh« und »Oohh«. Jetzt kommt auch Martin, mit Tortenteller und Kaffee bewaffnet. Ich gucke neugierig durch die Geschenkfolie in den Korb, ein Buch liegt drin, so eins, wie ich zu Weihnachten bekommen habe, über das Gebären. Und etwas, das wohl ein Strampler ist, mit dem Schriftzug »Abendzeitung« quer über der Brust.

»Ach, das ist ja toll. Wie lieb«, sage ich und bin ganz gerührt von soviel Aufmerksamkeit.

Im selben Augenblick, als ich das Geschenkband abmachen will, tönt das wohlbekannte Signal einer Blitzmeldung durch die ganze Redaktion. Die Blicke der Leute fangen an zu flackern, hm, schwere Entscheidung: bei Agata sitzen bleiben oder zum Rechner laufen und nachsehen, was passiert ist?

Martin ist schon vorn an der Arche und steht gebückt vor seinem Bildschirm, jetzt ruft er nach Patrick und Maria, die zu ihm hinlaufen. Ich höre etwas von »Busunglück« und »über zwanzig Verletzte«. Mehrere Redakteure verschwinden an ihre Plätze, nur Pontus von der Sonntagsbeilage und Gunvor sind noch bei mir.

»Schön, die ganze Aufregung mal für eine Weile los zu sein, was«, flüstert Gunvor und zwinkert mir mit einem Auge zu, dann ruft Martin, dass sie den Chefredakteur anrufen soll, und jetzt sind wir nur noch zu zweit, Pontus und ich. Er rutscht dichter an mich heran und mopst ein Stück von meinem Kuchen. Mit meinem Löffel. Dann lehnt er sich zurück, legt einen Arm um mich und streicht mit der anderen Hand über seinen rosa Seidenschlips.

»Willst du den neuesten Klatsch hören?«

Ich nicke, während ich den Nachrichtenrummel immer noch mit Blicken verfolge, Patrick und Maria stehen ganz still und nicken, während Martins Hinterkopf sich leicht vor und zurück bewegt. Ein Fotograf stößt zu ihnen. Janne kommt auch an. Stellt sich daneben, die Hände in die Seiten gestemmt, und sagt was. Patrick läuft zu seinem Schreibtisch, nimmt seine Sachen und rennt zum Ausgang. Er dreht sich um, und ich hebe die Hand zu einem Winken, aber er blickt gar nicht zu mir, sondern schreit einem Fotografen zu, sich zu beeilen. Ich lasse die Hand wieder sinken.

»Agata, interessiert es dich oder nicht?«

»Was denn?«

»Die neueste Bettgeschichte?«

»Schieß los.«

»Pia, deine Vertretung.«

»Ja?«

»Und Martin.«

»Was?«

Das ist ja die Höhe. Meine Stellvertreterin bumst mit dem Nachrichtenchef Numero uno. Was ist bloß los mit den Leuten hier? Dürfen die Chefs sich alles erlauben?

»Aber die hat doch ein Kind gekriegt. Ich weiß nicht mehr genau, wann sie hier war… ist sie denn nicht mehr mit dem Vater zusammen?«

»Das ist doch schon vor der Geburt in die Brüche gegangen, wusstest du das nicht? Martin ist ja auch frisch geschieden. Offenbar haben er und Pia sich gegenseitig ihre kleinen gebrochenen Herzen getröstet.«

Pontus kichert heftig, und sein Doppelkinn schwabbelt.

»Logisch, dass Pia auf der Jagd ist, frisch getrennt und mit Hängetitten bis zu den Waden nach dem ganzen Stillen, ist doch klar, dass die Bestätigung sucht.«

»Jetzt wirst du aber fies.«

»Ich sage nur die Wahrheit. Soll ja Leute geben, die nicht damit umgehen können.«

»Okay. Hier hast du noch eine Wahrheit. Der Einzige in der Redaktion, der Hängetitten bis zu den Waden hat, bist du.«

Auf Pontus' Gesicht erscheinen zwei feuerrote Flecke, einer auf der Stirn und der andere auf dem Kinn.

»Bitte, wenn du es so haben willst. Ab sofort ist die Klatschbörse für dich geschlossen«, sagt Pontus trocken und bleibt sitzen, während ich aufstehe, tatsächlich mit geschmeidigem Schwung den Korb auffangen kann, mich aus der Sofaecke schlängle und im Pinguingang Kurs auf meinen Schreibtisch nehme.

»Geschlossen!«, ruft Pontus mir hinterher.

Ich will gerade meinen Rechner herunterfahren, als eine neue TT-Blitzmeldung übers Intranet kommt. Ich überfliege den kurzen Text.

Anklage in Trolle-Entführung
Mikael Andersson und Cecilia Trolle der Vorbereitung schwerer Erpressung beschuldigt.

Ich logge mich aus und klappe den Rechner zu. Ich stehe auf. Mit viel Mühe schaffe ich es, mir meinen roten Umstandsmantel anzuziehen, der sich nicht zuknöpfen lässt, obwohl er Größe XL hat. Ich drapiere mein Halstuch elegant darüber, sodass es nicht auffällt. Ich werfe all mein Zeug in den Rucksack, den ich dabei habe, und zögere einen Augenblick, eigentlich wollte ich noch zur Arche gehen und mich verabschieden, aber es ist keiner da. Also gehe ich stattdessen zum Ausgang, werde von der netten Kleinen am Empfang umarmt. Als der Fahrstuhl kommt, zögere ich wieder einen Moment, drehe mich um, schaue durch die Glaswand in die Redaktion, fast so, als wollte ich mir das alles genau einprägen. Die Wand mit all den gerahmten Auszeichnungen, der Zeitungsständer, die Arche in der Mitte – der Fels in dem riesigen Meer von Schreibtischen –, der Kaffeeautomat, der Tresen, die Teeküche, die Sitzgruppe, das Regal mit Blöcken und Stiften, die Garderobenständer. Meine Zeitung.

Ich schäme mich, als der Blick verschwimmt, und vernehmlich schluchzend steige ich hastig in den Fahrstuhl.

Mama?«

»Agata! Du rufst an?«

»Hey, Mama!«

»Hallo!«

»Wie geht's dir?«

»Gut. Ganz gut.«

»Ich habe aufgehört zu arbeiten.«

»Tatsächlich?«

»Ja.«

»Du, ich wollte dich sowieso heute Abend anrufen. Hier ist etwas Trauriges passiert.«

»Was denn?«

»Lindman ist gestorben.«

»Was? Wann denn? Wieso?«

»Sein Herz war schwach. Es hat am Ende nicht mehr mitgemacht.«

»Nein …«

»Weine du ruhig, Agata. Er war ja etwas Besonderes für dich. Mit seinen Schafen. Weißt du noch?«

»Mhm.«

»Nächste Woche sollen wir zur Beerdigung.«

»Mama?«

»Ja?«

»Ich … vermisse euch.«

»Wirklich? Wo du jetzt so viel um die Ohren hast.«

»Nicht mehr. Jetzt ist alles nur noch langweilig, Mama. Ich mache den ganzen Tag überhaupt nichts. Jetzt bin ich schon fast vier Wochen zu Hause, ich habe alle möglichen Zeitungen gelesen und alle Sendungen im Fernsehen gesehen, und jetzt gehe ich nur noch auf und ab.«

»Aber dann komm doch nach Hause, Agata. Zu uns.«

»Ich muss jetzt Schluss machen. Ich bin mit Teo in der Stadt verabredet.«

Junges Paar ratlos in Babyboutique

»Marineblau ist die absolut allerhässlichste Farbe der Welt.«

»Wieso, was ist denn daran …?«

Ich zeige stattdessen auf einen entzückenden cremeweißen Kinderwagen mit schwarzen Streifen an der Seite.

»Aber der ist doch total klobig«, kontert Teo.

Wir stehen bei Babyplanet, Teo, Dany und ich. Die Verkäuferin hat vor einer Minute erklärt, dass es Kinderwagen mit herausnehmbaren Einsätzen gibt oder mit drei Rädern oder solche, die zur Sportkarre werden … mir schwirrt der Kopf und ich habe Kontraktionen.

»Blau ist hässlich«, wirft Dany ein.

»Ha!«, rufe ich zufrieden aus. »Da hörst du's!«

»Alle meine Schwestern haben den hier genommen«, sagt er und geht zu einem ganz klassischen Kinderwagen, der an den erinnert, den ich will.

Dany demonstriert gekonnt, wie man den Einsatz auswechseln kann, sodass eine Karre daraus wird.

»Ich würde ja lieber einen mit drei Rädern nehmen, probier mal den hier, wie leicht der ist«, versucht Teo es, er ärgert sich offenbar, dass er nichts zu melden hat.

»Ich denke nicht daran, einen mit drei Rädern zu nehmen, der sieht doch komisch aus. Angeberisch«, sage ich, und Teo verdreht die Augen und stemmt demonstrativ die Hände in die Seiten.

»Außerdem habe ich gelesen, dass sie gefährlich sind. Die kippen um!«

Es endet damit, dass wir zur Verkäuferin sagen, wir müssten es uns erst noch überlegen.

»Die meisten haben fünf Wochen Lieferzeit«, sagt sie besorgt mit Blick auf meinen Bauch.

Teo und ich reißen beide den Mund auf.

»Anfänger«, schnaubt Dany und schüttelt den Kopf.

»Was brauchen wir sonst noch?«, frage ich kleinlaut, und die Verkäuferin macht ein nachdenkliches Gesicht.

»Nun, das kommt natürlich auch darauf an, welche Ansprüche Sie haben und wie viel Sie bereit sind, für Ihr Kind auszugeben.«

»Geld spielt keine Rolle«, sagt Teo und drängt sich irgendwie ein wenig vor. Ich nehme an, er braucht das Gefühl, dass er das Schiff steuert, also trete ich gehorsam zurück.

»Teo, ich setze mich so lange ein bisschen da hin«, sage ich und zeige auf einen Schaukelstuhl, an dem »Stillstuhl« steht. Ich schiele auf das Preisschild. Zweitausend Mücken für dieses Holzding, mein Gott, ist das teuer! Ich ziehe die Abendzeitung aus der Tasche. Als ich Seite sechs und sieben aufschlage, erstarre ich. »Cecilia Trolle wurde vom Gericht gemäß dem Gesetz zum Schutz Minderjähriger unter amtliche Vormundschaft gestellt. Sie wird mindestens ein Jahr in einem Jugendheim verbringen müssen. Mikael Andersson wurde zu einem Jahr Freiheitsstrafe verurteilt.«

Ich mache die Zeitung wieder zu, mir ist jetzt nicht nach Weiterlesen. Dann muss ich bloß wieder daran denken, wie gerne ich jetzt in der Arche sitzen würde, mitten im Zentrum des Geschehens. Stattdessen habe ich den Fall vom Sofa aus verfolgt. Im zweiten Prozess bekam Cecilia endlich die Chance, vom Leben in der Familie Trolle zu berichten. Davon, wie streng sie gehalten wurde, und von den Schlägen. Es kam noch mehr ans Tageslicht als das, was sie mir im Schuppen hinter dem Reitstall erzählt hatte. Dass immer sie es war, die geschlagen wurde, nicht ihr Bruder. Dass sie sich erinnert, wie sie mit vier Jahren die ersten Prügel bekam. Dass ihr oft in den Leib getreten wurde, damit äußerlich nichts zu sehen war. Nach Angaben von Maria, die von dem drei Tage kurzen Prozess berichtete, saß Agneta Trolle jeden Tag im Gerichtssaal. Und sah starr geradeaus, die Hände im Schoß gefaltet. Aber zugegeben hat sie nichts. Trotzdem ist sie auf dem besten Wege, Schwedens meistgehasste Frau zu werden. Unsere Konkurrenz machte eine Umfrage in der Stadt und im Internet, und wie sich zeigte, konnten zweiundfünfzig Prozent der Leute sich vorstellen, die Textilkette, die zum Konzern gehört, zu boykottieren. Was wiederum dazu führte, dass ein Auftrag, den Agnetas Firma Omega erhalten sollte, geplatzt ist. Obwohl, in einem Monat ist die ganze Sache vergessen, und alles geht wieder seinen gewohnten Gang. Wie immer. Mikael dagegen wurde über Nacht vom »Gangster« zu »Cecilias Befreier«, obwohl sich nie beweisen lassen wird, dass auch nur ein Wort von dem, was Cecilia erzählt hat, wahr ist. Neulich habe ich gelesen, dass irgend so ein Jungfilmer die Liebesgeschichte der beiden auf die Kinoleinwand bringen will.

»Hier. Guck mal!«

Nach einer Ewigkeit kommen Teo und Dany zurück, und als wären es Geschenke für mich, breiten sie alle Sachen vor mir auf dem Fußboden aus. Teo zeigt und redet. Ich stopfe die Zeitung wieder in meine Handtasche und sehe mir alle Sachen an, auf die Teo zeigt.

»Eine Häkeldecke, eine Milchpumpe, ein Stillpullover …«

»Wow, pornomäßig«, flachse ich und stecke den Arm durch das verborgene Brustloch im Pullover, aber Teo und Dany sehen mich beide nur angewidert an.«

»Wieso, das ist zum Stillen.« Dany spuckt die Worte regelrecht aus.

»Ja, ja, ich wollte nur …«

»Porno«, schnaubt Teo verächtlich, und ich hätte große Lust, die beiden fest zu schütteln und sie aus ihrer Mutter-Teresa-Psychose aufzuwecken.

»Meine Schwestern haben die auch«, redet Dany auf mich ein. »Die Dinger sind total praktisch, wenn du in der Stadt bist und dem Baby die Brust geben willst. Du willst ja deine Titten nicht vor all den Kerlen präsentieren, die bloß dasitzen und Stielaugen kriegen.«

Teo ist immer noch dabei, auf all die Sachen zu zeigen und ihre Funktion zu erklären, wir bräuchten glatt ein Zimmer mehr, um alles unterzubringen, Laken, Decke, Kopfkissen, Nuckelflaschen und Sauger, Schnabelbecher, diverse lustige Tiere, um sie über den Kinderwagen und das Gitterbett zu hängen und …

»Wir haben doch gar kein Bett?«

»Nein. Ikea. Dany und ich fahren nachher hin.«

Er zählt weiter auf: ein spezielles Spielzeug, das Geräusche von sich gibt und von Babys geliebt wird, ein Walkie-Talkie, ein …

»Moment. Ein Walkie-Talkie?«

»Viele Eltern fühlen sich sicherer damit.«

Ich sehe die Verkäuferin an, die jetzt dazugekommen ist, sie steht hinter Teo und Dany, die immer noch mitten in einem Meer von Dingen knien.

»Und wozu ist das?«

»Das eine Gerät legt man in die Wiege, das andere hat man bei sich. Dann kann man das Baby hören und braucht nicht beunruhigt zu sein, dass es vielleicht aufhört zu atmen.«

»Was kostet das?«

»Dieses Gerät hier ist unsere Luxusausführung, das kostet 999 Kronen. Es hat verschiedene Funktionen …«

»Tausend Kronen für das Ding da?«

»Agata, das ist eine Anschaffung fürs Leben«, setzt Teo an.

»Wir wohnen in einer fünfzig Quadratmeter großen Zweizimmerwohnung. Wir hören sowieso jeden Atemzug von dem Kind.«

»Beraten Sie sich gern in aller Ruhe«, sagt die Verkäuferin und verschwindet eilig hinter ein paar Regalen.

»Wovon sollen wir den Kinderwagen bezahlen, wenn wir den ganzen Kram hier auch noch kaufen?«

»Ich habe schon nachgerechnet. Der Kinderwagen fünftausend Kronen und das alles zusammen zweitausend. Der Gutschein von Myrto und dem Grafen belief sich doch auf siebentausend Kronen.«

Ich starre Teo an, als hätte ich gerade erkannt, dass er von Dämonen besessen ist.

»Weißt du, wie viel Geld das ist?«

»Ja, und? Kinder sind teuer, Agata.«

»Wenn du diese Walkie-Talkies kaufst, werde ich nie wieder Sex mit dir machen.«

»Hör auf. Du bist albern.«

Teo kämpft darum, nicht laut loszulachen.

Ich warte, und schließlich lenkt er ein.

»Okay, okay! Das Ding ist vielleicht ein bisschen übertrieben.«

Teo und Dany sammeln alle Sachen zusammen, und ich folge den beiden Packeseln zur Kasse.

Der Kinderwagen hat eine Lieferzeit von vier Wochen. Das heißt, wenn wir Glück haben – riesiges Glück –, trifft er am selben Tag ein, an dem vorgesehen ist, dass ich das Kind aus mir herauspresse.

Liebesbrief von Mikael an Cecilia

Um mir die Tage zu vertreiben, klappere ich alle möglichen Cafés ab, kreuz und quer durch die Stadt. Stadtteil für Stadtteil. Ich bestelle mir immer dasselbe: einen Kaffee und ein belegtes Brot, oder einen Kaffee und eine Zimtschnecke. Lese Zeitung. Anschließend gehe ich ein bisschen spazieren. Kaufe Lebensmittel ein. Warte darauf, dass Teo nach Hause kommt. Nachmittags sehe ich mir meistens diese Rätselsendungen im Fernsehen an, die offenbar für Menschen mit Gehirnschaden gemacht sind.

»E _ _ R, ja, also wir suchen ein Wort mit vier Buchstaben. Es bezeichnet etwas, was manchmal in einem Schweinestall gehalten wird. Was könnte das sein?« Und die Leute rufen an und raten falsch, es ist nicht zu fassen. Gestern habe ich es auch mal versucht, bin aber nicht durchgekommen. Ich habe zu wenig Freunde. Das merke ich erst jetzt, wo ich keine Arbeit mehr habe, zu der ich gehen kann. Ich könnte im Grunde zu Kia in den Salon fahren, aber ich habe keine Lust. Wenn ich ehrlich sein soll, kann ich ihr andauerndes Gerede über Hochzeit und Menstruation und Eisprung und weiß der Geier was nicht mehr hören. Kann sie nicht einfach Dany alles erzählen und zum Arzt gehen mit ihrer Gebärmutter, die – um Kias eigene Worte zu gebrauchen – »nach einem Baby schreit«?

Heute entscheide ich mich für Wayne's Coffee in der Götgatan. Es ist kurz vor zehn, das Café ist immer noch leer. Schlage die Abendzeitung auf. Jeden Tag, wenn ich darin blättere und die Gesichter und Namen der Kollegen auf den

Seiten sehe, spüre ich kleine wehmütige Stiche, aber vielleicht kommt das auch nur von dem Gefühl der Leere. Es ist jetzt einen Monat her, dass ich aufgehört habe, und ich bereue es nicht, ich weiß, dass ich mich schonen muss. Aber als ich neulich anrief, um mit Maria zu quatschen, hörte ich, dass sie gleichzeitig auf der Tastatur tippte. Sie antwortete ein bisschen zerstreut auf meine Fragen, stellte aber selbst keine. Genau wie ich es immer gemacht habe, wenn Mama oder Teo anriefen. Oder Kia. Jemand, der störte.

Ich zucke zusammen, auf Seite neun ist ein heimlich aufgenommenes Foto von Cecilia Trolle im Heim. Sie steht auf einer Koppel neben einem Pferd und unterhält sich mit jemandem, der der Kamera den Rücken zudreht. Sie sieht glücklich aus. Gesund. Sie hat einen schönen naturfarbenen Strickpullover an und Jeans, die in hohen militärgrünen Gummistiefeln stecken. In das Foto ist ein kleineres Bild von Mikael montiert, er blickt mit stahlblauen Augen direkt in die Kamera. Überschrift: LIEBESBRIEF VON MIKAEL AN CECILIA. Ich überfliege den Text. »Cecilia fühlt sich wohl im Heim«, »braucht Ruhe und Geborgenheit«, »Mikael suchte Kontakt per Brief«, »Cecilia sagt, dass sie ihn immer noch liebt und auf ihn warten will«. »Wie TV4 verlauten ließ, sei es so gut wie sicher, dass Agneta Trolle sich einem großen Fernsehinterview stellt.«

Frage mich, wie es Jeanette geht, Mikaels Mutter. Hoffe, für sie ist es okay, dass Mikael …

»Können wir uns dazusetzen?«

Zwei Blondinen und eine Frau in meinem Alter mit kurzen dunklen Haaren, alle mit Kinderwagen, sehen mich erwartungsvoll an. Ich prüfe rasch die Lage um mich herum, das ganze Café hat sich mit Frauen, Kinderwagen und Kleinkindern gefüllt, während ich in die Zeitung versunken war. Ich nicke und sammle Jacke und Tasche zusammen, um Platz zu machen.

»Danke!«, sagen sie im Chor.

Fasziniert betrachte ich sie heimlich. Ihre schwere Artillerie, die über den ganzen Tisch ausgebreitet wird. Nuckelflaschen und Breigläser, Brotdosen und bunte Plastiklöffel, kleine Tetrapaks, auf denen »Folgemilch« steht, Windeln, Servietten und …

»Ich hab heute Nacht kein Auge zugetan«, jammert die Dunkelhaarige und gähnt gleichzeitig.

Ich bemerke, dass alle drei einen dieser Still-Pullover tragen.

»Ich auch nicht. Ich stille Tora jetzt alle zwei Stunden.«

»Arvid will jede Stunde was haben. Alles in allem habe ich heute Nacht zwei Stunden geschlafen.«

Lieber Himmel! Zwei Stunden. Ich drücke die Zeitung etwas fester in den Händen.

»Tindra nimmt jetzt schon Brei. Es ist so herrlich.«

»Warst du übrigens bei den Weight Watchers?«

»Ja, letzten Donnerstag, zum ersten Mal. Hab schon ein Kilo runter.«

Ich schiele wieder heimlich zu der einen Blonden. Mustere ihren Bauch, er sieht irgendwie halbschwanger und immer noch schwabbelig aus. Und ich hatte gedacht, der verschwindet einfach von selbst.

»Gestern hat Tommy gefragt, ob ich nicht bald mal mit Fitness anfangen will.«

»Was? So ein Idiot! Der hat's grad nötig. Ist doch selber der schlimmste Fettwanst.«

»Nein!«

»Aber so was kann er doch nicht sagen! Lass dir das bloß nicht gefallen!«

»Gestern hat meine Firma angerufen. Sie wollten bloß was fragen, es ging um einen meiner alten Kunden, aber ich hab sofort Magenschmerzen gekriegt.«

»Kenn ich. Ach, der Job fehlt mir so.«

»Ich gehe auf vier Tage die Woche runter. Damit Tora nicht so früh in die Krippe muss.«

Zwei der Kinder fangen gleichzeitig an zu schreien, und die Blondinen beginnen wie auf ein unsichtbares Kommando hin, mit einer Hand Folgemilch in die Nuckelflaschen zu kippen, die Flaschen zu schütteln, wobei sie mit der anderen Hand den Sauger aufschrauben, während sie gleichzeitig die Breigläschen öffnen, und alles zusammen kommt mir vor wie ein einziger großer David-Copperfield-Trick. Da wacht das winzige Baby der Dunkelhaarigen auf, das neben ihrem Stuhl im Kinderwagen liegt. Sie öffnet die »Klappe« in ihrem Still-Pullover, und mit der freigelegten Brust steht sie auf und hebt den Winzling, der jetzt aus vollem Hals schreit, aus dem Wagen. Ich bin nicht besonders prüde, aber ich werde trotzdem rot, als mir ihre Titte beim Hinsetzen sozusagen um die Ohren schlenkert.

»Er ist erst einen Monat alt«, sagt sie und lächelt mich an, und mir wird klar, dass sie gemerkt haben muss, wo ich hinstarre.

»Ist der süß«, nuschle ich hastig, während mir das Blut in den Kopf schießt.

»Danke.«

Endlich wird ihre Brust vom Kopf des Babys verdeckt, und ich atme auf.

»Wann ist es bei dir soweit?«, fragt eine der Blondinen mit einem Kopfnicken auf meinen Bauch, während sie den Löffel in das Breiglas steckt.

»Fünfzehnter Mai.«

»Oh, das ist ja bald!«

»Mhm.«

Das dunkelhaarige Mädchen stellt fest, dass der Kleine keinen Hunger hat, und legt ihn zwischen uns auf dem Sofa ab.

»Er braucht sicher eine neue Windel. Meint ihr, ich kann das hier machen?«

»Aber natürlich, ist doch klar.«

Mir dreht sich der Magen um, als sie die Windel öffnet und ich sehe, dass sie von oben bis unten grün zugeschissen ist. Oh Gott, ich glaube, ich muss kotzen.

»Es ist so fantastisch«, sagt im selben Moment die eine Blonde, die mit den größten und dunkelsten Ringen unter den Augen. »Ein Kind zu haben ist das Beste, was mir in meinem Leben passiert ist.«

Da schmeißt ihr Kind plötzlich das Breiglas um, das daraufhin scheppernd auf dem Fußboden landet.

»Herrgott«, faucht sie, und die andere Blonde macht ein etwas gequältes Gesicht.

Aber da stößt auch ihr Kind seine Nuckelflasche weg, die sie nicht ordentlich zugedreht hat. Die Milch läuft über den ganzen Tisch und tropft langsam in meinen Schoß.

»Oh nee, das war die einzige Milch, die ich abpumpen konnte«, seufzt sie, und ich stehe abrupt auf, woraufhin alle drei mich merkwürdig ansehen.

Hastig raffe ich Jacke und Tasche an mich und renne zwischen den Tischen hindurch, weg von Kindergeschrei, Geklecker und grüner Scheiße, raus auf die ruhige Straße. Ich hole dreimal tief Luft. Vielleicht sollte ich doch einen Abstecher zu Kia machen.

Agatas Lüge aufgedeckt?

»Hallo?«

Ich hänge die Jacke an einen der Haken und schleudere die Joggingschuhe von den Füßen.

»Hier!«

Teo hockt vor dem CD-Player. Im ganzen Zimmer liegen CD-Hüllen verstreut, und er blättert durch seinen iPod, während er gleichzeitig die Stereoanlage einschaltet.

»Was tust du?«

»Ich mach da nicht mit, dass während der Entbindung Patrick Swayze laufen soll. Das Kind kriegt ja einen Schaden fürs Leben. Aber wie wär's damit?«

Er sieht mich erwartungsvoll an, während die schreiende Stimme irgendeines Typs das Zimmer erfüllt. Typisch. Hiphop. Ich hasse Hiphop.

»Nur über meine Leiche!«

Teo seufzt, legt sich auf den Rücken und starrt an die Decke.

»Das wird nie was. Wieso habe ich mich bloß mit dir eingelassen? Du hast den schlechtesten Musikgeschmack der Welt. Dirty Dancing, Bonnie Tyler, Meatloaf und Hardrock?«

Ich bleibe in der Tür stehen. Zögere erst, aber ich kann es ebenso gut gleich sagen. Es ist mir auf der Heimfahrt in der U-Bahn eingefallen.

»Teo, ich will in Värmland entbinden.«

Teo setzt sich blitzartig wieder auf.

»Wieso das denn?«

»Ich vermisse Mama und Papa.«

Ich schlucke und warte.

»Das glaub ich jetzt nicht. Und was sollen meine Eltern sagen?«

»Mama und Papa sehen uns so gut wie nie.«

»Aber das ist doch dein Fehler.«

»Fehler?«

»Ich meine … du bist das doch, die es so wollte.«

»Nein, aber jetzt nicht. Ich weiß auch nicht. Ich weiß nur, dass ich dahin will. Ich will meinen Teil der Familie auch bei mir haben.«

»Aber das verkraftet meine Mutter nicht. Das bringt sie um.«

»Hör doch auf, gleich ein Drama daraus zu machen. Sie wird es schon nicht so schwer nehmen.«

»Doch, wenn wir auf einmal nicht mehr hier sind, bricht es ihr das Herz, begreifst du das nicht? Sie und Papa wären am Boden zerstört.«

»Wir können doch nach ein paar Tagen wieder nach Hause fahren.«

»Mit einem Neugeborenen im Zug?«

»Ja, wieso nicht? Im Krieg gehen die Leute mit Neugeborenen auf die Flucht. Und da sollen wir nicht mal drei Stunden im Intercity überstehen?«

Teo seufzt, zieht die Knie an die Brust und legt seine Arme darauf.

»Agata, bitte …«

»Aber wo ist das Problem? Ich sage doch nur, dass ich in Karlstad entbinden will. Schließlich bin ich es, die auf irgendeine rätselhafte Weise dieses Kind aus mir rausbringen soll, oder etwa nicht?«

»Im Krieg gebären die Frauen auch, was ist denn daran so rätselhaft und schrecklich, Agata?«

Teo steht vom Fußboden auf und beginnt die verstreuten CD-Hüllen einzusammeln. Die Musik hat aufgehört.

»Du kannst mich!«

Ich reiße meine Jacke vom Haken und nehme die Joggingschuhe in die Hand, ich höre, dass Teo mich ruft, aber da scheiß ich drauf, ich laufe die Treppe auf Strümpfen hinunter und streife mir die Schuhe unten im Treppenhaus über. Teo ruft wieder. Ich laufe hinaus auf die Straße. Ich bin vielleicht gerade zwanzig Meter weit gekommen, als der Himmel sich öffnet und es anfängt zu gießen. Ich glaub's ja nicht. Mein übliches Pech. Ein paar Häuser weiter kommt eine ältere Frau gerade aus dem Aufgang, ich rufe ihr zu, dass sie die Tür aufhalten soll, und dann pinguinwatschle ich los. Es geht so langsam, dass sogar die alte Frau ruft, ich solle mich beeilen. Keuchend schlüpfe ich ins Haus. Die Tür fällt hinter mir zu. Da stehe ich nun mit angeklatschten Haaren, das Wasser läuft mir in die Jacke und in den Pullover hinein. Es riecht streng.

Aua, in meinem Kreuz sticht es. Ich lege die Hände auf die Stelle und versuche es mit ein bisschen Massage durch die Jacke, aber es hilft nicht.

Da sehe ich Teo. Er steht draußen auf der Straße und blickt sich um. Resigniert beginnt er rückwärts zu gehen, dann macht er kehrt. Jetzt ist er weg. Ich zögere. Aber dann reiße ich die Tür auf. Es schüttet wie aus Eimern, ich kann kaum einen Meter weit sehen, aber ich watschle den Bürgersteig hinunter. Jetzt sehe ich gar nichts mehr, und ich rufe, so laut ich kann:

»Teo! Teo!«

Ich hebe einen Arm. Kneife die Augen zusammen. Ist das jetzt die Sintflut, die mich holen kommt, oder was ist hier los?

»Agata? Was machst du denn!«

Ich spüre eine Hand auf meinem Arm.

»Komm!«

Auf Teo gestützt schleiche ich zurück zu unserem Eingang. Glücklich im Treppenhaus angekommen, holen wir beide erstmal Luft. Meine Augen brennen von der Wimperntusche. Ich muss ein paarmal zwinkern, ehe ich Teo ordentlich erkennen kann. Pullover und Jeans kleben an seinem Körper, seine lockigen Haare liegen platt auf dem Gesicht. Die langen Wimpern sind nass.

»Es tut mir leid«, flüstere ich jammervoll.

»Sag mal, was ist eigentlich mit dir los?«, sagt Teo leise und zieht mich an sich. Ich kann nicht atmen mit meiner Nase in seinem Pullover, aber das macht nichts. Ich könnte ewig so stehenbleiben.

»Ich weiß nicht. Ich habe Angst. Vor dem, was auf mich zukommt«, sage ich, als Teo mich loslässt.

»Du bist nicht allein, Agata. Ich bin doch auch dabei.«

»Ich weiß.«

Ich lehne mich nach hinten, an die Wand. Ich drehe das Gesicht zur Eingangstür. Es hat aufgehört zu regnen. Teo ist dabei, seinen College-Pullover auszuziehen. Das T-Shirt rutscht hoch und entblößt seinen Waschbrettbauch. Aber ich spüre kein süßes Ziehen zwischen den Beinen. Nur Pilz, leider.

»Wenn du willst, fahren wir nach Värmland.«

»Wirklich?«

»Ja, natürlich. Aber!«

»Aber was?«

»FALLS meine Eltern darauf bestehen sollten, dorthin zu kommen …«

»… dann ist das völlig okay.«

»Versprich es!«

»Das ist doch wohl klar!«

Wir stehen schweigend ein paar Sekunden.

»Glaubst du, dass sie das wollen?«

»Keine Ahnung, aber ich hoffe nicht!«

Teo nimmt meine Hand, und wir gehen zum Fahrstuhl.

»Du musst aufhören, vor mir wegzulaufen, vor allem, wenn es regnet«, murmelt er, während wir darauf warten, dass der Fahrstuhl sich gemächlich hinunter zu uns ins Erdgeschoss begibt. Ich werfe einen Blick auf Teo, er zeigt mir sein Profil, aber ich sehe, dass er lächelt.

»Ich höre damit auf, wenn du mir versprichst, endlich zu akzeptieren, dass Dirty Dancing der beste Film der Welt ist und dass Patrick Swayze singen kann.«

»Träum weiter, Liebling.«

Wir ziehen uns Jogginghosen und Kapuzenshirts an. Ich krame den Föhn aus dem Badezimmerschrank und puste meine und Teos Haare im Flur trocken. »Ich liebe dich!«, schreie ich plötzlich durch den Föhnlärm, während ich mit einer Hand durch Teos Locken fahre. Er blickt auf und lächelt. Anschließend kuscheln wir uns aufs Sofa, Teo liegt hinten auf der Seite, und ich versuche, mich mit dem Gesicht zu ihm dazuzulegen, finde aber keinen Platz für meinen Bauch, also müssen wir es beide andersrum versuchen. Es endet damit, dass wir nebeneinander sitzen, mit den Füßen auf dem Couchtisch. Teo beugt sich vor und stopft die Wolldecke fest um uns. Die Kerzen, die er angezündet hat, spiegeln sich im Fenster und werfen lange Schatten an die Wände.

Ich lege meinen Kopf auf Teos Schulter und seufze zufrieden.

»Wie gemütlich wir es haben.«

»Mhm.«

Teo spielt mit meinen Haaren, es ist so schön, dass ich merke, wie ich langsam ruhiger atme. Es fängt wieder an zu regnen, das rhythmische Prasseln an die Scheiben wirkt wie ein Wiegenlied, ich fühle mich jetzt vollkommen groggy, aber auf eine behagliche Art, so als hätte ich einen wärmenden Kamin in mir.

»Wenn es die ganze Zeit so bleiben würde wie jetzt, könnte ich es glatt länger als sechs Monate bei dem Baby zu Hause aushalten.«

Teo hört plötzlich auf, meine Haarsträhnen um seine Finger zu wickeln.

»Wieso sechs Monate?«

»Was?«, murmle ich mit geschlossenen Augen.

»Du hast sechs Monate gesagt. Dass du es länger als sechs Monate zu Hause aushalten könntest, wenn es so gemütlich wie jetzt wäre. Aber du bleibst doch sowieso zehn Monate zu Hause?«

Mist Mist Mist.

»Kaffee?«

Ich rapple mich vom Sofa hoch und vermeide es, Teo anzusehen, während ich in die Küche eile.

»Agata?«

Ich drehe den Wasserhahn auf, um seine Stimme zu übertönen. Nehme einen Filter aus dem Regal über dem Herd. Knalle die Schranktür zu, als ich den Kaffee gefunden habe.

»Was hast du damit gemeint?«

Nein, jetzt kommt er. Schnell. Ich muss mir eine gute Lüge einfallen lassen, irgendwas über plötzliche Sinnesverwirrung. Teo kann so verdammt engstirnig sein. Sechs Monate oder zehn Monate. Was spielt das im Grunde für eine Rolle?

Danke

Ali Fegan, Jennie Dielemans, Ana Udovic, Jan Helin, Maria Trägårdh, Christina Larsson, Claes Borgström, Kommissar Jansson, Ebba »A« Bonde, Emma Wallte, Annika Seward Jensen, Anna Andersson, Anna-Karin Korpi, Jennie Eriksson, Max Bell, Martin Olofsson, Jonas Alassad, Kajsa Kallio, Suzan Kverh, Fredrik Eddari, Pontus Dahlström, Patrick Rehnberg.

Last but not least möchte ich mir selbst danken, dass ich es geschafft habe, dieses Buch zu Ende zu bringen.

Halleluja.